绝妙好词

——唯美

漆耀金/编著

华中师范大学出版社

图书在版编目（CIP）数据

绝妙好词——唯美解读/漆耀金编著. --武汉：华中师范大学出版社，2024. 7. -- ISBN 978-7-5769-0598-4

Ⅰ. I207.23

中国国家版本馆 CIP 数据核字第 202490EE62 号

绝妙好词——唯美解读

© 漆耀金　编著

编 辑 室：学术出版分社　**电　　话：**027-67863280

责任编辑：肖绪旭　**责任校对：**肖　霞　**封面设计：**胡　灿

出版发行：华中师范大学出版社有限责任公司

社　　址：湖北省武汉市珞喻路 152 号　**邮　　编：**430079

销售电话：027-67863426（发行部）

网　　址：https://press.ccnu.edu.cn　**电子信箱：**press@mail.ccnu.edu.cn

印　　刷：武汉中科兴业印务有限公司　**督　　印：**刘　敏

开　　本：710 mm×1000 mm　1/16　**印　　张：**24.75　**字　　数：**290 千字

版　　次：2024 年 7 月第 1 版　**印　　次：**2024 年 7 月第 1 次印刷

定　　价：99.00 元

前　言

宋词是中国文学宝库中一颗璀璨的明珠，发出夺目的光彩，宋词是继唐诗之后的又一座文学丰碑，是宋代文学之胜，可与唐诗媲美。

宋词具有经久不衰的魅力，吸引了无数的爱好者欣赏、研究它。为了传承祖国优秀传统文化，帮助读者更好地领略古典诗词之美，笔者特精心编著了这部通俗易懂的词选。

宋词是一个让人着迷的东西，在宋代文学花园里，开得最美的一朵花莫过于宋词。人生最快乐的时刻是在宴会上，而宋词就是在宴会上产生的。隋唐民间流行宴乐（燕乐），是由西域胡乐与民间之曲融合而成的。许多优伶为了生计，配合这种音乐创作了许多长短不齐的句子在宴会上演唱，时人称其为曲子词，词就是这样产生的。词至宋代达到顶峰，数量最多，质量最高，是宋代文学之代表，故后人常以“唐诗”“宋词”并称。

宋时，词的创作蔚为大观，名篇佳作不断涌现，流传至今的《全宋词》共收录词作近两万首，作者一千三百余人。词分为两种：一是婉约派，婉约词含蓄婉转，深婉蕴藉，韵律谐婉，情调柔美，绮丽轻倩。代表人物有温庭筠、柳永、欧阳修、秦观、周邦彦、李清照、姜夔等人。二是豪放派，豪放词气象恢宏雄放，意境开阔，激荡奔放，瑰丽奇伟。代表人物有苏轼、黄庭坚、张元幹、陆游、张孝祥、辛弃疾、刘克庄等人。

为了帮助读者了解词从隋唐产生，到清末的发展演变过程，笔者特精心挑选了宋以前敦煌曲子词 9 首，唐五代词 44 首，宋词 252 首，宋以后金元明清词 33 首，共 100 多位词人的名篇佳作 338 首。著作对每一首词进行了唯美解读，让读者能够轻松读懂宋词，同时还能领略宋词的无尽风韵，陶冶情操，提升人生品位，获得文学美的享受，提高文学素养。

目　　录

卷一　敦煌曲子词

菩萨蛮 / 001
鱼美人 / 002
菩萨蛮 / 002
定风波二首 / 003
浣溪沙 / 004
生查子 / 005
菩萨蛮 / 005
天仙子 / 006
菩萨蛮 / 007

卷二　唐五代词

李隆基 / 008
好时光 / 008
李　白 / 009
菩萨蛮 / 010
忆秦娥 / 011
秋风清 / 012
张志和 / 013
渔歌子（又名渔父） / 013
刘禹锡 / 014
竹枝词 / 015
竹枝词 / 015
白居易 / 016
忆江南（其二） / 017
长相思 / 017
皇甫松 / 018
采莲子 / 018

摘得新 / 019
温庭筠 / 020
望江南 / 020
更漏子 / 021
梦江南 / 021
韦　庄 / 022
菩萨蛮（其一） / 022
菩萨蛮（其二） / 023
菩萨蛮（其四） / 024
菩萨蛮（其五） / 025
浣溪沙 / 026
李　珣 / 026
南乡子 / 027
定风波 / 028
渔歌子 / 029
渔歌子 / 030
渔父 / 030
渔父 / 031
欧阳炯 / 032
南乡子 / 032
南乡子 / 033
春光好 / 033
清平乐 / 034
孙光宪 / 035
浣溪沙 / 035
浣溪沙 / 036
冯延巳 / 037
谒金门 / 037
鹊踏枝 / 038
清平乐 / 039
李　煜 / 040
玉楼春 / 040
破阵子 / 041
虞美人 / 042
相见欢 / 043
浪淘沙 / 044
相见欢 / 044
望江南 / 045
长相思 / 046
张　泌 / 046
浣溪沙 / 047
杨柳枝 / 047

卷三　北宋词

王禹偁 / 049
点绛唇·感兴 / 049
寇　准 / 050
阳关引 / 051

林　逋 / 052
长相思（亦称相思令） / 052
杨　亿 / 053
少年游 / 053
钱惟演 / 054
木兰花 / 055
柳　永 / 055
鹤冲天 / 056
雨霖铃 / 057
蝶恋花 / 058
八声甘州 / 059
望海潮 / 060
传花枝 / 061
范仲淹 / 062
苏幕遮 / 063
渔家傲 / 064
御街行 / 065
张　先 / 066
天仙子 / 067
醉垂鞭 / 068
木兰花 / 069
青门引·春思 / 070
行香子 / 070
一丛花令 / 071
晏　殊 / 072
浣溪沙 / 073
蝶恋花 / 074
浣溪沙 / 075
清平乐 / 076
玉楼春 / 076
木兰花 / 077
破阵子 / 078
踏莎行 / 079
张　昇 / 080
满江红 / 080
离亭燕 / 081
宋　祁 / 082
玉楼春 / 082
锦缠道 / 083
鹧鸪天 / 084
梅尧臣 / 084
苏幕遮·草 / 085
欧阳修 / 086
生查子 / 087
浪淘沙 / 088
朝中措·送刘仲原甫出守维扬 / 089

玉楼春 / 090
蝶恋花 / 090
浣溪沙 / 091
渔家傲 / 092
蝶恋花 / 093
踏莎行 / 093
韩 琦 / 094
安阳好 / 095
司马光 / 096
西江月 / 096
王安石 / 097
桂枝香 / 098
浪淘沙令 / 099
渔家傲 / 100
千秋岁引·秋景 / 101
王 观 / 102
卜算子·送鲍浩然之浙东 / 102
红芍药 / 103
李之仪 / 104
卜算子 / 104
苏 轼 / 105
念奴娇·赤壁怀古 / 107
水调歌头 / 108
江城子·密州出猎 / 109
望江南·超然台作 / 110
定风波 / 111
水调歌头·黄州快哉亭赠张偓佺 / 112
蝶恋花 / 113
定风波·南海归赠王定国侍儿寓娘 / 114
临江仙·夜归临皋 / 115
卜算子·黄州定慧院寓居作 / 116
满庭芳 / 117
浣溪沙 / 118
浣溪沙 / 119
江城子 / 120
鹧鸪天 / 121
沁园春 / 122
行香子·述怀 / 123
西江月 / 124
晏几道 / 124
鹧鸪天 / 125
思远人 / 125
临江仙 / 126
王 雱 / 127
眼儿媚 / 127
黄庭坚 / 128
念奴娇 / 128
渔家傲 / 130

清平乐 / 131
鹧鸪天 / 131
水调歌头 / 132
定风波 / 133
李元膺 / 134
洞仙歌 / 134
秦　观 / 136
踏莎行·郴州旅舍 / 136
鹊桥仙 / 137
满庭芳 / 139
好事近 / 140
行香子 / 141
望海潮 / 141
八六子 / 143
满庭芳·春思 / 144
点绛唇 / 145
米　芾 / 146
水调歌头 / 146
赵令畤 / 147
菩萨蛮 / 147
仲　殊 / 148
柳梢青·吴中 / 148
贺　铸 / 149
六州歌头 / 150
行路难 / 152
青玉案 / 153
踏莎行 / 154
浣溪沙 / 155
减字浣溪沙 / 156
天香 / 156
周邦彦 / 157
瑞龙吟 / 158
满庭芳·夏日溧水无想山作 / 160
苏幕遮 / 161
花犯 / 162
解语花 / 163
西河·金陵怀古 / 164
兰陵王·柳 / 166
拜星月慢 / 167
毛　滂 / 168
惜分飞 / 169
清平乐 / 170
谢　逸 / 170
江城子 / 171
李重元 / 172
忆王孙 / 172

卷四　南宋词

叶梦得 / 173
水调歌头 / 173
水调歌头 / 174
曹　组 / 176
蓦山溪·梅 / 176
卜算子·兰 / 177
万俟咏 / 178
三台·清明应制 / 179
朱敦儒 / 180
鹧鸪天·西都作 / 181
水龙吟 / 182
感皇恩 / 183
朝中措 / 184
好事近·渔父词 / 185
李　纲 / 186
喜迁莺·晋师胜淝上 / 186
李清照 / 187
如梦令 / 188
点绛唇 / 189
如梦令 / 190
一剪梅 / 190
鹧鸪天·桂花 / 191
醉花阴 / 192
声声慢 / 193
武陵春 / 194
渔家傲 / 195
渔家傲 / 195
吕本中 / 196
踏莎行 / 197
采桑子 / 198
韩　疁 / 198
高阳台·除夜 / 198
向子諲 / 199
秦楼月 / 200
蔡　伸 / 201
苏武慢 / 201
陈与义 / 202
临江仙·夜登小阁忆洛中旧游 / 203
临江仙 / 204
张元幹 / 205
贺新郎·寄李伯纪丞相 / 205

贺新郎·送胡邦衡待制赴新州 / 207
菩萨蛮 / 208
胡　铨 / 209
好事近 / 210
岳　飞 / 210
满江红·写怀 / 211
满江红·登黄鹤楼有感 / 212
小重山 / 214
朱淑真 / 214
谒金门·春半 / 215
蝶恋花·送春 / 216
眼儿媚 / 217
张　抡 / 217
踏莎行·山居十首 / 218
竹影摇红·上元有怀 / 219
蝶恋花 / 220
赵彦端 / 221
点绛唇·途中逢管倅 / 221
袁去华 / 222
水调歌头·定王台 / 222
洪　迈 / 223
踏莎行 / 224
陆　游 / 225
卜算子·咏梅 / 225
水调歌头·多景楼 / 226
鹊桥仙 / 227
点绛唇 / 228
鹧鸪天 / 229
恋绣衾 / 230
长相思 / 231
诉衷情 / 232
秋波媚 / 233
汉宫春 / 234
钗头凤 / 235
唐　琬 / 236
钗头凤 / 236
范成大 / 237
秦楼月（又名忆秦娥） / 237
水调歌头 / 238
霜天晓角·梅 / 239
醉落魄 / 240
眼儿媚 / 241
杨万里 / 242
好事近 / 242
昭君怨·咏荷上雨 / 243
朱　熹 / 244
水调歌头·隐括杜牧之齐

山诗 / 244

张孝祥 / 245

六州歌头 / 246

念奴娇·过洞庭 / 247

水调歌头·闻采石矶战胜 / 248

水调歌头·金山观月 / 250

西江月·题溧阳三塔寺 / 251

赵长卿 / 252

探春令 / 252

李好古 / 253

江城子 / 253

辛弃疾 / 254

青玉案·元夕 / 255

南乡子·登京口北固亭有怀 / 256

破阵子·为陈同甫赋壮词以寄之 / 257

永遇乐·京口北固亭怀古 / 258

水龙吟·登建康赏心亭 / 259

菩萨蛮·书江西造口壁 / 260

西江月·夜行黄沙道中 / 261

贺新郎·同父见和，再用前韵答之 / 262

丑奴儿·书博山道中壁 / 264

清平乐·检校山园，书所见 / 265

清平乐·村居 / 265

摸鱼儿 / 266

贺新郎 / 268

石孝友 / 269

眼儿媚 / 269

卜算子 / 270

好事近 / 271

赵师侠 / 272

行香子 / 272

陈　亮 / 273

水调歌头·送章德茂大卿使虏 / 273

念奴娇·登多景楼 / 275

水龙吟·春恨 / 276

点绛唇·咏梅月 / 277
杨炎正 / 278
水调歌头 / 278
章良能 / 279
小重山 / 280
姜　夔 / 280
暗香 / 281
疏影 / 283
扬州慢 / 285
鹧鸪天·元夕有所梦 / 286
踏莎行 / 287
俞国宝 / 288
风入松·题酒肆 / 288
史达祖 / 289
喜迁莺 / 290
洪咨夔 / 291
眼儿媚 / 291
刘克庄 / 292
贺新郎·送陈子华赴真州 / 292
满江红 / 293
沁园春·梦孚若 / 294
玉楼春·戏呈林节推乡兄 / 296
一剪梅 / 296
贺新郎 / 297
卜算子 / 298
宋自逊 / 299
蓦山溪·自述 / 299
赵以夫 / 300
扬州慢 / 300
吴　潜 / 301
水调歌头·焦山 / 302
满江红·金陵乌衣园 / 303
黄孝迈 / 304
湘春夜月 / 305
周　晋 / 306
清平乐 / 306
方　岳 / 307
水调歌头·平山堂用东坡韵 / 307
吴文英 / 308
夜合花·自鹤江入京泊葑门外有感 / 309
风入松·春晚感怀 / 310
八声甘州·灵岩陪庾幕诸公游 / 311
唐多令·惜别 / 313
莺啼序·春晚感怀 / 314
宴清都·连理海棠 / 316

李彭老 / 318
浣溪沙·题草窗词 / 318
陈人杰 / 319
沁园春 / 319
刘辰翁 / 320
西江月·新秋写兴 / 321
宝鼎现·春月 / 321
周　密 / 323
瑶花慢 / 324
花犯·赋水仙 / 325
玉京秋 / 326
曲游春 / 327
高阳台·送陈君衡被召 / 329
文天祥 / 330
酹江月·和友《驿中言别》 / 331
沁园春·题潮阳张许二公庙 / 332
王沂孙 / 333
眉妩·新月 / 333
蒋　捷 / 334
一剪梅·舟过吴江 / 335
听雨 / 335
张　炎 / 336
南浦·春水 / 337
黄公绍 / 338
青玉案 / 338
无名氏 / 339
九张机 / 339
眼儿媚 / 342

卷五　金元明清词

刘　著 / 344
鹧鸪天 / 344
赵秉文 / 345
水调歌头 / 345
元德明 / 346
好事近·次蔡丞相韵 / 347
元好问 / 348
摸鱼儿 / 348
水龙吟 / 349
清平乐·泰山上作 / 351
水调歌头·赋三门津 / 352
江月晃重山·初到嵩山

时作 / 353
刘秉忠 / 354
木兰花慢·混一后赋 / 354
王　恽 / 355
鹧鸪天·赠驭说高秀英 / 355
王予可 / 356
生查子 / 357
张　野 / 357
水龙吟·酹辛稼轩墓在分水岭下 / 358
刘　基 / 359
渔歌子 / 360
杨　慎 / 360
临江仙 / 361
陈子龙 / 361
诉衷情·春游 / 362
纳兰性德 / 363
点绛唇·咏风兰 / 363
遐方怨 / 364
长相思 / 364
水调歌头·题西山秋爽图 / 365
采桑子 / 366
浣溪沙 / 367
浣溪沙 / 368
青玉案·宿乌龙江 / 368
采桑子 / 369
浣溪沙 / 370
浣溪沙 / 371
菩萨蛮 / 371
郑　燮 / 372
满江红·思家 / 373
张惠言 / 374
相见欢 / 374
项鸿祚 / 375
减字木兰花·春夜闻隔墙歌吹声 / 375
蒋春霖 / 376
柳梢青 / 376
秋　瑾 / 377
满江红 / 377
鹧鸪天 / 379

菩萨蛮

霏霏[①]点点回塘雨，双双只只鸳鸯语。灼灼[②]野花香，依依[③]金柳黄。

盈盈[④]江上女，两两溪边舞。皎皎绮罗光，轻轻云粉妆。

【注释】

①霏霏：形容雨丝细密。韦庄《台城》诗：“江雨霏霏江草齐。”
②灼灼：鲜明貌。《诗经·周南·桃夭》：“桃之夭夭，灼灼其华。”
③依依：轻柔貌。《诗经·小雅·采薇》：“昔我往矣，杨柳依依。”
④盈盈：仪态美好貌。元稹《答姨兄胡灵之见寄五十韵》：“对谈依赳赳，送客步盈盈。”

【解读】

蒙蒙细雨中，戏游池塘的鸳鸯，成双捉对，相偎相依，好像在缠绵私语，互诉心曲。池塘边开满了缤纷灿烂的野花，散发出阵阵清香；一缕缕金黄的柳丝，在春雨中随风摇曳，轻轻拂动。

一群天真烂漫、体态婀娜、步履轻盈的少女，从坐落江岸的村舍里走来，她们三三两两，在春雨初霁的溪边，欢快地舞着、唱着。那艳丽缤纷的罗衣，随着舞姿的变幻，闪耀出绚烂的光彩；那脂粉薄敷的面颊，在霞光的映衬下，焕发出如红云般的娇艳红润。

鱼美人[①]

东风[②]吹绽海棠开，香榭满楼台，香和红艳[③]一堆堆。又被美人和枝折，坠金钗。

【注释】

①鱼美人：指《虞美人》，词调名。法国巴黎国家图书馆所藏唐代墨迹《敦煌曲子》残稿中，标为“鱼美人”。②东风：指春风。古代把春、夏、秋、冬四季同东、南、西、北四方相配，春属东，故称春风为东风。③香和红艳：红花夹带着香气。

【解读】

轻柔的东风把海棠花吹开，浓郁的芳香弥漫楼榭亭台。一丛丛红花一重重香，芳香和红花重重叠叠，又被美人儿连枝折下，花共香一起插上金钗。

菩萨蛮

香销[①]罗幌[②]堪魂断，唯闻蟋蟀吟相伴。每岁送寒衣，到头归不归?

千行欹枕泪，恨别添憔悴，罗带旧[③]同心，不曾看至今。

【注释】

①香销：香炉里的香燃尽。②罗幌：罗纱帐子被风吹得摇晃。③旧：以前的。

【解读】

香炉里香已燃尽，风吹纱帐摇晃不定。夜深人静思念远方出征的人，倍感孤独悲凉。今夜听到蟋蟀的叫声，声声相伴。每年都给他送去寒衣，不知他到底回不回来。

欹枕难眠，行行泪流下来，离愁别恨给她娇媚的面容平添了几分憔悴，临走时打有同心结的罗带，怕触发幽情苦思，直到今天都没看过。

定风波二首

（一）

攻书学剑能几何？ 争如沙场骋偻啰。 手持绿沉枪似铁，明月， 龙泉三尺斩新磨。

堪羡昔时军伍， 谩夸儒士德能多。 四塞忽闻狼烟起，问儒士， 谁人敢去定风波。

（二）

征战偻罗未足多， 儒士偻罗转更加。 三策张良非恶弱，谋略， 汉兴楚灭本由他。

项羽翘据无路， 酒后难消一曲歌。 霸王虞姬皆自刎，当本， 便知儒士定风波。

【解读】

（一）

你们儒生念书练几下剑，有什么用，怎么能比得上我们那些在边塞沙场上英勇的武士？手持名枪像铁，磨得崭新明亮，像明月一样亮。我真羡慕古时候的军人，不要夸口你们儒士有何德能，忽然听说边塞狼烟四起，问你们儒士谁敢去平定这场风波。

（二）

你们武士那点能耐不值得称道，我们文人的能耐还在你们之上！辅佐刘邦称帝的张良靠的是谋略而非武力，正是他的智慧谋略致使汉兴楚灭，导致勇武的项羽走投无路、束手无策，只能在酒后慷慨悲歌。要知道西楚霸王和虞姬的最终下场是自刎而死，追其根本，便能知道真正平定风波的还是儒士。

浣溪沙

卷却诗书上钓船，身披蓑笠执鱼竿。棹向碧波深处去，几重滩。

不是从前为钓者，盖缘时世掩良贤。所以将身岩薮下，不朝天。

【解读】

在苍茫的江水边，一位读书人卷起手中的诗书，登上钓鱼的渔船，身上披着蓑笠，手中执着钓竿，划着桨，向那碧波深处行去，江水广阔深远，行船途中经过了几重险滩。

他原本是一位读书人而非钓者，只是由于当时的时世污浊，不辨忠奸，良贤之才都被蔽掩，才能不得施展，于是便到这江边隐居，洁身自好，不再涉足俗世。

生查子

三尺龙泉剑，匣里无人见。一张落雁弓，百支金花箭。
为国竭忠贞，苦处曾征战。先望立功勋，后见君王面。

【解读】

我有三尺龙泉宝剑，一直藏在剑匣之中，不曾给人看见。我有一张箭发而能雁落的良弓，以及百支雕着金花的箭，这些武器都是用来报效国家的。

这些年来我为国竭尽忠心，南征北战，历尽了艰辛。一心想着先立下显赫的功勋，在建立功勋以后再去当面觐见君王。

菩萨蛮

敦煌古往出神将，感得诸蕃遥钦仰。效节①望龙庭②，麟台③早有名。

只恨隔蕃部④，情恳难申吐。早晚灭狼蕃⑤，一齐拜圣颜。

【注释】

①效节：为国尽忠节。②龙庭：古代匈奴祭祀天神的处所。这

里指朝廷。③麟台：麒麟阁，汉代阁名。汉宣帝曾将功臣十一人的像画在此阁上，后代就将此阁作为皇帝褒奖臣子功勋之处的代称。④蕃部：指吐蕃部落。⑤狼蕃：对边地异族部落的蔑称。此指吐蕃。

【解读】

敦煌的地理位置十分重要，在历史上曾起过很重要的作用，而敦煌自古以来也经常有神武勇猛的将军出现，他们守边有功，战绩卓著，便得诸边的蕃侯国纷纷遥望钦佩仰望。这些神武的将军为国尽忠，战功卓绝，在麒麟阁上（也就是朝廷中）早就享有名望。

只是此时却因为吐蕃侵占了西北边境，和长安的通道被隔绝，不得亲自面圣申吐情词，于是便立下决心，不管时间早晚，一定要将这些入侵的狼蕃消灭，亲自参拜圣颜。

天仙子

燕语莺啼三月半，烟①蘸②柳条金线③乱。五陵原④上有仙娥⑤，携歌扇，香烂漫，留住九华⑥云一片。

犀玉⑦满头花⑧满面，负妾一双偷泪眼。泪珠若得似真珠，拈不散，知何限，串向红丝应百万。

【注释】

①烟：笼罩在柳树上的云气。②蘸：沾染。③金线：形容嫩黄的柳枝。④五陵原：指西汉高帝、惠帝、景帝、武帝、昭帝五个皇帝的陵墓，在今咸阳市附近，由于地近长安，为游览胜地。⑤仙娥：词中描写的女主人公。“娥”，美女。⑥九华：九华山，在今安徽省青阳县西南。⑦犀玉：华贵的首饰。⑧花：花钿。《唐摭言》卷十引谚：“白头花钿满面，不若徐妃半妆。”

【解读】

暮春时节燕子叫黄莺啼，烟柳绿条蒙蒙袅袅在弄春。五陵原上的姑娘犹如仙娥，手摇着歌扇，香气烂漫，姑娘的心上人已经远去，留住的只是九华山的一片空云。

满头珠玉装饰的姑娘好似花一般，有谁能理解她的愁苦？暗自相思双眼泪水涟涟。那串串眼泪就像珍珠，掂不散数不清，用红丝串上应有上百万。

菩萨蛮

枕前发尽千般愿，要休①且待青山烂。水面上秤锤浮，直待黄河彻底枯。

白日参辰②现，北斗③回南面。休即④未能休，且待三更见日头。

【注释】

①休：罢休，双方断绝关系。②参辰：星宿名。参星在西方，辰星（即商星）在东方，晚间此出彼灭，不能并见；白天一同隐没，更不可能在一起出现。③北斗：星座名，以位置在北，形状如斗而得名。④即：同“则”。

【解读】

双卧枕边，我千遍万遍表达誓言。如果要休，除非等到青山枯萎；如果要休，除非水面之上浮秤锤；如果要休，除非待到黄河彻底枯竭。

即使大白天参星和辰星同时出现在天上，北斗星回到了南边，要休也不能休，还要等到半夜三更天上挂上大日头。

李隆基（685—762），即唐玄宗，又称唐明皇。陇西成纪（今甘肃省秦安县）人。唐代皇帝。公元712—756年在位。初封临淄王。景龙元年（710）与太平公主合谋发动政变，杀韦后，拥其父睿宗即位，被立为太子。延和元年（712）受禅即位，改年号先天。开元年间（713—741）用姚崇、宋璟、张说、张九龄为相，一度出现“开元之治”。天宝年间（742—756）先后任用李林甫、杨国忠、高力士和安禄山执政，终日沉迷于声色，奢侈荒淫，朝政日趋腐败。天宝十四载发生“安史之乱”。天宝十五载（756）玄宗逃往蜀地避乱途中，肃宗李亨在灵武（今宁夏）即位，尊玄宗为太上皇。玄宗好音律，善书法，亦工诗词。词作已散佚，仅存《好时光》一首。

好时光

宝髻偏宜宫样①，莲脸嫩，体红香。眉黛不须张敞②画，天教③入鬓长。

莫倚倾国貌，嫁取个，有情郎。彼此当年少，莫负好时光。

【注释】

①宫样：皇宫中流行的装束、佩戴等的式样。②张敞：官员，

汉宣帝时曾为京兆尹。因为曾为妻子画眉，后成为夫妻恩爱的典故，传为佳话。③天教：天，指生来本如此；教，使让。

【解读】

一位倾国丽人，她容颜俏丽，发髻随意梳理，无论梳成什么样，都掩盖不了她那娇美的脸庞。梳理成皇宫中流行的式样，更加美丽动人。她的脸庞如出水的莲花一样鲜嫩，肌肤白里透红，散发出莲花一样迷人的芳香。她的眉黛不需人工描画，生来就又细又长，快要和鬓角相连了。

这位女子如此美貌，世间男子谁不喜欢呢？只是希望她不要倚仗自己的倾国之貌（美貌能几时），应该及时嫁一个有情有义的郎君（只有真情才能到永远），趁彼此正当青春年少，喜结连理，千万不要辜负美好时光。

李白（701—762），唐代伟大的浪漫主义诗人。字太白，号青莲居士。祖籍陇西成纪（今甘肃省秦安县）。隋末其先人流寓西域碎叶（唐时属都护府），在今吉尔吉斯斯坦境内，李白即诞生于此。五岁时随父迁居绵州昌隆（今四川省江油市）。小时广学博览，自称“五岁诵六甲，十岁观百家”，“十五好剑术”“观奇书”。二十五岁时，唐开元十四年（725）李白“仗剑去国，辞亲远游，南穷苍梧，东涉溟海”，足迹遍及长江、黄河中下游、太原、山东、吴越，四十二岁到会稽（今浙江省绍兴市），由道士吴筠推荐，召赴长安，供奉翰林。后因遭权贵谗毁，上书请还。在洛阳与杜甫相遇，结下了深厚的友谊，成为文学史上的佳话。安史之乱中，他怀着平乱的志愿应邀加入李璘幕府，璘败他亦获罪入狱。出狱后被判处流放夜郎，途中遇赦东还，后病逝于当涂。其诗表现出蔑视权贵的傲岸精神，对当时的政治腐败作了尖锐的批判；对人民的疾苦表示同情；对安史叛乱势力予以斥责，讴歌维护国家统一的正义战争；又善于描绘壮丽的自然景色，表达对祖国山河的热爱。诗风雄奇豪放，想象丰富，语言流转自然，音律和谐多变。善于从民歌、神话中吸取营养和素材，构成其特有的瑰玮绚烂色彩，是屈原以来最具个性特色和浪漫精神的诗人，达到盛唐诗歌艺术的巅峰。与杜甫齐名，世称“李杜”。亦工词，《尊前集》录其词十二首，宋人黄昇说，太白“《菩萨蛮》《忆秦娥》二词，为百代词之祖”。有《李太白集》。

菩萨蛮

平林漠漠①烟如织，寒山一带伤心碧②。暝色③入高楼，有人楼上愁。

玉阶④空伫立，宿鸟⑤归飞急。何处是归程？长亭更短亭⑥。

【注释】

①平林：平原上的树林。漠漠：烟雾弥漫的样子。②伤心碧：犹言“极碧”。“伤心”为程度副词，起修饰作用。极言寒山极为碧绿。③暝色：暮色。④玉阶：白色玉石砌成的台阶。⑤宿鸟：归巢的鸟。⑥长亭更短亭：古时设在大路边供行人休息的地方。十里一长亭，五里一短亭。

【解读】

黄昏时分，暮色苍茫，词人登上驿楼极目眺望，只见平原上的树林霭雾迷漫，让词人顿生寂寥而凄迷之情，远处的寒山翠绿苍碧，一切景物对思归不能归的词人来说都染上了伤心凄迷的色彩。渐暗的天色，扑面向楼上的词人压来，使其不禁愁从中来。

词人触景生情，想家中的妻子一定在玉阶上久久伫立，凝望远方，盼望丈夫早日归来。忽然眼前飞过一群急于回巢的鸟儿，词人想到鸟儿尚能归巢，自己却浪迹天涯，四处漂泊，不能归家，而那通往家乡的道路却是长亭连着短亭，漫长得看不到尽头，不知何时才能归家，词人不由得徒添一声叹息。

忆秦娥

箫声①咽，秦娥②梦断秦楼月。秦楼③月，年年柳色，灞陵④伤别。

乐游原⑤上清秋节⑥，咸阳⑦古道⑧音尘⑨绝。音尘绝，西风残照，汉家陵阙⑩。

【注释】

①箫声：《列仙传》载：箫史者，秦穆公时人也。善吹箫，能致孔雀、白鹤于庭。穆公有女字弄玉，好之。公遂以女妻焉。日教弄玉作凤鸣。居数年，吹似凤声，凤凰来止其屋。公为作凤台。夫妇止其上，不下数年，一旦皆随凤凰飞去。②秦娥：此指京城长安的美丽女子，唐都长安古属秦地，故此间美丽女子谓之秦娥。③秦楼：传说春秋时期，秦穆公的女儿弄玉和她的郎君萧史所住的楼叫秦楼。④灞陵：汉文帝刘恒的陵墓，在今陕西西安东郊。附近有灞桥，人们在此折柳送别。⑤乐游原：唐时游览胜地，在今西安东南郊。

⑥清秋节：指农历九月九日重阳节。这天有登高风俗。⑦咸阳：古代都城，在长安西北，即今咸阳市东北二十里。⑧咸阳古道：汉唐时由长安经过咸阳通往西北的大道。⑨音尘：指车马行进的声音及扬起的尘埃，这里借指信息、音讯。⑩汉家陵阙：指汉代诸帝王的陵墓。

【解读】

箫声呜咽，京城长安一位美丽的女子被这凄凉的箫声惊醒。醒来的女子不自觉地想起了那个箫史和弄玉的传说。抬头向楼头望去，一钩残月孤悬。残月孤悬啊！她便不由得想起在灞桥边为征人折柳送别的情形，柳色年年转青，送别的景象历历在目，只是所送之人一去不返，她心中悲凉伤感不已。

每年九月九日重阳节，她便独自一人登上乐游园，向西远望征人，而征人却一直音信全无。音信全无啊！年年等待，年年苦盼征人却一直没有归来。萧瑟秋风中，唯有一抹黄昏时分的斜阳，照在古代帝王的陵墓上。

秋风清

秋风清， 秋月明，

落叶聚还散， 寒鸦栖复惊。

相思相见知何日？ 此时此夜难为情！

【解读】

秋风清冷，秋月明亮。飘撒的落叶时而被秋风吹聚到一起，时而又被秋风吹散；寒鸦时而栖息在树上，时而又被秋风惊起。我思念着你，但不知何日才能相见，这样的时候，这样的夜里，叫我感情上如何受得了。

张志和（生卒年不详），唐诗人。字子同，初名龟龄。道号玄真子。婺州（今浙江省金华市）人。十六岁游太学，以明经擢第。唐肃宗命待诏翰林，并赐名志和。后授左金吾卫录事参军。之后因事贬南浦尉，遇赦而还。遂徜徉山水，自号烟波钓徒。与颜真卿等为友。他博学能文，善书画诗词与击鼓、吹笛。作品多写隐居时的闲逸生活。描写山水风光的词，寄托爱慕自然的情怀；描写季节景物，鲜明生动，为文人作词的先声。《渔父》五首当时曾传入日本，天皇等人均有仿作。有《玄真子》。

渔歌子（又名渔父）

西塞山①前白鹭飞，桃花流水鳜鱼②肥。
青箬笠③，绿蓑衣④，斜风细雨不须归。

【注释】

①西塞山：在今浙江省湖州市西。②鳜鱼：桂鱼，口大鳞细，色淡黄而带浅褐。③箬笠：竹叶或竹篾编的斗笠。④蓑衣：用草、棕或荷叶制成的雨衣。

【解读】

西塞山前风景优美，一行行白鹭在那里自由自在地飞翔，红艳艳的桃花竞相怒放，片片飞落的花瓣漂浮于一江春水之上，肥美的鳜鱼在水中游来游去。

一位戴着青色斗笠、披着绿色蓑衣的渔公在悠然地垂钓，虽然不是晴天，但江南的斜风细雨更具情味，这样的天气无须归去，如此垂钓，更有韵味。

刘禹锡（772—842），唐著名文学家、哲学家、诗人。字梦得。洛阳（今河南省洛阳市）人。自幼好学，曾得诗僧皎然、灵澈指点，又为权德舆所器重。德宗贞元九年（793）与柳宗元同榜中进士。又登博学宏词科。贞元十一年又中吏部取士科，授太子校书。累官至监察御史。贞元二十一年，参与王叔文“永贞革新”集团，在革新派执政期间，任屯田员外郎。但改革触犯了藩镇、宦官和大官僚们的利益，在保守势力的联合反扑下，很快宣告失败。贬朗州司马，被贬十年之后，元和十年（815）奉召回朝，又因“玄都观诗案”被贬到更偏远的地方连州任刺史，在任近五年。元和十四年（819）因母丧才得以离开。长庆元年（821）调任夔州刺史，长庆四年调任和州刺史。大和二年（828）刘禹锡再次奉召回朝，任主客郎中，后因裴度力荐，任太子宾客，加检校礼部尚书，世称“刘宾客”“刘尚书”。他的近体绝、律诗简练工稳，民歌诗清新活泼，古体诗功底深厚。白居易称他为“诗豪”“国手”。亦工词。所作《竹枝词》以流利清新之笔反映了地方风情和劳动人民生活，有“独步元和间”之誉，为中唐较早依曲填词的作家之一。同时，刘禹锡还是一位著名的朴素唯物论者，重要哲学著作有《天论》三篇。有《刘梦得文集》传世。

竹枝词

山上层层桃李花，云间烟火是人家。
银钏金钗[1]来负水，长刀短笠去烧畲[2]。

【注释】

①银钏金钗：银钏是银制的手镯，金钗是金制的女子头饰。

②烧畲：采用刀耕火种的方法耕种田地，在播种前焚烧田地里的草木，用草木灰做肥料。

【解读】

充满生机的春日里，山上的桃花李花层层开遍，漫山遍野到处都是，花朵色彩绚丽，花香处处飘散，美不胜收。就在这山山皆花开，处处皆花香的环境中，词人忽然看到在白云间升起了袅袅的炊烟。有烟火的出现则一定有人家居住，他推断那儿是村民的聚居之处，于是目光越过满山的桃李，透过山顶的云雾，终于找到了那满山春色的村民所在。村民们正在热火朝天的劳作，那些戴着银钏金钗的女子正在担水准备做饭，而男人们则挎着长刀、戴着斗笠去放火烧荒，准备春日的耕种。

竹枝词

山桃红花满上头，蜀江春水拍山流。
花红易衰似郎意，水流无限似侬[1]愁。

【注释】

①侬：我。

【解读】

高山之上，红艳艳的山桃花开满山野，清风摇动花枝，花朵娇艳无比；山脚之下，滔滔蜀江春水，拍打着山岩，向远方流去。桃花啊，我多么希望你永远盛开，你却转眼间就衰败了，就像我的郎君变心一样快。蜀江之水啊，你滔滔不绝而流，恰似我的哀愁。

白居易（772—846），唐代伟大的现实主义诗人。字乐天，晚号香山居士，又号醉吟先生。祖籍太原（今山西省太原市），后迁下邽（今陕西省渭南市），生于河南省新郑市。德宗贞元十六年（800）中进士，十八年中书判拔萃科。贞元十九年（803）授秘书省校书郎。宪宗元和一年（806）任盩厔县尉。元和二年（807）白居易经殿试授翰林学士，次年被任命为左拾遗。元和九年（814）改任太子左赞善大夫。元和十年（815），宰相武元衡、御史中丞裴度遇刺，白居易力请惩凶，得罪腐朽官僚势力，贬为江州司马。元和十三年（818）白居易升任忠州刺史，两年后被招入京，任主客郎中、知制诰。穆宗长庆二年（822）调任杭州刺史，敬宗宝历初任苏州刺史。在苏杭两地任期之内，政绩颇著。在苏州离任之时，万人空巷，十里涕泪相送。文宗即位后的827年，迁刑部尚书。太和三年（829）即称病，离长安至洛阳，以太子宾客分司东都。太和九年以太子少傅分司东都。由于党争日盛，朝政混乱，白居易决计“独善其身”，晚年尤醉心佛道，与香山僧如满结香火社，自号香山居士。白居易诗文词俱佳，主张“文章合为时而著，诗歌合为事而作”。他是新乐府运动的倡导者，其诗歌理论是新乐府运动的纲领，其本人又是新乐府运动的领袖。现存最早《白氏文集》收诗文 3600 多篇，有《白氏长庆集》。

忆江南（其二）

江南忆，最忆是杭州。山寺月中寻桂子，郡亭[1]枕上看潮头[2]，何日更重游？

【注释】

①郡亭：官署中的亭子。②潮头：指中秋前后的钱塘潮。

【解读】

词人每当回忆江南美好时光的时候，最让他魂牵梦萦的是杭州。词人在杭州做刺史时，时常在桂花飘香的月夜前往灵隐寺，一会儿流连于桂花丛中欣赏桂花，一会儿抬头赏月，一会儿俯身拾桂子。即使不出衙门，躺在衙门郡亭里的枕上也可以看到八月十五钱塘江那种海潮来时潮头高达数米，声如雷鸣，排山倒海，犹如万马奔腾，蔚为壮观的场面。在杭州的这些乐事，让词人永生难忘，不由得发出何日才能再来杭州重游的感叹。

长相思

汴水[1]流，泗水[2]流，流到瓜洲[3]古渡头。吴山点点愁。
思悠悠，恨悠悠，恨到归时方始休。月明人倚楼。

【注释】

①汴水：源于河南，与泗水合流后入淮河。②泗水：源于山东曲阜，至徐州与汴水合流入淮河。③瓜洲：在今江苏省扬州市南面，因形状似瓜而得名。

【解读】

一位闺中少妇思念久别未归的夫君，月夜登楼倚栏极目远眺，汴水和泗水向南奔流不息，一直流到瓜洲古渡头。在思妇眼里，雾霭中的点点吴山好似饱含着愁怨。

夫君阔别已久，思妇思念悠长，恨意悠长，这刻骨的相思与离恨只有等到夫君归来团聚时才能从心头抹去。如水的月光下思妇一个人儿独自倚楼，期待着月团圆，人团圆，人月双圆，和夫君倚楼共话别后相思。

皇甫松（？—约 857），一名嵩，字子奇，自号檀栾子。睦州新安（今浙江省建德市）人。其为工部侍郎皇甫湜之子，宰相牛僧孺之甥。诗与温庭筠、韦庄、司空图齐名。其词《花间集》《尊前集》有录。今有王国维辑《檀栾子词》一卷。词风凄迷、柔婉，别有一番境界。

采莲子

菡萏[①]香连十顷陂[②]，小姑贪戏采莲迟。晚来弄水船头湿，更脱红裙裹鸭儿。

【注释】

①菡萏：荷花。②陂：池塘。

【译文】

秋日，江南水乡广阔的池塘荷叶田田，尚未凋谢的荷花散发出淡淡的清香。一位活泼可爱、天真无邪的少女，因和女伴戏闹迟迟才去采莲。少女驾着小船，在荷叶间穿梭，还脱下鞋，将一双玲珑的小脚伸向水里，拍打着水面，以致将船头打湿。这时一只漂亮的野鸭向她游来，少女将其抱入怀中，脱下红裙将鸭子裹抱回家。

摘得新

酌一卮①，须教玉笛吹。锦筵②红蜡烛，莫来迟。繁红③一夜经风雨，是空枝。

【注释】

①卮：古代的一种盛酒的器皿。②锦筵：锦屏绣帐，华筵盛排。③繁红：指树上盛开的红花。

【解读】

饮酒需要佐以声乐方更佳，饮下这杯酒更须吹奏玉笛助兴为妙。良宵盛筵上，红烛摇动，声色喧闹，如此佳席可千万不要来迟，须知时不我待，好景难留，纵使是满树繁花盛开，一旦经历一夜的风吹雨打，也会花落满地，徒留一树空枝，到那时，也就只剩下惆怅伤感了。

温庭筠（？—866），唐代著名诗人、词人。原名岐，字飞卿。太原祁（今山西省太原市）人。唐宰相温彦博之后。幼时才思敏捷，每入试，押官韵，八叉手而成八韵，时号温八叉。徐商镇襄阳时辟为巡官，懿宗时曾任方城尉，最终官至国子助教。温庭筠诗词赋俱佳，以词著称。他的诗写得清婉精丽，与李商隐齐名，并称“温李”。他的词多写花间月下，闺情怨妇，以华丽的辞藻和浓艳的色彩而独具特色。其为唐代词作最多的人之一，被奉为花间派的鼻祖。词与韦庄并称“温韦”。有《温庭筠诗集》《金荃词》。

望江南

梳洗罢，独倚望江楼。过尽千帆皆不是，斜晖脉脉水悠悠。肠断白蘋洲①。

【注释】

①白蘋洲：开满白色蘋花的水中小块陆地。

【解读】

思妇早起梳妆罢，独自倚靠在望江楼上眺望，希望能够看到远行归来的夫君。眼见千只帆船从江面驶过，但千帆望尽，一直没有见到她所思念的夫君。直到黄昏，仍只有江水相伴。看着脉脉无语的夕阳，悠悠流淌的江水，思念夫君的愁肠啊，断在了白蘋洲。

更漏子

玉炉香[1]，红蜡泪[2]，偏照画堂[3]秋思。眉翠薄[4]，鬓云残，夜长衾[5]枕寒。

梧桐树，三更雨，不道[6]离情正苦。一叶叶，一声声，空阶滴到明。

【注释】

①玉炉香：精美的香炉。②红蜡泪：红蜡烛燃烧时垂滴的烛油。③画堂：原指汉代宫中殿堂，后泛指华丽的堂舍。④眉翠薄：是说眉黛褪色，鬓发不整，反映出女子辗转反侧，无法入睡的情态。⑤衾：被子。⑥不道：全不管、全不顾。

【解读】

一位多愁善感的女子的居室内，精美的香炉里香烟袅袅升起，烛油滴滴掉下，烛光斜照着华丽的堂舍。女主人眉黛褪色，鬓发不整，辗转反侧无法入眠，衾枕寒冷，令她倍感孤凄。

梧叶惊秋，三更冷雨滴落在梧桐叶上，让思妇倍感冷寂，全不顾及她的离情正苦。思妇彻夜难眠，听着一声声梧桐叶的萧瑟之声，一滴一滴的雨滴空阶滴到天明的清冷之声，声声入耳，让她倍感凄凉，这对心有牵挂的思妇来说，是漫长而又倍受煎熬的一夜。

梦江南

千万恨，恨极在天涯。山月不知心里事，水风空落眼

前花，摇曳碧云斜。

【解读】

在那美丽的山村，一位年轻貌美的思妇，内心深处产生了千万般恨意，恨他远在天涯，恨他远游未归。埋怨山月不知她心底的心事，责怪水面上的清风空自将眼前的春花摇落。还怨及天空一碧，白云悠悠，似对她那千万恨意无知无觉。

韦　庄（约836—910），唐五代前蜀诗人、词人。字端己。长安杜陵（今陕西省西安市）人。韦应物四世孙。乾宁元年（894）进士。曾任校书郎、左补阙、右补阙等职。入蜀后，为西川节度使王建掌书记。唐亡后，王建在蜀称帝，韦庄做了宰相。韦庄诗作有较高艺术价值，词作在当时亦颇负盛名。为“花间派”重要词人，与温庭筠并称“温韦”。其词语言清丽，多写闺情离愁和游乐生活，在《花间集》中较有特色。著有《浣花集》。另编选有《又玄集》。

菩萨蛮（其一）

红楼①别夜堪惆怅，香灯半卷流苏②帐。残月出门时，美人和泪辞。

琵琶金翠羽③，弦上黄莺语④。劝我早归家，绿窗人似花。

【注释】

①红楼：泛指有钱人家装饰华美的楼宇。②流苏：用绒线制成的穗子。③金翠羽：琵琶上用黄金和翠色羽毛装点的饰物。④黄莺语：形容弦音婉转清越。

【解读】

词人在华丽的楼宇，即将与艳丽多情兼善词翰的红颜知己万分不舍地离别，心情十分惆怅。在富丽堂皇、静谧幽美的居室内，名贵香料制成的蜡烛明耀，一阵清风吹过窗棂，流苏帐翩然翻卷飘舞，在明月将残时，词人与美人含泪而别。

美人拿起装饰有黄金和翠色羽毛的琵琶弹曲为词人送别，玉指轻轻拨动，琵琶声婉转而又清越，似莺啼之美。过去的美好生活，随着乐曲历历在词人眼前一一闪现。以前美好生活一去不返，激起词人无限悲痛。琵琶曲终了，美人用她柔美的语音劝慰词人早点回家，在那绿窗之下，有花一样美丽的人儿在等待词人归家。

菩萨蛮（其二）

人人尽说江南好，游人只合[1]江南老。春水碧于天，画船[2]听雨眠。

垆边人[3]似月，皓腕凝霜雪[4]。未老莫还乡，还乡须断肠。

【注释】

①只合：只应当、合该。②画船：船的美称。③垆边人：暗用卓文君当垆典故，指酒家女。垆：安置酒瓮的土墩。④皓腕凝霜雪：

皓腕，形容双腕洁白如雪，凝霜雪，像霜雪凝聚那样洁白。

【解读】

人人都说江南的风景美丽怡人，引得来这里的游人驻足流连，心想合该在这里终老一生。江南水乡，确实有着迷人的自然景色。那像天空一样清澈碧蓝的春水，卧在画船中听那潇潇雨声，都令游人留恋和陶醉。

那当垆沽酒的女郎美丽如月，白皙的手腕好像霜雪凝结而成。她是这江南最美的风景。江南的景色是秀美的，江南的女子是美丽能干而又热情好客的，江南的一切富有情趣而又富有诗意，离开让人心醉的江南，回到故乡，看到的却是战火纷飞，父老乡亲背井离乡，那还不叫人痛断肝肠吗？

菩萨蛮（其四）

劝君今夜须沉醉，尊①前莫话明朝事。珍重主人心，酒深情亦深。

须愁春漏②短，莫诉金杯满。遇酒且呵呵，人生能几何。

【注释】

①尊：酒杯。②漏：漏壶，古时滴水计时的仪器。

【解读】

劝君今夜务必喝个一醉方休，一定要喝个痛快，喝个沉醉，千万不要聊明天的事情。主人盛情相邀，我们怎能辜负主人的一片心意。主人酒杯是深的，情意也是深的，大家能饮则饮，何辞一醉。

春宵苦短，时光易逝，不要因为金杯里的酒斟得太满而坚辞不饮。有这么好的美酒，应该趁着大好春光，良辰美景，开怀畅饮，长饮尽欢，因为人的一生毕竟没有多长啊！

菩萨蛮（其五）

洛阳城里春光好，洛阳才子①他乡老。柳暗魏王堤②，此时心转迷。

桃花春水渌，水上鸳鸯浴。凝恨对残晖，忆君君不知。

【注释】

①洛阳才子：西汉的贾谊是洛阳人，时称洛阳才子。这里暗指韦庄本人，他早年曾寓居洛阳。②魏王堤：指魏王池的堤坝。魏王池因唐太宗赐给魏王李泰而得名，是洛阳胜景之一。

【解读】

洛阳城里的春光无限美好，然而我却只能像洛阳才子贾谊那样流落他乡，在他乡终老。遥想使魏王堤变暗的浓荫杨柳，它的春色多么美好啊，想及我将终老他乡，不禁黯然神伤，惆怅不已。

那嫣红的桃花和碧绿的春水，那水上出双入对的鸳鸯自由自在地戏浴，怎不惹动人的情思？本应相守相依，而人却天各一方，独处他乡，怎不让人怅恨不已？而此时的我，正面对西沉的残晖，徘徊遥望，只能把心中聚集的满腔凝恨化解到这西沉的余晖中，因为虽然我在远方思念你，但你却并不知晓。

浣溪沙

惆怅①梦余山月斜，孤灯照壁背②窗纱。小楼高阁谢娘③家。

暗想玉容何所似？一枝春雪冻梅花，满身香雾簇朝霞④。

【注释】

①惆怅：失意伤感。②背：暗，即灯光暗淡。③谢娘：唐代有名的妓女，本名谢秋娘。唐朝李德裕的小妾，谢娘家泛指青楼或恋人的居处。④簇朝霞：被灿烂的朝霞所笼罩。

【解读】

梦醒后倍觉失意感伤，山边的明月也是一副意兴阑珊的样子。在这小楼高阁唯有一名女子和明月、孤灯相伴，怎不让人伤感呢？孤灯照耀墙壁投下的影子把窗纱遮暗了，室内显得更加孤寂冷清。男子暗暗思念自己的意中人，她现在是什么样子，她是不是还像从前那样冰清玉洁，如冰雪中的梅花香艳，满身衣着香泽如雾被灿烂的朝霞所笼罩。在这凄清的月夜男子对意中人的思念如此深切，他多么希望能快些来到意中人的身边，使她不再孤寂，与她长相厮守。

李　珣（约855—约930），五代前蜀词人。字德润。梓州（今四川省三台县）人。先祖为波斯人。其妹李舜弦为前蜀后主王衍之昭仪，李珣因以为王衍的宾客。李珣工诗与词。题材广泛，风格朴素，多描写闺情离愁和南国风物，有乐府遗音。有词集《琼瑶集》，已佚。又通医理，所著《海药本草》，为李时珍《本草纲目》所引用。

南乡子

乘彩舫①，过莲塘，棹歌②惊起睡鸳鸯。游女带香偎伴笑，争窈窕，竞折团荷遮晚照。

【注释】

①彩舫：经过彩饰的小船。②棹歌：划船时唱的歌。

【解读】

五彩的画船在茂盛的荷花中迤逦穿行，红绿相映，好一片荷塘，好一个夏日！少女们荡着小舟，哼着小曲，尽情地陶醉在这夏日的美景中。棹歌惊醒了栖眠荷下熟睡的鸳鸯，引得少女们破颜而笑。她们发出顽皮的、娇羞的笑声。不知她们是笑鸳鸯惊恐，傻乎乎的样子，还是由双宿双飞的鸳鸯引起了对爱情的甜蜜憧憬？或者是在以鸳鸯而戏谑与自己同行的女伴？这舒心的、无邪的、交织着甜蜜与希望的笑，透露出少女的天真和活泼！少女们身上散发着香气，相互依偎，相互嬉闹着，不觉玩到了黄昏时分。阳光也不十分炽热了，但她们纷纷折下荷叶遮蔽阳光。她们竞折荷叶，意不在遮蔽阳光，而是为了这一日的游玩尽兴，乘兴而来，尽兴而归。

定风波

志在烟霞[①]慕隐沦[②]，功成[③]归看五湖春。一叶舟中吟复醉，云水。此时方识自由身。

花岛为邻鸥作侣，深处。经年不见市朝人[④]。已得希夷[⑤]微妙旨[⑥]，潜喜。荷衣蕙带[⑦]绝纤尘。

【注释】

①烟霞：山水之间的烟雾云霞，这里指归隐之意。②隐沦：隐姓埋名。沦意为“没”。③功成：指范蠡辅佐越王勾践灭吴后功成身退、隐迹五湖（太湖）。④朝市：商贾官宦。市，指商贾，为求利于市的人；朝，指官宦，为争名于朝的人。⑤希夷：语出老子《道德经》：“视之不见名曰夷，听之不闻名曰希。”河上公注：“无色曰夷，无声曰希。”后世以“希夷”指虚寂玄妙的哲理。⑥微妙旨：精微玄妙的义旨。⑦荷衣蕙带：荷衣，用荷叶制成的衣服，后泛指高士、隐士的衣服。蕙带，用蕙草制成的衣带。屈原《九歌·少司命》：“荷衣兮蕙带，倏尔来兮忽而逝。”这里指隐者的服饰。

【解读】

多么仰慕当年的范蠡，他的志向本来就在青山绿水、烟雾云霞之中，吴亡越兴，功成名就时隐姓埋名，寄身于太湖的烟波浩渺之中。纵情山水，寄兴风月，云水间驾一叶扁舟，把酒吟诗，在“舟遥遥以轻飏，风飘飘而吹衣”这般惬意的神仙生活中，词人忽然悟得陶渊明当年归隐田园时的体会：“悟已往之不谏，知来者之可追。实迷途其未远，觉今是而昨非。”今天才真正感受到了什么叫作“自由身”。

与繁花似锦的小岛为邻，和自由飞翔的鸥鸟做伴，人和自然融为一体。只有在这种人迹罕至的地方，才能远离流俗之辈，经年不见追名逐利之徒，这才有了精神世界的安宁与自在；也只有在这里才能真正做到“无声无色”，才能感悟隐居林泉的“希夷微妙旨”。也只有在这里才能过上荷衣蕙带绝纤尘的生活。

渔歌子

楚山青，湘水绿，春风澹①荡看不足。草芊芊②，花簇簇，渔艇棹歌相续。

信浮沉，无管束，钓回乘月归湾曲。酒盈尊，云满屋，不见人间荣辱。

【注释】

①澹：安静：恬淡。②芊芊：草木茂盛的样子。

【解读】

春日里，楚山青青，湘水碧绿，和风吹来，水波荡漾，如此青山绿水、风景秀美，让人尽日欣赏不够。草木葱茂，花团锦簇，水面上渔舟相接，棹声歌声互相应和，美妙无比。

任他世间浮沉，我这个归隐的处士不受那些世俗官场的管束，每日水面垂钓，兴尽时方乘月而归，将酒杯斟满，酣然畅饮。月光笼罩，江雾弥漫，如云满屋，全然不管他世间富贵荣辱，只对着这清风朗月、满江风景自斟自酌，乐在其中！

渔歌子

荻[1]花秋，潇湘夜，橘洲[2]佳景如屏画。碧烟中，明月下，小艇垂纶[3]初罢。

水为乡，篷作舍，鱼羹稻饭常餐也。酒盈杯，书满架，名利不将心挂。

【注释】

①荻：多年生草本植物。形状像芦苇，叶子细长，紫色花穗，生长在水边。②橘洲：橘子洲，在今湖南省长沙市湘江的江心。③纶：这里指钓鱼线。

【解读】

橘子洲的水边一到秋天荻花盛开，陆地上橘树满洲，在碧绿的橘叶下长满了肥硕的橘子。紫色的荻花，绿色的橘叶，金色的橘子，连成一片，风景如画。夜幕降临，碧烟朦胧，月光笼罩，如梦似幻，小舟上的渔翁这才收拾钓具回家。

把云水作为家乡，把蓬舍作为居所，把鱼羹稻米饭作为家常便饭，过着以自然和习俗为乐的生活。酒兴来时，杯中斟满美酒，一醉方休；雅兴来时，读书废寝忘餐。一切随意遂性，纵情而为，不受名利牵挂。

渔　父

水接衡门[1]十里余，信船[2]归去卧看书。轻爵禄[3]，慕

玄虚④；莫道渔人只为鱼。

【注释】

①衡门：指隐居之地。典出《诗经·陈风·衡门》："衡门之下，可以栖迟。"②信船：让船随着风浪飘荡。③爵禄：泛指功名富贵。④玄虚：虚寂玄妙的哲理。

【解读】

词人居住在青山绿水间的一栋简陋的居室里，平常的日子，任小船悠悠漂浮，自己躺在船舱里以宁静的心境，聚精会神看着著作。不慕官爵俸禄，不攀达官显贵，怎么能说隐士只是为了打鱼饱口福呢？

渔　父

避世垂纶不计年，官高争得似君闲。倾白酒，对青山，笑指柴门待月还。

【解读】

为躲避战乱，也为不在污浊的官场为官爵利禄明争暗斗，词人远离了污浊的官场，回归自然，在山水间过上了隐士的闲适生活。在这里不受拘束，不似身陷牢笼，不明争暗斗，每一天过得都是十分快乐的，因此总是不知道计算时间。而高官每天案牍劳形，官场搏斗怎得似隐士生活得静美闲适。不仅如此，词人每天还喝着小酒，纵情山水，欣赏着美丽的自然风光，呼吸着最清新的空气，等到月亮升起再回到柴门中，这是何等惬意的生活。

欧阳炯（约 896—971），五代后蜀词人。益州华阳（今四川省成都市）人。前蜀时为中书舍人，后蜀时拜翰林学士，累迁门下侍郎，兼户部尚书，同平章事。后从孟昶降宋，官至翰林学士转左散骑常侍。善文章，又善吹长笛，尤工诗词。其词多写男女之情，也有写南方风物之作，词意艳丽，婉约轻和。为时人称道。其为花间词派的主要代表作家之一，曾为赵崇祚所编《花间集》作序，述花间词派的宗旨与渊源，反映了当时这派词人的创作态度与艺术旨趣。《花间集》录其词十七首，《尊前集》录其词三十一首。

南乡子

嫩草如烟，石榴花发海南天。日暮江亭春影渌，鸳鸯浴，水远山长看不足。

【解读】

春日暖暖的阳光温暖了大地，小草从泥土中窜了出来，柔嫩又鲜绿，一棵紧挨一棵，连成浩渺一片，放眼望去，像一片绿烟。石榴花绽放到了极致，这在北国夏季才能开放的花朵，在这里春季就开放了，成了一道亮丽的风景线。绚烂的夕阳照射在江亭上，让江亭变成了彩色。江亭下江水清澈，成双成对的鸳鸯在水里自由嬉戏。这广阔如画的山水，教词人怎能不动情，怎能不向往，怎么能看得够呢？

南乡子

画舸停桡[1]，槿花[2]篱外竹横桥。水上游人沙上女，回顾，笑指芭蕉林里住。

【注释】

①画舸：装饰华美的小船。桡：船桨。②槿花：一种落叶灌木，开红、白、紫等各色花。南方民间多用以代替篱笆。

【解读】

炎炎夏日，彩饰的小船停泊在了一个清幽处，船儿不动，桨儿不摇，近处是以木槿花为篱的茅舍，远处是依稀可见的横江竹桥，静极了，也天然极了。画舫可与槿花两相辉映，又使恬静素淡之中平添了几分艳雅。画舫中的男子问立于沙岸上的姑娘姓甚名谁，家住何处。姑娘想回答，又羞于回答，她转身走了。走了，又不甘心，却又回头顾盼，笑指着说，我家就在芭蕉林深处。

春光好

天初暖，日初长，好春光。万汇[1]此时皆得意[2]，竞芬芳。

笋迸苔钱嫩绿，花偎雪坞浓香。谁把[3]金丝[4]裁剪却，挂斜阳？

【注释】

①万汇：万物。②得意：生机盎然的样子。③“谁把”句：语出贺知章《咏柳》：“不知细叶谁裁出，二月春风似剪刀。”④金丝：比喻刚冒出嫩叶的柳条。白居易《杨柳枝》：“一树春风万千条，嫩于金色软于丝。”

【解读】

春分过后，白昼渐长，夜晚渐短，日照时间渐长，气温回暖，一派和暖的春光。各种植物竞吐芬芳，唯恐落后，放眼望去，万物欣欣向荣，春光无限。

春笋从芳香的泥土中迸出，苔藓像一枚枚铜钱一样，一块挨着一块嫩绿地生长着，一簇簇鲜花依傍着还未融化的白雪，散发着冷香。那金色的夕阳照耀着眼前的柳树，如果能把夕阳下的柳条裁剪下来，挂住已经西斜的太阳，让时间在这一刻停住，那么这美好的春光就将在大地永驻，就能随时欣赏初春的美景了。

清平乐

春来阶砌，春雨如丝细。春地满飘红杏蒂，春燕舞随风势。

春幡①细缕春缯②，春闺一点春灯。自是春心撩乱，非干春梦无凭。

【注释】

①春幡：古代风俗，于立春日将彩色丝缯、纸张剪成小幡（春旗）挂在树枝上，妇女则连缀在头上，表示迎春之意。②春缯：春

纱，做春旗的丝织品。

【解读】

春天来了，屋前石阶上苔藓丛生，春雨纤细如丝，迷迷蒙蒙地滴着，绵绵不绝。地上落满了红杏蒂，燕子也活跃起来了，随着春风翩翩起舞。

立春这一天，姑娘细心地镂刻着春幡，将一部分挂上树枝，一部分连缀在自己头上。做幡用的彩色丝缯，又薄又细，十分精美。入夜，姑娘在香闺中点燃了春灯，点点照亮姑娘的心扉。春天来了，万物散发出蓬勃的生机，扰乱了姑娘的心绪。是昨夜梦中姑娘梦到了情郎才心烦意乱，还是因为这浓浓的春意让姑娘顿生春愁之感呢？

孙光宪（约895—968），五代宋初文学家、词人。字孟文，自号葆光子。陵州贵平（今四川省仁寿县）人。历事五代十国时期南平政权高从海、高保融、高继冲三世，累官至荆南节度副史、检校秘书少监。后归宋，官黄州刺史，家有书数千卷，校勘抄写，老而不辍。其词题材较广，有传统艳情词，亦有咏史、农家、异乡、边塞之作。词风清疏秀朗，较少浮艳习气。其词见《花间集》《尊前集》。著有《北梦琐言》《荆台集》，极具文献史料价值。

浣溪沙

蓼岸①风多橘柚②香，江③边一望楚天长。片帆烟际闪孤光④。

目送征鸿⑤飞杳杳，思随流水去茫茫。兰⑥红波碧忆潇湘。

【注释】

①蓼岸：长有蓼草的江岸。②柚：俗称文旦，秋末果熟呈橙黄色。③江：特指长江。④孤光：指片帆在日光照耀下的闪光。⑤征鸿：远飞的大雁。⑥兰：红兰，秋季开花。

【解读】

开满蓼花的江岸，橘柚连片，硕果累累，凉风习习吹来，送来阵阵橘柚的清香。站在江边极目远望，楚地天空辽远空阔。客人乘坐的小船，在迷蒙的烟霭中，在日光的照耀下闪着孤光。

目送着远飞的大雁渐去渐远，思绪也随着茫茫东去的江水渐去渐远。远去的友人啊，每年红兰盛开，江水碧波荡漾之时，我们当忆起这美丽的潇湘。

浣溪沙

半踏长裾[1]婉约[2]行，晚帘疏处见分明。此时堪恨昧平生[3]。

早是销魂残烛影，更愁闻着品弦声。杳无消息若为情。

【注释】

①长裾：衣服的大襟，也指衣服的前后部分。②婉约：步态柔美的样子。③昧平生：素昧平生，一向不相识。

【解读】

只见一个婀娜的身影，拖着长长的裙裾曳地而行，透过半卷的竹帘，看得如此分明。仿佛是午夜梦回，那份依稀可见的魅力令人心驰神往。这个时候真想去接近她，可是素不相识，没有互通言语的理由。

看到美人室内残照烛光下的倩影已是让人销魂，更何况是再听着她那玉指拨动的如天籁之音的琴韵呢？男子对这位妙龄美人倾慕不已，苦于没有音信可以传达，没有机缘向她表达爱慕之情，空有一片相思，让男子魂牵梦萦，无法入眠。

冯延巳（903—960），五代南唐词人。一名延嗣，字正中。广陵（今江苏省扬州市）人。南唐中主李璟时，官至同平章事。学问渊博，工书善诗，尤以小令著称于时，为南唐中主李璟时期重要宫廷词臣。所作词传世百余首，均为小令，多写男女间的离情别恨，融情于景，文辞清丽雅致，婉约缠绵，于后世影响至深，对北宋晏殊、欧阳修等颇有影响。著有《阳春集》，但其中杂有他人之作。

谒金门

风乍起，吹皱一池春水。闲引①鸳鸯香径里，手挼②红杏蕊。

斗鸭阑③干独倚，碧玉搔头④斜坠。终日望君君不至，举头闻鹊喜。

【注释】

①闲引：闲暇无事逗引着玩。②挼：揉搓。③斗鸭阑：类似于

斗鸡台，是官僚显贵取乐的场所。④搔头：指碧玉簪。

【解读】

春风乍起，把一池春水吹起了一层层涟漪，这本是春日平常得很的景象，可是有谁知道，这一层层的涟漪，却搅动了一位女性的情感波澜。她装作悠闲地逗引着鸳鸯，在花园里落满花瓣的小径上漫步，漫不经心地把红杏花蕊放在手心里揉搓。

她独自倚靠在斗鸭栏杆上，碧玉簪从头上斜垂下来竟未察觉，我们由此知道她的心思全不在此。她终日思念的是希望夫君早日归来，他却还是没有归来，忽然几声喜鹊的欢叫，让她意识到喜鹊传递喜讯来了，由忧转喜，她的脸庞顿时涌上了一阵红晕，盼望已久的夫君终于要回家了，这怎能不令她的心像小鹿那样乱撞乱跳。

鹊踏枝

谁道闲情①抛掷久？ 每到春来， 惆怅还依旧。 日日花前常病酒②， 不辞镜里朱颜瘦。

河畔青芜③堤上柳， 为问新愁， 何事年年有？ 独立小桥风满袖， 平林新月人归后。

【注释】

①闲情：实际指爱情、相思。②病酒：饮酒过量，醉酒。③青芜：丛生的青草。

【解读】

谁说闲愁被抛弃很久很远了呢？每到春天来临的时候，那种迷惘、寂寞、失落、无奈的惆怅一如故旧。为了消除闲愁，天天在花前痛饮，让自己放任大醉，不惜身体染病，览镜自照，朱颜已改，容颜消瘦。

河岸边芳草青葱，绿柳成荫，那河畔的芳草，堤上的嫩柳，无不带来了春意萌动的消息。然而，对于被恋情困扰的人来说，万物的复苏同样也催生了心中沉埋的惆怅情绪。虽然见到的是春天的美景，但词人忧伤地暗自思量：为何年年都会平添许多新愁？独自伫立在小桥上，早春的寒风袭来，鼓满衣袖，广漠的树林上升起一轮新月，已是路断行人，人人都已归家了，夜已很深，为何词人还站在小桥上为年年积愁不能释怀，这是因为词人有一种坚定不移的追求和等待。

清平乐

雨晴烟晚，绿水新池满。双燕飞来垂柳院，小阁画帘高卷。

黄昏独倚朱阑①，西南新月眉弯。砌②下落花风③起，罗衣④特地⑤春寒。

【注释】

①朱阑：红色栏杆。②砌：台阶。③落花风：暮春时节的风。④罗衣：一种丝织品做成的衣服。⑤特地：特别、异常。

【解读】

春日傍晚，雨过天晴，夕阳晚照，远山近郭笼罩在一片烟霭之中，碧绿的春水涨满新池。身处幽居的闺中少妇看到双燕飞回长满柳树的院落，双手高卷画帘，让燕子飞入绣户栖宿。同时，她又是多么羡慕那成双归巢的燕子，又是多么怨恨离人的不归。

黄昏时分，她独倚朱栏，盼望着远人的归来，直到一弯新月像少女眉弯一样从西南天边升起，她还在那里等待。也不知时间过去了多久，直到晚风吹起台阶上的落花拂动她的罗衣时，她才感到春寒袭人。

李　煜（937—978），五代南唐后主。字重光，初名从嘉，号钟隐，世称李后主。徐州（今江苏省徐州市）人。建隆二年（961）继位，在位直至975年。南唐都城金陵（今江苏省南京市）为宋军攻陷，后主被俘至宋都汴京（今河南省开封市），封“违命侯”。后因《虞美人》词“问君能有几多愁，恰似一江春水向东流”深含故国之思，终为宋太宗赵光义所忌，赐毒而死。李煜多才多艺，善诗文，工书画，晓音律，尤以词著名。其词以亡国为界限，前期词多写宫廷享乐和男欢女爱，词风绮艳，亦有清丽之作，是婉约派的四大旗帜之一；后期词多抒写亡国之痛、故国之思，题材和意境都突破了花间词的拘囿和狭隘，扩展了词表现生活和抒情言志的功能，在词史上起到了变伶工词为士大夫词的重大作用，备受人推崇。今存词三十余首，后人将他的词与其父李璟的词合刻为《南唐二主词》。

玉楼春

晚妆初了明肌雪，春殿嫔娥鱼贯列。凤箫吹断水云间，重按霓裳歌遍彻。

临春谁更飘香屑？醉拍阑干情味切。归时休放烛光红，

待踏马蹄清夜月。

【解读】

那些刚刚上好晚妆的嫔妃，个个貌美如花，肌肤若雪，衣袂飘飘，鱼贯而列。《霓裳羽衣曲》一再弹奏，歌伎唱完了整套舞曲的最后一曲，悠扬的乐声传至水天相接处。

微风吹来，宫中舞女们身上的香粉气味随风飘散，词人陶醉了，兴奋得依着曲调在栏杆上拍打着节拍。曲终人散，词人不让高烧红烛，燃着明灯而行，而是策马踏着碎步在清淡的月色中归家。

破阵子

四十年①来家国，三千里地山河。凤阁龙楼②连霄汉，玉树琼枝作烟萝③，几曾识干戈？

一旦归为臣虏，沈腰④潘鬓⑤消磨。最是仓皇辞庙⑥日，教坊⑦犹奏别离歌，垂泪对宫娥。

【注释】

①“四十年”句：从南唐始祖建国到最后为宋所灭，共历三朝共三十八年。称四十年是举成数。②凤阁龙楼：指南唐京城金陵中的宫殿楼阁。③玉树琼枝作烟萝：形容树种植得密，枝繁叶茂，如同烟雾笼罩。萝，女萝，一种攀爬植物，密集时，远远看去，如同烟雾。④沈腰：《南史·沈约传》记载，沈约怀才不遇，曾写信给好友说自己因病消瘦，以至于要收束腰带。后人因以形容人憔悴消瘦。⑤潘鬓：晋潘岳《秋兴赋》曰：“鬓发以承弃兮，素发飒而垂领。”

后人因以形容中年鬓发斑白。⑥辞庙：辞别宗庙。指离开南唐祖业，被押赴宋廷。⑦教坊：古时宫廷管理音乐的官署。

【解读】

南唐建国四十年，对于我这个李后主来说家即是国，国即是家。拥有锦绣江山三千里。宫廷中的亭台楼阁金碧辉煌，龙盘凤飞，高高耸立，直入云霄。御园内奇花仙草，玉树琼枝，烟聚萝缠。我一直生活在这样华丽优美的环境中，几曾见到兵器，又哪里见到过战争呢？

而今一朝亡国，我顿时从君王沦为了臣虏，肉体和精神都受到了巨大摧残，身体迅速地消瘦，鬓发飞快地斑白。而我被俘时情状则最为狼狈仓皇：在匆忙辞别太庙时，宫中的乐工还为我吹奏别离的曲子，这些曲子只能加深离别的悲凉，面对那些幽居深宫只知欢乐的宫娥，我只能洒泪而别。

虞美人

春花秋月何时了？ 往事知多少。 小楼昨夜又东风， 故国不堪回首月明中。

雕栏玉砌①应犹在， 只是朱颜改。 问君②能有几多愁？恰似一江春水向东流。

【注释】

①雕栏玉砌：雕绘精美的栏杆，美玉砌成的台阶，这里指远在金陵的南唐故宫。②君：词人自称。

【解读】

一看到春花秋月，就会想到春花烂漫，秋月高洁，春去秋来，季节轮换，什么时候才是了结？想到在南唐时欣赏春花秋月的美好日子，那时有多少美好的憧憬。留下多少美好的回忆？但是现在成了阶下囚，真希望这种痛苦的日子快点结束。小楼昨夜东风习习，皓月当空，这是从故国吹来的风，故国的明月，在东风劲吹的明月之夜，金陵的故国生活已不堪回首。

那精雕细琢的曲栏，那美玉砌成的台阶应该还在，只是宫女们倾国倾城的青春容颜已经改变。如今人去楼空，往事是那样让人心酸，愁绪变得更深、更悠长了。若要问我有多少愁恨，恰似一江春水向东流去，滔滔不绝，无穷无尽。

相见欢

无言独上西楼，月如钩。寂寞梧桐深院锁清秋①。

剪不断，理还乱，是离愁②。别是一般③滋味在心头。

【注释】

①锁清秋：被秋色深深地笼罩住。②离愁：这里是指词人的去国之愁。③别是一般：也作“别是一番”，另有一种滋味。

【解读】

在凄凉清冷的深秋季节，词人默默无言，独自一人缓缓登上西楼，仰视天空，残月如钩。月色清寒，偏偏照在茕茕孑立的词人身上，让词人倍感孤凄。俯视庭院，梧桐树寂寞地孤立院中，幽深的庭院被笼罩在清冷凄凉的秋色之中。

词人无数次地想从离愁别恨中解脱出来，但是这种离愁别恨如丝如缕，剪之不断，理之还乱，这种离开故国之愁，整日萦绕在脑海里，别有一番滋味在心头。

浪淘沙

帘外雨潺潺①，春意阑珊②。罗衾③不耐五更寒。梦里不知身是客，一晌④贪欢。

独自莫凭栏⑤，无限江山。别时容易见时难。流水落花春去也，天上人间。

【注释】

①潺潺：细雨淅沥的声音。②阑珊：残，将尽。③罗衾：丝绸的锦被。④一晌：一会儿。⑤凭栏：倚靠着栏杆（远眺）。

【解读】

晚春之夜，帘幕低垂，帘外春雨淅淅沥沥，一滴滴，一声声，滴碎了词人的心。春天即将逝去，这丝绸锦被已耐不住五更时的寒冷。只有梦中才能忘记自身客居敌国的（俘虏）身份，才能得以享受片刻欢娱。

独自一人不要去凭栏怀远，因为昔日的无限江山已不再是属于南唐的了，凭栏怀远只会触景伤情，徒添悲伤。辞别故国时容易，再见已是不可能了。这故国的江山、家园，昔日的繁华就像落花流水一样，随着春天远去了，今昔对比，一是天上一是人间。

相见欢

林花谢了春红，太匆匆。无奈朝来寒雨晚来风。

胭脂泪，相留醉，几时重。自是人生长恨水长东。

【解读】

春天，树林里姹紫嫣红的花儿争奇斗艳，还没来得及尽情地欣赏它就凋谢了，飘零了，残红满地，美好的春光归去总是如此匆匆。也是无可奈何啊，娇嫩的花儿怎么能经得起早晨的寒雨和夜晚狂风的摧残呢？

着雨的林花娇艳欲滴，好似那美人的胭脂泪。词人惜花怜花，看到满地残红，悲伤凄恻，对美好的春花留恋得如醉如痴，不知什么时候与花儿能够重逢？人生本来长恨绵绵无期，就像那东逝的江水，无休无止，无穷无尽。

望江南

多少恨，昨夜梦魂中。还似旧时游上苑①，车如②流水马如龙。花月正春风。

【注释】

①上苑：古代皇帝的园林。②“车如”句：语出《后汉书·明德马皇后纪》：“车如流水，马如游龙”，极言排场盛大，车马众多。

【解读】

有多少遗恨呀，都在昨夜的梦魂中，昨夜梦回南唐，梦中好像还是故国君主，恣意地在皇家园林里游览，满朝文武大臣，妃嫔宫娥，跟随而行，一路上车如流水，马如游龙，场面盛大，气派非凡，好一派热闹繁华景象。此时春光明媚，春花烂漫，春风和煦，游兴正浓，白昼不足，继之以夜。此夜月明如水，花好月圆，其乐无穷。昨夜美好的梦境，让他对现实的囚徒生活，不知增添了多少仇怨。

长相思

一重山，两重山。山远天高烟水寒，相思枫叶丹。
菊花开，菊花残。塞雁高飞人未还，一帘风月闲。

【解读】

思妇登高远眺，但眼前只有那一重一重的高山，如同思妇那重重相思，重重离恨，越望思情越浓，越望离恨越重。山远天高，烟水浩渺、寒气袭人，寒的不仅仅是烟水，也有思妇的心。但思妇对远人的相思之情却如同火红的枫叶一般热烈。菊花盛开，菊花凋残，思妇的青春就在这年复一年的花开花落的时光中悄然逝去。

那塞外高飞的大雁尚且每年都归来，而离人却始终不见踪影，这既让自然的风月闲置（不能与离人在自然的风月中尽情游赏），又让我们这对有情人的风月闲置，何其憾恨！

张　泌（生卒年不详），亦作张佖，字子澄。淮南（今安徽省寿县）人。南唐后主时登进士第，初任句容（今江苏省句容市）尉。宋太祖建隆三年（962）上书后主，陈治道，升任监察御史，历任考功员外郎、内史舍人。南唐亡国后，随后主李煜投降北宋，入史馆，迁虞部郎中。最终归家毗陵（今江苏省常州市）。善诗与词，《全唐诗》收其诗 20 首、词 27 首。其作大多为艳情词，用字工炼，章法巧妙，描绘细腻，用语流便。

浣溪沙

马上凝情忆旧游，照花淹竹小溪流。钿筝[①]罗幕玉搔头[②]。

早是出门长带月，可堪分袂又经秋。晚风斜日不胜愁。

【注释】

①钿筝：装饰精美的筝。②玉骚头：玉簪。

【解读】

一个骑在马背上的行役之人，思绪凝聚，追忆他旧日的游踪。旧游之地的环境极为幽美，一条潺潺流淌的小溪，碧水澄澈，反照着岸边的奇花异卉，浸渍了绿竹，当这景色晴朗、风物如画的时节，他常常与相爱的女子在此相会。张设起帷帐，面对着良辰美景，她头发上插着玉簪，又打扮得非常华贵，他倾听着她用装饰精美的古筝弹奏的美妙乐曲。这种情怀意趣，无限风流。

自旧游分离之后，他便浪迹天涯。别后常常是披星戴月，辛劳奔波，忽忽又是一年。词人对着落照斜晖，萧瑟晚风，寂寞苍凉的景色，不禁触目伤情，愁绪无穷。

杨柳枝

腻粉琼妆透碧纱，雪休夸[①]。金凤搔头[②]堕鬓斜，发

交加。

倚着云屏[3]新睡觉[4]，思梦笑。红腮隐出[5]枕函[6]花，有些些[7]。

【注释】

①雪休夸：形容美人的肌肤比雪还白。②金凤搔头：金凤凰形状的簪子。搔头，发簪之别称。③云屏：绘饰有彩云的屏风。④新睡觉：刚刚从酣睡中醒来。⑤隐出：压出的印痕。⑥枕函：枕头套子。枕，枕头。函，枕套。⑦些些：一点点。

【解读】

美人装扮得特别漂亮，她的脂粉香飘四溢，她的妆饰透亮犹如碧纱，肌肤比雪还白。金凤凰形状的簪子插在她的髻上，长长地斜在一边，与她如水的美发相连在一起。

美人刚刚从酣睡中醒来，想起刚才做的美梦不禁笑了起来。该是梦到自己的情郎了吧，他们甜甜蜜蜜地生活在一起，心里怎么能不高兴呢？想到这，美人十分娇羞，她的两腮忽地红了。睡了一觉醒来，她的脸上印出了枕头套子上的花纹，隐隐约约在美人的脸上留下了一些。

王禹偁（954—1001），北宋文学家、诗人。字元之。济州钜野（今山东省巨野县）人，宋太宗太平兴国八年（983）进士。端拱元年（988）任右拾遗。次年，上《御戎十策》，陈说防御契丹之计。京城旱灾，上书请减百官俸禄，节约开支，减轻刑罚。后屡以事贬官。真宗即位后，上书提出谨边防、通盟好、减冗兵、并冗吏等事。后迁翰林学士知制诰。因修《太宗实录》，直书史事，为宰相所恶。出知黄州，后迁蕲州，48岁死于任所。他是北宋早期著名的文学家，宋初诗文革新的倡导者。反对晚唐、五代、宋初浮靡文风，提出诗学杜甫、白居易，文学韩愈、柳宗元。他的诗能反映现实，作品风格平易朴素，诗文清醇秀丽，对改变唐后期以来的浮靡文风有很大贡献，为后来的诗文革新开辟了道路。苏轼称他“以雄文直道独立当世”，“耿然如秋霜夏日，不可狎玩”。林逋称其“纵横吾宋是黄州”，故王禹偁世称“王黄州”。他的诗文颇受后人推重。《待漏院记》《黄州新建小竹楼记》广为传诵。有《小畜集》《小畜外集》《五代史阙文》等。

点绛唇·感兴

雨恨云愁，江南依旧称佳丽[①]。水村渔市，一缕孤烟[②]细。

天际征鸿，遥认行如缀[3]。平生事，此时凝睇[4]，谁会[5]凭栏意。

【注释】

①佳丽：指景色秀美。②孤烟：炊烟。③行如缀：行列整齐，像是连缀在一起。④凝睇：凝视。⑤会意：理解。

【解读】

那绵绵细雨，恨意难消，阴云密布，愁绪堆积，但江南依旧称得上景色秀美之地。水边的村落，湖畔的渔市，点缀在弯弯曲曲的绿水岸边，一缕又细又淡的炊烟向空中袅袅升起，一幅静美的田园风光图展现在词人的眼前。

仰望天空，远飞的大雁队列整齐，首尾连缀，乘着长风，向着既定目标，奋力飞行。这充满生机的天空和大地，触发了词人对人生价值和功名前途的思考。词人平生的心事和志向是想为国为民做一番轰轰烈烈的事业。此时词人正凭栏凝望，心中思潮翻滚，他空有一腔热血，但他济苍生、建功业的远大抱负，有谁能领会呢？词人为无人理解自己的抱负而倍感惆怅。

寇　准（961—1023），北宋大臣、政治家。字平仲。华州下邽（今陕西省渭南市）人。太平兴国五年（980）进士，授大理评事，后任巴东知县。淳化二年（991），天大旱，寇准揭发参知政事王沔包庇其弟贪赃枉法事，宋太宗擢寇准为左谏议大夫、枢密副使，改任同知院事。淳化五年（994）为参知政事。寇准为人正直不阿、疾恶如仇、忠君爱国，为太宗信重，尝以魏征相比。景德元年（1004）任宰相。契丹军南侵，众大臣为之惊骇，参知政事王钦若主张南迁，他力排众议，力主抗敌，请帝亲征。真宗采其建议，进驻澶州（今河南省濮阳市）督战，与辽订立澶渊之盟。不久被王钦若排挤罢相。后再起为相。天禧四年（1020）真宗病，他密奏请以太子监国，事泄，罢相。封莱国公。旋将复相，参知政事丁渭乘机倾陷，贬道州司马。后被贬至雷州（今广东省雷州市），卒于任所。寇准词均为小令，辞藻清丽，体制高妙，有花间词派气象。著有《寇莱公集》《巴东集》。

阳关引

塞草烟光阔，渭水[①]波声咽。春朝雨霁[②]轻尘歇。征鞍发。指青青杨柳，又是轻攀折。动黯然，知有后会甚时节？

更尽一杯酒，歌一阕。叹人生，最难欢聚易离别。且莫辞沉醉，听取《阳关》彻[③]。念故人[④]，千里自此共明月。

【注释】

①渭水：黄河最大的支流，发源于甘肃，经陕西而入黄河。②雨霁：雨停。③听取《阳关》彻：白居易《对酒五首》（其四）云："相逢且莫推辞醉，听唱《阳关》第四声！"寇准此句是"听唱《阳关》第四声"之意。④"念故人"两句：从谢庄《月赋》"美人迈兮音尘阙，隔千里兮共明月"两句中化出。

【解读】

边塞芳草绵延无尽，显得十分辽阔，朝雾如烟，渭水浩渺，波声如咽。刚停雨的春晨，飞尘消歇。此刻鞍马已经备好，将要出发。

见柳色青青，轻轻地攀折以赠友人。激动之余又黯然神伤，尽管知道后会有期，可究竟是什么时节呢？

饯别席上，一杯更一杯地畅饮，离歌一曲又一曲地歌唱。感叹人生，欢聚最难，离别却易。请不要拒绝一醉方休，也无须推辞这杯酒，一起听这首《阳关曲》，要知道此次一别，远隔千里，即使再想念对方，也只能共此明月遥寄相思了。

林　逋（967—1028），北宋诗人。字君复。钱塘（今浙江省杭州市）人。少孤力学，恬淡好古。初漫游江淮间，后归隐杭州，隐居西湖孤山，二十年不入城市。终身不仕、不娶。所居植梅养鹤，世称“梅妻鹤子”。其诗词风格淡远清雅，多反映隐居生活和闲适情趣。亦工书。卒后仁宗赐谥和靖先生。有《林和靖诗集》。

长相思（亦称相思令）

吴山①青，越山②青，两岸青山相送迎。谁知离别情？

君泪盈，妾泪盈，罗带同心结③未成。江头潮已平④。

【注释】

①吴山：泛指钱塘江北岸群山。②越山：泛指钱塘江南岸群山。③同心结：将罗带系成连环回文样式的结子，象征定情。④潮已平：指江水已涨到与岸齐平。

【解读】

钱塘江两岸山明水秀，吴山和越山夹江而立，两两相对，送往迎来过多少客人，见过多少人的悲欢离合？多少人的离愁别恨？但它们怎能理解恋人的离别情？

恋人离别，紧紧握住对方的手，难舍难分，无语凝噎，你泪眼盈盈，我泪眼盈盈，相爱却不能相守，同心结未能打成，未能定下终身。悲伤归悲伤，送君千里，终有一别，江潮已经平息，船儿该扬帆起航了。她目送情郎荡舟而去，心也随着情郎飞去了。

杨　亿（974—1020），北宋文学家。字大年。建州浦城（今福建省建瓯市）人。少有才名，年十一宋太宗亲自召殿试，封秘书省正字，宋太宗淳化三年（992）赐进士及第。历官著作佐郎、知制诰、工部侍郎等，官至翰林学士兼史馆修撰。参加《册府元龟》《宋太宗实录》的纂修，用力颇多。其人才思敏捷，文风雄健。与刘筠、钱惟演相唱和。编成《西昆酬唱集》，是西昆体代表作家之一。有《武夷新集》。

少年游

江南节物，水昏云淡，飞雪满前村。千寻翠岭[①]，一枝芳艳，迢递[②]寄归人。

寿阳妆罢[③]，冰姿玉态，的的写天真。等闲风雨又纷纷。更忍向、笛中闻。

【注释】

①千寻翠岭：高高的梅岭。寻，古代计量单位，七尺或八尺为

一寻。翠岭，指位于粤赣交界的梅岭。据传唐朝张九龄为相，令人开凿通往梅岭的新路，沿途植梅，故有是称。②“迢递”句：化用南朝宋陆凯《赠范晔》：“折花逢驿使，寄与陇头人。江南无所有，聊赠一枝春。”③寿阳妆罢：用寿阳公主梅落额上的典故。据唐韩鄂《岁华纪丽·人日梅花妆》记载，南朝宋武帝之女寿阳公主曾经在含章殿檐下休息，梅花落在她的额上，成五出之花，宫中争相模仿，于是称之为“梅花妆”。

【解读】

江南早春时节，层云惨淡，水面烟雾蒙蒙，村前漫天飞雪，一片肃杀景象。万物尚在沉睡之中，而翠岭上的梅花却傲雪率先怒放，何不折下一枝，寄给千里之外的亲人。

当年，寿阳公主额上的梅花妆精致高雅，衬托出她天生丽质，冰清玉洁又不失天真情态的出尘脱俗的芳姿。可是风雨无情，致使落英缤纷。更让人难以忍受的是，耳边还传来幽怨的笛声，令人痛断肝肠。

钱惟演（977—1034），北宋诗人。字希圣。临安（今浙江省杭州市）人。吴越忠懿王钱弘俶之子。少补牙门将。归宋，为右屯卫将军。咸平三年（1001）召试，为太仆少卿。累迁翰林学士、枢密使，罢为镇国军节度观察留后，改保大军节度使，知河阳。入朝，加同中书门下平章事。明道初，坐擅议宗庙，因与后家通婚，落同平章事，罢为崇信军节度使。博学能文，有诗名。景德间与杨亿、刘筠等十七人相唱和，合辑为《西昆酬唱集》，后人因称为“西昆体”。有《玉堂逢辰录》《金坡遗事》。

木兰花

城上风光莺语乱，城下烟波春拍岸。绿杨芳草几时休，泪眼愁肠先已断。

情怀渐觉成衰晚，鸾镜朱颜惊暗换。昔年多病厌芳尊，今日芳尊惟恐浅。

【解读】

城上风光无限，莺歌燕啭，城下烟波浩渺，碧波拍打堤岸。面对满眼绿杨芳草，牵动满腹愁绪，更恨恼人春色，绿杨芳草几时衰败？须知我已是满眼泪水，愁肠已断。

人到晚年渐觉美好情怀在衰退，精神萎靡，意志衰减，对着鸾镜惊讶地发现自己青春红润的面容暗自更换了。现在害怕看到浓艳的春光，因为春光愈明媚，愈在提醒人已衰老。昔年体弱多病，怕碰金杯里香气四溢的美酒，如今想借酒浇愁，唯恐酒杯里的酒没有斟满。

柳　永（约 987—约 1053），北宋著名词人。初名三变，字景庄，后更名永，字耆卿，因其排行第七，又称柳七。崇安（今福建省武夷山市）人。仁宗景祐元年（1034）进士。官屯田员外郎，世称柳屯田。早年怀才不遇，遂由追求功名转而厌倦官场，正如他说，“忍把浮名，换了浅斟低唱”。他长期生活在市井民间，其词多写羁旅行役、闺思恋情，吟咏都市繁华和湖光山色。艺术上注意吸取民间作品的营养，长于委婉铺叙和白描形容，喜用俚词俗语，明白晓畅。因有上述特色，柳词风靡一时，故有“凡有井水处，即能歌柳词”之说。

柳永长期沉沦社会下层，与歌伎乐工为友，为他们创作了大量适宜歌唱的长调慢词。他的创作十分成功，元曲大家关汉卿把柳永的词搬上舞台，深受市民喜爱。柳永随便给哪个歌伎写上几句词，她就会身价倍增。于是歌伎们对柳永都十分爱戴拥护，一个个对他喜爱有加。她们专门编了一首歌谣：“不愿君王召，愿得柳七叫；不愿千黄金，愿得柳七心；不愿神仙见，愿识柳七面。”柳永晚年穷愁潦倒，死时一贫如洗，京都歌伎姐妹们念他的才学和情痴，凑一笔钱为他安葬。出殡之时，京都歌伎都来了，一片哀声。这便是“群伎合金葬柳七”的佳话。死后亦无亲族祭奠，每年清明节，歌伎都相约赴其墓地祭扫，并相沿成习，称之“吊柳七”或“吊柳会”。

柳永作为北宋第一位专力作词的词人，不仅开拓了词的题材内容，特别是对长调的发展起了很大的作用，在乐工的协助下创作慢词新调数十种。铺叙刻画，情景交融，语言通俗，音律谐婉，在当时流行很广，对宋初词的发展有一定影响。《雨霖铃》《八声甘州》《望海潮》等颇有名。有词集《乐章集》。

鹤冲天

黄金榜上①，偶失龙头②望。明代③暂遗贤④，如何向⑤。未遂风云便⑥，争不恣狂荡。何须论得丧？才子词人，自是白衣卿相。

烟花巷陌，依约丹青屏障⑦。幸有意中人，堪寻访。

且恁[8]偎红倚翠，风流事、平生畅。青春都一饷。忍把浮名，换了浅斟低唱！

【注释】

①黄金榜：科举时代殿试录取，朝廷出榜公布，用金字题名，故称黄金榜。②龙头：状元的别称。③明代：政治开明的时代。④遗贤：抛弃了贤能之士，为仕途所弃。⑤如何向：如之何、怎么办。⑥风云便：好的际遇。⑦丹青屏障：彩绘的屏风。⑧恁：如此。

【解读】

在黄金榜上，我只不过是偶然失去取得状元的机会。即使在政治清明的时代，君王也会一时漏选了我这个贤能之才！我今后该怎么办呢？既然没有得到好的际遇，怎不恣意狂荡，过无拘无束的生活？何必再谈论什么得失呢？一身才气横溢，倚声填词，自是民间的卿相。

在歌舞为业的女子聚居的街巷中，随处隐约可见丹青屏障，精致雅美。最为值得庆幸的是，那里有我的意中人可以寻访。在那里偎红倚翠，这种生活，是何等的风流酣畅！青春的年华就是一会儿工夫，怎么忍心虚掷，我宁可把金榜虚名，换成尽情地浅斟低唱。

雨霖铃

寒蝉凄切，对长亭[1]晚，骤雨初歇。都门帐饮[2]无绪，留恋处，兰舟催发。执手相看泪眼，竟无语凝噎。念去去，千里烟波，暮霭沉沉楚天阔。

多情自古伤离别，更那堪[3]，冷落清秋节！今宵酒醒何

处？杨柳岸，晓风残月。此去经年，应是良辰好景虚设。便纵有千种风情，更与何人说？

【注释】

①长亭：古时交通大道上十里建一长亭，五里建一短亭，供送别和行人休憩之用。②都门帐饮：红颜知己在汴京城门外张设帷帐为柳永离京赴任设盛宴饯行。③更那堪：又怎么受得了。

【解读】

秋天的知了叫声哀婉凄切，面对长亭，正是傍晚时分，一场急雨刚刚停歇。在汴京城门外貌美如花的红颜知己为我设帐置酒饯行，从此我将阔别貌美惊人的心上人，还哪里有心情饮酒呢？正在依依不舍的时候，兰舟催我出发，我们紧紧握着对方的手，泪眼对着泪眼，千言万语要说却哽咽在喉。此次一别，我去南方楚地，路途遥远，烟波浩渺，暮霭沉沉，楚天辽阔，何时才能再次相见。

自古以来，多情的人最伤心的就是离别，更何况是在凄冷萧索的清秋时节，这叫人怎么受得了。今夜酒醒之后，我会漂泊在何处呢？只怕是在晓风习习，岸边长满杨柳，一钩残月挂在天边的地方。这一去长年相别，离开你什么良辰美景都形同虚设，纵使有千种风情，我又向何人去诉说呢？

蝶恋花

伫倚危楼①风细细，望极②春愁，黯黯生天际。草色烟光残照里，无言谁会凭阑意。

拟把疏狂③图一醉，对酒当歌，强乐④还无味。衣带渐

宽[5]终不悔，为伊消得[6]人憔悴。

【注释】

①危楼：高楼。②望极：极目远望。③疏狂：疏放狂荡，不拘形迹。④强乐：勉强作乐。⑤衣带渐宽：出自《古诗十九首》“相去日已远，衣带日已缓”，指因愁苦思念人日渐消瘦。⑥消得：值得。

【解读】

拾级登楼，我久久倚靠在高楼栏杆上，和风细细，轻轻吹拂着面颊。极目远望，望不尽的春日离愁从天际黯黯而生。春的离愁是因为思念远方的伊人而生，我想伊人此时也正在思念着我。草色青青，如烟似雾，斜阳残照，伊人在何处呢？我默默无言，有谁能理解我独自凭栏念远的心情呢？

我本打算狂放一把，喝个一醉方休，对酒高歌一曲，当我把酒临风的时候，我才发现勉强作乐反而毫无兴味。相思是无法排遣的，衣带渐渐地宽松，但是为了至爱的伊人，即使落得形容枯槁，我也绝不后悔，她值得我为她消瘦憔悴。

八声甘州

对潇潇暮雨洒江天，一番洗清秋。渐霜风凄紧，关河[1]冷落，残照当楼。是处红衰翠减，苒苒物华休。唯有长江水，无语东流。

不忍登高临远，望故乡渺邈，归思难收。叹年来踪迹，何事苦淹留。想佳人妆楼颙望[2]，误几回、天际识归舟。争知我，倚阑杆处，正恁凝愁！

【注释】

①关河：这里指关山江河。②颙望：凝望。

【解读】

潇潇暮雨，洒遍江天，经过一番秋雨的清洗，尘埃荡然无存，清秋更显澄净空明。秋雨过后，霜风一阵紧似一阵，曾经生机勃勃的关山江河肃杀冷落，残阳正斜照高楼。到处红花凋零，绿叶衰败，美好的景物渐渐消歇。只有那滚滚的长江水，默默无语向东流去。

不忍心登高望远，故乡那么渺茫遥远，望不见，归心却难收回。可叹几年浪迹萍踪，漂泊不定，不知为何事而在他乡苦苦滞留？遥想佳人此时定在妆楼凝望，不知多少次错把远处驶来的舟当作心上人归家的舟。她哪里知道，此时此刻我和她一样，正独倚栏杆，苦苦思念着她，凝愁相望！

望海潮

东南形胜①，三吴②都会，钱塘自古繁华。烟柳画桥，风帘翠幕③，参差十万人家。云树绕堤沙，怒涛卷霜雪，天堑④无涯。市列珠玑，户盈罗绮，竞豪奢。

重湖⑤叠巘⑥清嘉，有三秋桂子，十里荷花。羌管弄晴，菱歌⑦泛夜，嬉嬉钓叟莲娃⑧。千骑拥高牙⑨，乘醉听箫鼓，吟赏烟霞。异日图将好景，归去凤池⑩夸。

【注释】

①形胜：地理形势险要，交通便利。②三吴：指吴兴郡、吴郡、会稽郡三郡，在这里泛指今江苏南部和浙江的部分地区。③风帘翠

幕：挡风的帘子和翠色的帷幕。④天堑：天然形成的阻断交通的江河。这里指钱塘江。⑤重湖：北宋时杭州西湖以白堤为界分为里湖和外湖，故有重湖之称。⑥叠巘：层叠起伏的山峦。⑦菱歌：采菱女子们欢唱的歌曲。⑧莲娃：采莲女。⑨高牙：原来指的是军前大旗，因为旗杆上装饰有象牙，故称。在这里指两浙转运使孙何。⑩凤池：凤凰池。此处指代朝廷。

【解读】

杭州地处江南要塞，多山川名胜，风景绮丽迷人。由于有着得天独厚的地理位置，自古以来就是吴兴郡、吴郡、会稽郡三郡交会之处的大都市，富庶繁华，闻名遐迩。如烟的柳树、彩绘的桥梁，挡风的帘子、翠绿的帷幕，随风摇曳，楼阁高低错落，约有十万户人家。高耸入云的树木环绕着钱塘江江堤，怒涛卷起霜雪一样洁白的浪花。钱塘江自古以来就号称天险，宽广的江面一望无涯。市面上陈列着琳琅满目的金银珠宝和玉器，家家户户的布店堆满了五光十色的绫罗绸缎，人们竞相攀比奢华。

西湖美景名满天下，里湖外湖碧波荡漾，层叠起伏的山峦清秀美丽，三秋时分桂子飘香，十里荷花亭亭玉立。晴天丽日，羌笛悠扬，月朗星稀，采菱姑娘的歌声在夜空中飘荡，钓鱼翁、采莲姑娘都喜笑颜开。上千名骑兵，簇拥着高官孙何，乘着醉意听吹箫击鼓，吟赏西湖烟霞风光。他日将这美好的景色画下来，回京后向朝中人夸耀。

传花枝

平生自负，风流才调。口儿里、道①知张陈赵。唱新词，改难令②，总知颠倒。解刷扮，能嗽③，表里都峭。

每遇著、饮席歌筵，人人尽道。可惜许老了。

阎罗大伯曾教来，道人生、但不须烦恼。遇良辰，当美景，追欢买笑。剩[4]活取百十年，只恁厮好。若限[5]满、鬼使来追，待倩[6]个、掩[7]通[8]著到。

【注释】

①道：指“拆白道字”，是宋元时盛行的一种用拆字法说话表意的文字游戏。②令：指曲调。③嗽：指喷嗽。指吐出和吸入的运气功夫，语出《西京杂记》，是谈养生的术语。宋人盛行修炼延年之方，嗽是其中之一，类似于今天的气功。④剩：尽，多。⑤限：大限。指人的寿命期限。⑥倩：请求别人做事。⑦掩：捕，捕者。⑧通：到达。

【解读】

我一贯为自己的风流倜傥和才调而自恃。口头表达方面，我能拆白道字知张陈赵；在时尚和养生方面，我擅长化妆，深谙气功，身体健美，称得上表里都俏。每当遇到吟诗论道、饮席歌筵，总免不了人言汹汹，他们惋惜地说：可惜就这样老了！

人们敬畏的阎罗大伯曾经跟我说：人生在世，不要忧愁烦恼。碰上良辰美景，你就尽情地去享受。人生不过百十年，我对你只能这样好了。当你大限到了的时候，小鬼无常来捉拿你，你就干脆利索地到我这里来报到。

范仲淹（989—1052），北宋政治家、文学家。字希文。祖籍邠（今陕西省彬州市）人，迁居吴县（今江苏省苏州市）。还在秀才的时候就有辅弼天下的大志，以刚直不阿闻名。宋真宗大中祥符八年

（1015）中进士，晏殊荐为秘阁校理。仁宗天圣中期任西溪盐官，重修捍海堰，功成，滨海泻卤皆成良田，后人称为“范公堤”。景祐二年（1035），以天章阁待制权知开封府。次年，上《百官图》议论朝政，得罪宰相吕夷简，被指为朋党，贬知饶州。宝元三年（1040），边事紧急，召为龙头阁直学士，任陕西经略安抚招讨副使，兼知延州，抵御西夏进攻。他号令严明，训练有方，和睦当地羌人。当地人赞其腹中有数万甲兵，戍边数年，名重一时。庆历三年（1043）吕夷简罢相，范仲淹升任参知政事（副宰相）。他对当时的朝政的弊病极为痛心，同富弼、欧阳修等向仁宗提出十条建议，主张建立严密的任官制度，注重农桑，整顿武备，推行法制，轻徭薄赋等。宋仁宗采纳了他们的建议，陆续推行，史称“庆历新政”。可惜不久因为保守派的反对不能实现，因而被贬为陕西四路宣抚使。后在赴颍州途中病逝。范仲淹是北宋诗文革新运动的先驱。他抨击柔靡诗文，坚持风雅传统，代表着文学发展的进步方间。《岳阳楼记》中“先天下之忧而忧，后天下之乐而乐”的名句，千古传诵。工诗、词、散文，其词刚健清新，气势挥洒，为苏辛之先导。有《范文正公诗余》《范文正公集》。

苏幕遮

碧云天，黄叶地，秋色连波，波上寒烟翠。山映①斜阳天接水，芳草无情，更在斜阳外。

黯乡魂②，追旅思③，夜夜除非，好梦留人睡。明月楼高休独倚，酒入愁肠，化作相思泪。

【注释】

①“山映”句：斜阳映山，远水接天。②黯乡魂：思念家乡，黯然销魂。南朝江淹《别赋》黯然销魂者，惟别而已矣。黯然：心神颓丧的样子。③追旅思：羁旅的愁思纠缠不休。

【解读】

碧云满天，缓缓飘动，广阔的原野上，铺满了金黄的落叶。这色彩缤纷，清净澄明的原野，连接着天地尽头的淼淼秋江，江波之上，寒烟苍翠。斜阳映照着远山，天空连接着江水。旷野上无边无际的芳草绵延伸向远方，连接着斜阳之外的天际，那里有词人魂牵梦萦的故乡，有词人日夜思念的佳人。

每每想起万里之遥的故乡，倍感黯然神伤，缠人的羁旅愁思难以排遣，每天夜里辗转反侧，除非美梦才能让人入睡。尽管高楼月光皎洁，桂影婆娑，也不要独登高楼，遇此良辰美景，会想起以往与佳人花前月下的美好时光，孤独之情更加难以自抑。为了消除愁绪，词人借酒浇愁，没想到酒入愁肠，竟情不自禁地流下了一滴滴酸楚的相思之泪。

渔家傲

塞下[①]秋来风景异，衡阳[②]雁去无留意。四面边声[③]连角起，千嶂[④]里，长烟落日孤城闭。

浊酒一杯家万里，燕然未勒[⑤]归无计。羌管悠悠霜满地，人不寐，将军白发征夫泪。

【注释】

①塞下：边界险要之地，此处指西北边疆。②“衡阳”句：雁

儿向衡阳飞去，毫不留恋荒凉的西北边疆。衡阳，今湖南衡阳。旧城南有回雁峰，峰形很像雁的回旋。传说秋天北雁南飞，至此而止，不再南飞。③边声：边地上的马嘶、风号、号角等声音。④嶂：形容高险如屏障的山峦。⑤燕然未勒：谓外患未平。燕然，东汉窦宪大破北匈奴后，曾登燕然山（今蒙古国杭爱山）刻石记功而还。

【解读】

秋天西北边塞的风景和风景秀丽的江南大不相同，这里萧索空阔，荒凉凄清，连大雁也向南方的衡阳飞去，丝毫没有留恋之意。忽然间边声四起，军士操练的喊杀声，战马的嘶鸣声，北风的呼啸声，和着号角声，响彻整个边塞。黄昏时分，在层峦叠嶂的山峰的环抱之中，但见长烟浩浩，一座孤零零的边城正紧闭着城门，静穆地矗立在夕阳西下的余晖里。

边塞的将士们，十分想念万里之外的亲人，只能端起酒杯，喝着浊酒，借酒浇愁。但是，纵然是思亲情切，可边患未除，还未在燕然山上刻石记功，还不能早作归计。夜幕降临，羌人凄凉的笛声，呜呜咽咽，悠悠回旋，天气寒冷，寒霜铺满大地。夜深了，戍边将士却夜不能寐，将军的头发都已经愁白了，征夫的脸上满是泪水。

御街行

纷纷坠叶飘香砌①， 夜寂静， 寒声②碎。 真珠帘卷玉楼空， 天淡银河垂地。 年年今夜， 月华如练， 长是人千里。

愁肠已断无由醉， 酒未到， 先成泪。 残灯明灭枕头攲③， 谙尽孤眠滋味。 都来此事， 眉间心上， 无计相回避。

【注释】

①香砌：石阶，因有落花而香。②寒声：寒风吹动落叶的声音。③欹：斜靠着。

【解读】

落叶飘飘扬扬，轻盈地落在香阶上。夜深了，万籁俱寂，只有寒风吹动落叶，发出沙沙的细碎声响。我卷起珠帘，环视室内这华美的楼阁空无一人，仰望夜空，夜色淡远，闪闪发光的银河仿佛直垂大地。年年岁岁的今夜，不知有多少个这样清澄的夜晚，月华如素绢般洁白，然而我所思念的人却在千里之外。

思念的人数载未见，久别的煎熬，愁肠寸断，醉酒也消除不了我心中的忧愁，酒未沾唇，化成了两行伤心的泪水。此时此刻，我伴着那忽明忽暗的灯光，斜倚着枕头，尝尽了深夜孤眠的滋味。算来这种离愁别恨的情绪，不是在眉头聚集，就是在心头缠绕，是无法回避的。

张　先（990—1078），北宋词人。字子野。乌程（今浙江省湖州市）人。宋仁宗天圣八年（1030）进士。曾任吴江知县、永兴军通判、渝州知州。后官至都官郎中。晚年退居乡间，以诗酒垂钓为乐。能诗善词，其词作早年以小令为主，与晏欧并称；晚年以慢词为主，与柳永齐名。但相较而言，他在慢词上的成就不如小令。其词大多描写诗酒生活和男女之情，对都市生活也有所反映。词风清婉，语言工巧。人谓其能道“心中事”“眼中泪”“意中人”，故称“张三中”。《后山诗话》：张先善著词，有云“云破月来花弄影”“帘压卷花影”“堕轻絮无影”，世称颂之。号张三影。也能诗，原有集，已散佚。有《张子野词》。

天仙子

时为嘉禾小倅，以病眠，不赴府会。

水调①数声持酒听，午醉醒来愁未醒。送春春去几时回？临晚镜，伤流景②，往事后期空记省。

沙上并禽③池上暝④，云破月来花弄影。重重帘幕密遮灯，风不定，人初静，明日落红应满径。

【注释】

①《水调》：曲调名。据《隋唐嘉话》载："炀帝凿汴河，自制'水调'歌。"②流景：如水一样流逝的年华。③并禽：成双的鸟儿，这里指鸳鸯。④暝：昏暗。

【解读】

手持酒杯，喝着美酒，听着优美的《水调》曲，终因不胜酒力在不知不觉中昏昏睡去。一觉醒来已是午后，醉意虽消，闲愁在心里却无法排遣。已送走美好的春天，可是何日春再回来？傍晚时分揽镜自照，伤感年华空自流逝，春去春还来，而青春不再。回首过去，往事成空，展望未来，后期无凭，如烟往事在日后空自让人沉吟。

伤感之余信步堂前，天色渐晚，夜幕低垂，笼罩着整个池塘，但见一对鸳鸯交颈栖息于池边沙滩之上；忽然一阵晚风吹来，云破月出，花枝在微风中摇曳生姿，花影婆娑而舞。转身回到卧室，拉上重重帘幕，密密遮住孤灯，风依旧在吹，人声已安静，明日落花定然铺满小径。

醉垂鞭

双蝶绣罗裙，东池宴，初相见。朱粉不深匀①，闲花淡淡春②。

细看诸处好，人人道，柳腰身③。昨日乱山昏，来时衣上云④。

【注释】

①薄施脂粉：淡妆。②春：喻美女。唐人称美为春色。③柳腰身：指女子婀娜窈窕的身材。柳与美女之腰，连类相比，词中多见。④衣上云：指以画罗缝制的衣裳，上面绘有云霞彩纹。画罗，是一种有画饰的丝织品。

【解读】

一位美丽的歌舞女子，我同她初次相见在东池的宴会上，首先映入眼帘的是她那绣有一对双飞蝴蝶的罗裙。她步态轻盈妙曼，罗裙飘飘，双蝶随之翩然飞舞。她的容颜极为美丽，见到她的时候，脸上略施朱粉，淡妆素雅，犹如姹紫嫣红的万花丛中的一朵闲花，带着淡淡的春色，悠闲高雅，风韵天然。

词人打量她的时候，赞美她处处皆美。人人都称赞她腰身如柳丝一样柔软、优美；她衣服上那美丽的云彩图案，仿佛一朵朵白云，从昏暗的乱山中徐徐而出，而她犹如身着云衣的仙女自云端飘然而下。

木兰花

龙头[①]舴艋吴儿竞，笋柱[②]秋千游女并。芳洲拾翠[③]暮忘归，秀野[④]踏青来不定。

行云[⑤]去后遥山暝，已放[⑥]笙歌池院静。中庭月色正清明，无数杨花过无影。

【注释】

①“龙头”句：吴中健儿驾驭龙舟飞驶竞渡。龙头舴艋，小龙舟。宋朝寒食清明有赛龙舟的习俗。②笋柱：竹制的秋千架。③翠：三国魏曹植《洛神赋》：“或采明珠，或拾翠羽。”④秀野：景色秀美的郊野。⑤行云：比喻游女。⑥放：搁置、停止。

【解读】

寒食清明节到了，吴中健儿劈波斩浪，奋勇争先，气势如虹。女孩儿卸下冬装，衣衫轻盈，袖带飘拂，随着秋千的上扬和下落，若比翼鸟，若花中蝶，翩翩飞舞。少妇们则在芳草丛生的小洲上游春，拾捡翠鸟的羽毛，或插在发髻上，或做成羽扇，或装饰帽子，或装饰家居。回家的时间已经到了，在春色秀美的郊野春游的人还是往来不绝，尽情享受春天的美景。

暮色降临，远山昏暗，郊野游春的人们已经归家。没有去游春的人们，则在自家庭院中听乐赏歌，自娱自乐，现在也已停止了笙歌，停止了喧腾，庭院回到了宁静。庭院中月色清明，无数杨花在庭院中轻轻飘扬，无声无影，池塘深院静谧清幽，富有诗情画意。

青门引·春思

乍暖还轻冷，风雨晚来方定。庭轩寂寞近清明，残花中酒[①]，又是去年病。

楼头画角[②]风吹醒，入夜重门静。那堪更被明月，隔墙送过秋千影。

【注释】

①中酒：因酒醉而身体不适，犹言病酒。②画角：古管乐器，传自西羌。形如竹筒，以竹或皮革制成，因外面有彩绘，故名。古时军中多用之，以警昏晓，振士气，肃军容。

【解读】

春回大地，天气转暖，但时而还带着些许轻寒，整日风雨未停，轻冷袭人，到傍晚才消歇。时近清明，庭院寂静，凄凉难耐，眼见百花凋零，在残花下饮酒，重现去年此时情景，勾引起年年伤春的心病。

戍楼画角声声，冷风侵肌，把我从睡梦中惊醒。入夜重门紧闭，庭院更加寂静冷清。在这寂寞愁苦时刻，忽然看到溶溶月光，送来隔墙秋千的影子。睹物更思人，人却不可遇，情何以堪！

行香子

舞雪歌云。闲淡妆匀。蓝溪[①]水、深染轻裙。酒香醺[2]脸，粉色生春。更巧谈话[3]，美情性，好精神。

江空无畔，凌波[4]何处，月桥边、青柳朱门[5]。断钟残角，又送黄昏。奈心中事，眼中泪，意中人。

【注释】

①蓝溪：源于陕西省蓝田县西南秦岭山中，至长安东北流入霸水。②醺：醉酒。③巧谈话：谈吐乖巧文雅。④凌波：形容女子步态轻盈。⑤朱门：旧时指豪贵人家，这里指歌伎们居住的地方。

【解读】

她的舞姿轻盈犹如雪花飞扬，歌声嘹亮，响遏行云。妆容娴静淡雅，绿色绸缎轻裙，好似蓝溪碧水染成。脸上还带着酒香，泛起桃花似的红晕。她谈吐文雅，性情温柔，青春洋溢，神采飞扬。

水不尽，天无垠，浩大空寥。步履轻盈的她在哪里？曾经的她在那弯月似的桥边，垂柳青青的红门中，在华丽无比、酒筵歌舞的宾馆。而今只剩断断续续的钟声，几声悲凉的号角，又送走了凄凉的黄昏。多少失落和悲伤之情，多少不甘而又无奈，都化作了眼中的泪水，痴心不改地思念着意中人。

一丛花令

伤高怀远几时穷？无物似情浓。离愁正引千丝乱，更东陌[1]、飞絮蒙蒙。嘶骑渐遥，征尘不断，何处认郎踪。

双鸳池沼水溶溶，南北小桡[2]通。梯横画阁[3]黄昏后，又还是、斜月帘栊。沉恨细思，不如桃杏，犹解嫁东风。

【注释】

①东陌：东边的田野小路。②小桡：小船。桡、桨。此处借指船。③画阁：富丽华美的楼阁。此处指闺阁。

【解读】

闺中人因心上人远去而郁郁寡欢，每每思念至极便登高望远，希望能看到心上人的身影，聊以慰藉孤寂的心。可海天茫茫，情郎何处，哪里有他的半点身影呢？每登高望远一次，就更增一层伤感寂寞，可越伤感寂寞，就越是想登高望远，如此循环往复的痛苦不知何时才是个尽头。人世间真不知还有什么东西比这恋情更浓。独处闺房，内心的纷乱离愁，犹如那春日里的柳条随风乱舞，又如那东陌扬起的漫天飞絮，弥漫无边，纠缠不休。心上人早已骑马扬鞭而去，马嘶声早已湮没在滚滚红尘之中，哪里还有他的半点踪影可寻。

池塘的春水还像当初那样碧波荡漾，一对鸳鸯在戏水，南来北往的小船穿梭其中。画阁上悬梯依旧，黄昏后，月儿升空，月光依旧如当年一样照着帘栊。满怀着深恨细细想来，人还不如桃杏，桃杏至少能嫁给和煦的东风，找到美好的归宿，而人呢，相爱却不能相守，只能在相思中耗尽自己美好的青春年华。

晏　殊（991—1055），北宋前期著名词人。字同叔，抚州临川（今江西省抚州市）人。少有文名，被誉为神童，皇帝亲自召见，景德中赐同进士出身。庆历中官至集贤殿大学士、同中书门下平章事兼枢密使。

晏殊不仅自己身居高位，同时也注重选拔人才，当时名臣如范仲淹、欧阳修、韩琦、富弼和词人张先等都出其门。他是一个在政治上志得意满的文人。其诗属“西昆体”，其词承袭五代，受冯延巳影响很深。词多写上层士大夫的诗酒生活和悠闲情致，以及相思别愁、伤春悲逝等幽恨闲愁。擅长小令，词风文雅婉丽，温润秀洁，音韵和谐，语言工巧凝练，善铸佳句，如《浣溪沙》“无可奈何花落去，似曾相识燕归来。小园香径独徘徊”一些名句，传诵颇广，与欧阳修并称“晏欧”。有《珠玉词》，清人辑有《晏元献遗文》。

浣溪沙

一曲①新词酒一杯，去年②天气旧亭台。夕阳西下几时回？

无可奈何花落去，似曾相识燕归来。小园香径③独徘徊。

【注释】

①一曲：化用唐白居易《长安道》诗句：“花枝缺去青楼开，艳歌一曲酒一杯。”②“去年”句：感今怀旧，意思是说天气、亭台仍和去年一样。化用唐郑谷《和知己秋日伤怀》诗句：“流水歌声共不回，去年天气旧池台。”③香径：花园里的小路。因落花满径，幽香四溢，故云香径。

【解读】

去年的一天黄昏，词人在花园里摆一桌筵席，词人每填一首词，佳人就唱一曲新歌，词人自己也情不自禁地畅饮一杯美酒，如坐春风。今年的天时景物同去年一样美好，但佳人已远离而去，留下词人茕茕孑立，形影相吊。词人想，还和去年夕阳西下时同佳人共度美好时光的惬意生活不知何时才能回来？

花的凋落，春的消逝，时光的流逝，多么令人惋惜，但又无可奈何。燕子双双飞还旧巢，然而只是似曾相识。词人敏感到美妙的青春，美好的生活，并非永恒的存在。想到这些，忧伤不已，只能在小园的香径里独自徘徊，以排遣内心的孤寂。

蝶恋花

槛菊[①]愁烟兰泣露，罗幕轻寒，燕子双飞去。明月不谙[②]离恨苦，斜光到晓穿朱户[③]。

昨夜西风凋碧树，独上高楼，望尽天涯路。欲寄彩笺兼尺素[④]，山长水阔知何处？

【注释】

①槛菊：栏杆旁的菊花。②谙：熟悉，此处意为知道、理解。③朱户：朱红色的门户，指富贵人家。④彩笺兼尺素：彩笺，彩色的纸，这里代指题咏之作。尺素，古代书写用的一尺来长的生绢，后用作书信的代称。古乐府《饮马长城窟行》："呼儿烹鲤鱼，中有尺素书。"

【解读】

栏杆外稀疏的几丛菊花，笼罩着淡淡的烟霭，仿佛面带忧愁；兰花沾露，好似默默饮泣。室内罗幕闲垂，透出缕缕轻寒，燕子也双飞而去，词人环顾室内，自己形单影只，寂寥之情油然而生。偏偏那明月不知道离别人之苦，彻夜到晓把清辉斜斜地投进朱户。惹得词人彻夜难眠，离愁别恨更加深重。

昨夜西风劲吹，凋零了碧树，词人独自登上高楼，凝神已久，望尽了通往天涯的道路，仍不见所思念之人，心情无比落寞。想题首诗写封情书给日夜思念的心上人，可是山长水阔，佳人在何处呢？情书无法寄达，一种绝望顿时涌上心头。这种由愁思转为绝望的心情，是何等的悲切哀痛。

浣溪沙

一向①年光有限身②，等闲③离别易销魂。酒筵歌席莫辞频④。

满目山河空念远⑤，落花风雨更伤春⑥。不如怜取⑦眼前人。

【注释】

①一向：一霎时、一会儿。②有限身：有限的生命。③等闲：寻常、平常。④莫辞频：谓不要嫌太多而频频推辞。⑤念远：怀念远方的亲（友）人。⑥伤春：由看春景而触发的感慨和哀伤。⑦怜取：怜惜、珍爱。

【解读】

年华易逝，人生有限，盛年不再，寻常的一次离别也会让人觉得悲痛欲绝。莫嫌酒筵歌舞频繁而频频推辞，应借酒浇愁，把酒言欢，对酒当歌，酣畅淋漓痛饮，聊慰此有限之身。

登临之际，放眼大好山河，空自怀念远方亲友；看见风雨中落花纷纷，让人更生伤春愁情，感怀逝去的青春。我们应该好好珍惜眼前的一切，牢牢把握住幸福的人生，怜惜眼前之人，尽眼前的欢娱。

清平乐

红笺[①]小字，说尽平生意。鸿雁[②]在云鱼在水，惆怅此情难寄。

斜阳独倚西楼，遥山恰对帘钩。人面[③]不知何处，绿波依旧东流。

【注释】

①红笺：一种印有红线格的小幅绢纸。此处指情书。②“鸿雁”句：古有雁足传书和鲤鱼传书的说法，因此这句中的鸿雁和鱼皆有“信使”的含义。③人面：指代恋人。

【解读】

铺开红笺，写满密密的小字，道尽我平生对你相慕相爱之意。可是鸿雁在高天飞翔，鲤鱼在碧水深渊中畅游，无限深情的书信无法寄出，心情无比惆怅。

斜阳映照中独倚西楼，向情人远去的方向眺望，不料受到青山的阻隔，望不见情人，却见远山恰好对着我闲挂的帘钩，徒添一段愁思。楼下碧波荡漾，东流依旧，而面若桃花的你，如今又在何方？

玉楼春

绿杨芳草长亭路，年少抛人容易去。楼头残梦五更钟，

花底离愁三月雨。

无情不似多情苦，一寸[1]还成千万缕[2]。天涯地角[3]有穷时，只有相思无尽处。

【注释】

①一寸：指心。②千万缕：相思愁绪。③天涯地角：指天地尽头。

【解读】

在杨柳依依、芳草萋萋、鲜花盛开的春天，长亭古道上送别，年少的人总是轻易地分别了登程远去，因为年少，总是把离别看得过于轻易。楼头传来的五更钟声，惊醒了词人的好梦。三月的雨使花底落红点点，惹人离愁难禁。

无情的人不会像多情的人那般痛苦，因为没有相思的煎熬；一寸芳心竟然化作了千丝万缕的愁绪，这离愁别恨在心中挥之不去。天之涯，地之角，虽然遥远，但终有到头的时候，只有这相思啊，是无穷无尽，没有停止的时候。

木兰花

池塘水绿风微暖，记得玉真[1]初见面。重头歌韵响琤琮[2]，入破[3]舞腰红乱旋。

玉钩阑下香阶畔，醉后不知斜日晚。当时共我赏花人，点检如今无一半。

【注释】

①玉真：仙人，这里指绝色美女。②琤琮：玉器碰撞所发出的

声响。③入破：唐宋大曲专用语。唐宋大曲在结构上分成三大段，名为散曲、中序、破。入破，即为破的第一遍。此后节奏由缓转疾，舞蹈也随着加快，故云“红乱旋”。

【解读】

池塘里碧波荡漾，微风送来轻暖，记得就是在这样的季节，在一次歌舞宴会上我同绝色美女初次相见。宴席上她唱着前后阙重叠的歌词，歌喉清脆又婉转，身上佩戴的玉饰碰撞发出美玉般的声响，随着入破的急促曲拍，腰肢飞速旋转，腰间的红裙像飞速旋转的裙花，令人着迷。

玉钩已挂起珠帘，玉栏之下的石阶上散发着花香，我在石阶上喝得酩酊大醉，竟然不知道夕阳西下天色已晚。当时与我一同饮宴赏花的佳人旧友，如今细细查点起来，健在的人已不足一半。

破阵子

燕子①来时新社，梨花落后清明。池上碧苔②三四点，叶底黄鹂一两声。日长飞絮③轻。

巧笑④东邻女伴，采桑径里逢迎。疑怪昨宵春梦好，元是今朝斗草⑤赢。笑从双脸生。

【注释】

①“燕子”句：社，古时祭祀土地神之礼。新社，指春社。每年有春秋两个社日，届时社庙举行盛大祭祀和宴会，一片欢腾，极一时一地之盛。春秋两社日江南一带恰值燕子来去之日，故古人称为社燕，以为它是春社来秋社去。②碧苔：此指水边绿苔。③絮：

指柳絮。④巧笑：美好的笑。《诗经·卫风·硕人》："巧笑倩兮，美目盼兮。"⑤斗草：一种游戏，以两根韧性较强的同一种草的茎头部相缠，一人拉一根，断头者输，未断者赢。

【解读】

燕子飞来正赶上社祭之时，梨花落去之后又迎来了清明。池岸上已经长出了碧绿的苔藓，三点四点地点缀着。树叶掩映下的黄鹂鸟偶尔发出一两声鸣叫。白昼慢慢变长了，柳絮在空中轻盈地飞舞。

踏青的时节到了，闺中少女应节换了薄装，停了针线，赶节郊游踏青。东邻女笑盈盈地走来，在采香径里与她巧遇，难怪昨天晚上做了个好梦，原来是今天在斗草游戏中赢了。

踏莎行

小径红稀①，芳郊绿遍。高台树色阴阴见②。春风不解禁杨花，蒙蒙乱扑行人面。

翠叶藏莺，朱帘隔燕。炉香静逐游丝③转。一场愁梦酒醒时，斜阳却照深深院。

【注释】

①红稀：花儿稀少。②阴阴见：暗暗显露。见，同现。③游丝：空中飘浮的蛛丝。

【解读】

暮春之时的芳郊野外，小径两旁的花儿逐渐凋谢，稀落地散落在地上。广阔的郊野，芳草遍布，绿意盎然。高台楼榭从绿树浓荫中暗暗显露出来。春风不懂得去管束杨花柳絮，蒙蒙乱扑到行人脸上。浓密翠绿的树叶丛中隐藏着婉转啼鸣的黄莺，窗上珠帘低垂，隔住了门外双双飞燕，室内袅袅上升的炉内香烟缕缕不绝，回旋缭绕，似乎在追逐空中飘浮的蛛丝。面对春愁，词人借酒消愁，酣醉入梦，酒醒梦觉之时，西斜的夕阳正照着这深深的朱门大院。

张　昇（992—1077），北宋大臣。字杲卿。韩城（今陕西省韩城市）人。宋真宗大中祥符八年（1015）进士。曾任御史中丞、参知政事、枢密使。以彰信军节度使、同中书门下平章事判许州。改镇河阳。以太子太师致仕。他的词雄浑苍凉。

满江红

无利无名，无荣无辱，无烦无恼。夜灯前、独歌独酌，独吟独笑。况值群山初雪满，又兼明月交光[①]好。便假饶[②]百岁拟如何，从他老。

知富贵，谁能保。知功业，何时了。算箪瓢[③]金玉，所争多少。一瞬光阴何足道，便思行乐常不早。待春来携酒殢[④]东风，眠芳草。

【注释】

①交光：交相辉映。②假饶：即使、纵使。③箪瓢：箪食瓢饮的略语。指生活清苦，安贫自乐。《论语·雍也》：“一箪食一瓢饮，在陋巷，人不堪其忧，回也不改其乐，贤哉回也。”④殢：滞留、沉醉。

【解读】

不在乎名利和荣辱，就不会有一切烦恼。夜晚在灯前自由自在的独自唱歌、独自喝酒、独自沉吟，独自大笑，该是多么的洒脱和快乐，多么的畅心舒意。加上群山雪满和明月朗照的美景，心情更为舒畅。就算活到一百岁又能怎样，还不是一样要老去吗？

富贵不能永保，建立功业何时能了。金钱富贵又能争到多少？光阴易逝，应当抓紧时间及时行乐。等到春天到来时，要立刻带上酒馔去留住东风，无拘无束地躺在芳草之上，明山川之真趣，该是多么潇洒的人生！

离亭燕

一带江山如画，风物①向秋潇洒。水浸碧天何处断？霁色②冷光相射。蓼屿③荻花④洲，掩映竹篱茅舍。

云际客帆高挂，烟外酒旗低亚⑤。多少六朝⑥兴废事，尽入渔樵闲话。怅望倚层楼，寒日无言西下。

【注释】

①风物：景物。②霁色：雨后晴空的颜色。③蓼屿：生长着蓼草的岛屿。④荻花：多年生草本植物，生长在水边，叶似芦苇，秋天开紫花。⑤低亚：低垂。⑥六朝：指先后在金陵（今江苏省南京市）建都的吴、东晋、宋、齐、梁、陈六个朝代。

【解读】

金陵一带的江山形胜，犹如风光美丽的图画，秋来景色更加明净、清疏、洒脱。碧天与秋水一色，何处是尽头？雨后的晴光与秋水闪烁的冷光相互映射。长满蓼花的岛屿与生长着荻花的小洲，隐约可见几间竹篱茅舍。

江水尽头客船上的帆仿佛高挂在云端，烟霭笼罩的岸边，有低垂的酒旗。那些六朝兴盛和衰亡的往事，如今已成为渔夫和樵夫闲谈的话题。怀着惆怅的心情，倚楼眺望，寒冷的太阳默默西下。

宋　祁（998—1061），北宋文学家、史学家。字子京。安州安陆（今湖北省安陆市）人。徙开封雍丘（今河南省杞县）。少有文名。天胜二年（1024）进士。曾任翰林学士、史官修撰。与欧阳修等合修《新唐书》。书成，迁左丞，进工部尚书，拜翰林学士承旨。诗词多酬赠送别之作，词采工丽，描写生动。《玉楼春》词中有“红杏枝头春意闹”之名句，人称“红杏尚书”，一时传为佳话。清人辑有《宋景文集》，近人辑有《宋景文公长短句》。

玉楼春

东城渐觉风光好，縠皱①波纹迎客棹。绿杨烟外晓寒轻，红杏枝头春意闹。

浮生长恨欢娱少，肯爱②千金轻一笑③。为君持酒劝斜阳，且向花间留晚照。

【注释】

①縠皱：原指带皱纹的纱，这里形容水波细如皱纹。②肯爱：岂肯吝惜。③一笑：特指美人之笑。崔骃《七依》诗有“回顾百万，

一笑千金”句，此化用其意。

【解读】

信步东城感到景色越来越美，湖水清澈，皱纱般的水波仿佛热情地迎接游春的客船。绿柳含烟，清晨微风吹来，还有些许凉意。看那一簇簇红艳艳的杏花绽放枝头，蜂飞蝶舞，春意妖娆。

我长恨人生短暂，欢娱太少，有谁肯吝啬千金，而轻视欢娱？为君端起斟满美酒的酒杯，举杯邀请夕阳，共饮一杯，希望斜阳夕照，能够在美丽的花丛中多停留一会儿。

锦缠道

燕子呢喃，景色乍长春昼。睹园林、万花如绣。海棠经雨胭脂透。柳展宫眉，翠拂行人首。

向郊原踏青，恣歌携手。醉醺醺、尚寻芳酒。问牧童、遥指孤村道：“杏花深处，那里人家有。”

【解读】

燕子呢喃，春光迷人，白昼忽然变长。看园林景色，繁花盛开如一片绚丽多彩的锦绣。海棠花经过一场春雨的洗礼后，透出娇嫩的红色，像美女脸上施的胭脂。柳枝舒展开来，嫩绿的柳叶像宫中女子画的眉又细又长，柳丝在春风的吹拂下，婀娜多姿，飘逸摇曳，轻轻拂弄行人的头。

游人纷纷出城踏青，俊男靓女携手欢歌，兴奋地走向郊野游览。他们陶醉在这纯净美丽的环境中，又总觉得少了点什么，原来是有欢歌却没有美酒。便问牧童何处有芳酒？牧童遥指杏花深处说，那里有沽酒的人家。

鹧鸪天

画毂①雕鞍狭路逢，一声肠断绣帘中。身无彩凤双飞翼，心有灵犀②一点通。

金作屋，玉为笼，车如流水马如龙。刘郎已恨蓬山远，更隔蓬山③几万重。

【注释】

①画毂：彩车。②灵犀：犀牛角。③蓬山：仙山。

【解读】

在大路上驾驶着一辆装饰华丽的马车正在赶路，恰好与心上人巧遇，让人意惹情牵。女子在绣帘后面发出了一声令人肝肠寸断的娇呼，那离别的痛苦真是难以形容。只恨自己身上没有长出彩凤那样的两只翅膀，可以随时飞到心上人的身边，幸好两人的心就像灵异的犀牛角一样，每时每刻都是相通的。

两人长相厮守的时候，真可以说是生活在金屋玉笼之中，来往的客人不断，家门前面常常是车水马龙。而刘郎一去，蓬山万里，音容阻隔，何时才能相见呢？而这绵绵相思又何时才能停止！

梅尧臣（1002—1060），北宋著名现实主义诗人。字圣俞。宣州宣城（今安徽省宣城市）人。宣城古称宛陵，故世称梅宛陵。历知建德、襄城。召试，赐进士出身。曾任国子监直讲，累迁尚书都官员外郎。曾参与修《唐书》。工诗，诗作注重时政，对宋初以来的靡丽文风极其愤慨。在写作技巧上，重视细致深入，认为“必能状难写之景，如在目前，含不尽之意，见于言外，外后为至”（见《六一诗话》）。所作颇致力于反映社会矛盾和民生疾苦，文风朴实，在很大程度上影响了宋代诗风的转变，甚受欧阳修、陆游、刘克庄等人的推崇。与欧阳修并称“欧梅”，又与苏舜钦并称“苏梅”。有《宛陵先生文集》。

苏幕遮·草

露堤平，烟墅杳。乱碧萋萋，雨后江天晓。独有庾郎[①]年最少。窣地春袍[②]，嫩色宜相照。

接长亭，迷远道。堪怨王孙，不记归期早。落尽梨花春又了。满地残红，翠色和烟老。

【注释】

①庾郎：此处借指作者。②窣地春袍：青色长袍，其长及地。

【解读】

长堤上绿草含水带露，远处的别墅在烟霭的掩映下若隐若现。雨后天色变晴，江天开阔，物象明媚，绿草春意盎然，生机勃勃，江天露出一抹晓色。离乡宦游的才子，年纪轻轻就取得了功名，早早踏上仕途之路，英俊潇洒，春风得意。身着拂地青袍，袍色与嫩绿的草色互相映衬，十分相宜。

芳草把路边一个又一个的长亭连接起来，使得远道凄迷。那萋萋的芳草，仿佛是在埋怨宦游的王孙公子已经忘记了归期。眼看梨花落尽，春天即将又要过去了。日光渐暗，暮霭沉沉，那翠绿的春草在暮霭的映衬下似乎也变得苍老了。

欧阳修（1007—1072），北宋杰出文学家、史学家。字永叔，号醉翁、六一居士。庐陵（今江西省吉安市）人。一说吉州吉水（今江西省吉水县）人。宋仁宗天圣八年（1030）甲科进士。天圣九年（1031）任西京留守推官。景祐元年（1034）调汴京任馆阁校勘，参与编修《崇文总目》。因直言论事贬知夷陵，后调任乾德县令。康定元年（1040）被召还京师，充馆阁校勘，修《崇文总目》。庆历三年（1043）欧阳修转太常丞、知谏院兼右正言知制诰。因支持范仲淹十条革新建议，被诬贬知滁州。在滁州，他自号醉翁，政务之余，常涉足山林，写下了名篇《醉翁亭记》。以后他又迁转了几次，先后在州郡任职几近十年。至和元年（1054）调入京师，刊修《唐书》，此后，入翰林院，任侍读学士。

欧阳修在翰林八年，积极培养后进，如曾巩、王安石、苏洵、苏轼、苏辙，都是在不为世人所知时就得到他的赏识和引荐，后来成为一代名流。

嘉祐五年（1060）欧阳修与宋祁合修《新唐书》二百五十卷告成。这一年他升任枢密副使，次年升任参知政事。后因与朝中大臣中书意见不合，坚请辞职归里，出知宅州。在宅州六次上书要求引退，后改知青州，充京东路安抚使。神宗熙宁三年（1070）欧阳修改知蔡州，更号六一居士。熙宁四年（1071），他以观文殿学士、太子少师致仕，归颍州一年，病逝。谥文忠。

欧阳修是北宋公认的文坛领袖，他在推动北宋诗文革新运动方面起了重要的作用。其文是“唐宋八大家”之一，后人又将其与韩愈、柳宗元和苏轼合称“千古文章四大家”，诗颇受李白、韩愈影响，重气势而能流畅自然，与梅尧臣并称“欧梅”。其词多写男女恋情、宴饮酬唱和离别相思，风格柔婉清丽，也有一些描写自然风光的作品，清新明快，隽秀疏朗。一方面受南唐词风影响，一方面又自开境界，在词的发展史上起到承前启后的作用。他一生刻苦为学，给后人留下了丰富的文学、史学遗产。名著有《原弊》《朋党论》《醉翁亭记》。曾与宋祁合修《新唐书》，并独撰《新五代史》，又撰《六一诗话》。有《欧阳文忠公文集》。

生查子

去年元夜[1]时，花市灯如昼。月上柳梢头，人约黄昏后。

今年元夜时，月与灯依旧。不见去年人，泪湿春衫袖。

【注释】

①元夜：元宵节，在农历正月十五，亦称上元节。

【解读】

去年元宵节之夜，繁华的街市上，花灯五彩缤纷，流光溢彩，如同灯的海洋，照耀得如同白昼。热恋中的情人在月上柳梢头黄昏迷人景色时相会，在旖旎温馨的氛围中互诉心曲。他们的相恋是多么富有诗情画意，多么温馨甜蜜。

今年元宵节之夜月光与花灯，依旧同去年一样，热闹与繁华，一如往昔。然而在涌动的人潮中寻觅来寻觅去，却无法找到情人的踪影，心情沮丧，触景伤情，悲从中来，掩面而泣，相思之泪沾湿了春衫的衣袖。

浪淘沙

把酒祝东风，且共从容。垂杨紫陌[①]洛城东。总是当时携手处，游遍芳丛。

聚散苦匆匆，此恨无穷。今年花胜去年红。可惜明年花更好，知与谁同？

【注释】

①紫陌：洛阳曾为东周、东汉的都城，用紫色土铺路，故云紫；田间东西方向的道路称为“陌”。这里的“紫陌”专指洛阳郊野的道路。

【解读】

举起酒杯向东风祈祷，请你再留些时日，不要匆匆离去，姑且停留下来，让我与友人共同领略这春日的美景，尽游赏之兴。繁华洛城东郊，宽阔紫色道路两旁，垂柳婆娑，春意盎然。去年此时此地，我和友人携手同游，当时我们游遍了姹紫嫣红的花丛。

年华苦短，人生聚散匆匆。难得相聚的喜悦，却被匆匆作别所取代，这怎能不给人带来无限的伤感和惆怅？今年的花儿开得比去年更红艳，可惜的是即将和友人天各一方。也许明年的花儿会开得更加艳丽动人，只是不知那时我将和谁携手共同欣赏这美景。

朝中措·送刘仲原甫①出守维扬

平山堂②槛倚晴空，山色有无中。手种堂前垂柳，别来几度春风？

文章太守，挥毫万字，一饮千盅。行乐直须年少，樽前看取衰翁。

【注释】

①刘仲原甫：刘敞，字原甫。仁宗至和三年（1056）出任扬州知州。②平山堂：欧阳修任扬州太守时，看到西北郊蜀岗中峰大明寺内有一清幽古朴之处，便在此筑堂，专供士大夫、文人吟诗作赋。坐此堂上，江南诸山历历在目，似与堂平，平山堂因此得名。

【解读】

平山堂凌空矗立，直耸天际，宛如和万里晴空相倚，站在平山堂上凭栏远眺，但见江南初春景色，青山隐隐，若有若无。想当年我（词人自己）在堂前种下的柳树，经过几度春风的吹拂，现在应该是依依偎人了，而它的枝枝叶叶时刻都在牵动我的心。

如今你（刘敞）将要出任扬州知州（太守），我相信你在那里一定会做一个挥毫万字，一饮千盅的文章太守，是一位气度非凡，才华横溢，深受百姓爱戴和信服的清官。时光易逝，人生短暂，朋友，你要及时挥毫痛饮，莫要似我年老体衰，无所作为了（自谦）。

玉楼春

尊前拟把归期说，欲语春容[①]先惨咽。人生自是有情痴，此恨不关风与月。

离歌[②]且莫翻新阕[③]，一曲能教肠寸结[④]。直须看尽洛城花[⑤]，始共春风容易别。

【注释】

①春容：美丽的容貌。②离歌：古人送别时所唱之歌。③新阕：指新词。④肠寸结：形容极度悲伤。五代前蜀韦庄《应长天》词："别来半岁音书绝，一寸离肠千万结。"⑤洛城花：指牡丹。

【解读】

饯别的筵席上就打算把将来回归洛阳的日期说定，正欲说时，春风妩媚的她已愁容惨淡，无语凝噎了。人生自是有情痴，情到深处痴绝，这种离愁别恨绝不关楼头的春风，中天的明月。

且不要再唱那新翻的离歌，一曲就能教人伤心欲绝了。本来离别已让人不胜悲伤，实在禁不住用离歌来助悲。洛阳牡丹花朵硕大，绚丽多彩，姿态优美，是花中之王。来到洛阳不看牡丹就离去，实在是人生遗憾之事。一定要把洛阳的牡丹看得兴尽意满，才能与洛阳的春风轻松地告别。

蝶恋花

庭院深深深几许，杨柳堆烟，帘幕无重数。玉勒雕鞍[①]

游冶处，楼高不见章台路②。

雨横风狂三月暮，门掩黄昏，无计留春住。泪眼问花花不语，乱红飞过秋千去。

【注释】

①玉勒雕鞍：镶玉的马笼头和雕花的马鞍。②章台路：原指汉代长安城的章台街，相传是歌舞女子聚居之处。后以此代指歌舞女子聚住之地。

【解读】

庭院幽深，不知到底有多深邃？杨柳茂密，绿意浓浓，宛如烟雾堆积，帘幕重重，不知道有多少层。华车骏马停在寻欢作乐的地方，我登上高楼，凝眸远眺，也望不见章台路。

暮春三月，黄昏时分，风狂雨骤，我关上重门，将黄昏暮色掩住，却不能将美好的春天留住。我流着泪问花儿可知道我的心意？花儿却自顾飘零而不作答，随着风飞过闲挂着的秋千而去。

浣溪沙

堤上游人逐画船，拍堤春水四垂天。绿杨楼外出秋千。

白发戴花君莫笑，六幺①催拍②盏频传。人生何处似尊前！

【注释】

①六幺：曲调名。语出白居易《琵琶行》：“初为霓裳后六幺。”②拍：歌曲的节拍。

【解读】

河堤上游人如织，笑语欢腾，踏青赏春之人追随着画船行走；春水碧波荡漾，不断拍打着堤岸；天幕四垂，远远望去，水天相接。湖畔绿杨掩映的小楼外，荡起了飞舞的秋千，传来了少女的欢声笑语，那是娇美少女的欢畅，给春天平添了勃勃生机，盎然生气。

此时白发词人也顾不得矜持，也不顾及被人窃笑，情不自禁地在白发之上插入一朵鲜花添上一点春色。词人随着委婉动听的《六幺》琵琶曲调，频频交杯换盏，与民同乐，同庆春天的莅临。人生什么时候能像饮酒一样惬意轻松，忘却所有的烦恼，酣畅淋漓地沉醉，借以宣泄心中的苦闷，忘却世事的繁芜。

渔家傲

花底忽闻敲两桨，逡巡①女伴来寻访。酒盏旋将荷叶当。莲舟荡，时时盏里生红浪。

花气酒香清厮酿②，花腮酒面红相向。醉倚绿荫眠一饷③。惊起望，船头阁在沙滩上。

【注释】

①逡巡：顷刻，一会儿。②清厮酿：形容花香酒香混成一片。③一晌：片刻。

【解读】

荷花底下，忽听到双桨击水的声响，不一会，一群女娃来把我寻访。摘下荷叶当酒杯，莲舟荡漾，酒盏里的酒也因船的荡漾而翻着红浪。

清新的荷香，醇美的酒香，混合在一起；红色的荷花和姑娘粉红的笑颜映入酒中，相互辉映。绿色的荷叶丛中，醉了正好躺一躺。一觉醒来抬头望，船头搁浅在沙滩上。

蝶恋花

谁道闲情抛弃久？每到春来，惆怅还依旧。日日花前常病酒①，不辞镜里朱颜瘦。

河畔青芜②堤上柳，为问新愁，何事年年有？独立小桥风满袖，平林新月人归后。

【注释】

①病酒：指醉酒。②青芜：丛生的青草。

【解读】

谁说能把那些莫名其妙的闲愁彻底抛弃，让心灵得到永久的解脱呢？每到春日来临，我的惆怅心绪依旧如故。为了消除这种闲愁，我天天在花前痛饮，放任自己大醉，不顾惜镜中自己已容颜消瘦。

河边上芳草萋萋，河岸上绿柳成荫。岁岁芳草杨柳复青，为何年年萌发新愁呢？夜深人静，满怀愁绪的我独立小桥之上，清风吹满衣袖，行人渐渐归去，一弯新月在平林上空升起。

踏莎行

候馆①梅残，溪桥柳细，草薰②风暖摇征辔③。离愁渐

远渐无穷，迢迢不断如春水。

寸寸柔肠，盈盈④粉泪，楼高莫近危阑⑤倚。平芜⑥尽处是春山，行人更在春山外。

【注释】

①候馆：迎候宾客的馆舍，这里泛指馆舍。②草薰：青草散发的香气。薰：花草的芳香。③征辔：马缰，这里代指马。④盈盈：泪水充溢的样子。⑤危阑：高楼上的栏杆。⑥平芜：平坦旷远的草地。

【解读】

馆舍小院里的梅花日渐凋谢，只剩几朵残花，小溪桥头的柳树萌生出嫩芽。和暖的春风轻拂人面，风中带着花草芳香。在这美好的初春时节，征人抖动马缰，踏上征途。征人渐行渐远，离愁却没有穷尽，犹如这眼前迢迢不断的春水，无穷无尽。

寸寸柔肠痛断，热泪盈盈，粉脸沾湿。别登高楼，倚栏远眺。因为映入眼帘的是连绵无尽的春草原野，原野尽头是隐隐春山，而所思念的征人，更远在那春山之外，渺不可寻。

韩　琦（1008—1075），北宋政治家、名将。字稚，自号赣叟。相州安阳（今河南省安阳市）人。仁宗天圣五年（1027）进士。历开封府推官、三司度支判官，任右司谏，曾一次奏罢宰执四人。宝元三年（1040）出任陕西安抚使，与范仲淹共同防御西夏，名重一时。有歌谣："军中有一韩，西贼闻之心胆寒；军中有一范，西贼闻之惊破胆。"庆历三年（1043）西夏请和，被任为枢密副使，与范仲淹、富弼同时登用。支持庆历新政。两年后以仲淹等罢政，自请外出，知扬州，改知定州、并州。在并州时收回契丹冒占的土地，立石为界，并加强防御。嘉祐年间复入朝，迭任枢密使、宰相，经英宗至神宗，执政三朝。神宗即位后，出知相州（今河南省安阳市）、大名等地。王安石变法，他屡次上疏反对，与司马光、富弼同为保守派代表。著有《安阳集》。

安阳好

安阳好，形势魏西州①。曼衍②山川环故国，升平③歌吹沸④高楼。和气⑤镇飞浮。

笼画陌⑥，乔木几春秋。花外轩窗排远岫⑦，竹间门巷带长流⑧。风物⑨更清幽。

【注释】

①魏西州：战国时期魏的西河重镇。②曼衍：同“曼延”，即连绵不断。③升平：太平。④沸：响彻。⑤和气：和睦祥瑞之气。⑥画陌：如诗如画的郊野巷陌。⑦远岫：此处指远处的山脉。⑧带长流：带，河流。长流，河水长流不息。⑨风物：风景。

【解读】

安阳好，远在战国时就是魏国的西河重镇。这里山环水绕，绵延不绝，护卫着古城。古城高楼鳞次栉比，百姓安居乐业，百业兴旺，政通人和，欢歌鼎沸，和睦祥瑞之气镇住了飞扬的尘埃。

安阳树冠茂密，笼盖如诗如画的郊野巷陌，高大的树木不知经历了多少个春秋。园子里繁花似锦，簇拥着小窗，窗外远山如列，蜿蜒起伏。修竹间，屋舍隐现，屋舍前，碧水长流，风景清幽，宛若桃源仙境。

司马光（1019—1086），北宋大臣、杰出史学家。字君实，号迂叟。陕州夏县（今山西省夏县）。因居涑水乡，世称涑水先生。宋仁宗宝元元年（1038）进士，为武成军签判。庆历六年（1046），授馆阁校勘，改并州通判，召为开封府推官，累迁知制诰、天章阁待制兼侍讲知谏院。英宗朝进龙图阁直学士，判吏部流内铨。治平三年（1066）撰成战国迄秦《通志》八卷上进，作为封建统治之鉴，得英宗重视，命设局续修。神宗时正式赐书名《资治通鉴》。王安石行新政，他竭力反对，与王安石在帝前争论，强调祖宗之法不可变。被命为枢密副使，坚辞不就，于熙宁三年（1070）出知永兴军（今陕西省西安市）。次年改判西京御史台，退居洛阳，以书局自随，继续编撰《资治通鉴》。元丰八年（1085）神宗去世，哲宗赵煦即位，高太皇太后听政，召司马光入京主国政，次年任尚书左仆射兼门下侍郎，废除绝大部分新法，罢黜新党。有历史巨著《资治通鉴》，诗文有《司马文正公集》，其他有《稽古录》《涑水记闻》等。

西江月

宝髻[①]松松挽就，铅华[②]淡淡妆成。青烟翠雾[③]罩轻盈，飞絮游丝无定。

相见争[④]如不见，多情何似无情。笙歌[⑤]散后酒初醒，深院月斜人静。

【注释】

①宝髻：古代女子发髻的一种。髻：挽在头顶或脑后的发结。②铅华：女子化妆用的铅粉。③青烟翠雾：指舞衣似青绿色的烟雾。④争：怎、怎么，表示感叹语气。⑤笙歌：合笙之歌，亦谓吹笙唱歌，此处泛指奏乐唱歌。

【解读】

她脑后天韵自然地挽了一个松松的云髻，略施淡妆，打扮清纯脱俗。如青烟翠雾一般的丝绸衣裳，笼罩着她轻盈的身姿，她翩翩起舞时，轻盈的舞姿，犹如飞絮游丝飘忽不定。

舞女出尘绝俗之姿引起词人无尽情思，感叹相见真不如不见，不见没有相思之苦，不受相思的煎熬；多情不如无情，无情则不会为情所困，无情则没有因情而产生的多情之痛。笙歌散尽后我酒意方醒，只见庭院深深，斜月高挂，寂静无声。

王安石（1021—1086），北宋名臣，杰出政治家、思想家、文学家。字介甫，号半山。抚州临川（今江西省抚州市临川区）人。从小受父亲的教诲，胸怀忧国忧民之思，有“矫世变俗之志”。仁宗庆历二年（1042）登进士及第。历任淮南判官、鄞县知县、常州知县、提典江东刑狱、三司度支判官、知制诰等职，因政绩卓著，在同僚中声誉很高。仁宗嘉祐三年（1058），在《上仁宗皇帝言事书》即《万言书》中提出变法主张，但未被采纳。神宗即位，熙宁元年（1068）召王安石为翰林学士兼侍讲，又上《本朝百年无事札子》（札子是旧时的一种公文），陈述北宋开国至今各项制度弊端，阐明必须改革，与神宗意合，次年升任宰相，开始实行富国强兵变法。在富国方面推行均输法、青苗法、市易法、免役法、方田均税法、农田水利法；在强兵方面推行置将法、保甲法、保马法及设置军器监等。改革在神宗支持下，坚持十六年之久，尽管遇到很大阻力，但仍收到了较好成效。它扭转了宋朝财政困难局面，不仅实现了收支平衡，且有很多节余。它促进了生产的发展，使经济繁荣，物价下降。它整顿了军队，军器制造得到了改善，加强了宋王朝的国防力量。熙宁七年（1074）王安石辞去宰相职务，次年又起用。熙宁九年（1076）又辞去宰相职务。从这年开始直到去世，他在江宁钟山（今南京紫金山）度过了十年退休生活。王安石不仅是北宋名臣、杰出政治家和思想家，也是一位出色的文学家，名列“唐宋八大家”；其诗情韵深婉，精于修辞；其词富峻豪放，感慨深沉，一洗五代以来绮靡旧习，别具一格。有《王文公文集》《临川先生文集》，后人辑有《周官新义》《诗义钩沉》等。

桂枝香

登临送目①，正故国②晚秋，天气初肃。千里澄江似练，翠峰如簇。归帆去棹残阳里，背西风，酒旗斜矗。彩舟云淡，星河鹭起，画图难足。

念往昔，繁华竞逐，叹门外楼头，悲恨相续。千古凭高，对此谩嗟荣辱。六朝旧事随流水，但寒烟衰草凝绿。至今商女，时时犹唱，后庭③遗曲。

【注释】

①送目：远望。②故国：旧时的都城，此处指金陵（今江苏省南京市）。③后庭：指陈后主所作《玉树后庭花》，是一曲艳曲，被

视作亡国之音。

【解读】

登上高楼扶栏放目远眺，故都金陵正值晚秋，草木摇落，景物萧瑟。千里长江平静澄澈，宛如一条白色的绢带，青翠的山峰像箭镞耸立前方。斜阳中，帆船来回穿梭，背着西风的酒家酒旗斜挂，迎风飘扬。水天相接处，缤纷多彩的画船仿佛在淡云中浮游，白鹭好像在银河里飞舞，丹青妙笔也难将这美丽的景色描画。

遥想当年，故都金陵何等富庶繁华，达官贵人竞逐奢华，可叹隋军已到朱雀门外，而陈后主还在宫中绮阁楼上与妃嫔寻欢作乐，六朝君主一个个相继败亡。自古多少人在此登高怀古，无不对历代荣辱兴废喟叹感伤。六朝往事已随流水消逝，成为历史陈迹，只剩下暮烟、衰草凝成一片寒碧。时至今日，商女们还不知亡国的悲恨，时时把《后庭》遗曲吟唱。

浪淘沙令

伊吕①两衰翁，历遍穷通②。一为钓叟一耕佣。若使当时身不遇，老了英雄③。

汤武④偶相逢，风虎云龙⑤。兴王⑥只在笑谈中。直至如今千载后，谁与争功！

【注释】

①伊吕：指伊尹与吕尚（姜子牙）。②穷通：困境与顺境。③老了英雄：英雄白白老死。④汤武：汤，即成汤，商朝的建立者。武：指周武王姬发，周朝的建立者。⑤风虎云龙：《易经》中有“云从龙，风

从虎”。此处将风云喻贤臣，龙虎喻明君。⑥兴王：兴国之君。

【解读】

伊尹和吕尚两位老翁，曾历遍了困窘和通达。他们一位曾为钓叟，垂钓于渭水之滨，一位是给富人耕田的农夫，“耕于有莘之野”。他们曾经一度穷困至极，后来得到了明君的赏识才得以平步青云，实现了平生的抱负。试想一下，如果不是汤王发现了伊尹，周王发现了吕尚，并重用了他们，他俩终其一生也只能老死于山野之中。

汤武二帝和伊吕二臣偶然相遇，明君贤臣得以风云际会，犹如龙得云助，虎得风势。明君充分发挥贤臣伊吕才能，君臣亲密无间，谈笑之间，伊吕便帮助汤武成就了帝王之业。伊吕这种功劳不仅显赫当时，直到千载之后的今天，又有谁能和他们争功呢？

渔家傲

平岸小桥千嶂抱，柔蓝一水萦花草。茅屋数间窗窈窕[1]。尘不到，时时自有春风扫。

午枕觉来闻语鸟，欹眠[2]似听朝鸡早。忽忆故人今总老。贪梦好，茫然忘了邯郸道[3]。

【注释】

①窈窕：幽深的样子。②欹眠：斜躺着。③邯郸道：唐沈既济《枕中记》载，卢生在邯郸道上一家客店中昼寝入梦，历尽荣华富贵。梦醒，主人炊黄粱犹未熟。后用来比喻虚幻的事或理想破灭。

【解读】

峰峦叠嶂，环抱着小桥流水，河水青碧，萦绕着繁花翠草。临水几间茅屋，窗户灵巧幽深，纤尘不染，殷勤多情的春风，常常替我来清扫。

午觉醒来，满耳都是婉转的鸟鸣。斜倚枕头，似乎听到雄鸡报晓，催我上早朝，此情此景恍如隔世。忽然想起故人都已老，自己也不例外。贪恋春梦，忘却了仕途求官那一套。庆幸自己复归于与山水花鸟共乐的闲适愉悦的美好生活。

千秋岁引·秋景

别馆寒砧①，孤城画角，一派秋声入寥廓②。东归燕从海上去，南来雁向沙头落。楚台风③，庾楼月④，宛如昨。

无奈被些名利缚，无奈被他情担阁！可惜风流总闲却！当初漫留华表语⑤，而今误我秦楼约。梦阑时，酒醒后，思量着。

【注释】

①寒砧：捣衣石。此处指捣洗寒衣的声音。②寥廓：空阔、高远。③楚台风：宋玉《风赋》楚襄王游于兰台，有风飒至，王乃披襟以当之，曰："快哉此风!"④庾楼月：《晋书·庾亮传》载，庾亮镇守武昌，曾于秋夜与僚吏共登南楼望月，谈笑竟夕。⑤华表语：据《搜神后记》载，辽东人丁令威，学道于灵虚山，后化鹤归来，落于城门华表柱上，有少年举弓欲射，遂在空中盘旋而歌曰："有鸟有鸟丁令威，去家千年今始归。城廓如故人民非，何不学仙冢累累。"歌毕飞入高空。

【解读】

传入旅舍的捣洗寒衣的砧声，应和着孤城画角的哀鸣，一派秋声弥漫旷远、空阔的苍穹。东归的海燕向海上飞去，南来的大雁落在了沙头的汀洲上。楚襄王携宋玉游兰台时的快哉之风，庾亮与殷浩辈在南楼吟咏戏谑时那赏心悦目之月，如同昨日一样美好。

如今，无奈被那些名缰利锁所束缚，无奈被那些难以割舍的感情所耽搁，可惜那些风流韵事总被闲却。当初空留下功成身退、去求仙访道，潇洒度日的话语，而今却反误了我与佳人秦楼的相约。梦醒时，酒醒后，且把心头事好好思索。

王　观（1035—1100），北宋文学家、著名词人。字通叟。如皋（今江苏省如皋市）人。宋仁宗嘉祐二年（1057）中进士。历任大理寺丞、江都知县等。在任时作《扬州赋》，宋神宗阅后大喜，大加褒赏；又撰《扬州芍药谱》一卷，遂被重用为翰林学士。后因应制作词，宣仁太后以为亵渎神宗，罢职归隐，自号逐客。其词构思新颖，造词佻丽。词风学柳永，因此词集名《冠柳集》，已佚。现存有赵万里辑本。

卜算子·送鲍浩然之浙东①

水是眼波横，山是眉峰聚②。欲问行人去那边？眉眼盈盈处。

才始送春归，又送君归去。若到江南赶上春，千万和春住。

【注释】

①浙东：今浙江省衢江、富春江、钱塘江以东地区。②眉峰聚：形容美人眉弯蹙皱如双峰相并。

【解读】

明净的江水如美人流动的眼波，山峰如美人蹙起的眉峰。欲问行人去哪里？到山明水秀的浙东。

刚刚送走春天，又要送你归去。如果你到江南赶上春天，一定要和春一起居住。

红芍药

人生百岁，七十稀少。更除十年孩童小。又十年昏老。都来五十载，一半被、睡魔分了。那二十五载之中，宁无些个烦恼。

仔细思量，好追欢及早。遇酒追朋笑傲。任玉山摧倒①。沉醉且沉醉，人生似、露垂芳草。幸新来、有酒如渑②，结千秋歌笑。

【注释】

①玉山摧倒：指喝酒以后醉倒。玉山，喻俊美的形体。②渑：渑池，水名。在河南西部。这里以渑池喻酒多如池水。

【解读】

人的生命极限是一百年，能活到七十者少有。十年孩童期、十年昏老期，那中间的五十年又被睡眠占去了一半。在清醒的二十五年中又有诸多烦恼。

仔细想想人生确实时光无多，应该及早追欢，及时行乐。平日与志气相投的好友们聚在一起饮酒，意气风发，不去计较喝醉了以后的事情。沉醉了就沉醉了吧，人生就好似那芳草上低垂的露珠一样生命短暂。幸亏近来，有像渑池一样多的美酒，能够让我度过时光像吟歌千秋一样惬意。

李之仪（约 1035—1117），北宋文学家。字端叔，号姑溪居士。沧州无棣（今山东省无棣县）人。治平进士。初授万全县令，后到鄜延军任职，元丰六年（1083）春回京，与左谏大夫杨景略出使高丽，吊唁高丽王王徽。哲宗元祐元年（1086）被任命为枢密院编修官。不久，又为原州（今属甘肃）通判。元祐末从苏轼于定州幕府，朝夕唱酬。元符二年（1099），上调监内香药库，御史石豫参劾他为苏轼幕僚，不可以任京官，被停职。徽宗崇宁元年（1102），提举河东常平。崇宁二年（1103），代范纯仁作《遗表》忤蔡京获罪，出狱后编管太平州（今安徽省当涂县）。后遇赦复官，晚年入居当涂。徽宗政和七年（1117）终朝请大夫。李之仪以尺牍擅名，能诗文，又工词。他认为词“自有一种风格，稍不如格，便觉龃龉”，并且填词须做到“妙见于卒章，语尽而意不尽，意尽而情不尽”。词作多中调、小令，尤长于小令，擅长淡语、景语、情语。他的词清婉脱俗，情意深切。有《姑溪居士文集》《姑溪词》。

卜算子

我住长江头， 君住长江尾。 日日思君不见君， 共饮长

江水。

此水几时休，此恨何时已。只愿君心似我心，定不负相思意。

【解读】

我住在长江的源头，你住在长江之尾。日日伫立江头，翘首眺望，将你思念，却始终见不到你的身影。聊以慰藉的是我们还能共饮这一条长江之水。

长江之水，悠悠东流，不知什么时候才能休止，我的离愁别恨也不知什么时候才能停歇。只愿你的心像我的心一样，对爱情忠贞不渝，决不辜负我对你的一腔相思情意。

苏　轼（1037—1101），北宋杰出文学家、书画家。字子瞻，一字和仲，号东坡居士。眉州眉山（今四川省眉山市）人。他与父苏洵、弟苏辙合称“三苏”，都名列“唐宋八大家”中。在我国文学史上，苏轼是继屈原、李白、杜甫之后的又一颗巨星。

苏轼出身于书香门第，自幼由母亲程氏亲自授读《汉书》等书籍，获得了较深厚的文化修养。宋仁宗嘉祐二年（1057）中进士，初露锋芒。嘉祐六年（1061）苏轼应才识兼茂科考试授大理评事，签书凤翔府判官。宋英宗治平二年（1065）返京，差判登闻鼓院，不久得职史馆。宋神宗熙宁二、三年（1069—1070）两次上书皇帝反对王安石变法。熙宁四年（1071）调任杭州通判，熙宁七年（1074）改任密州知州，熙宁九年（1076）以祠部员外郎移知河中府，熙宁十年（1077）改知徐州，元丰二年（1079）改任湖州知州。后因诗文被罗织罪名，被捕入狱。元丰三年（1080）经多方营救出狱，后贬为黄州团练副使。筑室于东坡，自号东坡居士。在黄州，苏轼的文学成就达到了一个新的高峰，写出了《念奴娇·赤壁怀古》《前赤壁赋》《后赤壁赋》等千古名篇。元丰七年（1084）移汝州团练副使，元丰八年（1085）知登州，同年以礼部郎中招还京师，任中书舍人。宋哲宗元祐二年（1087）以翰林学士知制诰。元祐三年（1088）因朝官攻击，上《乞罢学士除闲慢差遣札》。时高太后听政，特召苏轼入内殿，告以神宗生前器重苏轼文才，加以挽留。半年后，苏轼再上《陈情乞郡札》。元祐四年（1089）苏轼加任侍读，进读迩英殿。论及时事，为赵挺之等人攻击。苏轼恐不见容，接连上章乞外放。三月，苏轼以龙图阁学士的身份，再次到阔别十六年的杭州当知州。在三年任职期内，主持治理了茅山、盐桥两运河；全面疏浚了能灌溉农田千顷的西湖，并把从西湖挖出的泥土，筑成横贯西湖南北的一道堤，这就是有名的“苏堤”；重修了杭州人饮水的六井，让六井甘水造福一城。元祐六年（1091）以翰林学士奉召还朝，又因政见不合，调知颍州。元祐七年（1092）改知扬州。八月以兵部尚书召还，十一月迁端明殿学士兼翰林侍读学士守礼部尚书。元祐八年（1093）苏轼再遭弹劾，出知定州。绍圣元年（1094）新党以苏轼“讽刺先朝罪”，将其贬惠州。绍圣四年（1097）再贬至最偏远的儋州。建中靖国元年（1101）宋徽宗赵佶继位，苏轼遇赦，复任朝奉郎。北归途中卒于常州。

苏轼是中国文坛一颗璀璨巨星，文章有数千篇，汪洋恣肆，明白畅达，为“唐宋八大家”之一，与欧阳修并称“欧苏”。诗歌有四千多首，这些诗笔底波澜，从心所欲，善用比喻夸张，新意盎然，与黄庭坚并称“苏黄”。词作贡献尤其巨大，冲破了晚唐、五代以来的罗绮香泽之气。在他的努力下，婉约词的题材大大扩展，格调也渐趋雅化，他所开创的豪放派词风，更影响了此后无数的作家。可以说宋词之有苏轼，如唐诗之有李杜一般，与辛弃疾并称“苏辛”。书法以行书、楷书见长，取法李邕、徐浩、颜真卿、杨凝式，而能自创新意。用笔丰腴跌宕，有天真烂漫之趣。与蔡襄、黄庭坚、米芾并称“宋四家”。存世作品有《黄州寒食诗帖》《前赤壁赋》《答谢民师论文帖》《祭黄几道文》等。绘画主张“神似”，是“文人画”的创导者。擅画墨竹，存世作品有《枯木怪石图》《竹石图》等。此外，在医药、禅学、哲学、天文地理、饮食养生诸方面均有造诣。著作有《东坡全集》《东坡乐府》《东坡易传》等。

念奴娇·赤壁怀古

大江①东去，浪淘尽，千古风流人物②。故垒③西边，人道是④，三国周郎⑤赤壁。乱石穿空，惊涛拍岸，卷起千堆雪⑥。江山如画，一时多少豪杰。

遥想公瑾当年，小乔⑦初嫁了，雄姿英发。羽扇纶巾，谈笑间，樯橹⑧灰飞烟灭。故国⑨神游，多情应笑我，早生华发⑩。人生如梦，一尊还酹⑪江月。

【注释】

①江：古代专指长江。②风流人物：指出色的英雄人物。③故垒：古代的营垒。④人道是：意谓据人们讲。⑤周郎：周瑜，字公瑾，赤壁之战时的吴军主将。⑥雪：这里是浪花的意思。⑦小乔：周瑜之妻。⑧樯橹：樯，桅杆。橹：桨。⑨故国：旧地。此指赤壁古战场。⑩华发：花白的头发。⑪酹：以酒浇地表示祭奠。

【解读】

长江之水浩浩荡荡向东流去，滔滔巨浪淘尽了千百年来那些才能出众超群、风度潇洒倜傥的英雄人物。那芦荻萧萧的旧营垒西边，人们说那是三国时周瑜大破曹军的赤壁。那里乱石林立，直刺天空，惊人的巨浪拍打着江岸，激起的浪花好似千堆白雪。江山雄奇壮丽如画，一时间涌出多少英雄豪杰。

遥想当年周瑜春风得意，小乔刚刚嫁给了他做妻子，他英姿勃发，踌躇满志，笑傲群雄，手摇羽扇，头戴纶巾，谈笑间，就把曹操战船上的几十万大军烧得灰飞烟灭，如今我在三国古战场神游，可笑我多愁善感，以致过早地生出白发，唉，人生如一场梦，我只能用酒来把江月祭奠。

水调歌头

丙辰[①]中秋，欢饮达旦，大醉，作此篇，兼怀子由[②]。

明月几时有？把酒[③]问青天。不知天上宫阙[④]，今夕是何年。我欲乘风归去，又恐琼楼玉宇，高处不胜寒。起舞弄[⑤]清影，何似在人间。

转朱阁[⑥]，低绮户[⑦]，照无眠。不应有恨，何事长向别时圆？人有悲欢离合，月有阴晴圆缺，此事古难全。但愿人长久，千里共婵娟[⑧]。

【注释】

①丙辰：宋神宗熙宁九年（1076）。②子由：苏轼之弟苏辙，字

子由。③把酒：端起酒杯。④宫阙：皇宫门前两边供眺望的楼。⑤弄：赏玩。⑥朱阁：朱红的华丽楼阁。⑦绮户：雕花门窗。⑧婵娟：月亮的美称。

【解读】

丙辰年中秋之夜，欢畅痛饮到天亮，大醉，写了这首词，并以之怀念弟弟苏辙。

明月从何时才有的呢？我端起酒杯询问青天。不知道天上的宫殿，今夜是哪一年。我想乘风回到天上，又怕美玉砌成的宫殿，在那九天之上，经受不住那高处的寒冷。还不如在月下起舞，和影子嬉戏，天上怎比得上人间呢！

月儿移动，转过了朱红色华丽的楼阁，将月光倾泻在雕花的窗户上，照着心事重重不能入睡的词人。明月不应该有什么愁恨吧？可又为什么总是在人们离别之时才圆呢？人有悲欢离合的变化，月有阴晴圆缺的转换，自古以来就难以周全，希望人们可以长长久久地在一起，即使远隔千里，也能共赏这美丽月色。

江城子·密州①出猎

老夫②聊③发少年狂④，左牵黄⑤，右擎苍⑥，锦帽貂裘，千骑⑦卷平冈⑧。为报倾城随太守⑨，亲射虎，看孙郎⑩。

酒酣胸胆尚开张⑪。鬓微霜⑫，又何妨！持节⑬云中⑭，何日遣冯唐⑮？会挽雕弓如满月，西北望，射天狼⑯。

【注释】

①密州：今山东省诸城市。②老夫：作者自称。③聊：姑且、

暂且。这里有引发意。④狂：狂放不羁。⑤左牵黄：左手牵着黄猎犬。⑥右擎苍：右手擎着猎鹰。⑦千骑：形容随从乘骑之多。⑧卷平冈：形容马多尘土飞扬，把山冈像卷席子一样掠过。⑨太守：指作者自己。⑩孙郎：孙权。作者借自喻。⑪酒酣胸胆尚开张：即兴畅饮，胸怀开阔，胆气横生。尚：更。⑫微霜：稍白。⑬持节：拿着符节。⑭云中：汉时郡名。⑮冯唐：汉文帝时人。文帝曾派冯唐持节赦免魏尚。这里作者以魏尚自比。⑯天狼：星名，又称犬星，主侵略。这里隐指西夏。

【解读】

老夫我姑且抒发一下少年的狂放不羁，左手牵着猎犬，右手擎着猎鹰，头戴锦帽，身穿豹皮衣，率领千骑人马风驰电掣席卷平冈。为了报答全城百姓跟随本太守打猎，看我大显身手，亲自射杀猛虎，犹如昔日的孙权一样。

畅饮美酒之后，胸怀开阔，胆气豪壮，虽然两鬓微微有些花白，但这又有何妨。什么时候皇帝像汉文帝派遣冯唐去云中赦免魏尚一样，派人来赦免我呢？如果那样我将使尽力气拉满雕弓，瞄准西北，射向西夏敌军。

望江南·超然台作

春未老[1]，风细柳斜斜。试上超然台上看，半壕[2]春水一城花。烟雨暗千家。

寒食[3]后，酒醒却咨嗟[4]。休对故人思故国[5]，且将新火[6]试新茶[7]。诗酒趁年华。

【注释】

①老：指晚春时节。②壕：护城河。③寒食：清明节前两天，相传为纪念介子推，禁火三天，谓之寒食节。④咨嗟：叹息、慨叹。⑤故国：这里指故乡、故园。⑥新火：寒食禁火，节后再举火称新火。⑦新茶：当年谷雨节、清明节前采摘的茶。

【解读】

春意尚未褪尽，和风细细，柳枝斜斜，随之起舞。登上超然台远眺，这一湾护城河半满的春水微波荡漾，满城皆是春花烂漫，在烟雨的笼罩下，千家万户都显得暗了。

寒食节过后，酒醒了却因思乡而叹息不已。还是不要对着故人思念故乡吧，暂且点起新火煮一壶刚采的新茶。超然物外，忘记一切相思和愁苦，趁年华尚在以诗酒自娱吧！

定风波

三月七日，沙湖道中遇雨，雨具先去，同行皆狼狈，余独不觉。已而遂晴，故作此词。

莫听穿林打叶声，何妨吟啸[①]且徐行。竹杖芒鞋[②]轻胜马，谁怕？一蓑烟雨[③]任平生。

料峭[④]春风吹酒醒，微冷，山头斜照却相迎。回首向来萧瑟处，归去，也无风雨也无晴。

【注释】

①吟啸：意态潇洒，且吟且啸。吟，吟咏。啸，长啸。②芒鞋：

芒草编结的草鞋。③一蓑烟雨：喻指人世的风雨烟波。④料峭：形容春寒。

【解读】

三月七日，在沙湖道上遇上了下雨，拿雨具的仆人先离去，同行的人都觉得很狼狈，只有我不这么觉得。俄而天放晴了，就填了这首词。

莫要去听那穿林打叶的风雨声，不妨一边吟咏长啸，一边悠然徐行。手拄竹杖，脚穿芒鞋在野外小道上行走，轻便得胜过骑马。谁会怕这点斜风细雨？披一袭蓑衣，任凭风吹雨打，照样过我的一生。

略带寒意的春风将我的酒意吹醒感觉有些微冷，山头初晴的斜阳应时温暖地相迎。回头望一眼刚才遭遇风雨的地方，我信步归去，既无所谓风雨，也无所谓天晴。

水调歌头·黄州快哉亭①赠张偓佺

落日绣帘卷，亭下水连空。知君为我，新作窗户湿青红。长记平山堂上，欹枕江南烟雨，杳杳②没孤鸿。认得醉翁语，山色有无中③。

一千顷，都镜净，倒碧峰。忽然浪起，掀舞一叶白头翁④。堪笑兰台公子⑤，未解庄生⑥天籁，刚道有雌雄⑦。一点浩然气，千里快哉风。

【注释】

①快哉亭：宋神宗元丰六年（1083）苏轼谪居黄州，他的友人

张怀民（字偓佺）在黄州西南长江边建造了一座亭台，苏轼为其命名为“快哉亭”。②杳杳：深远幽暗的样子。③山色有无中：出自欧阳修《朝中措·送刘仲原甫出守维扬》。④白头翁：本为鸟名，这里指操舟的白发老人。⑤兰台公子：指宋玉。宋玉曾侍从楚襄王游于兰台之宫。⑥庄生：庄子。⑦有雌雄：宋玉在《风赋》中说风有雌雄两种。

【解读】

傍晚时分，夕阳在山，我登上快哉亭纵览长江壮景。绣帘高卷，极目远望，但见快哉亭下水天相连，一片澄碧。为了我的到来，友人特意在窗户上涂上了青红油漆，色彩犹新。这让我想起当年在平山堂的时候，靠着枕席，欣赏江南烟雨，时有孤鸿在缥缈朦胧的雾霭中出没的情景。今天看到眼前的景象，我方体会到欧阳醉翁词句中所描绘的，山色若隐若现的景致。

江面一碧千顷，犹如莹净的镜面，两岸青翠的山峰，倒映水中，景色如诗如画。忽然风浪乍起，但见一白发老翁驾着一叶小舟在浪涛中上下出没。可笑兰台公子宋玉，是不理解庄子的“风是天籁”之说的，不明白自然造化是不受人间富贵权势的影响的，为了取悦楚王，在《风赋》里硬说风有雌雄之分。其实，一个人只要具备至大至刚的浩然正气，就能在任何境遇中都处之泰然，享受到无穷快意的千里雄风。

蝶恋花

花褪残红青杏小，燕子飞时，绿水人家绕。枝上柳绵[①]吹又少。天涯何处无芳草。

墙里秋千墙外道，墙外行人，墙里佳人笑。笑渐不闻声渐悄，多情却被无情恼②。

【注释】

①柳绵：柳絮。②恼：烦恼、失落，心绪不宁。

【解读】

春天将尽，原本怒放的红花，花色衰败，花瓣凋零，杏树上已经长出了青涩的果子。燕子在天空飞舞，碧绿的河水环绕着村落人家。柳枝上的柳絮已被吹得越来越少，天涯到处长满了茂盛的芳草。

围墙里面，有一位妙龄少女正在荡秋千，一阵阵动人的笑声从里面传出。这充满了青春欢快旋律，让墙外行人禁不住止步，用心地欣赏和聆听这令人如醉如痴的欢声笑语。院内的笑声渐渐听不到了，佳人离去，全不在意墙外行人的一片深情，行人黯然神伤，独自品味着那份失落与惆怅。

定风波·南海归赠王定国①侍儿寓娘

常羡人间琢玉郎，天教分付点酥娘②。自作清歌传皓齿，风起，雪飞炎海变清凉。

万里归来颜愈少，微笑，笑时犹带岭梅香。试问岭南应不好，却道：此心安处是吾乡。

【注释】

①王定国：名巩，因受苏轼“乌台诗案”牵连而被贬官岭南。②点酥娘：指柔奴。（王定国的歌伎）点酥，制作糕点时的一种表花

工艺，这里比喻柔美。

【解读】

常常羡慕这世间如玉雕琢般丰神俊朗的男子，就连上天也眷顾他，赠予他柔美聪慧的佳人与之为伴。她自己创作的优美歌曲从她芳洁的口中传出，令人感到如同风起雪飞，使炎热之地一变而为清凉之乡。

她从遥远的地方归来，容颜愈发美丽，更显年轻了，微微一笑，笑颜里好像还带着岭南梅花的清香。我试着问她："岭南的风土应该不是很好吧？"她却坦然答道："心安的地方，便是我的故乡。"

临江仙·夜归临皋①

夜饮东坡②醒复醉，归来仿佛三更。家童鼻息已雷鸣，敲门都不应，倚杖听江声。

长恨此身非我有③，何时忘却营营④。夜阑风静縠纹⑤平。小舟从此逝，江海寄余生。

【注释】

①夜归临皋：此词作于元丰五年（1082）九月。临皋，在今湖北黄州南长江边，苏轼被贬黄州时曾寓居于此。②东坡：在黄州城东。元丰五年春天，苏轼筑雪堂于此，榜之曰"东坡雪堂"，并自号东坡居士。③此身非我有：《庄子·知北游》舜问乎丞曰："道可得而有乎？"曰："汝身非汝有也，汝何得有夫道！"舜曰："吾身非吾有也，孰有之哉？"曰："是天地之委形也。"此谓身不由己，不能自主，因拘于外物之故，这里亦有自己不能掌握自己命运的愤懑之意。

④营营；这里指为功名利禄奔走劳神。⑤縠纹：比喻水的波纹如皱纱。

【解读】

夜里在东坡饮酒，多次醉而复醒，当回到临皋寓所时，仿佛已经三更天了。家童已熟睡，鼾声如雷，反复敲门，也没有回应，便风神潇洒地独自倚着藜杖倾听江水微波荡漾、舒缓扑退滩岸之声。

长恨身在宦途，我的身子非我独有。什么时候才能忘却为功名利禄奔走劳神，淡泊世事遗世独立？夜深人静，万籁俱寂，江面上的波纹微微荡漾，多么迷人的景色啊！真想趁如此良辰美景，驾一叶小舟从此消逝，泛游江河湖海度此余生。

卜算子·黄州定慧院寓居作

缺月挂疏桐，漏断①人初静。谁见幽人②独往来，缥缈孤鸿影。

惊起却回头，有恨无人省③。拣④尽寒枝不肯栖，寂寞沙洲冷。

【注释】

①漏断：漏壶里的水滴尽了，指夜已深了。②幽人：幽居之人，与下句的“孤鸿”都是作者自指。③省：理、懂得。④拣：选择。

【解读】

一钩弯月悬挂在疏落的梧桐树梢。夜阑人静，漏壶的水早已滴光了。有谁看见一位心事浩茫的幽居之人，在这凄清的寒夜无法入睡，独自在院中徘徊，其孤独的身影犹如缥缈的孤鸿。

这只离群失伴、形单影只的大雁突然受到惊吓骤然起飞，边往前飞边恐惧地回头张望，似有无尽怨恨，却无人能够理解。它飞来飞去，挑遍了所有寒枝却总是不肯栖息其上，只好栖息在寂寞荒凉寒冷的沙洲之上。

满庭芳

蜗角[①]虚名，蝇头[②]微利，算来著甚[③]干忙。事皆前定，谁弱又谁强。且趁闲身未老，尽放我、些子疏狂。百年里，浑教是醉，三万六千场。

思量，能几许，忧愁风雨，一半相妨，又何须抵死[④]，说短论长。幸对清风皓月，苔茵展、云幕高张。江南好，千钟美酒，一曲满庭芳。

【注释】

①蜗角：蜗牛之角，形容渺小。②蝇头：苍蝇头，形容微小。③著甚：犹言“作甚”。④抵死：这里指竭力的意思。

【解读】

人世间的虚名薄利，不过是蜗牛之角，苍蝇之头那么大点得失，有什么好为之忙碌争夺的呢？名利得失之事自有因缘，得者未必强，失者未必弱。且乘着闲散之身未老之时，抛开束缚，放纵自我，逍遥自在。人生若有一百年的时光，我也愿大醉它三万六千场。

仔细思量，人的一生有一半时间被忧愁风雨妨碍，美好的时光又有多少呢？既然人生有限，哪里还有必要一个劲儿地说短论长呢？不如面对这清风皓月，以苍苔为褥席，以高云为帷帐，宁静地生活。

这江南的风光是多么明媚啊，让我们尽情地畅饮美酒，高歌一曲《满庭芳》。

浣溪沙

游蕲水[①]清泉寺，寺临兰溪[②]，溪水西流。

山下兰芽短浸溪，松间沙路净无泥。萧萧暮雨子规啼。

谁道人生无再少？门前[③]流水尚能西！休将[④]白发唱黄鸡。

【注释】

①蕲水：旧县名。治所在今湖北省浠水县。②兰溪：出箬竹山，溪两侧多生兰草，故名。③“门前”句：据《旧唐书》记载，天台山国济寺有一老僧会卜算，他说：“门前水当却西流，弟子亦至。”当一行和尚进去请业时，门前的水果然向西倒流。而兰溪之水也的确向西而流。④“休将”句：白居易《醉歌示伎人商玲珑》有“谁道使君不解歌，听唱黄鸡与白日。黄鸡催晓丑时鸣，白日催年酉前没。腰间红绶系未稳，镜里朱颜看已失”等句，叹息年华老去。苏轼这里反用其意，言不要以老去为悲。

【解读】

山下溪水潺潺，溪边的兰草新抽出的嫩芽浸润在溪水中，松间沙石小径，经过春雨冲刷，洁净无泥。在傍晚的潇潇烟雨中，不时传来杜鹃鸟的婉转啼鸣。

谁说人生就不能回到少年时代？你看那门前的流水尚能向西流

淌！不要再唱黄鸡天天报晓，时光易逝，人生不能长久的老调了，而应该相信进取者永远年轻，应该老当益壮，自强不息。

浣溪沙

元丰七年十二月二十四日，从泗州[①]刘倩叔游南山[②]。

细雨斜风作晓寒，淡烟疏柳媚晴滩。入淮清洛[③]渐漫漫。

雪沫乳花浮午盏，蓼茸[④]蒿笋试春盘。人间有味是清欢。

【注释】

①泗州：今安徽省泗县。②南山：泗州南郊风景区。③清洛：洛河。发源于安徽省定远，北流至怀远入淮河。④蓼茸：蓼菜的嫩芽。

【解读】

拂晓来了一阵斜风细雨，让人感到有些寒意。可喜的是，一阵小雨过后，雨脚渐收，淡烟疏柳点缀出十里滩妩媚多姿的晴日美景。洛河清流，曲曲折折地流入淮河，汇合成浩渺的长河。

刚刚欣赏完烟云淡荡，杨柳扶疏，尽沐晴晖的十里滩和烟波浩渺的长河，友人便热情地相邀共进午餐。酒宴席上摆着乳白色的香茶，翡翠般的春蔬。大家品茗尝鲜，既感到了温暖的浓浓春意，又感到神清气爽，胃肠具清，比起膏粱厚味的大餐，人间有味的还是香茗野蔬这种清欢。

江城子

墨云拖雨过西楼。水东流，晚烟收。柳外残阳，回照动帘钩。今夜巫山[①]真个好，花未落，酒新篘[②]。

美人微笑转星眸。月华羞[③]，捧金瓯。歌扇萦风[④]，吹散一春愁。试问江南诸伴侣，谁似我，醉扬州。

【注释】

①巫山：此处暗指美人。用巫山神女与楚襄王相会的典故。②酒新篘：新滤的酒。③月华羞：美人笑脸盈盈，顾盼生辉，使姣好的月亮都自愧弗如。④歌扇萦风：美人翩翩舞扇招来徐徐清风。

【解读】

黑云如墨带来倾盆大雨倾洒在西楼之上，到了傍晚时分，骤雨方才停止，积聚的雨水东流而去，晚间的烟霞也渐渐收拢。杨柳外夕阳将落，落日斜照，门帘在余晖中来回摆动。今夜美人如同巫山神女一样美丽动人，花容恰好，杯中斟满了新滤出的美酒。

美人面带微笑，星眸闪动，窗外的月华都羞于和其媲美。词人手捧金瓯，看美人歌声随身而动，扇随舞转，香风旋动，将词人的满腔春愁吹走。我江南的朋友们、同僚们，你们有谁能像我一样生活如此美妙，可以尽情地一醉扬州呢？

鹧鸪天

时谪黄州。

林断山明竹隐墙，乱蝉衰草小池塘。翻空白鸟时时见，照水[①]红蕖[②]细细香。

村舍外，古城旁，杖藜[③]徐步转斜阳。殷勤昨夜三更雨，又得浮生一日凉。

【注释】

①照水：映照在水面。②红蕖：荷花的别称。③杖藜。一种长有许多节的很硬的木本植物，古时人们常用它做拐杖。

【解读】

远处郁郁葱葱的树林尽头，露出山明水秀的直插云天的奇峰，清晰可见；近处青青翠竹掩映着一所墙院（当为词人居所），院落旁有一泓清澈碧绿的小池塘，池边长满了衰草，蝉声缭乱。辽阔明净的天空中，不时有白色的小鸟上下翻飞，时常闪现在眼前，那粉红荷花像美丽的少女亭亭玉立在池中，映照绿水，散发出幽香。

在乡村的野外，古城墙的近旁，我拄着藜木拐杖徐徐漫步，转眼已是丹阳斜照。昨夜三更时分，多亏天公体贴人意，殷殷勤勤地及时下了一场甘霖，我又得到这酷热难耐的炎夏中难得的一日清凉。

沁园春

赴密州，早行，马上寄子由。

孤馆灯青，野店鸡号，旅枕梦残。渐月华收练，晨霜耿耿；云山摛锦①，朝露漙漙②。世路无穷，劳生有限，似此区区长鲜欢。微吟罢，凭征鞍无语，往事千端。

当时共客长安，似二陆③初来俱少年。有笔头千字，胸中万卷；致君尧舜，此事何难？用舍由时，行藏在我，袖手何妨闲处看。身长健，但优游卒岁，且斗尊前④。

【注释】

①摛锦：似锦缎般展开。摛，舒展。②朝露漙漙：露多的样子。③二陆：指西晋的陆机、陆云。④且斗尊前：在酒中寻找欢乐。斗，喜乐戏耍之辞。尊，同“樽”。

【解读】

我赴密州上任，早晨出发，在马上作此词表达对弟弟苏辙的思念。

黎明时分，万籁俱寂，一个人客居孤馆，桌上的油灯尚在发出青莹的寒光，村野传来了雄鸡报晓声，惊醒了我的残梦。曙色渐浓，月华渐渐淡去了洁白如练的光华，草地上，晨霜一片晶莹；遥望东方，只见云山相连，灿烂的朝霞映红了东方天际，仿佛是一幅刚铺展开的绚丽锦缎；花草上凝结着晶莹的露珠。世间路程无穷，劳顿人生有限，似这般无足称道的平庸，难得有欢愉的心境。沉吟一番之后，凭靠着马鞍，默默无语，千般往事浮上心头。

想当年，我们客居京都，就像陆氏兄弟初到洛阳一样，正值青春年少，风华正茂。我们下笔千言，胸怀万卷，抒豪情，写壮志，立志要为君王竭忠尽智，并自信凭借自己广博的学识，实现“致君尧舜上，再使风俗淳”，又有何难。被任用或被弃置取决于时运，积极入世或消极避世则由我决定。既然生不逢时，何不袖手旁观，清闲自在。这样也好让我们身体长久地健康，可以尽情高歌狂饮取乐，悠闲自在地度过一生。

行香子·述怀

清夜无尘，月色如银。酒斟时、须满十分。浮名浮利，虚苦①劳神。叹隙中驹，石中火，梦中身。

虽抱文章，开口谁亲。且陶陶②、乐尽天真。几时归去，作个闲人。对一张琴，一壶酒，一溪云。

【注释】

①虚苦：徒劳无益的辛苦 ②陶陶：无忧无虑，单纯快乐的样子。

【解读】

夜气清新，尘埃皆无，月光皎洁如银。值此良辰美景，斟满美酒，把酒对月，尽情享受。名利都如浮云变幻无常，徒然劳神费力。人的一生只不过如快马驰过隙缝，像击石迸出一闪即灭的火花，像在梦境中短暂的经历。

虽有满腹才学，却不被重用，无所施展。姑且无忧无虑、单纯快乐，乐尽天真地享受现实中的欢乐，忘掉人生的种种烦恼。何时归隐田园，不为国事操劳，做个清闲之人。每天弹弹琴，奏奏心曲，饮饮酒，陶情逸性，解闷消愁，欣赏溪云，享受大自然赐予的美景。

西江月

世事一场大梦，人生几度秋凉？夜来风叶已鸣廊，看取眉头鬓上。

酒贱常愁客少，月明多被云妨。中秋谁与共孤光，把盏凄然北望。

【解读】

经历了世间万事就像昨夜的一场大梦，人生经历了几度清凉的秋天。夜风卷着落叶吹来，走廊发出沙沙的声响，揽镜自照，眉头鬓发皆染秋霜。

酒价便宜，反而常常忧愁陪我喝酒的客人少，月儿明亮，却常被云层遮蔽。在这中秋佳节，谁能和我共同欣赏这美妙的月光呢？我手持酒杯，凄然忧伤地向北方怅望。

晏几道（1038—1110），北宋著名词人。字叔原，号小山。抚州临川（今江西省抚州市）人。能文善词，与父晏殊合称“二晏”。历任颍昌府许田镇监、乾宁军通判、开封府判官等。其词受五代艳词影响，而又兼“花间”之长，为北宋婉约词派的一大代表。晏几道出身富贵宰相之家，早中期过着富贵优越的生活，晚年家境中落，穷愁潦倒，几衣食无着。其词长于小令，多追怀往事，凄楚沉挚，深婉秀逸。有《小山词》。

鹧鸪天

彩袖殷勤捧玉钟[①]，当年拼却醉颜红。舞低杨柳楼心月，歌尽桃花扇底风。

从别后，忆相逢。几回魂梦与君同。今宵剩把银釭[②]照，犹恐相逢是梦中。

【注释】

①玉钟：玉制酒器，亦用为酒杯美称。②银釭：银制的灯盏。

【解读】

当年我们在一次华筵上相识，身着彩衣的你，格外垂青于我，纤纤玉手捧着精美酒杯，殷勤劝我饮酒。为了报答你的美意柔情，今宵我一定要拼他个醉颜酡红。你一次次翩翩起舞，舞姿曼妙，直舞到高照楼头的明月渐渐低沉至杨柳梢头；欢歌一曲连着一曲，婉转动听，直唱到桃花扇底风尽。

自从那次离别以后，总是回忆怀念那美好的相逢，多少回梦中与你相拥。今夜真的与你再次相聚了，我忍不住拿起银灯把你细看，唯恐这次重逢又是在梦中。

思远人

红叶黄花秋意晚，千里念行客。飞云过尽，归鸿无信，何处寄书得。

泪弹不尽临窗滴，就砚旋研墨。渐写到别来，此情深处，红笺为无色。

【解读】

林叶染红，黄花开遍，又是晚秋时节，我不禁思念起千里之外的行客。天上的飞云过尽，归雁也没有带回他的音信，待要写信，却不知寄往何处？

泪水洒不尽，任它临窗而滴，滴到砚台里，和着泪水研墨。渐渐写到离别凄楚，写到情深处，泪洒不尽，滴落在红色的信笺上，红色的信笺被泪水浸透了，冲淡了，变得没了颜色。

临江仙

斗草阶前初见，穿针楼上曾逢。罗裙香露玉钗风。靓妆眉沁绿，羞脸粉生红。

流水便随春远，行云终与谁同。酒醒长恨锦屏空。相寻梦里路，飞雨落花中。

【解读】

与你初次相见是你在阶前与女伴斗草的时候，七夕你在楼上与女伴穿针乞巧时我们再次相逢。斗草时你裙子沾满了花丛中的露水，头上的玉钗在风中微微颤动。七夕时，只见你靓妆照人，眉际沁出翠黛，粉脸羞得生出娇红。

不料华年似水，伊人亦如行云，不知何处去了，也不知是否嫁人。每当夜阑酒醒的时候，总觉得锦屏周围空空荡荡，心中无法填满和伊人的温暖了。只能在春雨飞花的梦中，跋山涉水，苦苦找寻。

王　雱（1044—1076），北宋著作家。字元泽。抚州临川（今江西省抚州市）人。王安石之子。博学多识，未冠已著书数万言。治平进士，调旌德尉。熙宁四年（1071）任太子中允、崇政殿说书，参加修撰《三经义》，擢天章阁待制兼侍讲。八年书成，迁龙图阁直学士，以病辞官，未几卒。有《南华真经新传》。

眼儿媚

杨柳丝丝弄轻柔①，烟缕织成愁。海棠②未雨，梨花先雪，一半春休。

而今往事难重省③，归梦绕秦楼④。相思只在，丁香⑤枝上，豆蔻⑥梢头。

【注释】

①弄轻柔：摆弄着柔软的枝条。②“海棠”三句：指春分时节。海棠经雨开花，梨花开时似雪，故云。③难重省：难以回忆。省，明白、记忆。④秦楼：秦穆公女弄玉与其夫萧史所居之楼。此指王雱妻独居之所。⑤丁香：常绿木本，春开紫或白花，可作香料。⑥豆蔻：草本植物，春季开花，花淡黄色。

【解读】

杨柳在风中摆动着柔软的柳丝，烟缕迷漾织进万千春愁。海棠的花瓣还未像雨点般坠落，梨花的白色花瓣已经如雪花般纷纷飘落。由此知道，原来春天已经过去一半了。

而今往事实在难以重忆，梦魂归绕你住过的闺楼。刻骨的相思如今只在那芬芳的丁香枝上，那美丽的豆蔻梢头。

黄庭坚（1045—1105），北宋著名诗人、书法家。字鲁直，号涪翁，又号山谷道人。原籍金华（今浙江省金华市）人，迁洪州分宁（今江西省修水县）。自幼纵览六艺，博学多闻。宋英宗治平四年（1067）进士，受叶县尉。宋神宗熙宁五年（1072）为北京（今河北省大名县）国子监教授。元丰三年（1080）知太和县。哲宗立，招为校书郎。宋哲宗元祐元年（1086）为《神宗实录》检讨官，编修《神宗实录》，迁著作佐郎，加集贤校理。《神宗实录》成，擢中书舍人。为章惇、蔡卞所恶，以"《实录》不实"罪名，贬为涪州别驾，黔州安置。绍圣四年（1097）移戎州。宋徽宗初，知太平州，复谪宜州而故。他与张耒、晁补之、秦观同为"苏门四学士"，他居首位。与苏轼齐名，并称"苏黄"。以诗歌负盛名，提倡"无一字无来历"，"点铁成金"，并得到了陈师道、陈与义的赞同，开创了"江西诗派"，在宋代产生了很大影响。又能词，兼擅行书、草书，取法颜真卿及怀素，用笔纵横奇崛，自成一家。与苏轼、米芾、蔡襄同为宋代四大书法家。有文集《山谷集》。另有诗文集《山谷精华录》。词集《山谷琴趣外篇》，又名《山谷词》。词与秦观齐名。其词用意深至，疏宕健峭。墨迹有《松风阁诗》《华严疏》《王长者史诗老暮志铭》及草书《廉颇蔺相如传》等。

念奴娇

八月十七日，同诸生步自永安城楼，过张宽夫园待月。偶有名酒，因以金荷酌众客。客有孙彦立，善吹笛。援笔作乐府长短句，文不加点。

断虹霁雨[1]，净秋空，山染修眉新绿[2]。桂影[3]扶疏[4]，谁便道，今夕清辉不足？万里青天，姮娥[5]何处，驾此一轮玉。寒光零乱，为谁偏照醽醁[6]？

年少从我追游，晚凉幽径，绕张园森木。共倒金荷，家万里，难得尊前相属[7]。老子[8]平生，江南江北，最爱临风曲。孙郎[9]微笑，坐来声喷霜竹[10]。

【注释】

①霁雨：雨停。②修眉新绿：此处用来形容山色如美人新画娥眉之黛色。③桂影：月中之影。古人以为月中有宫阙、桂树，故云。④扶疏：枝叶分披貌，意为桂影斑驳。⑤姮娥。嫦娥。⑥醽醁：美酒名。⑦属：劝酒。⑧老子：老夫，词人自指。⑨孙郎：指序中之孙彦立。⑩霜竹：指竹笛。

【解读】

八月十七日，和一群年轻人从白帝城楼到友人张宽夫的园中等待月亮升起。主人家偶有名酒，于是在金质莲花杯里斟满美酒请大家共饮。有一位客人名叫孙彦立，善吹笛，当众表演吹奏。在这月光如水之夜，配上悠扬的笛声，黄庭坚意兴飞扬，于是文不加点写下了这首词。

雨后新晴，秋空如洗，彩虹挂天，远山如美女刚画的眉黛一般清新碧绿。月中桂影斑驳，谁能说八月十七日的夜晚月色不皎洁、清爽，月光不明亮宜人呢？碧空万里，如此明澈，那嫦娥到底在什么地方驾驶这一轮明月，将秋夜的清辉照着晶莹清澈的美酒，两相辉映。

一群年少的外甥随我在微凉的晚风中踏着幽寂的小径，走进树林茂盛的张家小园。在酒节上，金质荷叶杯里斟满了美酒，词人举杯相嘱：离家万里，难得像今晚这样聚在一起，大家一定要尽兴呀！老夫我一生漂泊大江南北，最喜欢听那临风吹奏的笛曲，那位善吹笛的孙郎遇此知音，面带微笑，欣然会意，抚笛而奏，刹时，那临风飞扬，刚健、激越、清脆而又嘹亮的笛音从笛孔中喷发而出，笛声悠扬，余音袅袅，不绝如缕，令人如醉如痴。

渔家傲

踏破草鞋参到了，等闲拾得衣中宝。遇酒逢花须一笑。长年少，俗人不用瞋贫道。

何处青旗夸酒好？醉乡路上多芳草。提着葫芦行未到。风落帽，葫芦却缠葫芦倒。

【解读】

我浪迹天涯，草鞋踏破，终于悟得一点禅机，真好像平白拾到一件宝物一样高兴。我每日逍遥自在，遇酒即饮，逢花即笑，时时沉醉其中，在俗人的眼中，我仿佛就是一位少不更事的“老顽童”，时时以白眼对我，可我心中有我的生活信仰，他们又怎能理解呢？

一路走来，但不知哪家酒店的酒既芳醇又清冽，可以使我沉入醉乡？寻酒途中，但见芳草萋萋，风光无限，不禁令我心醉神迷。我提着酒葫芦前往酒店沽酒，还未到达，却早已被沿途的美丽风景所陶醉。一阵风过，吹掉了我头上的草帽，露出我光光的脑袋，感觉既清凉又惬意，我不禁手抱酒葫芦舒服地躺在芳草上。

清平乐

春归何处？寂寞无行路。若有人知春去处，唤取归来同住。

春无踪迹谁知？除非问取黄鹂[①]。百啭[②]无人能解，因[③]风飞过蔷薇[④]。

【注释】

①黄鹂：鸟名，又叫黄莺，身黄头黑嘴红，叫声动听。②啭：婉转鸣叫。③因：趁着。④蔷薇：落叶灌木，茎有刺，多栽培以供观赏，其花果根可供药用或制香料。

【解读】

春天回到了哪里？无法找寻春天的踪影，词人一副失魂落魄的寂寞情状。若是有人知道春的去处，一定要帮我呼唤它回来，我要请它与我同住。

春天去得无影无踪，有谁会知它在哪里呢？除非去问与春天一同出现的黄鹂，也许黄鹂知道春天的行踪，黄鹂以婉转动听的啼鸣作答，可是无人能够理解，它趁着风势飞过蔷薇花丛而远去。

鹧鸪天

座中有眉山隐客史应之和前韵，即席答之。

黄菊枝头生晓寒，人生莫放酒杯干。风前横笛斜吹雨，醉里簪花[①]倒着冠[②]。

身健在，且加餐。舞裙歌板尽清欢。黄花[③]白发相牵挽，付与时人冷眼看。

【注释】

①簪花：将花插在头上。②倒着冠：倒戴着帽子。③黄花：菊花。

【解读】

深秋的清晨，黄菊枝头显露出了阵阵寒意。“对酒当歌，人生几何”，千万不要放下斟满酒的酒杯，应该尽兴畅饮。我于酣醉中任西风、冷雨吹打，横吹上一曲激昂愤懑的悲歌，头插黄花，倒戴帽子，浪漫而狂放之态毕现。

趁着身体还健康，奋力加餐饭，在佳人歌舞的陪伴下尽情欢乐。我把那傲霜不屈的菊花看成是我的知音，与之互相牵挽，不惧逆境，狂傲依旧，任世俗之人冷眼相看。

水调歌头

瑶草[①]一何[②]碧，春入武陵溪[③]。溪上桃花无数，枝上有黄鹂。我欲穿花寻路，直入白云深处，浩气展虹霓。只恐花深里，红露湿人衣。

坐玉石，倚玉枕，拂金徽[④]。谪仙[⑤]何处？无人伴我白螺杯[⑥]。我为灵芝仙草，不为朱唇丹脸[⑦]，长啸亦何为？醉舞下山去，明月逐人归。

【注释】

①瑶草：仙草。②一何：何其、多么。③武陵溪：指陶渊明《桃花源记》中所记之“桃花源”。此处指美好的世外桃源。④金徽：金饰的琴徽，用来定琴声高下之节，这里指琴。⑤谪仙：指李白。李白曾被贺知章称为“谪仙人”。⑥白螺杯：用白色螺壳制成的酒杯。⑦朱唇丹脸：这里喻指那些追名逐利、随俗媚世的小人。

【解读】

仙草像碧玉一样青翠，我在美丽的春天来到了犹如桃花源似的仙境武陵溪，溪水清澈，两岸桃花无数，馥郁缤纷，枝上黄鹂声声，好一个清幽迷人的神话世界。我想穿过桃花林，一直走到白云缭绕的深处，一吐胸中的浩然之气，将其化作虹霓。只怕花丛深处，那红花上的露水将我的衣服沾湿。

我坐在玉石之上，倚靠着玉枕，小憩片刻，然后抚琴长吟。那高才逸怀的诗仙李白早已仙去，知音难觅，有谁能伴我开怀畅饮呢？我像灵芝仙草一样纯净高雅，独守自己的气节，绝不做追名逐利的世俗小人。我的言行虽然难以为世俗所容，但我又不想像阮籍一样啸傲山林，那样有些过分矫世。月下乘醉起舞，皎洁的月光一路伴我同行而归。

定风波

万里黔中一漏天①，屋居终日似乘船②。及至重阳天也霁，催醉，鬼门关③外蜀江④前。

莫笑老翁⑤犹气岸⑥，君看，几人黄菊⑦上华颠⑧？戏马台⑨南追两谢⑩，驰射，风流犹拍古人肩。

【注释】

①一漏天，形容雨多不止。蜀中多雨，故有漏天之说。②似乘船：言蜀中多雨，终日被困家中，犹如待在一艘破船上。③鬼门关：地名，在今重庆奉节东，两山相夹如门户，又名石门关。④蜀江：指巴江，即今之乌江。⑤老翁：作者自称。⑥气岸：气概傲岸。⑦黄菊：菊花。⑧华颠：白头。⑨戏马台：亦称掠马台，在徐州城南。⑩两谢：指东晋诗人谢瞻和谢灵运。

【解读】

广袤的黔中多雨，时常下雨不止，好像是天漏了一样，终日被困家中，犹如待在一艘破船上。到了重阳节，这阴霾的天气终于放晴了，与友人外出秋游，在鬼门关外的蜀江畔饮宴欢聚。

虽然已不再年轻，可是依然气概傲岸，虽然已早生白发，可是还是将菊花戴在头上，这种不拘世俗，从容自若的心态有几人能够做到？吟诗填词，堪比戏马台南赋诗的两谢。骑马射箭，纵横驰骋，堪与古时英雄人物比肩。

李元膺（生卒年不详），东平（今山东省东平县）人。大致生活在北宋末年，宋徽宗时因讥讽权臣蔡京，终生不得召用。元膺早负才名，诗句精巧，也长于作词。近人赵万里辑有《李元膺词》。

洞仙歌

一年春物，惟梅柳间意味最深。至莺花烂漫时，则春已衰迟，使人无复新意。予作《洞仙歌》，使探春者歌之，无后时之悔。

雪云散尽，放[1]晓晴池院。杨柳于人便青眼[2]。更风流多处，一点梅心[3]，相映远，约略[4]颦轻笑浅。

一年[5]春好处，不在浓芳，小艳疏香[6]最娇软。到清明时候，百紫千红，花正乱[7]，已失春风一半。早占取韶光共追游，但莫管[8]春寒，醉红自暖。

【注释】

①放：露出。②青眼：眼球青色，其旁白色。喜悦时正目而视，眼多青处。故称之为“青眼”。见凡夫俗子，以“白眼”对之。相传魏晋时期竹林七贤之一的阮籍能为“青白眼”。初生的柳叶形如媚眼，此处用“青眼”形容杨柳于人多情。③梅心：梅花掩映在绿叶中，宛如红心。④约略：稍微。⑤“一年”句：化用韩愈诗《早春呈水部张十八员外》“最是一年春好处，绝胜烟柳满皇都”句意。⑥疏香：指梅花。以宋林逋《山园小梅》中“疏影横斜水清浅，暗香浮动月黄昏”两句化用而来。⑦乱：热闹、红火。⑧但莫管：只是不要顾及。

【解读】

一年的春景，只有梅花和柳树之间的春意最浓，及至莺啼和春花烂漫时，春已衰落，已是暮春时节，人们不再觉得有新意。我作《洞仙歌》，提醒探春的人要趁早，让春在春光已过时不再后悔。

纷纷扬扬的春雪停了，厚厚的春云随之散尽，拂晓时分，池水花木的庭院已然放晴。杨柳刚刚吐出嫩芽新叶，向来往路人展示出充满喜悦的媚眼。更风流多情处，是那一点梅心，虽将隐退，但仍散发出淡淡梅香，远远地与杨柳相映，表情上隐约微蹙双眉，露出淡淡的哀愁、浅浅的微笑。

一年之中春光最美的时候，并非在那万紫千红争奇斗艳之时，那杨柳初放时的清艳多情，梅花即将退去时的疏淡芳香，才最是娇媚温柔，会让你感受到春之将来的无限生机活力。待到清明时节，百花盛开，姹紫嫣红纷乱闹春，那美好的春光早已失去一半，由繁盛趋向衰微，无复新的生机活力。因此要尽早享受那短暂的美好春光，共同游乐追欢。且莫管那料峭春寒，只管举杯畅饮，待到醉酒红颜时，自然会感到浑身温暖。

秦　观（1049—1100），北宋著名词人。字少游、太虚，号淮海居士。扬州高邮（今江苏省高邮市）人。少时聪颖，博览群书，抱负远大。元丰八年（1085）考中进士，任定海主簿，后为蔡州教授。元祐二年（1087），苏轼以贤良方正引荐，任太学博士，兼国史馆编修官。文辞为苏轼赏识，是“苏门四学士”之一。政治上倾向旧党，绍圣初，新党人士章惇、蔡京上台，与苏轼、秦观等人一同遭贬。秦观出杭州通判，途中贬处州，任监酒税之职。后徙郴州，编管横州，又徙雷州。元符三年（1100）哲宗驾崩，徽宗即位，向太后临朝。政坛局势变动，迁臣多被召回，秦观也复命宣德郎，放还横州。至藤州，游光华亭，秦观口渴想喝水，等人送水至，他面含微笑而逝。

秦观工诗、文，以词著称，颇负盛名。其词多写男女恋情，悲欢离合和身世感伤。语言清丽淡雅，笔致细腻，情韵兼长，有“词家正音”之美誉。婉约派代表作家。代表作有《踏莎行》《鹊桥仙》《满庭芳》《望海潮》等。著作有《淮海集》《淮海居士长短句》。

踏莎行·郴州①旅舍

雾失楼台，月迷津渡②。桃源③望断无寻处。可堪④孤

馆闭春寒，杜鹃声里斜阳暮。

驿寄梅花[5]，鱼传尺素。砌成此恨无重数。郴江[6]幸自绕郴山，为谁流下潇湘去？

【注释】

①郴州：今湖南省郴州市。②津渡：指渡口。③桃源：桃花源，原属武陵郡，宋置桃源县，其地在郴州之北。此处暗用陶渊明《桃花源记》的故事，指代世外桃源，避世仙境。④可堪：哪堪，怎能忍受。⑤驿寄梅花：在驿馆向朋友寄赠梅花。⑥郴江：一名郴水，在郴州境内。

【解读】

烟雾弥漫，楼台被其遮没，月色迷蒙，看不清前面的渡口，天涯望断，也难寻找胜景迷人、和谐丰饶的桃花源。一人独自住在驿馆，怎能忍受寂寞驿馆的料峭春寒，斜阳欲暮之时，杜鹃凄厉地叫着“不如归去”，怎不叫人倍增伤感。

友人寄来一束束梅花，一封封书信，这本来应是十分高兴的事，但我被贬谪异乡，这梅花、书信却牵扯起无尽的乡愁，无尽的离愁别恨。这乡愁、离愁别恨就像堆砌起来的砖石，沉重坚实无法消解。词人纵目望着郴江，向郴江发问，你本来是环绕着郴山奔流，为什么偏偏要流到潇湘去呢？自己本来是在朝中正直为官，却为何被贬谪异乡，空有望远怀乡之思呢？

鹊桥仙

纤云[1]弄巧[2]，飞星[3]传恨，银汉[4]迢迢暗渡。金风[5]玉

露[6]一相逢，便胜却人间无数。

柔情似水，佳期[7]如梦，忍顾鹊桥[8]归路！两情若是久长时，又岂在朝朝暮暮。

【注释】

①纤云：纤细轻柔的云彩。②弄巧：运用机巧，幻化精巧。③飞星：流星。④银汉：银河。⑤金风：秋风。⑥玉露：白露。⑦佳期：指牛郎织女七月七日晚上在鹊桥相会的日子。⑧鹊桥：相传王母用银河强行拆散牛郎织女的夫妻关系，喜鹊怜之，每年七夕之夜，架成鹊桥，供牛郎织女鹊桥相会。

【解读】

轻柔多姿的云彩，变化出许多优美巧妙的图案，显示出织女的手艺何其精巧绝伦。可是，这样美好的人儿，却不能与自己心爱的人共同过美好的生活。流星飞驰长空，传递着牛郎织女的离愁别恨。迢迢银河水，把两个相爱的人隔开，相见多么不易啊！七月七日，一对久别的情侣在金风玉露之夜，在喜鹊的帮助下相会了。他们在鹊桥上彼此珍惜，互诉衷肠，互吐心曲，互道珍重，胜过人间尘俗夫妻无数次的相会。

柔情像水一样柔美，相逢的喜悦，把人带进美妙的梦幻之中，让他们陶醉，让他们如醉如痴。刚刚在鹊桥相会，转眼又要离别，怎么忍心回望鹊桥归路。有多少惜别之情，恋恋之意，无法言表。爱情要经得起长久分离的考验，爱情贵在持久，只要能彼此真诚相爱，心心相印，息息相通，至死不渝，又何必贪求卿卿我我的朝欢暮乐呢？

满庭芳

山抹微云，天连衰草，画角声断谯门[①]。暂停征棹，聊共[②]引离尊[③]。多少蓬莱旧事，空回首、烟霭纷纷。斜阳外，寒鸦万点，流水绕孤村。

销魂，当此际，香囊暗解，罗带轻分。谩赢得、青楼薄幸名存。此去何时见也？襟袖上、空惹啼痕。伤情处，高城望断，灯火已黄昏。

【注释】

①谯门：指谯楼。古代在城门之上建的瞭望楼，用以瞭望军情。②聊共：姑且一同。③离尊：离别之酒。

【解读】

远山飘浮着片片彩云，仿佛是被画家用彩笔涂抹晕染而成，绵延千里的衰草连接天际，谯楼上传来了断断续续的画角之声。载我远行的船儿稍待片刻，让我与佳人举杯共饮，聊以话别。当初我们在蓬莱的那些欢情旧事是多么让人留恋，而今空自回首时，它像烟霭一般，既分明在目，又纷乱而不能理出头绪，迷茫而不可追怀。一抹斜阳的余晖洒向大地，斜阳外，万点寒鸦在空中飞舞，一湾流水静静环绕孤村流过。

黯然销魂啊，在这难舍难分之时，我悄悄取下香囊，她也轻轻解下了打着同心结的罗带，彼此赠送，留作纪念。我与她真心相恋，却又不得不分开，从此我便要在这里留下个薄情郎的名声了。此次一别，不知何时才能相见。想到这些，不禁悲从中来，泪湿衣袖。

我站在渐渐远去的小船上怅惘感伤，回望和佳人分手的地方，看不见伊人，只见高城渐隐，点点灯火在苍茫的黄昏中闪烁。

好事近

春路雨添花，花动一山春色。行到小溪深处，有黄鹂千百。

飞云当面化龙蛇①，夭矫②转空碧③。醉卧古藤阴下，了④不知南北。

【注释】

①龙蛇：似龙若蛇，形容快速移动变幻的云彩。②夭矫：屈伸自如的样子。③空碧：碧空。④了：完全，全然。

【解读】

春路上洒下一场春雨，受到雨水滋润的山花纷纷绽放，微风吹过，山花摇曳，整个山间涌动着明媚的春光，使人目迷五色，眼花缭乱，如入仙境。沿着春路行走，来到小溪深处，那儿的景色更为绮丽无比。千百只黄鹂栖息在那里，听到人来的脚步声，顿时喧腾啼鸣。

黄鹂飞鸣其上，溪水潺湲其下，满山无边春色，画面何其宏阔美丽。天空中的云彩在快速移动，不停地变幻，形态万千，宛如龙蛇飞舞。在古藤浓密的阴影下，醉酒后酣然大睡，朦胧迷离，了不知东南西北的方位，全然忘却了纷繁复杂的尘世。

行香子

树绕村庄，水满陂塘[①]。倚东风，豪兴徜徉[②]。小园几许，收尽春光。有桃花红，李花白，菜花黄。

远远围墙，隐隐茅堂。飏[③]青旗[④]，流水桥旁。偶然乘兴，步过东冈。正莺儿啼，燕儿舞，蝶儿忙。

【注释】

①陂塘：池塘。②徜徉：自由自在来回地走动。③飏：飞扬，飘扬。④青旗：青色的酒幌子。

【解读】

层层绿树环绕着村庄，春水涨满池塘。迎着暖暖春风，乘着豪兴来回漫步。这小园不知有几亩，竟收尽浓浓春色。小园内桃花正红，李花雪白，菜花金黄，铺排出绚丽缤纷的春意。

远远一带围墙，隐约可见几间茅草屋。溪水的小桥旁，青色的酒幌子在风中飘扬。偶然乘着游兴，走过东面的山冈，只见莺儿啼鸣，燕儿飞舞，蝴蝶穿梭繁忙，一派大好春光。

望海潮

梅英[①]疏淡，冰澌[②]溶泄，东风暗换年华。金谷[③]俊游[④]，铜驼巷陌[⑤]，新晴细履平沙。长记误随车[⑥]，正絮翻蝶舞，芳思[⑦]交加。柳下桃蹊[⑧]，乱分春色到人家。

西园夜饮鸣笳，有华灯碍月，飞盖[⑨]妨花。兰苑[⑩]未空，行人渐老，重来是事[⑪]堪嗟。烟暝[⑫]酒旗斜。但倚楼极目，时见栖鸦。无奈归心，暗随流水到天涯。

【注释】

①梅英：梅花。②澌：冰。③金谷：为晋人石崇所建，著名的饮宴游乐之处。④俊游：指与诸俊杰同游。⑤铜驼巷陌：指铜驼路，因竖有铜驼而得名。⑥误随车：身不由己跟随美女的车子。⑦芳思：春思。⑧桃蹊：两边种有桃树的小路。⑨飞盖：飞驰的华舆。⑩兰苑：园林的美称，此指西园。⑪是事：凡事、事事。⑫烟暝：指时近黄昏，暮烟蔼蔼。

【解读】

枝头的梅花稀疏，色彩轻淡，河面开始解冻，冰块随水漂流，春风吹拂暗暗换了年华。昔日同高朋胜侣在幽美名园金谷园宴饮游乐，穿行在繁华美丽的铜驼巷陌间。雨后新晴，天气清朗，我们悠闲地踏着平沙在故地重游，心情轻松畅快。令人难以忘怀的是，车如流水马如龙，无意中我竟误跟了人家丽人的香车而去，留下一段温馨浪漫的回忆。那时春光怡人，柳絮轻翻，蝴蝶飞舞，引得我春思缭乱交加。柳荫下桃花小径，这明丽的春色被春风送到千家万户。

入夜，在西园雅集畅饮，乐工们吹奏起胡笳。华灯辉煌灿烂，盖过了月亮的光辉，众多彩车的飞驰，使繁花失去了颜色。兰苑游人如织，我这远行之客却渐至老境，往昔的欢乐一去不返，故地重游事事伤情。暮色凄迷，一帘酒旗斜挂。独倚高楼极目远眺，不时还有几只乌鸦归巢栖息，见此情景，我油然而生归隐之心，神思已暗随流水奔向天涯。

八六子

倚危亭①，恨如芳草，萋萋刬②尽还生。念柳外青骢别后，水边红袂③分时，怆然暗惊。

无端天与娉婷，夜月一帘幽梦，春风十里柔情。怎奈向、欢娱渐随流水，素弦④声断，翠绡⑤香减。那堪片片飞花弄晚，蒙蒙残雨笼晴。正销凝⑥，黄鹂又啼数声。

【注释】

①危亭：高耸的亭子。②刬：铲除。③红袂：红袖。④素弦：琴弦。⑤翠绡：绿色的丝巾。⑥销凝：因伤感而凝思出神。

【解读】

独自倚靠在高耸的亭子的栏杆上，极目远眺，但见繁盛的青青芳草绵延天际，一股离恨在心底油然而生，恰如这萋萋芳草，刚刚铲除干净，瞬间又生长出来。一想起那年在垂柳旁，碧水边，一手牵着青骢马，一手拉着她红色的衣袖，依依惜别，不忍分离的情景，就令我怆然泪下，暗自心惊。

上天无端给予她姣好的面容，婀娜的体态，令我倾慕不已。记得那年月夜，我和她共进一帘幽梦，沐浴着骀荡的春风，有说不尽的柔情蜜意，那一切是多么让人心醉神迷啊。无奈欢娱太过短暂，很快如同流水般远去，再也听不到她那悠扬悦耳的琴声，她临别时赠给的那方带有体香和脂粉香的绿色丝巾，上面的香气也已减淡。暮色苍茫，片片落花被晚风戏弄飞舞，蒙蒙残雨笼罩着乍晴之后的一线微明。正当我因浓重的伤感而凝思出神时，耳边忽然传来几声黄鹂的啼鸣。

满庭芳·春思

晓色云开，春随人意，骤雨才过还晴。古台芳榭[1]，飞燕蹴[2]红英。舞困榆钱[3]自落，秋千外、绿水桥平。东风里，朱门映柳，低按[4]小秦筝[5]。

多情，行乐处，珠钿[6]翠盖[7]，玉辔红缨。渐酒空金榼[8]，花困蓬瀛[9]。豆蔻[10]梢头旧恨，十年梦、屈指堪惊。凭阑久，疏烟淡日，寂寞下芜城[11]。

【注释】

①芳榭：水边华丽的亭台。②蹴：踢、踏。③榆钱：榆树的果实，形状圆而小，像小铜钱，故称榆钱。④按：弹奏。⑤秦筝：一种似瑟的弦乐器，相传为秦时蒙恬所造，故称。⑥珠钿：以珠宝镶嵌的车身。⑦翠盖：以翠羽装饰的车篷盖。⑧金榼：金制的盛酒器。⑨蓬瀛：蓬莱、瀛洲，古代传说中的海上仙山。此借指冶游之处。⑩豆蔻：此喻少女，年少而美。⑪芜城：指今江苏省扬州市。南朝宋竟陵王刘诞作乱后，扬州城邑荒芜。后因之称扬州为“芜城”。

【解读】

拂晓时分云开雾散，真可谓天遂人愿，骤雨才过，天色转晴，又是一派明媚春光。古老的歌台，芳美的水榭间都洋溢着迷人的春色，燕子在万花丛中飞来飞去，不时踩落了片片红花。榆钱儿像是舞得困乏，悄然落下满地青钱，秋千摇荡的院墙外，漫涨的绿水与桥齐平。融融的春风里，垂柳掩映的红门之内，美丽的少女轻轻弹奏秦筝，传出美妙乐音。

在春光明媚的游乐之处，我好似多情公子，陪伴佳人游春。她乘着以珠宝镶嵌车身、以翠羽装饰车篷盖的华丽的车子，我骑着装饰有玉辔红缨的高头骏马，好不英俊潇洒。那天我们尽情欢乐，直到把所有的酒都喝完，她在仙境般的游乐处游到困倦，才尽兴而归。和豆蔻年华的伊人的这段旧情，我至今难以忘怀，屈指算来，那已是十年前的事了，好像是做了一场梦，不由令人心惊。久久地倚栏远眺，但见烟雾稀疏，一轮淡日寂寞地沉下了荒芜的扬州城，让人倍感惆怅。

点绛唇

醉漾轻舟，信流引到花深处。尘缘[①]相误，无计花间住。

烟水茫茫，千里斜阳暮。山无数，乱红[②]如雨，不记来时路。

【注释】

①尘缘：佛教名词。佛经中把色、声、香、味、触、法称作“六尘”。以心攀缘六尘，遂被六尘牵累，故名。②乱红：落花。李贺《将进酒》：“况是青春日将暮，桃花乱落如红雨。”

【解读】

我酒醉后架着小船，在湖中荡漾，听任流水把小船推向花草深处。现实世界的名利缠身，不能解脱，没有办法在这如花的仙境住下去。

烟水茫茫，笼罩在夕阳的余晖里。两岸的青山排列无数，晚风吹来，落花如雨，竟然不记得来时走过的路了。

米　芾（1052—1108），北宋杰出书画家。初名黻，字元章，号鹿门居士、无碍居士、海岳外史、襄阳漫士等。世居太原（今属山西），后迁襄阳（今湖北省襄阳市），后定居润州（今江苏省镇江市）。徽宗召为书画博士，擢礼部员外郎，人称“米南宫”，因个性狂放，人称“米颠”。书画自成一家，与苏轼、黄庭坚、蔡襄并称“宋四家”。行、草书博取前人所长，尤得王献之笔意。画山水从董源演变而来，用水墨点染烟云出没、树木掩映的江南山川，突破了钩廓加皴的传统技法，开创独特风格。兼画人物，自谓“高古”。画梅、松、兰、菊等花卉，亦不落陈套。存世书法有《苕溪诗》《蜀素帖》等，并著有《书史》《画史》《砚史》《宝章待访录》，有后人辑本《宝晋英光集》。亦工诗文，不因袭前人，词风婉约清丽，亦有豪迈之语。词集名《宝晋长短句》。

水调歌头

砧声送风急，蟋蟀思高秋。我来对景，不学宋玉解悲愁。收拾凄凉兴况，分付尊中醽醁，倍觉不胜幽。自有多情处，明月挂南楼。

怅襟怀，横玉笛，韵悠悠。清时良夜，借我此地倒金瓯。可爱一天风物，遍倚阑干十二，宇宙若萍浮。醉困不知醒，欹枕卧江流。

【解读】

晚风送来急促的砧声，蟋蟀发出深秋的哀鸣，对此情景我没有宋玉悲秋之情。把凄凉的况味收起，倾进盛满美酒的杯中，对周围的一切倍感幽胜。还有那极富情韵的地方，是挂在南楼的碧天明镜。

抒发郁闷情怀，吹起悠扬玉笛，清韵浮动在空中。在这美好的夜晚，今天借此地，令我尽兴倾金盅！面对一天美好风物，我将栏杆倚遍，觉宇宙万物沉浮，就像水中浮萍。让我醉入梦中不要醒，倚在枕上听澎湃江声。

赵令畤（1061—1134），南宋词人。初字景贶，苏轼为之改字德麟，自号聊复翁，宋太祖次子燕王玄孙。涿郡（今河北省涿州市）人。令畤好学有文采，宋哲宗元祐六年（1091）签书颍州节度判官公事。后官右朝请大夫，改右监门卫大将军，营州防御使，迁洪州观察使。绍兴初，袭封安定郡王，同知行在大宗正事。擅长诗词，词风学苏轼，周紫芝评其词“妙丽清壮，无一字不可入意”，为“乐府中绝唱”。著有《侯鲭录》，近人赵万里为其辑《聊复集》。

菩萨蛮

春风试手先梅蕊，頩姿冷艳明沙水。不受众芳知，端须月与期。

清香闲自远，先向钗头见。雪后燕瑶池，人间第一枝。

【解读】

春风用灵巧的“手”开启了冰封雪盖的万物。最先试着让梅花吐出嫩嫩的花蕊。花瓶中的梅花姿色美丽，冷韵幽香，与之为伴的是明沙和净水。它不卑不亢，从容自如，不能被其他花儿理解，应当与月亮约定日期来作伴。

梅花清幽淡雅，暗香浮动幽远，美人最先把它和发钗同插在发髻上。雪后的梅花被王母请去赴瑶池仙宴，又是人世间报春的第一枝花。

仲　殊（生卒年不详），北宋僧人、词人。本姓张，名挥，字师利，仲殊为其法号。安州（今湖北省安陆市）人。年轻时游荡不羁，其妻以药毒之，食蜜而愈，遂削发为僧，人称“蜜殊”。住苏州承天寺、杭州宝月寺，与苏轼善。《唐宋诸绝妙词选》卷九云：“仲殊之词多矣，佳者故不少，而小令为最……篇篇奇丽，字字清婉，高处不减唐人风致也。”词集名《宝月集》。

柳梢青·吴中

岸草平沙，吴王故苑①，柳袅烟斜②。雨后寒轻，风前香软③，春在梨花。

行人一棹天涯④，酒醒处，残阳乱鸦。门外秋千，墙头红粉，深院谁家？

【注释】

①吴王故苑：春秋时吴王夫差游玩打猎的园林。②柳袅烟斜：指柳条细长柔弱，轻烟随风斜飘。③风前香软：谓春暖花开，香气飘溢。④一棹天涯：一叶轻舟在江水上飘摇。棹，划船工具。此处代指船。

【解读】

江边草青沙平，吴王故都的池苑内，柳丝袅娜，斜烟飘逝。雨后寒气已轻，风中花香清幽，春分时节梨花如雪。

行人乘船漂泊天涯，酒醉醒来，只见残阳西沉，乌鸦乱飞。一户人家的门外立着秋千，墙头闪过红粉佳人的身影，这是谁家的深院？

贺　铸（1052—1125），北宋词人。字方回，号庆湖遗老。祖籍山阴（今浙江省绍兴市），生于卫州（今河南省卫辉市）。宋太祖贺皇后族孙，自称贺知章之后。家藏书万余卷，博学强记。为人豪侠尚气，秉性刚直，不阿权贵，虽才兼文武，吏绩超群，却一直沉居下僚。早年任过武职，但位低事烦，不遂其愿，元祐三年在李清臣、苏轼的推荐下改入文阶，任承事郎，为常侍。绍圣二年（1095）授江夏宝泉监，在任上整理旧稿，编成《庆湖遗老前集》。崇宁四年（1105）迁宣德郎，通判太平州，再迁奉议郎。大观三年（1109）以承议郎致仕。重和元年（1118）以太祖贺皇后族孙恩，迁朝奉郎，赐五品服。但因尚气使酒，终身不得美官，悒悒不得志。晚年更对仕途灰心，在任一年便辞职，定居苏州。从事编辑，辑成《庆湖遗老后集》。贺铸诗、词、文皆善，词的成就最高。《青玉案》是传诵的名作，《六州歌头》用激越苍凉的笔触，表现他有心报国而无路请缨的不平之气。好以旧谱填新词而改易其调名，谓之“寓声”。其词风格多样，善于垂练字句，又善运用古乐府及唐人诗句入词。内容刻画闺情离思，也有嗟叹功名不就、纵酒狂放之作。有词集《东山词》，又名《东山寓声乐府》。

六州歌头

少年侠气，交结五都①雄。肝胆洞②，毛发耸③。立谈④中，死生同。一诺⑤千金重。推翘⑥勇，矜豪纵⑦。轻盖拥，联飞鞚⑧，斗城⑨东。轰饮酒垆，春色⑩浮寒瓮，吸海垂虹。间呼鹰嗾⑪犬，白羽⑫摘雕弓，狡穴⑬俄空。乐匆匆。

似黄粱梦，辞丹凤⑭；明月共，漾孤蓬。官冗从⑮，怀倥偬；落尘笼，簿书丛⑯。鹖弁⑰如云众，供粗用，忽奇功。笳鼓动，渔阳⑱弄，思悲翁⑲。不请长缨，系取天骄种，剑吼西风。恨登山临水，手寄七弦桐，目送归鸿。

【注释】

①五都：泛指繁华的城市。②肝胆洞：洞见肝胆，形容性情直爽，待人诚恳。③毛发耸：怒发冲冠之意。指有血性，正义感强。④“立谈”两句：意为片言投合，可以生死与共。立谈，站立而谈，喻时间短暂。⑤一诺：指所言必行。⑥翘勇：超群的英勇。翘，特出的。⑦矜豪纵：以豪放不羁自夸。⑧联飞鞚：并辔飞驰。鞚，有嚼口的马络头，借指快马。⑨斗城：汉长安城，南为南斗形，北为北斗形，故名。此借指北宋汴京。⑩“春色”两句：以绚丽夸张的

笔法形容豪饮之态。春色，唐吕岩《七言》诗：“枝头春色一壶酒。”⑪嗾：发出声音来指使狗。⑫“白羽”句：摘弓引箭。白羽：白羽箭。雕弓：绘有纹饰的弓。⑬狡穴：此处指动物隐藏的窟穴。⑭辞丹凤：离开京城。唐长安宫阙有丹凤门，此指京城。⑮官冗从：身居闲散的随从官职。⑯簿书丛：陷入文牍案卷的丛堆中。⑰鹖弁：以双鹖尾竖左右为饰的武士帽。代指武将。鹖，一种善斗的鸟。弁，古冠名。⑱渔阳：军乐曲。⑲思悲翁：古乐府有《思悲翁》曲，这里双关语，有自伤老大，报国无门之意。

【解读】

少年时交游任侠，结交了各大都市的英雄豪杰。他们肝胆相照，意气相投，极具血性和正义感，听到或遇到不平之事，常常怒发冲冠；他们性格豪爽，遇到同道中人，不待坐下细谈，便已结为生死之交；他们极重信义，一句承诺胜似千钧之重。他们推崇勇武，并以狂放不羁傲视于人。他们车马簇拥，并辔飞驰，一同出游京城东郊。他们喧嚷着在酒店里豪饮，酒瓮中散发出扑鼻的酒香，他们酒量过人，像长鲸垂虹欲饮尽大海一般。他们间或带着鹰犬到郊外弯弓射猎，兽类的巢穴很快地就被搜寻猎取一空。这种龙腾虎跃的生活，虽然快乐，却太短暂了。

回忆过去的游乐生活，真如黄粱一梦，转瞬即逝。离开京城以后，我驾着一叶孤舟漂泊，唯有明月相伴。我官职卑微，情怀愁苦，陷入了污浊不堪的官场仕途，劳碌于案牍文书的故纸堆中。普天之下像自己这样的下级武官，何止成千上万，但朝廷重文轻武，只让我们这些武官做一些粗杂而无意义的事，使得我不能驰骋疆场，建功立业。军乐吹奏起来了，边境上爆发了战争。可怜我这悲愤的老兵，却无路请缨，不能生擒敌将，献功阵前，就连随身佩戴的宝剑也在秋风中发出了愤怒的吼声。怅恨自己极不得志，只能满怀惆怅游山临水，抚琴寄情，目送归鸿。

行路难

缚虎手[①]，悬河口[②]，车如鸡栖马如狗。白纶巾[③]，扑黄尘[④]，不知[⑤]我辈可是蓬蒿人？衰兰送客咸阳道，天若有情天亦老。作雷颠[⑥]，不论钱，谁问旗亭[⑦]，美酒斗十千？

酌大斗，更为寿[⑧]，青鬓[⑨]长青古无有。笑嫣然，舞翩然，当垆秦女十五语如弦。遗音能记秋风[⑩]曲，事去千年犹恨促。揽流光，系扶桑[⑪]，争奈愁来一日却为长。

【注释】

①缚虎手：徒手打虎，形容勇力过人。②悬河口：言辞如河水倾泻，滔滔不绝，即“口若悬河”。比喻人健谈。③白纶巾：白色丝质头巾，常用以象征处士、隐士的高洁。④黄尘：此指京城的尘土。⑤“不知”句：指世人不识贤才，而贤才终将脱颖而出。化用李白《南陵别儿童入京》诗：“仰天大笑出门去，我辈岂是蓬蒿人。”蓬蒿人，草野之人。⑥雷颠：东汉雷义。《后汉书·雷义传》载，雷义曾助人免于死罪，其人以金二斤酬谢，雷义不受。后来地方官推荐他出仕，他让给朋友去做。刺史不让他推辞，他便佯装疯癫，披发而走。故词中称“雷癫”。⑦旗亭：酒楼，古代酒楼挂有酒方旗，故称。⑧为寿：祝寿。⑨“青鬓”句：见唐韩琮《春愁》诗：“金乌长飞玉兔走，青鬓长青古无有。”⑩秋风曲：指《秋风辞》曲，是汉武帝刘彻所写的诗歌。⑪扶桑：传说海外有神树，名扶桑，是日出之处。这里指太阳。

【解读】

那些徒手即能缚虎（引申为有军事才能的人），以及口若悬河一张嘴说遍天下的谋士们（引申为有政治才干的人），凭着他们的文才武略，原本应当高车驷马，立下赫赫功劳，在黄金台上封得万户侯。可眼前他们却一个个穷愁潦倒，车小如鸡笼，马衰如走狗，反差如此强烈鲜明。头戴白色丝质头巾，气宇轩昂的外貌，勇武豪爽的举止，奔走于风尘之中，像这样的人岂是生活于草野间的人物？苍凉萧瑟的咸阳道上，枯萎的兰花送别着离京漂泊的英雄豪杰，假如苍天有情，看到此情此景，也会因伤感而衰老。英雄豪杰们都像装疯癫的雷义一样，不看重金钱。在酒楼的饯行宴席上，喝着名贵的酒，虽然一斗便可值十千钱，可谁也没有在乎过！

用大斗来喝酒吧，为我们的健康干杯！自古以来哪有鬓发长青的呢？卖酒的秦姬年方十五，花样年华，前来歌舞助兴，她笑得是那样甜美，舞得那样飘逸，歌声动听如琴弦拨动，扣人心弦。听着秦姬的歌声，忽然想起了汉武帝的《秋风辞》曲，虽然已事隔千年，如今听来，却仿佛如在昨日。人生苦短，而又请缨无路，报国无门，真让人心生惆怅啊！我要把太阳系在扶桑树上，留住时光，不让它流逝。怎奈愁来的时候，即使一天也会觉得很长很长，让人难以忍受。

青玉案

凌波[①]不过横塘路，但目送、芳尘去。锦瑟华年谁与度？月桥花院，琐窗朱户[②]，只有春知处。

飞云冉冉蘅皋[③]暮，彩笔[④]新题断肠句。若问闲情都几许[⑤]？一川[⑥]烟草，满城风絮，梅子[⑦]黄时雨。

【注释】

①凌波：形容女子步态轻盈。②琐窗朱户：雕绘连锁花纹的窗子，朱红的大门。③蘅皋：长着杜衡这种香草的水边高地。④彩笔：五彩笔。形容人极有才情。⑤都几许：共有多少。⑥一川：遍地。⑦梅子黄时雨：江南农历四月间多雨，正值梅子黄熟，俗称黄梅雨。

【解读】

你轻盈的脚步，宛如凌波仙子飘然路过横塘，但却没有来到我幽居的住处。我只能久久伫立凝望，目送你的芳姿远去。不知谁有幸与你相伴，共同度过美好的青春年华。明月辉映弯月形的小桥，繁花盛开的庭院，雕镂着连锁形花纹的窗子，朱漆的高门大户，这只是我想象中你的居所，只有多情的春风才会知道你隐秘的居处。

蓝天上白云缓缓飘过，长满杜衡香草的水边高地笼罩着暮色。我用文采四溢的五彩笔写下了令人心碎的断肠诗句。若问我的痴痴愁情究竟有多少？多得就像那遍地似烟似雾的萋萋芳草，像那满城随风飞舞的洁白柳絮，像那梅子黄熟时节的连绵细雨。

踏莎行

杨柳回塘[①]，鸳鸯别浦[②]，绿萍涨断莲舟路。断无蜂蝶慕幽香，红衣[③]脱尽芳心[④]苦。

返照[⑤]迎潮，行云带雨，依依似与骚人[⑥]语。当年不肯嫁春风，无端却被秋风误。

【注释】

①回塘：柳岸曲折的池塘。②别浦：水流的岔口。③红衣：此

指红荷花瓣。④芳心：莲心。⑤返照：夕阳的回光。⑥骚人：诗人。

【解读】

杨柳围绕着曲折的池塘，池塘里开满了荷花，一对鸳鸯在进水口处嬉戏。池塘水面长满又厚又密的浮萍，阻断了采莲姑娘莲舟的去路。没有蜜蜂和蝴蝶来倾慕荷花的幽幽芳香，荷花在寂寞中脱尽花瓣，结一颗芳心苦涩。

金色的夕阳的回光照着晚潮，潮水涌进荷塘，行云夹着雨点，无情地打在荷花上。随风摇曳的荷花，像是在向词人诉说衷肠：当年自己不合流俗，孤芳矜持，不肯嫁与春风，才落得无缘无故地被秋风摧残，耽误了终身大事。

浣溪沙

不信芳春厌老人，老人几度送余春。惜春行乐莫辞频。

巧笑艳歌皆我意，恼花[①]颠酒[②]拼君瞋。物情惟有醉中真。

【注释】

①恼花：恼，撩。恼花就是被花所撩。②颠酒：不拘礼法，狂饮醉酒，几乎达到疯癫的地步。

【解读】

我不相信明媚芳美的春天真的会讨厌老人，老人们曾经多少次依依不舍地送别余春，珍惜美好的春光，游乐不要频频推辞。

美丽的笑容，多情的歌曲，都合我的口味。我爱花爱酒简直爱得发狂，不怕你嗔怪责备，因为物性人情，只有在大醉中才能显现。

减字浣溪沙

楼角初销[①]一缕霞，淡黄杨柳暗栖鸦。玉人[②]和月[③]摘梅花。

笑捻粉香[④]归洞户[⑤]，更垂帘幕护窗纱。东风寒似[⑥]夜来些[⑦]。

【注释】

①销：消逝。②玉人：美人。③和月：趁着月光。④粉香：指梅花。⑤洞户：指幽深的闺房。⑥寒似：寒于。⑦些：些许、少许，一些。

【解读】

楼角最后的一抹晚霞刚刚消散，嫩黄的杨柳丛中暗栖着乌鸦，一位纯洁如玉的美女披着皎洁的月光，正在摘取一枝暗香浮动的梅花。

她面含微笑，手捻芳香的梅花回到幽深的闺房，放下帘幕护好窗纱，春寒料峭，似乎比昨夜增加了些许寒意。

天　香

烟络[①]横林，山沉远照，迤逦[②]黄昏钟鼓。烛映帘栊，蛩[③]催机杼[④]，共苦清秋风露。不眠思妇，齐应和、几声砧杵[⑤]。惊动天涯倦宦，骎骎[⑥]岁华行暮。

当年酒狂自负，谓东君⑦、以春相付。流浪征骖⑧北道，客樯南浦，幽恨无人晤语。赖明月、曾知旧游处。好伴云来，还将梦去。

【注释】

①烟络：笼罩。②迤逦：曲折延绵貌。③蛩：蟋蟀的别名，其鸣声如织布之声，在寂静的夜里响起，仿佛敦促妇女织布，所以又称促织、纺织娘。④机杼：织布机。⑤砧杵：古代妇女洗衣时用的捣衣石和捶衣用的木棒。⑥骎骎：马飞奔的样子。这里用来形容时间过得很快。⑦东君：古人心目中的司春之神。⑧征骖：征马。此处代指马车。

【解读】

暮霭笼罩着横在眼前的一片树林，夕阳照着远山，黄昏时曲折绵延的山路隐隐传来寺院的钟鼓声。烛光昏黄，映照着窗户，蟋蟀低鸣好像是在催促妇女赶快织布，又好像和词人共受清秋风露苦。风声、虫声应和着妇女们的砧杵声。惊动了我这个漂泊天涯的宦游倦客，岁月如快马飞驰，转眼又到了年终岁暮。

当年曾以酒狂自负，以为春神东君向我把三春好景交付。谁曾想多年流浪在外，或乘车奔波在北方路上，或乘坐征船离开南浦。满腔幽愁怨恨无处倾诉，无人慰藉。幸有天边明月，知晓我昔日游历的去处，那就仰赖明月伴着彩云将她悄悄送来，然后再送她踏着梦境回到绣户

周邦彦（1056—1121），北宋著名词人。字美成，号清真居士。钱塘（今浙江省杭州市）人。少时博涉百家之书。宋神宗元丰初入京

为太学生，元丰中献《汴都赋》歌颂汴京形势和朝廷新法，升为太学正。至司马光旧党执政，邦彦亦遭废黜。外贬庐州、荆州教授，溧水知县等职。哲宗亲政，复行新法，绍圣四年（1097）还京，升为国子监主簿。徽宗时，官至徽猷阁待制，提举大晟府（音乐机构），出知顺昌府，徙处州，卒于南京（今河南省商丘市）。周邦彦诗、文、词均善，以词名家。其词内容多为闺情相思、羁旅行役，亦有咏物怀古之作，艺术上有集成创制之功。因其曾在大晟府任职，精通音律，对词调的整理、古典的保存、创制新调颇有功绩。其词格律谨严，韵律谐和，又精于结撰，善于铺叙，长于勾勒，摹写物态能曲尽其妙；善于融化前人诗句如己出，运用典故成语亦浑然无迹；风格浑厚和雅，语言富艳精工。其词影响甚大，远祖《花间》，近承秦观、柳永，而下开南宋姜夔、吴文英格律派的先河，为后来格律派词人所宗。旧时词论称他为“词家之冠”。著有《片玉词》，又名《清真居士词》。

瑞龙吟

章台路[①]，还见褪粉梅梢，试花[②]桃树。愔愔坊陌人家，定巢燕子，归来旧处。

黯凝伫，因念个人[③]痴小，乍窥门户。侵晨浅约宫黄，障风映袖，盈盈笑语。

前度刘郎[④]重到，访邻寻里，同时歌舞。唯有旧家秋娘[⑤]，声价如故。吟笺赋笔，犹记燕台句[⑥]。知谁伴、名园露饮[⑦]，东城闲步？事与孤鸿去，探春尽是，伤离意绪。官柳低金缕。归骑晚、纤纤池塘飞雨。断肠院落，一帘风絮。

【注释】

①章台路：原指汉代长安城的章台街，相传是歌伎聚居之处。后以此代指歌伎住处。②试花：指花刚开始绽放。③个人：那个人，即作者意中人。④前度刘郎：唐代诗人刘禹锡从被贬之地召回京师，重游玄都观，作《再游玄都观》讽刺昔日权贵道："种桃道士归何处，前度刘郎今又来。"此处以刘郎自喻。⑤秋娘：指唐金陵歌伎杜秋娘。杜牧有诗《赠杜秋娘》。这里借指歌女。⑥"燕台"句：唐李商隐曾作《燕台四首》，洛阳歌伎柳枝爱慕李的才华，因与李引出一段神魂离合的传奇故事。李商隐《赠柳枝》亦有"长吟远下燕台句，唯有花香染未梢"句。此指作者仍记得赠给歌女的恋情诗句。⑦露饮：脱帽饮酒，狂放不羁，不拘礼节。

【解读】

漫步繁华的章台路，枝头上的梅花刚刚褪去粉色，桃树上的花蕾刚刚绽放吐艳。歌舞人家幽深寂静，往年筑巢定居的燕子，又飞回到了它的旧居。

黯然凝神伫立，不由想起当初与意中人刚刚相识的情景，一位天真活泼的少女，从门缝里向外偷看。清晨淡淡地施了一点涂眉的黄色宫粉，举起歌扇挡风，用罗袖掩面，笑语盈盈同我亲切交谈。

我这次故地重游，寻访街坊邻里，当时一起歌舞的姐妹，唯有我的意中人色艺声价如故，伊人却不知去向何地。当我吟诗作赋时，犹能记起当年赠给她的恋情诗句。如今还有谁会伴我到名园脱帽饮酒，到东城漫步闲游？欢情旧事都已随着天边飞逝的孤鸿远去。满怀兴致回来探寻春色，却没料到反增添了许多离愁别绪，感人伤怀。官道上的杨柳低垂着金色丝缕，骑马归来，天色已晚，蒙蒙细雨笼罩着池塘。回首那座令人相思断肠人去楼空的庭院，只有风儿在帘外吹着柳絮在空中飞舞。

满庭芳·夏日溧水①无想山作

风老莺雏，雨肥梅子②，午阴嘉树清圆③。地卑④山近，衣润费炉烟。人静乌鸢⑤自乐，小桥外、新绿溅溅⑥。凭阑久，黄芦⑦苦竹，拟泛九江船。

年年，如社燕⑧，飘流瀚海⑨，来寄修椽⑩。且莫思身外⑪，长近尊前。憔悴江南倦客，不堪听、急管繁弦⑫。歌筵畔，先安簟⑬枕，容我醉时眠。

【注释】

①溧水：古县名，即今南京市溧水区。无想山：在溧水县南十五里，其山巅有泉，下注成瀑布。②风老莺雏，雨肥梅子：化用了杜牧“风蒲燕雏老”和杜甫“红绽雨肥梅”两句诗。老、肥均形容词的使动用法，使……成长，使……肥硕。③午阴嘉树清圆：午阴，正午的日阴。清圆，圆正清晰之意。④地卑：指溧水地势低湿，又靠近山而阳少阴多，需要常生炉子以去除衣上的潮气。⑤乌鸢：乌，乌鸦。鸢，挚鸟名，俗称鹞鹰、老鹰。⑥新绿溅溅：新绿，指一溪春水。溅溅，流水声。⑦“黄芦”两句：白居易《琵琶行》中有“住近湓江地低湿，黄芦苦竹绕宅生”句。此词中这两句即以白居易被贬江州（今九江市）时的处境、心情自比。⑧社燕：燕子春社时节往北飞，秋社时节往南飞，故称社燕。⑨瀚海：沙漠地区。这里泛指偏僻荒凉之处。⑩修椽：安在梁上支架屋面和屋瓦的长木条。⑪莫思身外，长近尊前：身外，指功名利禄等身外事。杜甫《绝句漫兴九首》之四有“莫思身外无穷事，且尽生前有限杯”句，此词

中这两句即化用其意。⑫急管繁弦：曲调激烈，音响繁复的音乐。管，指管乐器。弦，指弦乐器。⑬簟：竹席。

【解读】

雏莺在暖风吹拂中长大了，梅子在细雨的滋润下长得滚圆肥硕。正午时分，阳光直射，亭亭如盖的绿树洒下清凉而圆形的阴影。溧水地势低洼，靠近山峦，空气潮湿，衣服湿润，常需要生炉子把衣服烘干。空山人寂，乌鸢无拘无束地在空中飞翔，逍遥自得；小桥外，溪水新涨，碧绿清澈，湍流激溅。我久久地凭栏眺望，但见遍地黄芦苦竹，突然间感觉自己仿佛就是当年被贬泛舟九江的白居易。

年复一年，我就像那春来秋去的社燕，飘飞流浪在大漠荒原，暂时寄身在人家的屋檐下。且不要去考虑身外功名利禄之事，还是怡心畅神，常坐酒樽前，借酒浇愁吧！容颜憔悴的江南倦客，不忍听盛大宴会上那激越繁复的管弦乐曲，唯恐徒增伤感。就在歌宴酒席旁，先为我安好席枕，请让我酒醉时歇息吧。

苏幕遮

燎沉香①，消溽暑②。鸟雀呼晴，侵晓③窥檐语。叶上初阳干宿雨④，水面清圆⑤，一一风荷举。

故乡遥，何日去？家住吴门⑥，久作长安旅。五月渔郎相忆否？小楫轻舟，梦入芙蓉浦⑦。

【注释】

①燎沉香：点燃沉香。②溽暑：潮湿闷热。③侵晓：拂晓。④宿雨：昨夜的雨。⑤清圆：清正圆润，常用来形容月亮、荷叶、

树影。⑥吴门：苏州的别称。此处指古属三吴之地的钱塘（今浙江杭州)。⑦芙蓉浦：有溪水可通的荷花塘。古称荷花为芙蓉。

【解读】

点燃沉香，消除夏天潮湿闷热的暑气。拂晓时分，屋檐上传来鸟雀声声，似乎在报告天放晴的消息。田田荷叶经过雨水的洗涤一派幽洁，清风吹来淡淡荷香，观之、闻之沁人心脾，荷叶上的雨滴，在初阳的照耀下，发出珍珠般璀璨的光芒，最后被和风旭日收去。那一株株亭亭玉立的荷叶，仿佛被什么人高高举起，在晨风中摇曳生姿。

故乡那么遥远，我倦于宦游，何日才能归去？我家住钱塘，却久在京城客居。五月新荷出水，忆起故乡儿时的伙伴，不知这位渔郎现在是否还记得我？我整日思念着家乡的朋友，夜里我在梦中回到了故乡，划着一叶扁舟，驶入了荷花盛开的池塘。

花　　犯

粉墙低，梅花照眼，依然旧风味。露痕轻缀。疑净洗铅华，无限佳丽。去年胜赏曾孤倚，冰盘①同燕喜②。更可惜，雪中高树，香篝③熏素被。

今年对花最匆匆，相逢似有恨，依依愁悴。吟望久，青苔上、旋看飞坠。相将④见、翠丸⑤荐酒，人正在、空江烟浪里。但梦想、一枝潇洒，黄昏斜照水。

【注释】

①冰盘：如冰一样洁净的白瓷果盘。②燕喜：燕，通宴。此处

指宴饮之乐。③香篝：指里面放香用来熏烘衣物的熏笼。④相将：行将、快要。⑤翠丸：这里指梅子。

【解读】

粉白的矮墙旁，清艳的梅花映入眼帘，那动人的风韵依旧同往年一样迷人。花瓣上轻缀着露水的痕迹，有如美人洗却脂粉，更显得天生丽质。去年赏梅时我曾独倚梅枝，玉盘盛酒和这位梅仙共醉。一眼望去，高耸横逸的梅树被厚雪所覆盖，宛如香篝上熏着一床洁白的被子，煞是逗人喜爱。

今年赏梅最为匆忙，梅花仿佛知道我要离它而去似的，看见我就面带离恨，依依不舍，神情憔悴。我久久地沉吟伫望，忽见梅花朵朵飘坠于青苔之上。而梅树将要结子作酒时，自己却正泛舟漂泊于空江烟浪之中。但我相信，无论我漂泊到哪里，在梦中我都会看到一枝潇洒脱俗的梅花，在黄昏时斜映在清浅的水面。

解语花

风消绛蜡[①]，露浥[②]红莲[③]，花市光相射。桂华[④]流瓦。纤云散，耿耿素娥[⑤]欲下。衣裳淡雅。看楚女纤腰[⑥]一把。箫鼓喧，人影参差[⑦]，满路飘香麝[⑧]。

因念都城放夜[⑨]。望千门如昼，嬉笑游冶。钿车罗帕[⑩]。相逢处，自有暗尘随马[⑪]。年光[⑫]是也。唯只见、旧情衰谢。清漏移，飞盖[⑬]归来，从舞休歌罢。

【注释】

①绛蜡：红烛。②浥：沾湿。③红莲：元宵节的莲花形状的红

灯。④桂华：代指月亮，因传说月中有桂树。⑤素娥：嫦娥的别称。⑥楚女纤腰：细腰美女。杜牧《遣怀》诗："落魄江南载酒行，楚腰纤细掌中轻。"⑦参差：杂乱不齐的样子。⑧香麝：指麝香。⑨都城放夜：旧时都城有夜禁，宋代元宵节期间取消夜禁，全城张灯结彩，人们尽情娱乐。⑩钿车罗帕：钿车，用金宝嵌饰的车子。罗帕，丝织方巾。⑪暗尘随马：车马经过扬起积尘。语出苏味道《上元》："暗尘随马去，明月逐人来。"⑫年光：岁月。⑬飞盖：代指飞驰着的、有高高帷盖的车子。

【解读】

元宵佳节，春风吹得红烛摇曳，烛泪融消，夜露沾湿红莲灯。街市上花灯锦簇，灯光交相映射，灿烂辉煌。月光流动荡漾在琉璃屋上，淡淡的纤云悠然飘散，玉宇空明，依稀看到月宫嫦娥翩然欲下。大街小巷，佳人们个个衣裳清雅素淡，身材苗条，细腰如掐。街头笙箫锣鼓喧天，人影参差错乱，人们看了这边看那边，女子们娇笑着、欢叫着，随着她们的游走，留下了一路歌声，一路笑语，一路麝香。

回想当年京城元宵节开放夜禁的情景，千家万户张灯结彩如同白昼，姑娘们笑语盈盈出门游乐。金饰的豪华车辆奔驰往来，车中美女手持罗帕，仪态万方。偶相逢，暗尘起处，有骑马男子追随。今年京城元宵节，想必风景依旧，只是我昔日的豪情逸兴早已衰退。钟漏轻移，夜已深了，我乘着有高高帷盖的车子飞驰而归，任凭人们通宵达旦地歌舞狂欢直到天明。

西河·金陵怀古

佳丽地[①]，南朝[②]盛事谁记？山围故国绕清江，髻鬟对

起。怒涛寂寞打孤城，风樯[3]遥度天际。

断崖[4]树，犹倒倚，莫愁艇子曾系。空余旧迹郁苍苍，雾沉半垒。夜深月过女墙来，伤心东望淮水[5]。

酒旗戏鼓甚处市？想依稀、王谢邻里[6]。燕子不知何世，入寻常巷陌人家，相对如说兴亡，斜阳里。

【注释】

①佳丽地：指金陵（今江苏省南京市）。②南朝：建都金陵的六个朝代，即东吴、东晋、宋、齐、梁、陈六个朝代。③风樯：指帆船。④断崖：临水的山崖。⑤淮水：指秦淮河，横贯南京市中心，南朝时是文人名士游宴处所。⑥王谢邻里：指东晋丞相王导和宰相谢安，皆豪门贵族，两家比邻而居。

【解读】

金陵乃六朝古都，绮丽秀美，时至今日，南朝时的那些繁华盛事还有谁记得呢？奔腾的长江绕城而过，长江两岸山峰对峙，犹如美人高耸的发髻。怒涛拍打着寂寞的孤城，张着风帆的船正驶向遥远的天际。

苍劲古老的树，在断岸上倒倚，昔年莫愁女的游艇曾在这里栓系。往事已逝，空余下许多旧时陈迹，掩映在郁郁苍苍的树林中。浓雾笼罩处，半隐半显的便是那旧日营垒。深夜，月亮悄悄爬上女墙，满怀伤心地望着秦淮河水，永无休止地向东流去。

当年热闹的酒楼戏馆今在何处？想来依稀在王谢大族比邻而居的旧址。燕子不知如今是什么时代，在斜阳里亲密的呢喃细语，仿佛在诉说这座古城的盛衰兴亡。

兰陵王·柳

柳阴直，烟里丝丝[1]弄碧。隋堤上、曾见几番，拂水飘绵[2]送行色。登临望故国[3]，谁识京华倦客？长亭[4]路，年去岁来，应折柔条过千尺。

闲寻旧踪迹，又酒趁哀弦，灯照离席。梨花榆火催寒食。愁一箭风快，半篙波暖[5]，回头迢递[6]便数驿，望人在天北。

凄恻，恨堆积！渐别浦萦回，津堠[7]岑寂，斜阳冉冉春无极。念月榭[8]携手，露桥闻笛。沉思前事，似梦里，泪暗滴。

【注释】

①丝丝：指柳树纤细的枝条。②飘绵：指风中飘舞的柳絮。③故国：此指作者的故乡钱塘。④长亭：古时驿路上十里一长亭，五里一短亭。亭是供行人休息的地方，也是送别的地方。⑤波暖：指春水。⑥迢递：遥远的样子。⑦津堠：津，口。堠，渡口上供瞭望用的土堡。⑧月榭：赏月的亭台。

【解读】

柳树排列成行，柳荫笔直，那柔丝般的柳枝在迷蒙的轻烟中随风飞舞，尽显细长柔嫩之美，清丽可人。在隋堤上曾经多少次看到柳条掠过水面，柳絮随风飘飞，人们依依惜别的情景。登上高堤遥望故乡，有谁能理解我京华倦客的心情。在十里长亭路口，年复一年不知曾经有多少人折柳赠别远去的朋友，算起来折断的柳枝恐怕应该超过千尺了吧！

闲来寻思过去送别的踪迹，当时我们一边举杯饯别，一边听着哀婉的琴曲，黯淡的灯光烛影照着离别的筵席。那正是梨花盛开又快到朝廷取榆火赠百官的寒食节了。岁月匆匆，别期已至，更添愁绪。但顺风船飞快如箭，竹篙才一半没入温暖的春水，转眼间，却早已驶过几个驿站，再看那送行人已远在天边。

心中凄凉悲切，愁绪如山一样堆积。渐渐地船驶过江流岔口，但见波流回旋，渡口冷冷清清，只有瞭望堡孤零零地立在那里。斜阳缓缓西下，绚丽的春色一望无际。回想起明月下、水榭前曾与她携手共游赏，在夜露凝结的小桥上倾听悠扬的笛曲。沉思往事恍如梦境一般，不由得清泪暗滴。

拜星月慢

夜色催更，清尘收露，小曲幽坊月暗。竹槛灯窗，识秋娘庭院。笑相遇，似觉琼枝玉树[①]相倚，暖日明霞[②]光烂。水盼兰情[③]，总平生稀见。

画图中、旧识春风面。谁知道、自到瑶台畔。眷恋雨润云温，苦惊风吹散。念荒寒、寄宿无人馆。重门闭、败壁秋虫叹。怎奈何、一缕相思，隔溪山不断。

【注释】

①琼枝玉树：喻女子姿容秀美，高贵洁白。②暖日明霞：形容女子光彩夺目，神采照人。③水盼兰情：水盼，比喻眼波清明，流动似水；兰情，指其性情幽静如兰花。

【解读】

夜色沉沉，催动着更鼓的敲响。露水吸收了尘埃，尘土不再飞扬，空气更觉清新。天边弯月洒下微微清辉，小曲幽坊朦胧暗淡。漂亮的栏槛外翠竹葱郁，栏槛围着庭院，庭院窗户内灯光闪烁，我认出那就是她所居住的庭院。记得就是在这幽雅的地方，她笑盈盈与我相见，她的身躯如琼枝玉树，姿容光彩夺目，神采照人，含情的眼波如秋水流动，性情雅静宛若幽兰，如此绝代佳人，是我一生罕见。

从画像上，早已看过她绝世容颜，令我倾慕不已。谁料想得到，后来竟然走进她的住所，来到她的身边。我们有过许多欢爱的时光，彼此深深眷恋，苦恨美梦被一阵惊风吹散，让我痛苦不已。想我而今寄宿在荒寒寂寞、空旷无人的驿馆，重门紧闭，听那断壁残垣间秋虫的声声哀鸣。无可奈何啊，我对她的相思之情纵然隔着万水千山，也隔不断我对她的相思。

毛　滂（1061—1124），北宋词人。字泽民，号东堂居士。衢州江山（今属浙江）人。生于“天下文宗儒师”世家。父维瞻、伯藩、叔维甫皆为进士。滂自幼酷爱诗文词赋。宋神宗元丰七年（1084）出任郢州掾曹。宋哲宗元祐二年（1087）出任杭州法曹参军。苏轼称其“文词雅健，有超世之韵”。元祐六年移饶州，后为衢州推官。其后出任过武康知县，改建官舍“尽心堂”，易名“东堂”，闲暇觞咏自娱，因以为号。宋徽宗崇宁初由曾布推荐进京为删定官。大观初年毛滂填词呈宰相蔡京，滂任登闻鼓院。政和初年任祠部员外郎、知秀州。政和中守嘉禾。其词潇洒明润，情韵俊逸。有《东堂集》《东堂词》。

惜分飞

富阳[1]僧舍作别语赠妓琼芳。

泪湿阑干[2]花著露，愁到眉峰碧聚。此恨平分取，更无言语空相觑[3]。

断雨残云无意绪，寂寞朝朝暮暮。今夜山深处，断魂分付潮回去。

【注释】

①富阳：今浙江省杭州市富阳区，富春江流经此地。②阑干：眼泪纵横的样子。此句化用白居易《长恨歌》“玉容寂寞泪阑干，梨花一枝春带雨”诗意。③相觑：对视。

【解读】

你脸上泪水纵横，犹如一朵娇嫩的鲜花挂满了晶莹的露珠；满腔离愁别恨，凝聚于眉宇之间，秀眉紧蹙，眉峰耸起，犹如碧峰凝聚。这种愁恨你我各分一半，千言万语不知从何说起，默默无语，含泪久久对视。

你我美好的恋情就像这短暂阵雨，片片残云，风吹云散，踪迹全无。分别以后感觉生活没有意思，百无聊赖朝朝暮暮忍受着孤独寂寞的煎熬。今夜我在深山寺院独居，把我对你的思念托付给春江潮水带给你。

清平乐

东堂月夕小酌，时寒秀亭下娑罗花盛开。

云峰秀叠，露冷琉璃叶。北畔娑罗花弄雪，香度小桥淡月。

与君踏月寻花，玉人双捧流霞。吸尽杯中花月，仙风相送还家。

【解读】

远处的山峰高耸入云，层峦叠翠，秀丽多姿。秋露初冷，洒布大地，把娑罗树叶滋润得碧绿莹洁，犹如琉璃雕成的一般。小溪北边的娑罗花盛开，那洁白的花朵远看仿佛是洒落在枝头上的一层白雪。月光如水，淡淡地泻落在大地上，娑罗花的清香在空气中四处弥漫，越过溪上的小桥，被我的嗅觉捕捉到。

我与友人一起踏着月光，顺着花香一路寻去。俏丽的丫鬟给我们每人奉上一杯流霞仙酒，让我们于月下饮酒赏花。杯中美酒映着花光月色，愈加清香诱人。我与友人一饮而尽，顿觉飘飘欲仙。阵阵微风吹来，夹杂着娑罗花馥郁的香气，十分令人陶醉，我告别友人，一路仙风送我归家。

谢　逸（1068—1112），北宋文学家。字无逸，号溪堂。临川（今江西省抚州市）人。少孤好学，擅古文辞。江西诗派二十五法嗣之一。与其弟谢薖并称“临川二谢”。与饶节、汪革、谢薖并称为“临川四才子”。节操孤高，不附权贵，一生安贫乐道。曾作过三百首咏蝶诗。多佳句，被世人称为“谢蝴蝶”。诗文俱佳，风格峻拔。写词专攻小令，擅长写闺情、风景，得花间浓艳，晏欧之柔婉，轻倩飘逸，清新蕴藉。婉约词不下于少游。著作甚丰，有《春秋广微》《樵谈》和《溪堂集》二十卷、《溪堂词》一卷。

江城子

杏花村馆酒旗风，水溶溶，飏残红。野渡舟横，杨柳绿阴浓。望断江南山色远，人不见，草连空。

夕阳楼外晚烟笼，粉香融，淡眉峰。记得年时，相见画屏中。只有关山今夜月，千里外，素光①同。

【注释】

①素光：指月光。

【解读】

杏花村酒馆的酒旗在微风中飘扬，村边小溪绿水荡漾，漫天落花飞舞。野外渡口横着一叶小舟，杨柳夹岸，绿柳成荫。极目远眺，唯见江南远山一片，望不见所思念的人儿，满目只有连天芳草。

夕阳西下，楼外晚烟笼罩。楼上佳人香粉敷着润泽的面颊，白里透红，淡眉如同远山一般美好，瞄上一眼，美丽动人。去年今日，我与她在绘满彩图的画屏前幽会。而今关山迢递，相隔千里，相见无期，只有皎洁的月光还同往常一样，照耀着她，也照耀着我。

李重元（生卒年不详），约为北宋末至南宋初词人。《全宋词》收其《忆王孙》四首，分别咏春、夏、秋、冬四季，皆颇具意境，春词最好。春词以其不露痕迹的精巧构思，有声有色地描绘出闺中少妇寂寞愁苦的伤情离绪，不愧为一首情蕴深婉的小令佳作。

忆王孙[①]

萋萋芳草忆王孙，柳外楼高空断魂，杜宇[②]声声不忍闻。欲黄昏，雨打梨花深闭门。

【注释】

①王孙：这里指离人。②杜宇：杜鹃。

【解读】

暮春时节，萋萋芳草总是让人想起远在天涯之外久客不归的游子，杨柳树外楼台高耸，春日融融，我终日凭栏凝望，却不见我日夜思念的人儿的身影，空自令人断魂。杨柳绿荫里，传来了杜鹃一声声“不如归去”的啼鸣，不忍听闻，令人心碎。天色临近黄昏，一阵春雨打落梨花，宛如敲在我孤寂的心头，我急忙深深紧闭重重朱门。

叶梦得（1077—1148），南宋文学家。字少蕴，号肖翁、石林居士。原籍吴县（今江苏省苏州市）人，移居乌程（今浙江省湖州市）。宋哲宗绍圣四年（1097）进士。调丹徒尉。宋徽宗时官翰林学士。宋高宗建炎二年（1128）授户部尚书，迁尚书左丞。绍兴元年（1131），为江东安抚大使兼知建康府。绍兴八年（1138）授江东安抚制置大使兼知建康府行宫留守，总管四路漕计。致力于抗金防备及军饷勤务。绍兴十二年（1142）移知福州。晚年隐居家乡湖州石林，自号石林居士。以读书吟咏自乐。学问广博，精通掌故。能诗文，长于词。早期词风婉丽绮艳，宋室南渡后，转而为简淡雄杰。后期词多感怀国事，风格豪放，近于苏辛。在北宋末年到南宋前半期的词风变异过程中，叶梦得是起到了先导和枢纽作用的重要词人。作为南渡词人中年辈较长的一位，叶梦得开拓了南宋前半期“以气入词”的新路。叶词中的“气”主要表现在英雄气、狂气、逸气三方面。存世著作有《建康集》《石林诗话》《石林燕语》《避暑录话》《石林词》等。

水调歌头

秋色渐将晚，霜信报黄花①。小窗低户深映，微路绕攲②斜。为问山翁③何事，坐看流年轻度，拼却鬓双华。

徙倚[④]望沧海，天净水明霞。

念平昔，空飘荡，遍天涯。归来三径[⑤]重扫，松竹本吾家。却恨悲风时起，冉冉云间新雁，边马怨胡笳。谁似[⑥]东山老，谈笑净胡沙。

【注释】

①黄花：菊花。②攲：倾斜不正。③山翁：作者自谓。④徙倚：徘徊，流连。⑤三径：王莽专权时，兖州刺史蒋诩辞官回家，于园中辟三径，唯与求仲、羊仲二位隐士往来。后常用三径喻隐居生活。⑥“谁似”两句：东晋淝水之战晋军与前秦大军激战时，主将谢安却在与别人下棋，然而谈笑之间已打败了前秦百万雄师。

【解读】

秋色日渐变浓，霜降报来了金黄的菊花盛开的消息，小窗低户深深掩映在菊花丛中，小路盘山而上，曲折倾斜。询问山翁到底有什么心事，（原来是不忍心）坐看时光轻易流逝而双鬓花白。在太湖边上徘徊凝望，天空澄碧，湖水映照着明丽的彩霞。

追忆往昔，空自流浪漂泊，走遍天涯海角，却毫无建树。归来后重新打扫庭院中的小路，苍松翠竹本是我的家。却恨悲凉的秋风不时吹起，南归的大雁缓缓地飞行在云间，哀怨的胡笳声和边马的悲鸣声交织在一起。谁能像东晋谢安那样，谈笑间就能扑灭胡人军马扬起的尘沙。

水调歌头

九月望日[①]，与客习射西园，余偶病不能射。客较胜相先。将领岳德，弓强二石五斗，连发三中的，观者尽惊。因作此词示坐客。前一夕大风，是日始寒。

霜降碧天静，秋事[2]促西风。寒声隐地初听，中夜入梧桐。起瞰高城回望，寥落关河千里，一醉与君同。叠鼓[3]闹清晓，飞骑引雕弓。

岁将晚，客争笑，问衰翁[4]：平生豪气安在？走马为谁雄？何似当筵虎士[5]，挥手弦声响处，双雁落[6]遥空。老矣真堪愧，回首望云中[7]。

【注释】

①望日：指绍兴八年（1138）农历九月十五日。②秋事：指秋收、制寒衣等事。③叠鼓：谢朓《隋王鼓吹曲》十首之四《入朝曲》："叠鼓送华辀。"《文选》李善注："小击鼓谓之叠。"④衰翁：作者自称。⑤虎士：勇士，这里指岳德。⑥双雁：《北史·长孙晟传》载有长孙晟一箭贯双雕的故事。这里形容岳德箭法超群，能一箭双雕。⑦云中：指云中郡，治所在今内蒙古托克托县东北，此借指冯唐荐魏尚镇守云中事。汉武帝时求荐贤良，有人荐冯唐，冯唐已老不能用。这里自称"老矣"，是以冯唐自比，但希望朝廷能派魏尚一类守将御边。

【解读】

九月十五日，宾客们在西园练习射箭，我却因病不能练习，客人明显可以取胜。岳德将领，弓的力量比二石五斗还要重，仍能三发连中，观看的宾客都很吃惊。因此写下此词展示给宾客。前一天晚上刮大风，是日天就开始寒冷了。

寒霜降后，碧空如洗，清静寥廓。寒冬即将来临，人们忙着秋收、制寒衣等事。西风渐起，初听起来隐隐约约，午夜时分便直入梧桐深处，鸣响不止。强支病体登上高城，俯瞰四周，千里关河沦陷，面对破碎的山河、悲慨沉痛无限，只好借酒浇愁，与客同醉。破晓之时鼓声紧密，将士们在演武场上纵马飞奔，搭弓射箭，表现出“收拾旧山河”的英雄气概。

我年岁已老，到了垂暮之年，只能眼看正当盛年的客人们在筵席上欢声笑语，争相夸赞武场演习武艺高强。有客人问我这病弱的衰翁：“你平生的豪情壮志，如今都到哪里去了？当年的走马竞武又是在为谁争雄呢？”我回答说，哪能比得上酒筵上的勇士（岳德），他随手搭弓射箭，弦声响处，便能将远处的双雁一并射落。如今我年事已高，为无力报国感到惭愧，但身衰心未老，回首向云中郡望去，感慨万分！

曹　组（生卒年不详），北宋词人、官吏。字元宠。颍昌（今河南省许昌市）人。一说颍昌阳翟（今河南省禹州市）人。宋徽宗宣和三年（1121），诏赴殿试，应对才敏，深得徽宗宠幸，赐进士第。官至阁门宣赞舍人、睿思殿应制。诗词文均擅长，以滑稽谐谑词闻名于时。也有一些词描写其羁旅生涯，感受真切，境界颇为深远。无论手法、情韵，都与柳永词有继承关系。存世作品有《元宠词》，近人赵万里辑有《箕颍词》。

蓦山溪·梅

洗妆真态①，不作铅花②御。竹外一枝斜，想佳人、

天寒日暮。黄昏院落，无处著清香。风细细，雪垂垂，何况江头路。

月边疏影，梦到消魂处。梅子欲黄时，又须作，廉纤[3]细雨。孤芳一世，供断有情愁，消瘦损，东阳[4]也，试问花知否？

【注释】

①洗妆真态：洗净脂粉，露出真实的容貌。②铅华：用来化妆的铅粉。③廉纤：形容雨细。④东阳：南朝梁沈约曾为东阳太守。

【解读】

梅花就像洗尽铅华，无须再用脂粉进行修饰，一位纯真的天生丽质的佳人。青翠的竹林外横斜出一枝梅花，就像天寒日暮时分斜倚修竹的冷艳美人。黄昏时分，庭院里的梅花尚无人欣赏它的清香，那寒风细细，雪花纷纷飘落的江头路边的寒梅更无人欣赏，它却依然迎霜斗雪，独放清香。

皎洁的月光下，梅花疏影婆娑，暗香浮动，这时候的它就像那幽梦中的佳人，令人暗自销魂。到了梅子将要黄熟的季节，却要遭遇连绵不断的细雨，令人平添几分伤感。梅花，它独立傲世一生，孤高芳洁一生，引出有情人多少忧伤情愁。为了梅花我才瘦损如东阳太守，梅花你可知道吗？

卜算子·兰

松竹翠萝寒，迟日江山暮。幽径无人独自芳，此恨凭谁诉。

似共梅花语，尚有寻芳侣。着意闻时不肯香，香在无心处。

【解读】

松树和竹子上生长着翠色的女萝，隐隐泛出阵阵寒意。夕阳缓缓落下，江山被茫茫的暮色所笼罩。僻静的小路上了无人迹，兰花在那里独自开放，散播着芳香，却没有人知道，也无人欣赏，这满腔的恨意又能向谁倾诉呢？

兰花仿佛同梅花有许多共同语言，二者都独自开放，清高孤傲，不同的是梅花有人寻访，正所谓踏雪寻梅，寻找春的气息，而生长在幽谷中的兰花却无人寻赏，总是那样孤独地开放，又孤独地凋零。当你特意去嗅花香的时候，花并不香，但不经意间一阵清风把兰花花香送来的时候，那种香气沁人心脾，这正是兰花清纯的本性。

万俟咏（生卒年不详），北宋末南宋初词人。字雅言，自号词隐、大梁词隐。籍里不详。宋哲宗元祐间，以诗赋见称于时。尝游上庠，不第，遂放意歌酒，肆力词章。宋徽宗政和中，召试补官，授大晟府制撰。绍兴五年（1135）补任下州文学。善工音律，能自度新声。其词原分五体：应制、风月脂粉、雪月风花、脂粉才情、杂类（王灼《碧鸡漫志》卷二）。宋代黄昇则称其词："雅言之词，词之圣者也。发妙音于律吕之中，运巧思于斧凿之外，平而工，和而雅……"（《花庵词选》卷七）今所存词，多为应制之作，以歌功颂德、粉饰太平为主要内容。词集名《大声集》。

三台·清明应制

见梨花初带夜月，海棠半含朝雨。内苑①春、不禁过青门，御沟涨、潜通南浦。东风静、细柳垂金缕。望凤阙、非烟非雾。好时代、朝野多欢，遍九陌、太平箫鼓。

乍莺儿百啭断续，燕子飞来飞去。近绿水、台榭映秋千，斗草聚、双双游女。饧②香更、酒冷踏青路。会暗识、夭桃③朱户。向晚骤④、宝马雕鞍，醉襟惹、乱花飞絮。

正轻寒轻暖漏永⑤，半阴半晴云暮。禁火天⑥、已是试新妆，岁华到、三分佳处。清明看、汉宫传蜡炬，散翠烟、飞入槐府⑦。敛兵卫、阊阖⑧门开，住传宣、又还休务。

【注释】

①内苑：皇宫花园。②饧：麦芽糖。③夭桃：盛开的桃花。④骤：疾驰。⑤漏永：夜漫长。⑥禁火天：指寒食节前后。⑦槐府：贵人府第。⑧阊阖：传说中的天门，也指皇宫的正门，此处泛指宫城之门。

【解读】

洁白的梨花刚刚开放，月光洒在上面，呈现一片朦胧美，姣妍鲜红的海棠花盛如织锦，花瓣半含清晨的雨露。内苑里春意盎然，青门撤禁，游人可以随意出入，御沟里涨满春水，绿波荡漾，涌向南浦。东风好像有意停止了吹拂，千万株杨柳静静地垂着金色的柳丝。望壮丽皇宫楼阙，巍峨耸峙，金碧辉煌，远远望去，整个皇宫有如烟雾笼罩的仙境。在这五谷丰登，民殷国富，四海升平的大好时代，朝野上下一片欢腾，京城里的条条大道，箫笛悠扬，鼓乐阵阵，到处充满了欢歌笑语。

黄莺在树上婉转娇啼，断断续续，燕子在田野上穿梭往返。碧水如镜，映出了岸边的亭台楼榭和飘荡的秋千。一对对游春的佳人，嬉笑着玩斗草的游戏。踏青路上到处是携酒野宴的人，麦芽糖的香味四处弥漫。途中看到美丽少女，不由暗下记住她们建在桃花盛开中的朱漆门户，回想崔护“人面桃花相映红”的故事。向晚我醉意熏熏地骑着装饰华丽的骏马，飞奔在回城的路上，衣襟上沾满了片片落花，点点飞絮。

正值轻寒微暖日短夜长的季节，又碰上半阴半晴的日暮。在这禁止烟火的寒食节，佳人们忙试新妆春服。春季降临，自有胜过严寒的三分妩媚的景色。到了清明这一天，还可以看到特敕赐火、飞马传烛的节日景观，这些承蒙皇恩赏赐的烛火散发的青烟翠雾，一一飞入了公卿贵人的府第。这一天，皇宫门口撤除了戒备森严的卫兵，宫门大开，再也听不到禁苑内传旨宣诏的声音，朝野官员停止了一切公务，百官们可以开心地享受假日。

朱敦儒（1081—1159），南宋词人。字希真，号岩壑，又称伊水老人、洛川先生。洛阳（今河南省洛阳市）人。少有词名，与陈与义、富直柔等并称“洛中八俊”。靖康之乱时，南奔岭南避难。宋高宗绍兴三年（1133）被推荐补右迪功郎之职，绍兴五年赐进士出身，为秘书省正字。后历任兵部郎中、临安府通判、秘书郎、都官员外郎、两浙东路提典刑狱。后以“专立异论”免官。秦桧为相时，任鸿胪少卿。绍兴十九年致仕，居嘉禾。概括地说，词人早年不与主和派同流合污，隐居不仕，朝廷屡召不起，寄情山水。中年遭遇南渡之变，一改初衷入仕南宋，力图挽救时艰，奉天威，扫平狂虏，整顿乾坤。然而却屡遭挫折，最后因南宋主和派秦桧等打压而罢职。晚年返朴归真，重返自然，只是心境经过岁月的磨洗而趋于平淡朴素。词人天资旷逸，工书画，以诗词擅名。早期生活放浪，词风浓艳精巧；中年遭遇靖康之变，词风悲壮慷慨；晚年隐居山水间，词风清旷飘逸。有词集《樵歌》，又名《太平樵歌》。

鹧鸪天·西都①作

我是清都②山水郎，天教分付与疏狂。曾批③给雨支风券④，累上⑤留云借月章。

诗万首，酒千觞。几曾着眼⑥看侯王？玉楼金阙⑦慵归去，且插梅花醉洛阳。

【注释】

①西都：宋时洛阳称西京，即西都。②清都：道教传说中天帝居住的地方。③“曾批”句：意谓曾经批示呼风唤雨的命令。④券：契据、票据、凭证。⑤累上：意谓多次向天帝上过留云借月的奏章。章，指奏章。⑥着眼：用眼。⑦玉楼金阙：指宫廷。

【解读】

我是天宫里管理山水的郎官，天帝赋予我狂放不羁的性格。我有天帝给予的凭证，可以支使风云雨露，也曾多次递上留云借月的奏章。

我才华横溢，酒量过人，写得诗作万首，饮酒千杯不醉。王侯将相，何曾放在我的眼里？就算让我到华丽的天宫里做官，我也懒得去，我潇洒狂放，率性而为，只想头插高洁孤傲的梅花，在洛阳城中尽情大醉，任意往返。

水龙吟

放船千里凌波去，略为吴山留顾。云屯水府①，涛随神女②，九江东注。北客翩然，壮心偏感，年华将暮。念伊嵩③旧隐，巢由④故友，南柯梦、遽如许。

回首妖氛⑤未扫，问人间、英雄何处？奇谋报国，可怜无用，尘昏白羽⑥。铁锁横江⑦，锦帆冲浪，孙郎良苦！但愁敲桂棹，悲吟梁父⑧，泪流如雨。

【注释】

①水府：水神所居的府邸。②神女：指洛神、湘妃一类的水中仙子。③伊嵩：伊，指伊阙，在河南洛阳南；嵩，指嵩山，在今河南省登封市北。④巢由：巢，指巢父；由，指许由。都是尧时的隐士。⑤妖氛：不祥的云气，多喻指凶灾、祸乱，这里指金兵南侵。⑥尘昏白羽：尘，尘土；白羽，即白羽箭。⑦铁锁横江：三国后期，司马炎篡魏灭蜀，唯东吴未平。吴主孙皓守将吾彦以铁索横江，欲以天险阻敌，然终为王濬所破。⑧梁父：《梁父吟》，又名《梁甫吟》，原为汉乐府曲名，《三国志·诸葛亮传》载诸葛亮喜诵《梁父吟》，这里作者以隐居南阳、关心天下事的诸葛亮自比。

【解读】

放船千里乘风破浪顺流东下，此行并不是为了登山临水，放浪形骸，即便是途经江南妩媚的青山也难以将我留住，而只是稍稍流眄顾盼而已。云层聚集水府，大雨将至，波涛汹涌，像是追逐水神奔走，众水汇流东注入海。我从洛阳翩然而来到南方，有着保家卫国的宏大志向，但年华已老，壮志难酬，感伤不已。回想在洛阳时和朋友一起遨游山水的隐居生活，是何等的自由自在，如今却如南柯一梦，不可复得了。

北望中原，依旧烽烟弥漫，中原依然被金兵占据，试问人间抗敌的英雄在何处？英雄欲以奇谋报国，可惜无人赏识，不被重用，白羽箭早已积满了灰尘。想当年东吴末帝孙皓用铁索横截江面，晋军烧断铁索，战船长驱直入攻破金陵，吴主孙皓被迫投降心情无比悲苦。如今我只能独自愁敲桂木短桨，悲愤地低吟《梁父》，大放悲声，泪流如雨。

感皇恩

一个小园儿，两三亩地。花竹随宜旋装缀。槿篱[①]茅舍，便有山家风味[②]。等闲[③]池上饮，林间醉。

都为自家[④]，胸中[⑤]无事。风景争来趁[⑥]游戏。称心如意，剩活[⑦]人间几岁。洞天[⑧]谁道在，尘寰[⑨]外。

【注释】

①槿篱：植木槿而成的篱笆。槿，即木槿，一种落叶灌木，其花朝开暮合。②风味：风趣、情趣。③等闲：随便。④自家：自己。

⑤胸中：心中。⑥趁：顺便、赶上、乘机。⑦剩活：多活。⑧洞天：道教指神仙居处的名山胜境。⑨尘寰：人世间。

【解读】

一个两三亩地的小园儿，随方位地势之所宜，随品种配搭之所宜，栽花种竹，点缀园林。槿树篱笆茅草房屋，便有了山家风味。栽花种竹之余，随意在池上饮酒，醉卧林间。

因为自己心中无事，没有半点挂虑，自然容易心与景相适意，感受到外间景物欣然自得，好像都争先恐后来取悦于人似的。称心如意地过好日子，像晚霞般绚烂地好好在人间多活几年。在这个人间洞天里度此余年，就好像尘世之外。

朝中措

先生①笻杖②是生涯，挑月更担花。把住③都无憎爱，放行④总是烟霞。

飘然携去，旗亭⑤问酒，萧寺⑥寻茶。恰似黄鹂无定，不知飞到谁家？

【注释】

①先生：作者自称。②笻杖：笻竹制成的手杖。相传笻竹产自四川邛崃山，可为手杖。③把住：控制住。④放行：出行。⑤旗亭：代指酒楼。酒楼悬旗为招徕酒客，故称。⑥萧寺：佛寺。相传南朝梁武帝萧衍造佛寺，命书法家萧子云飞白大书曰“萧寺”，后世因此称佛寺为“萧寺”。

【解读】

我整个的生活就是拄着筇杖徜徉于山水，逸情于春花秋月，用筇杖挑月担花。无论对什么事已无所谓爱憎，所行之处是烟霞缭绕的美景。

携着筇杖飘然来去，有时到酒馆里打酒，有时到佛寺里讨茶。我就像一只自由自在的黄鹂，不知道明天落到谁家。

好事近·渔父词

摇首出红尘①，醒醉更无时节②。活计③绿蓑青笠，惯披霜冲雪。

晚来风定钓丝闲，上下是新月。千里水天一色，看孤鸿明灭④。

【注释】

①红尘：尘世间。②醒醉更无时节：醒和醉根本没有固定时间。③活计：生计。④孤鸿明灭：孤雁时隐时现。

【解读】

词人摇头离开了尘世（此指与污浊的官场裂绝），悠然地垂钓在江湖烟波之上，在那里任意随心，何时睡、何时醒、何时饮、何时醉，一切率性而为。他身着绿色的蓑衣，头戴青青的斗笠，顶着雨雪风霜，往来在水面之上。

每逢月夜，词人悠闲地持杆垂钓，江面上风平浪静，钓线纹丝不动，天上一弯新月，水中一弯新月。水天一色，绵延千里，一只孤雁时而掠过水面，时而在天空中自由翱翔，忽隐忽现。

李　纲（1083—1140），南宋初大臣。字伯纪，号梁溪居士。邵武（今福建省邵武市）人。宋徽宗政和二年（1112）进士。北宋末任太常少卿、兵部侍郎、尚书右丞。宣和七年（1125），金兵分道侵犯，宋徽宗惊恐万状，急于逃避。靖康元年（1126）金兵南下，李纲疏请徽宗禅位太子以号召天下。他亲自登城督战，激励将士，击退金兵。但不久就受到投降派的排挤。南宋王朝建立后，宋高宗召李纲为相。李纲仍力主抗金复国，积极备战，敌不敢犯，后因宋高宗听信主和派奸臣的谗言遭到罢免后至鄂州居住。绍兴二年（1132）被起用湖广宣抚使兼知潭州。绍兴五年（1135）李纲又被任命为江南西路安抚制置大使兼知洪州。绍兴八年（1138），李纲以疾辞官，两年后病逝。李纲为南渡名相，又是两宋之际著名的抗战派领袖。以一身系社稷安危，不负天下众望。李纲能诗文，有不少爱国名篇流传千古。亦工词，其咏史之作，形象鲜明生动，风格沉雄劲健。著有《梁溪集》《靖康传信录》和《梁溪词》。

喜迁莺·晋师胜淝上

长江千里，限①南北、雪浪云涛无际。天险难逾②，人谋克壮③，索虏④岂能吞噬⑤。阿坚⑥百万南牧⑦，倏忽⑧长驱吾地。破强敌，在谢公⑨处画，从容颐指⑩。

奇伟！淝水上，八千戈甲，结阵当蛇豕⑪。鞭弭⑫周旋⑬，旌旗麾动⑭，坐却北军风靡。夜闻数声鸣鹤，尽道王师⑮将至。延晋祚，庇烝民⑯，周雅何曾专美。

【注释】

①限：界。②逾：越 。③人谋克壮：大臣们的谋略可以战胜强壮的敌人。④索虏：是南北朝时南朝骂北朝人的话。⑤吞噬：吞食。⑥阿坚：秦王苻坚。⑦南牧：侵占南方的土地。⑧倏忽：极快。⑨谢公：指东晋宰相谢安。他力主采取措施积极抗敌。⑩颐指：形容指挥进退皆如人意。颐，面颊。⑪蛇豕：长蛇和大猪，喻贪暴残害者。⑫鞭弭：指驾车前进。弭，为弓末梢，用来助驾车者解开辔结。⑬周旋：这里是交战的意思。⑭麾动：指战旗招展。⑮王师：此指东晋的军队。⑯烝民：众多的百姓。

【解读】

长江纵横千里，阻断南北，江面雪浪滔滔，奔腾向前，一泻而下。长江天险，北方的金兵难以逾越，大臣们的谋略又能战胜强壮的敌人，索虏岂能把江南吞噬。想当年，苻坚率百万强敌南下，很快长驱直入到达东晋边境。宰相谢安布阵谋划，从容应对，指挥进退皆如人意，一举击破秦军这支强敌，赢得了胜利。

淝水战役异常奇伟。淝水之上，谢玄、谢琰、桓伊等指挥八千戈甲，摆阵抗击贪暴凶残的敌军。谢安挥鞭驾车在战旗招展的主力阵前调兵遣将，座谈之间击退北军，使之望风披靡。苻坚败退寿阳城，望八公山上草木，皆以为晋军；在败逃路上，夜闻风声鹤唳，皆以为晋军追杀过来，狼狈逃窜。东晋延长国祚，广大人民得到庇护，其功业之伟大，即使是《诗经·小雅》中所歌颂的周宣王的中兴之功，也不能专美。

李清照（1084—约 1155），南宋杰出女词人。自号易安居士。齐州章丘（今山东省济南市章丘区）人。父亲李格非曾任礼部员外郎等职，北宋著名文学家，博通经史，能诗善文。母亲也工词翰，善文章。二人藏书甚富。清照出身于书香仕宦之家，从小就在良好的家庭环境中受到了文学艺术熏陶。她天资聪颖，勤奋好学。擅长于词，亦工诗文，通晓音律，能书善画，是我国千古第一才女。

清照十八岁嫁给宰相赵挺之子赵明诚，二人生活优裕。明诚喜收藏金石碑刻、法帖字画，著成《金石录》。建炎三年（1129）赵明诚知湖州，感暑热疾病卒于途中。金兵入据中原，宋室南渡后，清照只身漂泊于杭州、越州、台州、金华间，凄苦孤独的个人生活之感，使其词的风格由清新婉丽变为深沉哀婉。其词的主要成就擅用白描手法，擅用口语，形成了自己独特的风格，被后世称为“易安体”，颇为历代词家所推重。所作《词论》是宋代第一部比较系统的词学理论著作。五十二岁那年作《金石录后序》。词人不仅是婉约派代表人物，也是诗之天才，可惜留存不多，部分诗感时咏史，情辞慷慨，与其词风不同。后人辑有《漱玉词》。今人辑有《李清照集》。

如梦令

常记溪亭[1]日暮，沉醉不知归路。兴尽晚回舟，误入藕花[2]深处。争渡[3]，争渡，惊起一滩鸥鹭。

【注释】

①溪亭：山东省济南市名泉旁建的亭子。②藕花：莲花。③争渡：快划。

【解读】

常常记起在溪亭野游，沉迷那里的美景直玩到红日西沉，喝得酩酊大醉不知道回家的路。玩尽兴了才撑着小舟回家，没想到误人了莲花深处。暮色将要降临，人舟还在莲花深处，为了早点赶回家，于是奋力地划，奋力地划，打破了万籁俱寂的湖面，栖息在湖边沙滩的鸥鹭，被这不速之客和喧哗声打扰，惊得它们都飞向了远方。

点绛唇

蹴[①]罢秋千，起来慵整[②]纤纤手。露浓花瘦，薄汗轻衣透。

见客人来，袜刬[③]金钗溜[④]。和羞走，倚门回首，却把青梅嗅。

【注释】

①蹴：踢、踏。②慵整：倦怠的梳理。③袜刬：只穿着袜子，尚未来得及穿鞋。④溜：滑落、溜走。

【解读】

春日，清晨，花园内，绿杨掩映着秋千架，少女清照荡完秋千，倦怠地轻轻揉了揉荡秋千时弄酸软了的柔美纤手。花园里红花含苞欲放，花枝上挂满了晶莹的露珠，薄薄香汗浸湿了罗衣。

蓦然间，看见一位俊逸儒生走进院子，少女羞得仓皇躲避，慌乱之间竟把鞋子跑掉了，穿着袜子匆忙逃离，头上的金钗也滑落下来。她跑到门边倚住，忍不住回头去看那位美少年。为了掩盖偷看，随手拉过一枝青梅，假装嗅青梅的清香，边嗅边看，娇羞怯怯，昵人无邪。

如梦令

昨夜雨疏风骤，浓睡不消残酒[①]。试问卷帘人[②]，却道海棠依旧。知否，知否？应是绿肥红瘦。

【注释】

①残酒：残留的醉意。②卷帘人：侍女。

【解读】

昨天夜里雨稀疏地下，风急骤地刮，当此芳春，名花正好，应该风和日丽，天公不作美，偏风雨逼迫，心绪如潮，不得入睡，只有借酒消愁。酒喝得多了，一夜熟睡，却没有消除残余的酒意。词人急切地问正在卷帘的侍女，院子里的海棠花怎么样了？侍女回答：海棠花依然和昨天一样。词人说，傻丫头你知道吗？你知道吗？绿叶经过一夜雨水的滋润，会更加繁盛肥大，而红花经过风吹雨打会变得稀少。

一剪梅

红藕[①]香残玉簟[②]秋。轻解罗裳，独上兰舟。云中谁寄锦书来？雁字[③]回时，月满西楼。

花自飘零水自流。一种相思，两处闲愁。此情无计可消除，才下眉头，却[④]上心头。

【注释】

①红藕：红色的荷花。②玉簟：如玉的精美凉席。③雁字：雁飞成群，排列整齐，状如“人”字或“一”字，故云。④却：反倒、反而。

【解读】

红荷失去了昔日的情韵，仅留一丝幽香，如玉的凉席，透出深秋的凉意。轻轻解下轻柔的罗裙，换一身便装，独自泛一叶兰舟。仰头凝望远天，那白云舒卷处，谁会将锦书寄来？南归的群雁排成“人”字从云中掠过，却没有将锦书捎回，只有凄冷的月光洒满这独倚的西楼。

花空自飘零，水空自流逝，一种离别的相思，牵动两处的闲愁。这种相思之情是没有任何办法可以排解的，刚刚从微蹙的眉间消除，却又隐隐萦绕在心头。

鹧鸪天·桂花

暗淡[①]轻黄体性柔，情疏迹远[②]只香留。何须浅碧深红色，自是花中第一流。

梅定妒，菊应羞，画阑开处冠中秋。骚人[③]可煞无情思，何事当年不见收。

【注释】

①“暗淡”句：宋陈景沂《全芳备祖·桂花门》引《尔雅》：“梫木，桂树也，一名木樨。花淡白，其淡红者谓之丹桂。黄花者能子，从生岩岭间。”②情疏迹远：谓人迹稀少。③“骚人”两句：屈

原《离骚》多载草木名，却未提及桂花，词人认为这是一件憾事。

【解读】

桂花花色淡雅，体性柔美，高洁潇洒；生于岩岭间，远离尘世，芳香馥郁，浓香久久留存。无须用浅绿或大红的色相去招摇炫弄，它本来就是花中的第一流。

一年之中，名花众多，竞相开放，五彩缤纷。然而在某一个时节，总有一种花独登花魁，其他花不能与之争艳，桂花就是每年中秋佳节摇曳生辉的花魁。梅花是春天的使者，开在百花之前，而且姿容秀丽，仪态万千，但是在中秋节，它却无缘争美，因此梅必定妒忌；菊花深秋绽放，而且清秀雅致，但面对芬芳馥郁、浓香持久的桂花，菊花也感到害羞。在装有华丽护栏的花园里，它在中秋的应时花木中无双无俦。大诗人屈原啊，可算作情思不够，在《离骚》诸多花木里，桂花竟然没有收录。

醉花阴

薄雾浓云愁永昼①，瑞脑②销金兽③。佳节又重阳，玉枕纱厨，半夜凉初透。

东篱④把酒黄昏后，有暗香盈袖。莫道不销魂，帘卷西风，人比黄花⑤瘦。

【注释】

①永昼：漫长的白天。②瑞脑：指龙脑香，一种名贵香料。③金兽：兽形的铜香炉。④东篱：化用陶渊明《饮酒诗》："采菊东篱下，悠然见南山。"⑤黄花：指菊花。

【解读】

天空弥漫着薄薄的雾气，笼罩着浓厚的云层，我发愁如何消磨这漫长的白昼，兽形的铜香炉已渐渐燃尽了龙脑香。又是一度重阳佳节，却是独自一人度过，枕着玉枕睡在纱帐里，夜半难寐，凉气将玉枕纱帐浸透。

黄昏后，我独自在东篱边饮酒，菊花幽香一阵阵盈满衣袖。请莫说此情此景不令人黯然销魂，当西风吹卷门帘的时候，你就会突然发现人比菊花还要瘦。

声声慢

寻寻觅觅，冷冷清清，凄凄惨惨戚戚①。乍暖还寒时候，最难将息②。三杯两盏淡酒，怎敌他、晚来风急！雁过也，正伤心，却是旧时相识。

满地黄花堆积，憔悴损，如今有谁堪摘？守着窗儿，独自怎生③得黑！梧桐更兼细雨，到黄昏、点点滴滴。这次第④，怎一个愁字了得！

【注释】

①戚戚：忧愁的样子。②将息：调养休息。③怎生：怎样。④这次第：这光景、这情形。

【解读】

心神无主，怅然若失，总想寻找一种精神寄托，寻来觅去，却寻觅不得，四周一切景物都冷冷清清，一种凄惨忧戚感涌上心头。正是乍暖还寒、忽冷忽热时节，最难调养休息。虽然喝了几杯淡酒，怎敌得过傍晚时寒冷的急风。一群大雁往南飞去，正在伤心的时候，抬头观看竟然是我在北方时的旧相识。

如今，园中菊花堆积满地，都已经憔悴不堪，有谁还会来采摘？我守着窗户独坐，孤苦伶仃，怎样才能挨到天黑呢？待到黄昏时分，又下起绵绵细雨，梧桐叶上雨声滴滴，声声入耳，令人心碎。此情此景，又怎么能用一个愁字概括得了。

武陵春

风住尘香[①]花已尽，日晚倦梳头。物是人非事事休，欲语泪先流。

闻说双溪[②]春尚好，也拟[③]泛轻舟。只恐双溪舴艋舟[④]，载不动许多愁。

【注释】

①风住尘香：尘土里混合着落花香气。②双溪：在今浙江省金华市燕尾洲一带，是风景佳胜之地。唐宋时已成为文人骚客游赏吟咏的胜地。③拟：打算。④舴艋舟：小船，两端尖形似蚱蜢。

【解读】

恼人的风雨停歇了，枝头的花朵凋落殆尽，落花已化为尘土，尘土中还散发着落花的香气。天色已晚，我依旧赖得梳妆。景色依然如故，人却不同往昔了，所有的事情都已经消歇，一想到自己遭受的巨大灾难和变故，想向人诉说，还未开口眼泪已先流了下来。

听说双溪春色宜人，也打算泛一叶轻舟，尽赏大自然的馈赠让自己赏心悦目，但我又担心，舴艋舟那么小，恐怕载不动我这许多的忧愁。

渔家傲

雪里已知春信①至，寒梅点缀琼枝②腻。香脸半开娇旖旎③，当庭际，玉人浴出新妆洗。

造化④可能偏有意，故教明月玲珑地。共赏金尊沈绿蚁⑤，莫辞醉，此花不与群花比。

【注释】

①春信：春天到来的消息。②琼枝：形容梅枝如玉。琼，美玉。③旖旎：柔美的样子。④造化：孕育万物的大自然。⑤绿蚁：新酿的酒，未过滤时酒色微绿，有细如蚁的酒渣，故称“绿蚁”。

【解读】

晶莹冰洁的雪覆盖着万物，一树报春的红梅雪中独秀，梅枝犹如天工雕出的美玉般的枝条，枝头的梅花丰润皎洁。梅花含苞初绽，娇美可爱，芳气袭人，就像庭院里刚刚出浴，换了新妆的美人。

大自然可能偏爱梅花，所以让月光皎洁清澈，让白雪皑皑，给梅花创造一个纯净的世界。让我们举起金杯畅饮，一道欣赏这纯美世界中的梅花，请不要推辞，说什么不胜酒力，要知道，群花竞艳，谁都不能与梅花相比拟，千万不要错过饮酒赏梅的最佳时机。

渔家傲

天接云涛连晓雾，星河欲转①千帆舞。仿佛梦魂归帝

所[2]。闻天语[3]，殷勤问我归何处。

我报路长嗟日暮，学诗谩有[4]惊人句。九万里风鹏正举[5]。风休住，蓬舟吹取三山[6]去！

【注释】

①星河欲转：指拂晓前天河西移。②帝所：天帝居住的宫殿。③天语：天帝的话语。④谩有：徒有。⑤九万里风鹏正举：庄周《逍遥游》里说：大鹏鸟乘风上天，一飞就是九万里。⑥三山：古代神话传说，东方大海里有三座仙山，叫作蓬莱、方丈、瀛洲，为仙人所居住，可以望见，但乘船前往，快到达时会被风吹开，故无人能至。

【解读】

满天迷漫的晨雾云涛与天相接，银河正在转动，似有千帆逐浪舞动。我的梦魂仿佛回到了天宫，天帝关心地问：你的归宿在何处？

我告诉天帝说：路漫漫，又叹已至日暮，我学诗，徒有惊人的句子，空有才华而遭逢不幸。长空九万里，大鹏冲天正高飞。风啊！千万别停息，将我这如飘蓬一样的轻舟，直送到蓬莱三岛去。

吕本中（1084—1145），南宋诗人。原名大中，字居仁，号紫微，学者称东莱先生。寿州（今安徽省寿县）人。他是宰相吕公著的曾孙，以恩荫授承务郎。宋徽宗宣和六年（1124），任枢密院编修。宋钦宗靖康元年（1126），迁职方员外郎。宋高宗绍兴六年（1136），赐进士出身，擢中书舍人兼侍讲，曾兼权直学士院。因力主抗金，不为秦桧所容，罢官。因曾作《江西诗社宗派图》，被后人列入江西派诗人。其诗颇受黄庭坚、陈师道影响，后学李白、苏轼，风格尚称明畅。南渡后，有些悲慨国事的作品，颇为沉痛，如《兵乱后杂诗》尤为动人。词主要写离情别绪，描写春花秋月，也有抒写“中原归思”之作。宋曾季貍《艇斋诗话》评其晚年词作“尤浑然天成，不减唐花间之作”。有《东莱先生诗集》《紫微诗话》《童蒙训》等。

踏莎行

雪似梅花，梅花似雪。似和不似都奇绝。恼人风味阿谁①知？请君问取南楼月。

记得去年，探梅时节。老来旧事无人说。为谁醉倒为谁醒？到今犹恨轻离别。

【注释】

①阿谁：谁。

【解读】

雪，晶莹飘逸，梅，明美净洁，都美丽淡然，意趣无穷。此刻，梅花与雪交相辉映，随风摇曳，词人伫立于天上人间的完美中，辨不清花与雪，整个世界交融于一片奇绝中。这美景撩拨起词人的愁思，这愁思有谁知道呢？只有南楼上的明月窥见了他们的一切。

记得去年梅花绽放时节，南楼之月见证了他们的相约。时间流逝，人亦渐老，事也成了旧事，没人再提了。恋人离开以后，词人借酒浇愁，醉了又醒，醒了又醉，却是为了谁？直到现在还在悔恨，悔恨当初轻易地离开了恋人。

采桑子

恨君[1]不似江楼月，南北东西，南北东西，只有相随无别离。

恨君却似江楼月，暂满[2]还亏[3]，暂满还亏，待得团圆[4]是几时？

【注释】

①君：恋人。②满：指月圆。③亏：指月缺。④团圆：指月圆。

【解读】

恨你（恋人）不似这江楼明月，无论走到哪里，它都跟人紧紧相随相伴，没有离别相思。

恨你（恋人）恰似这江楼月，刚刚团圆（团聚）了就缺（就离别），刚刚团圆（团聚）了就缺（就离别），要等到何时才能再团圆（团聚）？

韩　嘐（生卒年不详），南宋词人。字子耕，号萧闲。其词语浅而情深。近人赵万里《校辑宋金元人词》有辑本。

高阳台·除夜

频听银签[1]，重燃绛蜡[2]，年华衮衮[3]惊心。饯旧迎

新，能消几刻光阴？老来可惯通宵饮？待不眠、还怕寒侵。掩清尊。多谢梅花，伴我微吟。

邻娃已试春妆了，更蜂腰簇翠，燕股横金。勾引东风，也知芳思难禁。朱颜那有年年好，逞艳游、赢取如今。恣登临、残雪楼台，迟日园林。

【注释】

①银签：古时用以计时的滴漏器中的银箭。此处借指更漏之声。②绛蜡：指红烛。③衮衮：匆匆之意。

【解读】

除夕之夜，更漏报时之声频频传来，坐久更深，又重新点燃增添喜庆气氛的大红蜡烛，顿时满屋光明。年华滚滚宛如流水，令我暗自心惊。饯别旧岁，迎接新春，还须用得几刻光阴。我年老体衰，岂能习惯通宵畅饮？想守岁不眠，可又怕夜寒袭人。我轻掩酒杯不再饮，感谢那初开的梅花伴我低吟诗词，共迎新春。

邻家少女为迎新岁已试穿过新春的红妆，更剪了金银彩胜镶饰秀发，或簇珠聚翠，或如燕翅横玉插金，一派华丽的气象。东风也似乎被她们勾引起兴致满怀，春情难禁，暗地酿花蕴柳，安排艳阳光景。流年似水，韶华易逝，青春容颜哪能年年如此娇艳美好，所以这些美貌少女正趁年轻尽兴逞艳游赏，赢取眼前的良辰美景，恣意登高俯临，观赏那残雪未消的玉色楼台，游览那斜阳辉映的美丽园林，尽情地享受美好春光。

向子諲（1085—1152），南宋诗人。字伯恭，晚年自号芗林居士。原籍开封，南渡后徙居临江军（今江西省樟树市）。宋哲宗元符三年

(1100) 以恩荫补官，政和五年 (1115) 出知开封府咸平县，执法刚直，颇有政声。宣和六年 (1124) 任淮南东路转运判官、京畿转运副使。高宗朝历徽猷阁直学士、户部侍郎。素与李纲善，为黄潜善罢。建炎三年，复起知潭州。绍兴年间，历知广州、江州，改江东转运使，进秘阁修撰。绍兴八年 (1138) 任户部侍郎。金使议和将入境，他不肯拜金诏，因忤秦桧意，罢官。归隐十五年，遂致仕归隐，胡寅《题酒边词》嘉许他“宏才伟绩，精忠大节”。善词，分“江南新词”和“江北旧词”两类，前者多伤时忧国之作，悲概苍凉；后者多写景、应酬之作，清丽柔婉。有《芗林集》《酒边词》等。

秦楼月

芳菲歇①，故园目断伤心切。伤心切，无边烟水，无穷山色。

可堪更近乾龙节②，眼中泪尽空啼血③。空啼血，子规④声外，晓风残月⑤。

【注释】

①芳菲歇：草木凋零。②乾龙节：宋钦宗赵桓的生日。《易经·乾》：“九五·飞龙在天。”乾卦以龙取象，故古人以“乾龙”喻帝王。③啼血：《艺苑》：“人言此鸟（杜鹃）啼至血出乃止。”④子规：杜鹃。⑤晓风残月：语出柳永《雨霖铃》：“今宵酒醒何处，杨柳岸晓风残月。”

【解读】

春光已逝，红花飘落，草木凋零，登高遥望却不见故国，内心悲伤痛切。眼前无边迷离的烟水无穷苍茫的山色，都被金兵占据，更让我伤心欲绝。

乾龙节越来越近，抚今追昔，心情哪里受得了，眼中的泪水已经流尽，只能空自泣血。空自泣血，除杜鹃凄厉的啼叫声外，只有拂晓的冷风与天边残缺的月亮。

蔡　伸（1088—1156），南宋词人。字伸道，自号友古居士。莆田（今福建省莆田市）人。蔡襄孙。宋徽宗政和五年（1115）进士。宣和中，由太学生召为雍博士，知潍州北海县，徐州通判。赵构以康王开大元帅慕府，蔡伸间道谒军门，留置幕府。南渡后，通判真州，后知滁州。秦桧当国，乃指为赵鼎党，罢之，主管台州崇道观。宋高宗绍兴九年（1139），起知徐州，改知德安府。后为浙东安抚司参议官，秩满，提举崇道观。蔡伸少有文名，擅书法，工词，词集名《友古词》。

苏武慢

雁落平沙，烟笼寒水，古垒[①]鸣笳[②]声断。青山隐隐，败叶萧萧，天际暝鸦零乱。楼上黄昏，片帆千里归程，年华将晚。望碧云空暮，佳人何处？梦魂俱远。

忆旧游、邃馆[③]朱扉，小园香径，尚想桃花人面。书

盈锦轴，恨满金徽④，难写寸心幽怨。两地离愁，一尊芳酒，凄凉危阑倚遍。尽迟留、凭仗西风，吹干泪眼。

【注释】

①古垒：古代的营垒，此指徐州古战场。②笳：管乐器。③邃馆：幽深的庭院。④金徽：金饰的琴徽，代指琴。

【解读】

鸿雁掠过，飞落沙洲。烟霭笼罩，秋水生寒，古垒上，胡笳悲鸣，渐渐地，连这幽怨之声也归于沉寂。山色有无，满空落叶萧萧，天际寒鸦纷乱飞入林中栖息。残照当楼，江面飘过一片孤帆，返归千里之外的故乡；叹流年似水，人至暮年，却欲归不得。望远天浓云暗合，不知佳人现在何处，关山阻隔，云水迢迢，即便在梦中也难与她相会。

忆旧游在那红门深院，在繁花盛开的小园香径，我们同游共处，清晰记得她那桃花般娇艳的面容。她在织锦上为我写的情书卷成了锦轴，别恨溢满琴弦，也难倾诉心中无限幽怨。我们分处两地，却同时愁思绵绵，我斟满一尊芳酒，又岂是一尊芳香美酒能够排遣？我只好来到高楼，独自倚遍高高的栏杆。我迟迟不肯离去，任凭那萧瑟的西风，将我满脸的眼泪吹干。

陈与义（1090—1139），南宋诗人。字去非，号简斋。洛阳（今河南省洛阳市）人。宋徽宗政和三年（1113）进士，授开德府教授。宣和四年（1122）授太学博士。宋高宗绍兴元年（1131）召为兵部员外郎，次年任中书舍人。历礼部侍郎兼权直学士院。绍兴四年

(1134) 出知湖州。绍兴七年 (1137) 官至参知政事。善诗词，以诗闻名。于诗尊杜甫，也推重苏轼、黄庭坚和陈师道。元文学家方回把黄庭坚、陈师道和陈与义并称为江西诗派的“三宗”。词虽不多，却别具风格，尤近于苏轼，词风沉郁，意境高绝，笔力横空，疏朗明快，自然浑成。有《简斋集》《无住词》。

临江仙·夜登小阁忆洛中①旧游

忆昔午桥②桥上饮，坐中多是豪英。长沟③流月去无声。杏花疏影里，吹笛到天明。

二十余年如一梦，此身虽在堪惊。闲登小阁看新晴。古今④多少事，渔唱起三更。

【注释】

①洛中，指洛阳。②午桥：洛阳名胜，在洛阳城南十里，唐代名相裴度曾在此建别墅。③长沟：河道。④“古今”两句：化用张昇《离亭燕》：“多少六朝兴废事，尽入渔樵闲话。”

【解读】

回忆往昔，在洛阳午桥上欢聚畅饮，座中都是英雄豪杰。皓月当空，流水轻淌，河道静美如同仙境，令人心迷神往。在杏花疏淡的花影里，我们吹笛长歌直到天明。

二十多年岁月恍如一梦，此身虽在，往昔颠沛流离，历尽坎坷，亲朋零落，回想起来仍让人胆颤心惊。闲登阁楼看雨后初晴景致，想那古今多少盛衰兴亡悲欢离合之事，都已化作过眼烟云，只有把它们编成歌的渔夫，还在三更低声吟唱。

临江仙

高咏楚词酬午日①，天涯节序②匆匆。榴花不似舞裙红。无人知此意，歌罢满帘风。

万事一身伤老矣，戎葵③凝笑墙东。酒杯深浅去年同。试浇桥下水，今夕到湘中④。

【注释】

①午日：指农历五月五日端午节。②节序：节令。③戎葵：植物名，即蜀葵。④湘中：屈原投江之地，借指湖南汨罗江。

【解读】

放声吟诵《楚辞》，度过端午佳节，感怀诗人屈原的高洁品格和爱国情怀。兵荒马乱，流徙天涯，只觉节令匆匆而过。在人们眼里，异乡的石榴花再红，也比不上京师美人舞裙的红艳，淡忘了端午节深沉的内蕴。没人知道我报国无门，壮志难酬的悲愤，我慷慨长歌，歌罢一曲，满帘悲风摇动。

身经世事万端，曾经有过多少荣辱悲欢，多少离乱安危，但都已过去，伤心的是虽只三十七八岁，却已老态龙钟，恐无力报国。但无论世事如何变迁，一生漂泊何处，我这颗爱国心像戎葵向着太阳凝笑一样永远不会改变。杯中之酒，深浅与去年一样。将它缓缓浇向桥下江水中，让它把我的酒带到汨罗江去，以此表达对爱国诗人屈原的虔诚祭奠。

张元幹（1091—约 1170），南宋词人。字仲宗，号芦川老隐、真隐山人。长乐（今福建省福州市长乐区）人。宋徽宗政和初，为太学上舍生。宣和七年（1125）任陈留县丞。宋钦宗靖康元年（1126）李纲任亲征行营使，负责京都防务，张元幹为行营属官，共同打退金兵进攻京都。宋高宗建炎元年（1127）任朝议大夫、将作少监、充抚谕使。绍兴元年（1131）奸臣秦桧任参知政事，主战派被排挤，仁人志士都不愿与其同流合污，只得隐退，张元幹也辞官回闽。绍兴十二年（1142）主战派胡铨因过去曾上疏反对议和，请斩秦桧以谢天下，被奸臣贬昭州，后又贬新州（今广东新兴县），张元幹持词送行，秦桧闻此事，不仅抄了张元幹的家，还将其逮捕入狱，削除名籍。出狱后广交抗金志士，在支持和配合以李纲为代表的主战派抗击金兵侵扰的斗争中发挥了很大作用。

张元幹博览群书，文学修养很高，他能诗、词、文，其著作有《芦川归来集》十卷、《芦川词》二卷。他的词作，打开了词的境界，赋予词以新的生命，开启了南宋词人的创作道路，其词的题材和风格，对后来的辛弃疾词派产生了重要影响，不愧为宋代著名的爱国词人。

贺新郎·寄李伯纪①丞相

曳杖危楼②去。斗③垂天、沧波万顷，月流烟渚④。扫尽浮云风不定，未放扁舟夜渡。宿雁落、寒芦深处。怅望关河空吊影，正人间、鼻息鸣鼍鼓⑤。谁伴我，醉中舞。

十年一梦⑥扬州路。倚高寒、愁生故国，气吞骄虏。要斩楼兰⑦三尺剑，遗恨琵琶旧语⑧。谩暗涩、铜华⑨尘

土。唤取谪仙⑩平章看，过苕溪⑪、尚许垂纶否。风浩荡，欲飞举。

【注释】

①李伯纪：李纲。②危楼：高楼。③斗：星斗。④烟渚：烟雾笼罩的小洲。⑤鼻息鸣鼍鼓：鼻息有如鼍鼓般鸣响。⑥十年一梦：宋高宗即位的建炎元年距此时已十年。十年间，金人尽占中原，扬州也由昔日的繁华都市变成了烽烟四起的前线。⑦斩楼兰：《汉书·傅介子传》载，傅介子出使西域，设计诛杀与匈奴狼狈为奸的楼兰王，此处以楼兰喻金人。⑧琵琶旧语：以当年王昭君因西汉王朝与匈奴和亲政策而被迫嫁往匈奴来比喻南宋王朝与金人一味屈膝求和。昭君善弹琵琶，有乐曲《昭君怨》。琵琶旧语即指此。⑨铜华：指铜花，即铜锈。⑩谪仙：指李白，贺知章曾称李白为谪仙人。⑪苕溪：水名，在浙江省，源出天目山，流经吴兴入太湖。

【解读】

携着手杖独上高楼仰望苍穹，只见北斗斜垂天幕，江面万顷碧波荡漾，月华如水，流泻在烟雾弥漫的小洲上。浮云扫尽，凛冽的北风未息，无法乘坐晚舟前往探望你。一群鸿雁飞来，栖息在寒冷的芦苇深处。怅望关河形胜南北分离，吊影自伤，只听到人们发出的鼾声如鼍鼓雷动之声。还有谁能陪伴我，一同乘着酒兴起舞。

十年间的往事犹如一场噩梦，当年宋高宗定都扬州的设想早已化为泡影。此时我独倚高楼，倍感寒气袭人，为国而忧，壮心犹在，激荡的豪情足以吞噬骄横的敌人。要像汉代使臣傅介子提剑斩楼兰王那样对付敌人，而不应该像汉元帝那样屈辱和亲，留下千古琵琶遗恨。如今匣中宝剑已多年未曾动用，剑上已生满了铜锈，黯淡无光。想请谪仙（此指李纲）评论看看，是否可以归隐苕溪，不问国事，江边垂钓？此时长风浩荡，希望抗战将领李纲要乘此长风，为抗战事业再立功勋，使壮志豪情再次飞扬。

贺新郎·送胡邦衡[①]待制赴新州

梦绕神州路。怅秋风、连营画角，故宫离黍[②]。底事昆仑倾砥柱，九地[③]黄流[④]乱注。聚万落千村狐兔。天意从来高难问，况人情老易悲难诉！更南浦，送君去。

凉生岸柳催残暑。耿斜河，疏星淡月，断云微度。万里江山知何处？回首对床夜语。雁不到，书成谁与？目尽青天怀今古，肯儿曹、恩怨相尔汝！举大白[⑤]，听金缕[⑥]。

【注释】

①胡邦衡：胡铨，字邦衡。因上书请斩秦桧遭贬。后又被除官，押送新州。②故宫离黍：故宫，此指汴京。离黍，即黍离。《诗经·王风·黍离》："彼黍离离，彼稷之苗。行迈靡靡，中心摇摇。知我者，谓我心忧；不知我者，谓我何求。悠悠苍天，此何人哉？"后表示故国之思。③九地：遍地。④黄流。指黄河泛滥，此喻金兵入侵。⑤大白：大酒杯。⑥《金缕》：指《金缕曲》，《贺新郎》词牌之异名。

【解读】

我的梦魂一直萦绕着未光复的中原故土，秋风萧瑟，金军营垒相连，军号凄厉；汴京故宫已成废墟，荒草满地，只能吟一曲黍离挽歌。究竟什么原因导致北宋王朝像昆仑天柱和黄河砥柱都崩溃了，黄河流域泛滥成灾？万落千村都变成了狐兔盘踞横行之地。上天之意是从来难以询问的，皇帝高高在上，他的意图没人了解，更何况人老易悲，这悲情难以向人倾诉。在南浦渡口和友人依依惜别，送他远行。

秋风吹拂着岸边的柳条，秋凉初生，暑气渐消。夜幕降临，银河斜转，疏星淡月，几许浮云飘飘。迢迢万里江山，前路漫漫，不知你今日流落何处。过去我们对床夜话，有说不尽的千言万语。人都说大雁能传书信，但大雁到衡阳而止，君去的地方宾鸿不至，书信将由谁来寄送？不过我们都是胸襟广阔，高瞻远瞩之人、看的是整个天下，关注的是古今大事，岂能像小儿女那样尽说些个人恩怨的话，让我们高举起酒杯，再唱一曲《金缕曲》吧！

菩萨蛮

三月晦①，送春有集，坐中偶书。

春来春去催人老，老夫争肯②输年少。醉后少年狂，白髭③殊未妨。

插花还起舞，管领④风光处。把酒共留春，莫教花笑人。

【注释】

①晦：旧历月底。②争肯：怎么肯。③白髭：嘴上的白胡子。④管领：负责。

【解读】

春天走来，草长莺飞，烟花烂漫；春天归去，残红飘零，流水落花。季节的转换，时光的流逝催促着人们年华老去。但是我怎肯输给年轻人，我的生理年龄和心理年龄与年轻人相比是不相伯仲的。酒醉之后，像少年一样狂放，纵使胡子花白又算得了什么。

头插春花，欣然起舞，让我来统领春日风光，尽情占有和享受春光。让我们举起酒杯把酒留春，与春一同畅饮，切莫让烂漫的春花嘲笑老夫不懂惜春，辜负了这美好的春光。

胡　铨（1102—1180），南宋文学家。字邦衡，号澹庵。庐陵（今江西省吉安市）人。宋高宗建炎二年（1128）御定进士。绍兴五年任枢密院编修官。绍兴八年（1138）秦桧主和，胡铨愤而上书请斩秦桧，秦桧大怒，初议除名编管昭州，后迫于公论，改派广州监管盐仓。绍兴九年（1139）改威武军判官。绍兴十二年（1142）被劾，诏令除名，贬送新州（今广东省江门市新会区）管制。绍兴十八年（1148）再被贬至吉阳军（今海南省三亚市）。绍兴二十六年（1156）秦桧死，胡铨才得徙衡州。绍兴三十一年（1161）胡铨获准随意居住。绍兴三十二年（1162）宋孝宗即位，胡铨复职奉议郎，知饶州，后授吏部郎官。隆兴元年（1163）迁秘书少监，擢任起居郎。隆兴二年（1164）胡铨兼任国子监祭酒，不久任兵部侍郎兼中书舍人。乾道初年，胡铨以集英殿修撰的身份知漳州，改泉州，留为工部侍郎。乾道七年（1171）任宝文阁待制后升龙图阁学士、提举太平兴国宫，转提举玉隆万寿宫，进为端明殿学士。淳熙七年（1180）以资政殿学士致仕。著作有《澹庵文集》一百卷，词集有《澹庵长短句》。

好事近

富贵本无心，何事故乡轻别。空惹猿惊鹤怨[①]，误薜萝[②]秋月。

囊锥[③]刚强出头来，不道甚时节。欲命巾车归去，恐豺狼当辙。

【注释】

①猿惊鹤怨：孔稚圭《北山移文》："蕙帐空兮夜鹤怨，山人去兮晓猿惊。"指山中的野鹤晓猿都哀怨惊恐隐者抛弃它们出去做官。②薜萝：薜荔和女萝。代指隐者所居之地。③囊锥：一种尖锐的钻孔用的工具。这里比喻贤士才能出众。

【解读】

我本来无心追求功名富贵，为什么鬼使神差似的轻易抛别故乡，走向了仕途，这让人感到懊悔不已。原本过着怡然自适的隐居生活，后来却放弃了山中美景，远离了幽雅、纯净的神韵生活，出来做官又未能一酬心愿，徒自惹得猿惊鹤怨，耽误了欣赏那些披满薜荔、女萝的幽居和新月秋凉的美景。

囊中的锥子刚想脱颖而出，也不看看现在是个什么时候。我本想驾着有披盖的车归隐田园，却被豺狼挡住了道路，想要归去也很难了。

岳　飞（1103—1142），南宋军事家、著名的民族英雄、杰出将领。字鹏举。相州汤阴（今河南省汤阴县）人。少时勤奋好学，熟读《春秋左传》，深研孙吴兵法，有深韬大略。青年时便投身军旅，在出发前，岳母便在岳飞背上刺上“尽忠报国”四字，这成为岳飞终生遵守的母训。岳飞在军队先后任秉义郎、准备将、都统制、通泰镇抚使、承宣使、清远军节度使、湖北路荆襄潭州制置使、枢密副使等职。他领军纪律严明，以其“冻死不拆屋，饿死不掳掠”著称。岳飞不仅军纪严明，而且精通韬略，他亲自参与指挥的一百二十六场战役，未尝一败，是名副其实的常胜将军。金军惊呼“撼山易，撼岳家军难”。1142 年，奸相秦桧以“莫须有”的罪名杀害了岳飞。1162 年孝宗为岳飞平反昭雪，追复原官，赠太师，赐谥武穆，迁葬于杭州栖霞岭下。1204 年宋宁宗追封鄂王。1225 年宋理宗改谥忠武。岳飞文武双全，长于诗词，充溢爱国豪情，他的词作《满江红》，更是千古传诵的爱国名篇。有《岳武穆遗文》，又名《岳忠武王文集》存世。

满江红·写怀

怒发冲冠，凭栏处、潇潇雨歇。抬望眼，仰天长啸，壮怀激烈。三十① 功名尘与土，八千里② 路云和月。莫等闲，白了少年头，空悲切！

靖康耻③，犹未雪。臣子恨，何时灭！驾长车，踏破贺兰山④ 缺。壮志饥餐胡虏肉，笑谈渴饮匈奴⑤ 血。待从头、收拾旧山河，朝天阙⑥。

【注释】

①三十：三十来岁。②八千里：转战南北八千余里。③靖康耻：

靖康二年，金兵攻陷北宋国都汴京，掳走徽、钦二帝的奇耻大辱。④贺兰山：一称阿拉善山，为宁夏和内蒙古的界山，此处泛指宋金边界。⑤匈奴：古代北方少数民族，此指金兵。⑥天阙：宫殿前的楼观，此指代朝拜皇帝。

【解读】

面对国都汴京被破，徽、钦二帝被掳，中原沦丧，生灵涂炭，愤怒得头发竖起直冲冠帽。独上高楼凭栏而立，潇潇骤雨刚刚停歇。我抬头仰望天空，禁不住放声长啸，一吐多年郁结于胸的国仇家恨，顿感浩气冲天，豪情满怀，杀敌报国的雄心壮志在胸中激荡。转眼就到了而立之年，这些年戎马倥偬，虽然也建立了一些功名，但相对于整个北伐匡复大业来说，简直就像尘土一样微不足道。北伐，收复失地是一项伟大而艰巨的事业，要抓住有利战机英勇杀敌。千万不要虚度年华，否则等到头发花白才发现功业未建，那时就追悔莫及了。

靖康年间的国耻还未昭雪，国家破碎的仇恨未报，臣子的心头之恨又怎能熄灭？我要驾着战车，踏破金兵占领的贺兰山口，永远消除边患。我对敌军有着刻骨的仇恨，饿了就以金兵肉为食，渴了就喝金兵的血。待我重新收复旧日山河，凯旋之时，再回故都，朝拜皇帝。

满江红·登黄鹤楼①有感

遥望中原，荒烟外、许多城郭。想当年、花遮柳护，凤楼龙阁。万岁山②前珠翠绕，蓬壶殿③里笙歌作。到而今、铁骑满郊畿④，风尘恶。

兵安在？膏锋锷[⑤]。民安在？填沟壑。叹江山如故，千村寥落。何日请缨提锐旅，一鞭直渡清河洛。却归来、再续汉阳游，骑黄鹤。

【注释】

①黄鹤楼：位于今湖北省武汉市武昌蛇山，始建于公元 223 年，传说古时有仙人乘黄鹤于此歇息，故名黄鹤楼。古楼雄伟壮丽，与湖南岳阳楼、江西滕王阁并称“江南三大名楼”。历史上曾屡毁屡建，最后一次因火灾毁于 1884 年，1985 年在蛇山西端重建。②万岁山：亦称艮岳，据《宋史·地理志·京城》记载，宋徽宗于政和七年（1117）开始建设，筑堂馆池亭，集四方花竹奇石，成为汴梁最大最美的园林，消耗大量民财民力。宋徽宗曾与全国山水名胜比较后说，此园把各地美景“并包罗列，又兼胜绝”。③蓬壶殿：位于万岁山宫殿中。蓬壶，即蓬莱，古代传说中的海上仙山。④郊畿：指国都汴京周围地区。⑤膏锋锷：成为涂抹刀剑刃的油脂。意指士兵浴血奋战死伤于敌人刀剑之下。

【解读】

登上黄鹤楼遥望中原失地，但见荒烟衰草连天，许多城池毁于战火，残破不堪，荒无人烟，景象极其凄凉，令人悲愤难平。回想当年汴京未陷落之时，何其富足繁华，花团锦簇遮住了视线，柳树成荫护着城墙，凤楼龙阁迤逦相连，雄伟壮丽，气象威严。万岁山前珠翠环绕，蓬壶殿里宫女成群，歌舞升平。而到了今天，汴京城再也看不到当年的太平盛世的景象了，金人的铁骑将中原践踏，风尘漫漫，形势如此险恶。

如今士兵在哪里？他们血染沙场，鲜血滋润了敌人的兵刃。百姓在哪里？他们在战乱中丧生，他们的尸首填满了沟壑。江山虽然依然如故，但千家万户流离失所，田园荒芜，人烟稀少。我何日才能请缨出战，率锐师北伐，策马扬鞭横渡黄河洛水。待收复中原失地，胜利归来，还要故地重游，也学那费祎骑黄鹤飞升而去。

小重山

昨夜寒蛩①不住鸣。惊回千里梦②，已三更。起来独自绕阶行。人悄悄，帘外月胧明。

白首为功名③。旧山松竹老，阻归程。欲将心事付瑶琴。知音少，弦断有谁听？

【注释】

①寒蛩：深秋的蟋蟀。②千里梦：梦回到千里之外的中原。③功名：此指驱逐金兵，收复中原的功业。

【解读】

昨天夜里，深秋的蟋蟀鸣叫不止。把我从梦中惊醒，时间已是三更时分。我再也无法入睡，披衣而起，绕阶而行。周围静悄悄的，只有朦胧微明的月光洒在窗棂上。

我一心想收复中原失地，为国立功，然而头发都已经白了，壮志却依然未酬。故乡山上的松竹已长大变老，无奈议和声起，阻断了归程。想把满腹心事，付与瑶琴一曲。可是投降派当道，知音太少，即便把琴弦弹断，又有谁来听？

朱淑真（生卒年不详），南宋女诗人。自号幽栖居士。钱塘（今浙江省杭州市）人。祖籍歙州（今安徽省歙县）。出身高门，才貌俱佳，工书画，晓音律，尤善诗词。其词多幽怨伤感之作，清新婉丽，蓄思含情，能道人意中事，被称为一代才女。明代著名画家杜琼在朱淑真的《梅竹图》上曾题道："观其笔意词语皆清婉……成闺中之秀，女流之杰者也。"由此可见，朱淑真的才学非寻常女子可比，当与李清照并驾齐驱。有诗集《断肠集》、词集《断肠词》。

谒金门·春半

春已半，触目此情无限。十二[1]阑干[2]闲倚遍，愁来天不管。

好是风和日暖，输与莺莺燕燕。满院落花帘不卷，断肠芳草[3]远。

【注释】

①十二：概数，言多。②阑干：栏杆。③芳草：此处指作者眷念的意中人。

【解读】

时光流逝，春光已经过去了一半，目光所及繁花凋零，春色将要逝去，触景生情，担心自己美好的韶华也在春光中逝去。虽然现在容颜娇美，可意中人远在天涯，无人赏识。为了摆脱这种愁绪的烦扰，整日倚栏远眺，倚遍十二栏杆，意中人也不见归来，天却不管。

春光明媚，风和日暖，本应和恋人一同享受，可自己却形单影只，无限孤凄，无心赏玩，大好春光全都白白送给了成双成对的莺莺燕燕。残花落满了庭院，让人不想卷起帘幕，不忍看到春天逝去的景象。我所思念的人，在芳草无际的千里之外，相恋不能相守，相思而不得重聚，真令人伤心断肠。

蝶恋花·送春

楼外垂杨千万缕，欲系①青春②，少住春还去。犹自风前飘柳絮，随春且看归何处。

绿满山川闻杜宇③，便做无情，莫也④愁人苦。把酒送春春不语，黄昏却下潇潇雨。

【注释】

①系：拴住。②青春：此指春天。③杜宇：杜鹃。④莫也：岂不。

【解读】

楼外杨柳依依，垂下万千如丝如缕的枝条，想把春天拴住，让春天长留人间，然而春天只是稍作停留，便匆匆离去。还有那风中飘飞的柳絮，似乎要随春而去，探看春究竟归往何处。

山川一片浓绿，山野里传来杜鹃凄切的叫声。面对此情此景，即使无情之人，也会愁肠百结。词人恋恋不舍地把酒为春送行，让春天在温情与欢乐中离去，不要让它看穿自己脆弱的心灵，“春不语”似乎读懂了人意。黄昏时分，下起了潇潇细雨，春也似乎依依不舍，对词人洒下惜别之泪。

眼儿媚

迟迟春日弄轻柔，花径暗香流。清明过了，不堪回首，云锁朱楼。

午窗睡起莺声巧，何处唤春愁？绿杨影里，海棠亭畔，红杏梢头。

【解读】

白昼渐长的春日，温暖的阳光，和煦的春风，轻轻地抚弄着杨柳枝条，信步走在花径上，芬芳的花香暗暗流动，扑面而来，多么令人心醉。可是清明过后，天气突变，愁云湿雾笼罩着朱楼，词人被关在了朱楼中不得自由的凄苦，变成了挥之不去的无限春愁。

午后，黄鹂啼声婉转，把词人从春梦中唤醒，也唤起了词人的春愁。黄鹂到底是在何处唤起词人的春愁的呢？是在那杨柳树枝里，或是在海棠亭畔，还是在红杏枝头？

张　抡（生卒年不详），字才甫（亦作材甫）。开封（今河南省开封市）人。宋高宗绍兴年间，任忠训郎等职。宋孝宗乾道年间知閤门事，屡出使金朝。历任贵州刺史、文州刺史、果州团练使、均州防御史。淳熙五年（1178）为宁武军承宣使，后知閤门事兼客省四方馆事。词多应制，内容描写山水景物，以华艳邀宠，亦有清秀之作。有《莲社词》。

踏莎行·山居十首[①]

秋入云山[②]，物情潇洒。百般景物堪[③]图画。丹枫[④]万叶碧云边，黄花[⑤]千点幽岩下。

已喜佳辰[⑥]，更怜清夜。一轮明月林梢挂。松醪[⑦]常与野人[⑧]期，忘形[⑨]共说清闲话。

【注释】

①山居十首：本词乃是十首《踏莎行》中第七首。②云山：指山势高峻，耸入云端。③堪：可以、能够。④丹枫：经霜泛红的枫叶。⑤黄花：菊花。⑥佳辰：指中秋节。⑦松醪：用膏或松花酿制的酒。⑧野人：山野之人。⑨忘形：指朋友相交，不拘形迹。语出《庄子·让王》："养志者忘形。"

【解读】

秋之降临，白云掩映的峰林尽被秋意浸染，景物情态清爽秀丽，正适合用图画加以描绘。峰岭丹枫茂密，深秋霜染之后，万树火红的枫叶好像铺展到了蓝天白云边，苍翠幽岩下菊花密密麻麻，千簇万朵，如撒如播。

中秋佳节让人欣喜，清夜更让人怜爱，一轮明月高挂在树梢。这就是一幅明月清辉、枝叶扶疏的工笔画。更喜常常携带自酿的松醪酒与山野之人对饮，说说清闲之话，忘却尘世之烦恼，得逍遥之乐，得"忘形"之醉，尽享山居生活的美妙。

竹影摇红·上元有怀

双阙[①]中天，凤楼十二[②]春寒浅。去年元夜奉宸游[③]，曾侍瑶池宴[④]。玉殿珠帘尽卷，拥群仙、蓬壶阆苑[⑤]。五云[⑥]深处，万烛光中，揭天丝管。

驰隙[⑦]流年，恍如一瞬星霜[⑧]换。今宵谁念泣孤臣，回首长安远。可是尘缘[⑨]未断，谩惆怅、华胥[⑩]梦短。满怀幽恨，数点寒灯，几声归雁。

【注释】

①双阙：指天子宫殿门外两边的楼观。②凤楼十二：凤楼，指宫禁内的楼观。十二，言其数量之多。③宸游：帝王的巡游。宸，本指北极星之所在，后借指帝王之居所，又引申指帝王。④瑶池宴：西王母所居的仙境为瑶池。此指宫中的宴饮恍若仙家。⑤蓬壶阆苑：传说中神仙所居之处。⑥五云：五彩祥云。此处用以形容宫苑云气色彩纷呈的景象。⑦驰隙：一闪而过，喻光阴易逝。⑧星霜：星辰在天上运行，一年循环一次；秋天始降霜，每年重复一次。因此以星霜代指年岁，一年为一星霜。⑨尘缘：本为佛家语，佛家将色、声香、味、触、法称为六尘，认为它们是使人产生各种欲望的根源，叫尘源。这里借指作者对故国难以忘怀的情感。⑩华胥：传说中的古国名，用以指梦境。《列子》中有“黄帝昼寝，梦游华胥之国”句。

【解读】

皇帝宫殿门外两边的楼观高高耸立在天空之中，丽日高照，宫苑内凤楼重重，弥漫着微微的春寒。去年元宵夜曾侍奉君王巡游，欢度灯节，有幸参加宫廷豪华御宴。玉殿里珠帘全都高高卷起，后妃宫女皆着盛装，宛如仙女下凡，簇拥皇帝在如同仙境般的景中漫游。五彩祥云深处，万盏灯光之中，丝弦箫管齐奏，乐声响彻云霄。

流水年华如白驹过隙，转瞬之间，星辰岁月已然转换。而今又是元宵良夜，有谁会顾念我这个失去故国的南渡孤臣的泣涕伤感。回望京师，千里迢迢，可我思念故国的情怀至今未断。空自惆怅啊，幻游华胥的美梦太短。到如今我只能满怀幽恨，看远处那摇曳的数盏寒灯，听夜空中传来几声归雁的哀鸣。

蝶恋花

前日海棠犹未破①，点点胭脂②，染就真珠③颗。今日重来花下坐，乱铺宫锦④春无那⑤。

剩摘繁枝簪几朵，痛惜深怜，只恐芳菲过。醉倒何妨花底卧，不须红袖⑥来扶我。

【注释】

①犹未破：海棠花蕾还没有开放。②胭脂：指淡粉红色的海棠花蕾。③真珠：珍珠。④乱铺宫锦：谓满地落花如多彩的宫锦乱铺。⑤无那：无可奈何。⑥红袖：红色的衣袖，代指艳妆美女。

【解读】

前天海棠花还没有绽放，淡粉红色的海棠花一点一点，像女子用的胭脂，有珍珠颗粒那么大。今天重新来到花下，满眼看到的却是满地落花，如多彩的宫锦胡乱地铺在地上，满地落红，让人感到无可奈何。

摘下几朵未凋谢的花朵插在头上，对它深深痛惜，百般怜爱，这芳菲的春天恐怕快要过去了。醉倒在花下，在花下酣眠一夜又有何妨呢？那是我所愿意的，不需要艳妆美女挽扶我回到室内。

赵彦端（1121—1175），南宋文学家。字德庄，号介庵。鄱阳（今江西省鄱阳县）人。出身宋朝宗室，是魏王赵廷美的七世孙。宋高宗绍兴八年（1138）中进士。历任左修职郎、钱塘县主簿，迁建州观察推官，后知余干县。宋孝宗隆兴元年（1163）任国子监丞，迁右司员外郎。乾道三年（1167），为江南东路转运副使。后任福建转运副使、太常少卿，旋知建宁府。有词集《介庵词》一卷，词以婉约纤秾胜。

点绛唇·途中逢管倅①

憔悴天涯，故人相遇情如故。别离何遽②，忍唱阳关句③。

我是行人，更送行人去。愁无据④。寒蝉⑤鸣处，回首斜阳暮。

【注释】

①管倅：词人的好友。倅：州郡长官的副职。②遽：急速、匆忙。③《阳关》句：阳关，指离别之歌《阳关曲》，此曲由唐王维

《渭城曲》诗谱入乐府而成。此处指诗中名句“西出阳关无故人”。阳关，在今甘肃敦煌西南，位于玉门关以南。④无据：无端；没有涯岸。⑤寒蝉：蝉的一种，在夏末秋初时叫声低微而凄切。

【解读】

一个人浪迹天涯多年，人已憔悴。不期在他乡遇故知，这是人生四大喜事之一，彼此大喜，一起追述往事，互问别后情事，感情一如既往。遗憾的是相聚的时光太过短暂，刚重逢又要马上分离，真让人依依难舍，怎么忍心唱那凄切的《阳关》曲！

我是一个奔波于天涯孤旅的行人，不期而遇另一位羁旅行客。我是官宦之人，公务在身，不能留客，我这位行客不得不送另一位行客远去。愁绪无涯无岸，难以形容。秋蝉在寒凉的秋风中抱枝而鸣，鸣声凄切。蓦然回首，但见一轮残阳西坠，暮色苍茫。

袁去华（生卒年不详），南宋初期著名学者。字宣卿。豫章奉新（今江西省奉新县）人。宋高宗绍兴十五年（1145）中进士，历任善化（今湖南省长沙市）知县、石首（今湖北省石首市）知县。乾道三年（1167），曾于长沙定王台赋《水调歌头》，受到张孝祥称赞。其学问渊博，文笔精健。有《宣卿词》一卷。

水调歌头·定王台①

雄跨洞庭野，楚望古湘州。何王台殿，危基百尺自西刘②。尚想霓旌千骑，依约入云歌吹，屈指几经秋。叹息繁华地，兴废两悠悠。

登临处，乔木老，大江流。书生报国无地，空白③九分头。一夜寒生关塞，万里云埋陵阙④，耿耿恨难休。徙倚霜风里，落日伴人愁。

【注释】

①定王台：在湖南省长沙市东。②西刘：指西汉刘发。③空白：意为徒然白首。④陵阙：皇帝的陵墓。

【解读】

定王台雄踞于洞庭湖之滨，古湘州之地。定王台虽然历经千年之后已经湮没，但那残存的台基，依然高达百余尺，巍然高耸。想当年定王到此巡游时，一定是华盖如云，旌旗招展，如虹霓当空，千乘万骑前呼后拥，笙管高歌之声响彻云霄。屈指几度春秋，昔日的繁华胜地变得衰败苍凉，盛衰无常，兴废两茫茫。

登台远望，只见满目老树枯枝，大江默默向东流去。我虽一介书生，有一腔报国热情，却无路请缨，壮志难酬，空自白头。金兵猝然南下，犹如一夜寒生关塞，导致万里河山支离破碎，人民颠沛流离，万里乌云盖住了皇家陵阙，令人愁恨不已。念及此，不由得耿耿于怀，悲愤难休，却又无可奈何。我独自一人徘徊在萧瑟秋风寒霜中，夕阳将落，更增人愁恨。

洪　迈（1123—1202），南宋著名文学家。字景卢，号容斋，别号野处。鄱阳（今江西省鄱阳县）人。南宋名臣洪皓第三子。宋高宗绍兴十五年（1145）进士，授两浙转运司史。以父忤秦桧，出教授福州。历知泉州、吉州、赣州、建宁府、婺州。宋孝宗淳熙十二年（1185），以提举佑神观同修国史。十三年，拜翰林学士，上《四朝国史》。宋光宗绍熙二年（1191），以端明殿学士致仕。晚年归乡，潜心著述。他学识渊博，熟悉典故。博通经史百家，文备众体，著述宏富。有《史记法语》《南朝史精语》《经子法语》等，编有《唐人万首绝句》。以笔记《容斋随笔》七十四卷、《夷坚志》四百二十卷闻名于世。

踏莎行

院落深沉，池塘寂静。帘钩卷上梨花影。宝筝拈得雁难寻，篆香消尽山空冷。

钗凤斜欹，鬓蝉不整。残红立褪慵看镜。杜鹃啼月一声声，等闲又是三春尽。

【解读】

深夜院落幽深，池塘清寂静谧。闺房绣帘高卷，映入眼帘的是满树梨花的倩影。虽然有宝筝可弹，可是音调总也找不准，难以倾诉心中的相思。香炉中的盘香燃尽，却懒得理会，画屏中的山也变得空冷起来。

她云鬓散乱，凤钗歪斜，脸上的脂粉已褪，妆已残，她却懒得对镜整理。窗外月色如水，杜鹃在一声声啼叫“不如归去”，那凄厉、悲切的声音更让人感慨万千，勾起无尽的思念和愁绪。眼看着春色已深，这个春天转眼又将白白地逝去，心中禁不住又生出一丝幽怨。

陆　游（1125—1210），南宋伟大的爱国主义诗人。字务观，号放翁。越州山阴（今浙江省绍兴市）人。宋高宗绍兴二十三年（1153）陆游在省试时名列第一，翌年殿试位列秦桧孙之前，被时为奸相的秦桧所黜。孝宗即位，爱其才，赐进士出身。绍兴二十五年（1155）秦桧死，始为宁德主簿，后历任福州决曹，大理司直，枢密院编修官，镇江、兴隆、夔州通判。乾道八年（1172）应召入四川宣抚使王炎幕府。王炎调离四川后，陆游做了几年代理地方官的职务。后到四川制置使范成大幕府担任参议官。宾主唱酬，人争传诵。淳熙五年（1178）宋孝宗任命陆游为福建提举常平茶盐公事，后转任江西提举常平茶盐公事，但不久即"奉祠"在家。四年后他才被任知严州、军器少监、礼部郎中等官职。1190 年陆游向宋光宗提了点勉励图治的意见，又丢了官。此后十余年在农村老家生活。宋宁宗嘉泰二年（1202），主战派韩侂胄任用陆游为同修国史、实录院同修撰、宝漠阁待制等职。参加了《两朝实录》《三朝国史》的修史，修史完毕，陆游辞官回家。陆游才气超逸，与尤袤、杨万里、范成大为"中兴四大诗人"，其为中兴之冠，人呼为"小太白"。亦工词，杨慎谓其纤丽处似秦观，雄浑处似苏轼。著有《剑南诗稿》《渭南文集》《南唐书》《老学庵笔记》，词作有《放翁词》。

卜算子·咏梅

驿①外断桥边，寂寞开无主②。已是黄昏独自愁，更著③风和雨。

无意苦争春，一任群芳④妒。零落成泥碾作尘，只有香如故。

【注释】

①驿：驿站，古代传递公文的人中途换马匹、休息、住宿的地方。②无主：没有主人呵护，无人注意，无人欣赏。③更著：又还要遭受。④群芳：百花，此处喻指朝中奸臣。

【解读】

驿站馆舍外面荒凉萧瑟的断桥旁边，有一株清幽绝俗、出于众花之上的梅花，孤独寂寞地开放着，无人注意，没人欣赏。已是落日黄昏，暮色苍茫，独自摇曳桥边，已是够凄苦的了，还要遭受凄风苦雨的侵袭和摧残。

梅花无意于苦苦争丽斗艳，凌寒先发只为报春，任凭“群芳”去中伤嫉妒，不管周围的环境多么恶劣，都不能改变梅花高洁的志向和坚定的信念。即使凋零飘落，被碾成泥土，梅花那高雅的气质仍永留人间，沁人心扉的芳香依然如故。

水调歌头·多景楼①

江左②占形胜③，最数古徐州。连山如画，佳处缥缈著危楼。鼓角临风悲壮，烽火连空明灭，往事忆孙刘④。千里曜戈甲，万灶宿貔貅⑤。

露沾草，风落木，岁方秋。使君⑥宏放，谈笑洗尽古今愁。不见襄阳登览，磨灭游人无数，遗恨黯难收。叔子独千载，名与汉江流。

【注释】

①多景楼：在镇江东北北固山上甘露寺内，北临大江，形势险

要，风景佳丽，为著名的登临胜景。北宋著名书法家米芾曾赞为“天下江山第一楼”。②江左：指江东。古人习惯以东为左，以西为右，故江东称江左，江西称江右。③形胜：《荀子·富国》：“形势便，山林川谷美，天材之利多，是形胜也。”④孙刘：孙权和刘备。⑤貔貅：中国古书记载和汉族民间神话传说中的一种凶猛的瑞兽。这里比喻勇猛的将士。⑥使君：古时对州郡长官的敬称。此处指作者好友镇江知府方滋。

【解读】

江东自古为美丽富庶之地，而其中的古徐州州治镇江，更是占尽得天独厚的优越地理形势。这里层峦叠翠，仿佛美丽的图画，在云雾缥缈处，巍然耸立着一座著名的高楼——多景楼。登楼远眺，耳边传来临风的战鼓号角声，显得格外悲壮，连天的烽火忽明忽暗，让人不禁想起孙权、刘备共抗北曹的往事。方圆千里之内，耀射的是银光闪闪的武器和盔甲，军士野宿，万灶烟腾，将士如同神兽貔貅一样勇猛。

又到了一年一度的秋天，只见衰草带露，无边黄叶落木随风飘零，萧瑟之景使人顿生悲秋情绪。知府方滋气魄宏大豪放，携群僚纵论古今，谈笑风生，洗尽人心中万千忧愁。西晋大将羊祜镇守襄阳，多有政绩，可生时未能完成灭吴大志，成为遗恨。但羊祜立志统一祖国的雄心壮志却流芳千载，像汉江水一样东流不息。希望您能像羊祜那样立志完成祖国统一，能为渡江北伐做好准备，建万世奇功，也像当年羊祜一样名垂千古，与汉水一起绵绵不绝。

鹊桥仙

一竿①风月，一蓑烟雨，家在钓台②西住。卖鱼生怕近

城门，况肯到[3]红尘深处[4]？

潮生理棹[5]，潮平系缆，潮落浩歌归去。时人错把比严光[6]，我自是无名渔父。

【注释】

①竿：钓鱼的器具。②钓台：指严光钓台，在浙江省桐庐县富春江滨。③况肯到：意谓更加不肯到。④红尘深处：指繁华闹市。⑤理棹：整理船只。棹，划船工具，此处指船。⑥严光：东汉人，字子陵，曾与刘秀同学。刘秀即位后，他改名隐居。后被召回京师，任为谏议大夫，不肯受，归隐富春山。

【解读】

一根钓竿，一件蓑衣，终年生活在风月烟雨中。渔父的家就在当年严光垂钓的钓台之西。他虽然以卖鱼为生，但是害怕走近城门，更不敢到繁华的闹市中心。渔父垂钓同严光相似；但他淡泊名利，洁身自爱，只求过悠闲、自在的生活。

渔父在潮生时出去打鱼，在潮平时系缆，在潮落时高唱渔歌回家。生活规律，心态平和，没有利益之争，既平平淡淡，又充实闲适，不像世俗中人那样沽名钓誉。有人错把渔父比作严光，渔父的清高有过之而无不及，严光至少还留名于世，而渔父甘愿做默默无闻的普通渔父。

点绛唇

采药归来，独寻茅店沽新酿。暮烟[1]千嶂[2]。处处闻渔唱。

醉弄扁舟[3]，不怕黏[4]天浪。江湖上，遮回[5]疏放。做个闲人样。

【注释】

①暮烟：傍晚的烟霭。②嶂：高峻如屏障的山峰。③扁舟：小船。④黏：连接。⑤遮回：这回，这一次。

【解读】

采集药物归来，独自寻找村店买新酿造的酒。傍晚烟霞暮霭缭绕在高峻如屏的山峰，溪中渔舟唱晚，声声在耳际萦绕，仿佛是一幅世外桃源的图景。

独酌新酿，不禁生起散发扁舟之意，不再怕连天波浪。放纵山水，这一回不受拘束，做个闲散之人，享尽人间山林江湖的闲情野趣。

鹧鸪天

家住苍烟[1]落照[2]间，丝毫尘事[3]不相关。斟残玉瀣[4]行穿竹，卷罢《黄庭》[5]卧看山。

贪啸傲[6]，任衰残，不妨随处一开颜。元知[7]造物心肠别[8]，老却英雄似等闲！

【注释】

①苍烟：苍茫的云雾。②落照：夕阳的余晖。③尘事：世俗之事，人间之事。④玉瀣：美酒名，明冯化时《酒史》卷上载："隋炀帝造玉瀣酒，十年不败。"⑤《黄庭》：指《黄庭经》，为道家经典养

生著作。⑥啸傲：歌咏自得，形容狂放而不受拘束。⑦元知：原先就知道。⑧心肠别：与常人的心肠不同，另有打算。

【解读】

我家住在苍烟缭绕、夕阳晚照的乡间，一点凡尘俗事都没有。居住在那里，日子过得无比逍遥自在，喝完了玉瀣美酒，就到竹林中散步，看完了《黄庭经》就躺下来观赏山中美景。

吟咏自得，啸傲随心，不受礼俗拘束，十分喜欢这种狂放自如的生活，任凭自己终老田园，到处都能看到高兴的事物，何不开怀一笑，尽情享受呢？原先就知道造物主与常人的心肠不同，任凭英雄白白老去却等闲视之。

恋绣衾

不惜貂裘换钓篷。嗟时人、谁识放翁。归棹借、樵风①稳，数声闻、林外暮钟。

幽栖莫笑蜗庐②小，有云山、烟水万重。半世向、丹青看，喜如今、身在画中。

【注释】

①樵风：《舆地纪胜》卷一：“樵风泾，在会稽东南二十里。郑宏少采薪，得一遗箭，顷之，有人觅箭，问宏何欲，宏知其神人，答曰：常患若耶溪载薪为难，愿朝南风，暮北风。后果然，世号樵风泾。”②蜗庐：《三国志·魏书·管宁传》裴松之注引《魏略》：“（焦先）自作一蜗牛庐，净扫其中。”

【解读】

不惜用贵重的貂皮袍子换来有篷的钓船，感叹时人竟然无一人识得我是一位报国无门、只能纵情山水的老英雄。我驾着钓船借樵风稳稳地回家去，一路上听着林外传来山寺数声悠扬的晚钟。

不要嘲笑我隐居的草庐像蜗牛壳一样小，这里有白云缭绕的青山万重，还有缥缈的烟水。过去或戎马倥偬，或为复国奔走呼号，无暇顾及欣赏山河的美丽，只能从图画里看山水风景，但现在归隐山林，置身在美丽如画的山水中，欣赏尽山水美景，与祖国的山水同在，与天地同在，不也是值得高兴的吗？

长相思

面苍然，鬓皤然。满腹诗书不值钱。官闲常昼眠。

画凌烟①，上甘泉②。自古③功名属少年。知心惟杜鹃。

【注释】

①画凌烟：唐刘肃《大唐新语·褒赐》："贞观十七年，太宗图画太原倡义及秦府功臣……二十四人于凌烟阁，太宗亲为之赞，褚遂良题阁，阎立本画。"②上甘泉：《汉书·扬雄传》："孝成帝时，客有荐雄文似相如者，上方郊祀甘泉泰畤、汾阴后土，以求继嗣，召雄待诏承明之庭。正月，从上甘泉，还奏《古泉赋》以风。"③"自古"句：唐杜甫《乾元中寓居同谷县作歌》："长安卿相多少年，富贵应须致身早。"

【解读】

面色灰白苍老，两鬓斑白，满腹才华不被重用。身任闲官，清闲无事，无法为国为民立功，白天也只能睡觉。

被圣上表彰册封，被朝廷召见重用，这些功名伟业自古以来就非年轻人莫属，自己年轻时满腹才华不被重用，而现在苍颜华发志向未能实现，这种焦躁无奈的心情又向谁诉说呢？知心的也只有杜宇的化身——杜鹃鸟了。

诉衷情

当年万里觅封侯[①]，匹马戍梁州[②]。关河[③]梦断何处？尘暗旧貂裘。

胡未灭，鬓先秋，泪空流。此生谁料，心在天山[④]，身老沧洲[⑤]。

【注释】

①觅封侯：寻找建功立业的机会。②梁州：在今陕西汉中一带，汉中有座梁山故得名。③关河：关塞、河防，此处指边疆。④天山：新疆祁连山脉，此指代边关。⑤沧洲：靠近水的地方，古时常用来泛指隐士居住之地。陆游晚年退居镜湖之滨的家乡。

【解读】

当年奔走万里，为了寻找为国建功立业的机会，单枪匹马奔赴梁州。那段豪情飞纵，激情澎湃的军旅生涯时常在梦中浮现，梦醒以后却不知身在何处，只见旧时出征穿的貂裘戎装，已是尘封色暗。

放眼西北边境，神州已经沦陷，敌人还没有消灭，而自己鬓发已白如秋霜，叹流年暗度，功业未成，雄心虽在，壮志难酬，空有沉痛的泪水洒落。这一生谁能料到，原想一心一意在天山抗敌，如今却只能终老沧洲。

秋波媚

七月十六日晚登高兴亭望长安南山。

秋到边城角声哀，烽火照高台[①]。悲歌击筑[②]，凭高酹酒[③]，此兴悠哉。

多情谁似南山[④]月，特地暮云开。灞桥[⑤]烟柳，曲江[⑥]池馆，应待人来。

【注释】

①高台：指高兴亭，在南郑内城西北，当时陆游在南郑任上。②击筑：弹奏筑。筑，古代弦乐器，像琴，有十三根弦。③酹酒：把酒洒在地上，表示起誓或祭奠，此处有祝愿收复失地之意。④南山：指终南山。⑤灞桥：在长安（今陕西省西安市）东面的灞水之上，唐人送客至此桥，折柳送别。⑥曲江：位于长安东南部，为唐代著名的皇家园林。

【解读】

秋色来到边城，边地军营中响起的鼓角声慷慨悲壮，烽火映照着高兴亭。我登上高兴亭击筑慷慨高歌，临高洒酒，故土收复成功在望，真让我激情满怀，高兴之至！

南山明月如此多情，今夜特意将暮云驱散荡开，将大地照得一片光明。在这洁白的月光下，遥望长安，仿佛真切地看到了长安城外灞桥边如烟的杨柳，曲江美丽的池馆，都在热切地等待宋朝王师早日收复失地，胜利归来。

汉宫春

羽箭雕弓，忆呼鹰[①]古垒[②]，截虎[③]平川。吹笳暮归野帐，雪压青毡。淋漓醉墨，看龙蛇飞落蛮笺[④]。人误许、诗情将略[⑤]，一时才气超然。

何事又作南来，看重阳药市，元夕灯山？花时[⑥]万人乐处，攲帽垂鞭。闻歌感旧，尚时时流涕尊前。君记取、封侯事在[⑦]。功名不信由天。

【注释】

①呼鹰：打猎时放出猎鹰获取猎物。②古垒：古时遗存的战地防御工事。③截虎：陆游在汉中时有射虎的故事。④蛮笺：古时四川产的彩色笺纸。⑤诗情将略：作诗的才情，作战的谋略。⑥花时：成都古时每年农历四月十九日举行花会，称为花时。⑦封侯事在：指班超在西域立功封侯之事。

【解读】

回忆在南郑的从军岁月，我和将士在那辽阔的汉中平川上，峥嵘的古垒边，携带精美的羽箭雕弓，放出猎鹰获取猎物，拿出弓箭射杀猛虎，神采飞扬，场面无比壮观。天黑时吹着胡笳回到野外的帐篷，青毡上落满了厚厚的雪。乘着酒兴，挥毫书写得淋漓尽致，笔势飞舞瞬间一首诗词就落在彩色笺纸上了。人们夸赞我有作诗的才情，用兵作战的谋略，是一代超群之才！

为什么偏要我离开南郑前线南来成都呢？成都是繁华的大都市，重阳时节的药市，元夕时候的灯山，观赏的人们熙熙攘攘、摩肩接踵，热闹非凡。到了花会开始的时候，百花盛开，繁花似锦，万人行乐，一群群人帽子歪戴，骑马缓行，在花市中游赏沉醉，这里的人们都已忘记了故土尚在异族手里，只顾自己纵情享乐。然而这一切歌舞玩乐在我眼中，都只能换来涕泗感慨。于悲愤之中，慨然寄言：班超在西域尚能立功封侯，可见杀敌报国，立功封侯的大事是要自己去奋斗的，我就不信这是由上天来安排的，以后我一定要重上抗金前线，在战场上建立丰功伟绩，封侯列疆！

钗头凤

红酥手①，黄滕酒②，满城春色宫墙柳。东风恶，欢情薄。一怀愁绪，几年离索。错、错、错。

春如旧，人空瘦，泪痕红浥③鲛绡④透。桃花落，闲池阁。山盟虽在，锦书难托。莫、莫、莫！

【注释】

①红酥手：红润白嫩细腻柔软的手。②黄滕酒：黄封酒，宋代官酒以黄纸为封，故以黄封代指美酒。③浥：湿润。④鲛绡：丝帕。

【解读】

红润白嫩细腻柔软的双手，捧出一杯官酿之美酒，满城春光明媚，宫墙内杨柳依依。东风多么可恶，吹散了你我琴瑟相和的幸福生活，把浓郁的欢情吹得稀薄。满怀愁绪，离别后的生活感到十分萧索。回忆往事，造成这种悲剧，究竟是谁铸成的错？

美丽的春景依然如旧日一样，只是人却因为相思而空自消瘦。泪水洗尽脸上红色的胭脂，精美的丝帕因拭泪而全都湿透。满园的桃花已经凋落，池苑亭阁一派荒凉冷落。从前的山盟海誓还在，想写封锦书给她，可是没有知心的人相托，只能感叹：莫，莫，莫！

唐 琬（生卒年不详），字惠仙，越州山阴（今浙江省绍兴市）人。自幼文静灵秀，才华横溢。宋高宗绍兴十四年（1144）与陆游结为夫妻，二人琴瑟相和。后因陆母不喜唐琬，二人被迫分离，唐琬改嫁赵士程。1155年，陆游去沈园游玩，和唐琬不期而遇，两人都很悲痛。陆游题《钗头凤》（红酥手）词于墙上，以抒衷情。1156年，唐琬重游沈园，看到了陆游题的《钗头凤》（红酥手）词，感慨不已，和了一首《钗头凤》（世情薄）。之后不久便郁郁而逝。

钗头凤

世情薄，人情恶，雨送黄昏花易落。晓风干，泪痕残。欲笺心事，独语斜阑。难，难，难！

人成各，今非昨，病魂常似秋千索①。角声寒，夜阑珊②。怕人寻问，咽泪装欢。瞒，瞒，瞒！

【注释】

①秋千索：吊秋千架的绳子。②阑珊：将尽，天快亮了。

【解读】

世情淡薄，人情险恶，黄昏时风雨交加，花朵最易凋落。晨风吹干了泪水，泪痕还残留在脸上。想写封信把心事向你诉说，可又有诸多不便，只好独倚栏杆。自言自语，难，难，难！

两人各自离散，今非昔比，染了重病的身体，神魂常常恍惚不定，像那晃悠悠的秋千索。凄切的画角声让人心寒，长夜将尽无法入眠，怕人猜出心事，怕人寻问，只能咽下泪水强颜装欢，这苦衷只能，瞒，瞒，瞒！

范成大（1126—1193），南宋杰出诗人。字致能，一作至能，号石湖居士。吴郡（今江苏省苏州市）人。宋高宗绍兴二十四年（1154）进士。任徽州司户参军，得洪适帮助，隆兴二年（1164）任枢密院编修官、秘书省正字。乾道二年（1166）任尚书吏部员外郎。乾道五年任礼部员外郎兼崇政殿说书。乾道六年（1170）他以起居郎、假资政殿大学士官衔，充当国信使，出使金国，为改变金国诏书礼仪和索取河南“陵寝”地事，在金主面前“辞气慷慨”，不辱使命，全节而归，为朝野称道。回国后擢升中书舍人，出知静江府（今属广西桂林）兼广西经略安抚使。淳熙二年（1175），任敷阁待制、四川制置使。淳熙五年（1178）任参知政事。晚年退居故乡石湖。他为官清正有政声。有文名，诗为南宋四大家之一，田园诗尤其为人称道，亦工词，词风清逸淡远。著有《石湖居士诗集》《石湖词》《吴船录》《桂海虞衡志》《揽辔录》《吴郡志》等。

秦楼月（又名忆秦娥）

楼阴缺①，栏干影卧东厢②月。东厢月，一天风露，杏花如雪。

隔烟③催漏金虬④咽，罗帏⑤黯淡灯花结⑥。灯花结，片

时春梦，江南天阔。

【注释】

①楼阴缺：树荫遮住楼房存在缺口，故楼房露出一角。②厢：厢房。③烟：烟雾。④金虬：古人的计时器具，这里指龙形的漏器。⑤罗帏：罗帐。指闺房。⑥灯花结：灯芯烧结成花，旧俗以为有喜讯。

【解读】

楼阴缺处，依稀可见一角楼角。月光如水，倾泻于东厢房之上，现出栏杆的影子。幽静的夜色里风轻露重，盛开的杏花在月光的照射下洁白如雪。

隔着迷蒙的烟雾，隐隐传来计时漏壶的滴漏之声，在闺中愁妇听来，好似低声哽咽。罗帐光线暗淡，灯芯结了花。灯芯结花，闺妇在迷离彷徨、困倦之时，进入短暂美妙的春梦，梦魂来到了水长天阔的江南。

水调歌头

细数十年事，十处过中秋。今年新梦，忽到黄鹤旧山头。老子[①]个中不浅，此会天教重见，今古一南楼。星汉淡无色，玉镜独空浮。

敛秦烟，收楚雾，熨江流。关河离合，南北依旧照清愁。想见姮娥冷眼，应笑归来霜鬓，空敝黑貂裘[②]。酾酒问蟾兔，肯去伴沧洲？

【注释】

①“老子”三句：诗人自谓。东晋庾亮镇武昌时，曾与僚属殷浩等人秋夜登南楼，曰：“老子于此处兴复不浅。”（《世说新语·容止》）吟诗宴饮，谈笑甚欢。作者用以描绘自己此次登南楼游乐的情景。②空敝黑貂裘：借用《战国策·秦策》的故事。苏秦游说秦王，十次上书均未被采纳，资用乏绝，所穿黑貂皮衣服也已破旧不堪，只好离秦返家。这里词人暗喻自己的理想未能实现。

【解读】

细细算来十年宦海沉浮，竟在十处度过十个中秋。旧梦未了，今秋忽如新梦，飘然人到黄鹤旧时山头。老子今夜豪兴不浅，忽忆当年庾亮登南楼情事，天教历史上的聚会重现，我辈今夜宴饮赏月在南楼。仰视天穹，朗月如玉镜浮空，在它的光华下，星汉变得暗淡失色。

月华倾泻而下，将秦烟楚雾一扫而空，潋滟江河如熨过的一道长练，天工虽有造物之妙，造出了如此静美的夜色，词人对祖国南北分裂、山河破碎却有着不能释怀的忧愁。想那广寒宫中的嫦娥，当笑我清霜染鬓东归，空损貂裘，壮志未酬。我今举杯问明月，肯否与我结伴归隐沧洲？

霜天晓角·梅

晚晴风歇。一夜春威① 折。脉脉花疏天淡，云来去、数枝雪。

胜绝，愁亦绝。此情谁共说。惟有两行低雁，知人倚、画楼月。

【注释】

①春威：初春乍暖还寒，春威即指春寒凛冽的威力，俗谓“倒春寒”。

【解读】

向晚时分，天色晴朗，风又停息，夜间春寒凛冽的威势大为减弱。几枝稀疏的早梅脉脉含情，淡淡的天空中，几片浮云飘来飘去，盛开的梅花洁白如雪。

梅花的秀逸堪称人间绝美，而它勾起我的愁情也超绝，我只身孤寂，空对良辰美景，这愁情向谁去诉说呢？只有长空中那两行低飞的鸿雁，才知道我在春夜画楼独倚栏杆望月的凄凉。

醉落魄

栖乌飞绝，绛河①绿雾星明灭。烧香曳簟②眠清樾。花影吹笙，满地淡黄月。

好风碎竹声如雪，昭华③三弄临风咽。鬓丝撩乱纶巾④折。凉满北窗⑤，休共软红⑥说。

【注释】

①绛河：天河、银河。②曳簟、铺开竹席。樾：树荫。③昭华：古管乐器，此指笙。④纶巾：古代用丝带做的头巾。多为儒将之冠。⑤北窗：代指书房，常兼作会客室。⑥软红：指红尘。指那些热衷于尘世功名利禄之人。

【解读】

夜幕降临，乌鸦归巢栖息。银河笼罩着淡绿色的雾霭，透过它，可以看到若隐若现的星光。点燃香炉，展开竹席，卧于清阴之下。在花丛的疏影中弄笛吹笙，月色淡黄。音乐与月色，扶疏花丛与花影，两两互相映衬，这样的夜色多美好啊！

笙声仿佛清风吹动竹叶，如好风碎竹，雪清玉脆。笙曲吹过三遍以后，清风徐来，笙声渐咽渐止。清风将词人的鬓丝撩乱，纶巾吹折。这才发现北窗凉气盈溢，如此美景良夜是那些红尘中热衷于功名利禄的人不会欣赏的，还是不要和他们诉说了。

眼儿媚

萍乡道中乍晴，卧舆中，困甚，小憩柳塘。

酣酣日脚[①]紫烟浮，妍暖[②]破轻裘。困人天色，醉人花气，午梦扶头[③]。

春慵恰似春塘水，一片縠纹[④]愁。溶溶泄泄[⑤]，东风无力，欲皱还休。

【注释】

①日脚：指雨过初晴，从云隙中照射下来的日光，因似日生脚，故称。②妍暖：风景美丽，气候温暖。③扶头。扶头酒的省称，指易醉之酒。此处指醉态。④縠纹：像皱纱般细微的水纹。⑤溶溶泄泄：春水荡漾的样子。

【解读】

雨后初晴，春日明丽的阳光从云缝中射出，地面淡紫色的烟雾浮动，四野清新明丽，暖意袭人，禁不住敞开了皮衣。催人困倦的天气，令人沉醉的花香，让我如同喝醉了酒一样，不一会儿便恍惚进入了梦乡。

春慵恰似春塘中的水，忽而一阵轻风吹过，泛起一片片涟漪，一如我此时的心情，平静的心头掠过一缕淡淡的愁思。池塘春水波纹似有若无，东风柔软无力，微波刚刚皱起，便又平展静谧。

杨万里（1127—1206），南宋杰出诗人。字廷秀，学者称诚斋先生。吉州吉水（今江西省吉水县）人。宋高宗绍兴二十四年（1154）进士。绍兴二十六年（1156）授赣州司户参军，绍兴二十九年（1159）任零陵县丞，乾道六年（1170）任奉新县知县，同年十月任国子博士，乾道七年七月转太常博士，乾道八年太常博士兼任吏部右侍郎。淳熙十一年（1184）任吏部员外郎，庆元五年（1199）升宝文阁待制致仕。开禧二年（1206）升宝谟阁学士。谥文节，赠光禄大夫。生平主张抗金，秉性刚直，遇事敢言。一生作诗二万多首，今存四千二百余首。亦能文。部分诗文关心国事，热爱祖国，反映民生疾苦，较为深切，是“中兴四大诗人”之一。又善词，其词善于捕捉自然情趣，语言平易浅近，自然活泼。著有《诚斋集》、词集《诚斋乐府》。

好事近

七月十三日夜登万川花谷望月作。

月未到诚斋①，先到万花川谷②。不是诚斋无月，隔一

庭修竹[3]。

如今才是十三夜，月色已如玉。未是秋光奇绝，看十五十六。

【注释】

①诚斋：作者的自号，也是作者书房的名字。②万花川谷：距作者书房不远处花园的名字。③修竹：挺拔修长青翠的竹子。

【解读】

皎洁的月光还未照到我的书斋，却先照到了我的花园——万花川谷。不是书斋没有月光，而是一庭茂密的修竹遮蔽了倾泻下来的如水的月光。

今天才是十三的夜晚，月色已是晶莹如玉。十三夜晚的月色已如美玉般迷人，令人陶醉，但十三夜毕竟不能算是欣赏月色的最佳时刻，若是等到十五十六欣赏月光的最佳时刻，定然欣赏得到秋光奇绝的最美月色。

昭君怨·咏荷上雨

午梦扁舟花底，香满西湖烟水。急雨打篷声，梦初惊。
却是池荷跳雨，散了真珠还聚。聚作水银窝，泻清波。

【解读】

夏日午眠的时候，梦见自己在西湖荷花荷叶下泛舟，荷花荷叶摇曳多姿，湖面上烟雾迷蒙，花香四溢。忽然一阵急雨袭来，清脆地敲打着舟篷，把我从赏荷的美梦中惊醒。

原来是急雨击打着庭院池中荷叶，雨珠跳动，散开时如断了线的珍珠，四处迸射，使人眼花缭乱。转眼间又聚在叶心，聚在叶心的雨珠如一窝水银般亮晶，荷叶承受不住，雨珠泄入池中。

朱 熹（1130—1200），南宋哲学家、教育家。字元晦，一字仲晦，号晦庵，别号紫阳，晚号晦翁。祖籍徽州婺源（今江西省婺源县）人。生于南剑州尤溪（今福建省尤溪县），侨寓建阳（今福建省南平市建阳区）。绍兴进士。历任同安县主簿、浙东常平茶盐公事、转运副使、焕章阁待制、秘阁修撰等，死后被谥为“文公”，赠太师，追封信国公，改徽国公。朱熹继承了程颢、程颐理学，又独立发挥，形成了自己的体系，成为宋代理学之集大成者，后人称为程朱理学。他一生博览群书，广注典籍。对经学、史学、文学、乐律以及自然科学都有深入研究。其词作语言秀正，风格俊朗，多有理学旨趣。著作有《四书章句集注》《周易本义》《诗集传》《楚辞集注》及后人编纂的《晦庵先生朱文公文集》《朱子语类》等。词集有《晦庵词》。

水调歌头·隐括[①]杜牧之齐山诗

江水浸云影，鸿雁欲南飞。携壶结客[②]何处？空翠渺烟霏。尘世[③]难逢一笑，况有紫萸[④]黄菊，堪插满头归。风景今朝是，身世昔人非。

酬佳节，须酩酊[⑤]，莫相违。人生如寄，何事辛苦怨斜晖。无尽今来古往，多少春花秋月，那更有危机。与问牛山客，何必独沾衣。

【注释】

①隐括：指对原有作品的内容、语言加以剪裁、修改而成新篇。②结客：和客人们一起登山。③尘世：指人生。④紫萸：指茱萸，一种有浓烈香气的植物。⑤酩酊：大醉貌。

【解读】

澄澈的江面上倒映着云影，鸿雁向南飞去。在这美丽之秋，应邀集友人，携带一壶美酒，找一个苍翠清寂、烟雾氤氲的地方去饮酒。人世间难得一笑，还好有紫萸黄菊插满头上，尽兴而归。风景还是如往年一样美好，可惜人早已不是往昔的人了。

为了庆贺重阳佳节，应该喝得酩酊大醉，请不要再推辞不喝了。人活着就像寄生在这个世界上，为什么非要奔波劳碌，到最后还怨恨人生苦短呢？古往今来，有无数的春花开了又谢，亦有无数次月亮盈了又亏，无穷无尽。如果能够明白，就不会再有危机感。你应该去问一问齐景公，何必为人生短暂而泪湿衣襟。

张孝祥（1132—1170），南宋词人。字安国，自号于湖居士。乌江（今安徽省和县）人。寓居安徽芜湖。宋高宗绍兴二十四年（1154）进士第一。授承事郎，签书镇东军节度判官。因上书为岳飞辩冤而为秦桧所忌恨，被诬下狱。1155年秦桧死，受秘书省正字。之后历任秘书郎、著作郎、集英殿修撰。接连升迁，遭人嫉妒，1159年被弹劾罢官。1162年复出，知抚州。1163年知平江府。同年张浚出兵北伐，被任为建康留守。1164年张浚推荐任中书舍人，迁直学士院兼都督府参赞军事。后张浚被罢官，孝祥亦被弹劾罢官。1165年夏官静江府，1167年知潭州。1168年任荆南知州、湖北路安抚使。1169年以显谟阁直学士致仕。其词以南渡为界呈现出两种风格，早期词清丽婉约，后期词慷慨悲壮，多爱国之作，影响及于后来的辛派作者。著有《于湖居士文集》《于湖词》。

六州歌头

长淮[1]望断，关塞莽然平。征尘暗，霜风劲，悄边声。黯销凝，追想当年事[2]，殆天数，非人力；洙泗[3]上，弦歌地，亦膻腥[4]。隔水毡乡[5]，落日牛羊下，区脱[6]纵横。看名王[7]宵猎，骑火[8]一川明。笳鼓悲鸣，遣人惊。

念腰间箭，匣中剑，空埃蠹，竟何成！时易失，心徒壮，岁将零。渺神京。干羽[9]方怀远，静烽燧，且休兵。冠盖使，纷驰骛，若为情！闻道中原遗老，常南望、翠葆霓旌。使行人到此，忠愤气填膺，有泪如倾。

【注释】

①长淮：指淮河。绍兴二十一年（1151），南宋向金求和，约定两国以淮河为界。②当年事：指靖康之难。③洙泗：洙水和泗水的合称。④膻腥：金人以牛羊肉为主食，身上有一种膻腥味。⑤隔水毡乡：隔一条淮河，北岸就是金国。女真人以游牧为生，住在毡包里，故称毡乡。⑥区脱：边防上筑起守望或戍守的土堡，匈奴语称区脱。⑦名王：指金兵的主将。⑧骑火：骑马的狩猎者手中举着火把。⑨“干羽”句：用礼乐文化怀柔远方异族。这里指对敌妥协、求和。

【解读】

极目千里淮河，南宋朝廷贪图享乐，毫无战备，无屏障可用，只有草木丛生，与关塞齐平的荒原。江淮之间，征尘暗淡，霜风凄紧，边声寂然，黯然神伤。追想当年靖康之难，徽、钦二帝被虏，中原沦陷，宋室南渡，大概是天意注定，非人力所能挽回。洙水、泗水流经山东曲阜，曾是圣人孔子讲学的文明之地，弦歌交奏的礼乐之邦，也已变成膻腥一片。只有一水之隔的淮河对面，昔日是宋人的耕稼之地，而今已沦为金人的游牧之乡。那里帐幕遍布，每到傍晚就吆喝着成群的牛羊回栏。金兵在淮河北岸筑起了许多土堡哨所，纵横交织，时刻窥伺着南岸，威胁着南宋朝廷。敌军的主将夜晚出行打猎，骑兵相拥，手持火把，把淮河照得一片通明。凄厉的笳鼓声四起，无限悲凉，让人心惊。

想起腰间佩戴的弓箭、宝剑，因长期不用蒙上灰尘，生满蛀虫，却不能用它为国立功，竟一事无成。时光易逝，空怀壮志，岁暮将逝，光复汴京的希望更加邈远。昔日舜修礼乐，曾让远方的苗族来归顺，而今朝廷推行礼乐怀柔政策，不仅没能使金人来服，反而将大好河山拱手相送，每年还要派遣使者向金国进贡钱物，在礼节气势上也居于下风，真是让人情何以堪！听说沦陷区的中原父老经常向南翘望，希望看到皇帝的车马仪仗早日回到汴京。要是有人到中原沦陷区看到这种情景，一定会激起满腔悲愤，泪如雨倾。

念奴娇·过洞庭

洞庭青草[①]，近中秋，更无一点风色。玉鉴琼田[②]三万顷，着我扁舟一叶。素月分辉，明河[③]共影，表里俱澄澈。悠然心会，妙处难与君说。

应念岭海[④]经年，孤光自照，肝胆皆冰雪。短发萧骚[⑤]

襟袖冷，稳泛沧浪空阔。尽挹西江，细斟北斗，万象为宾客。扣舷独啸，不知今夕何夕！

【注释】

①青草：青草湖，有沙丘与洞庭湖相隔，水涨时二湖相通，总称洞庭湖。②玉鉴琼田：形容湖水清亮有如玉镜琼田一样。③明河：银河。④岭海：指五岭以外，今两广一带。⑤萧骚：一作萧疏。

【解读】

洞庭湖与青草湖相连，浩瀚无边，在这中秋将至的时节，湖面风平浪静，水波不兴。皓月当空，碧天如洗，月光下的洞庭湖浩渺迷人，犹如玉镜琼田三万顷，如此美好的夜色，我驾着一叶扁舟，独享大自然的恩赐。皎洁的明月和灿烂的银河在湖水中现出它们的倒影，天空与湖面一片空明澄澈。在这里人和自然融为一体，那种平和安详，无欲无虑的奇妙感受，真是难以用言辞向君表达。

回想在岭海任职的那一年中，明月的清光洞鉴我心，我的忠肝义胆如同冰雪一样晶莹。我如今只有满头稀疏的短发，两袖清风，稳坐小舟泛游在沧浪空阔的洞庭湖上。我将以北斗七星为勺，舀尽西来的江水为酒，邀请宇宙万象为宾客，细斟狂饮，兴奋地叩击船舷，独自引吭高歌，把那些功名富贵，宠辱得失甩到九霄云外去了，我高兴得忘形了，竟不知道今夕是何夕！

水调歌头·闻采石矶战胜

雪洗虏尘[①]静，风约楚云留[②]。何人为写[③]悲壮，吹角[④]古城[⑤]楼。湖海平生豪气，关塞如今风景，剪烛看吴钩[⑥]。

剩喜[7]燃犀[8]处，骇浪与天浮。

忆当年，周与谢[9]，富春秋，小乔初嫁，香囊未解[10]，勋业故优游。赤壁矶头落照，肥水[11]桥边衰草，渺渺唤人愁。我欲乘风去，击楫誓中流。

【注释】

①虏尘：胡虏所扬起的战尘。②风约楚云留：作者当时在抚州，抚州旧时为楚地，故作者说自己为楚地风云所阻，羁留后方，未能亲赴前线。③写：通“泻”，意为宣泄。④吹角：奏军乐。⑤古城：指抚州。⑥吴钩：春秋时吴国人铸的一种弯形刀，故称。后泛指锋利的刀剑。⑦剩喜：甚喜、非常喜欢。剩，通“甚”。⑧然犀处：东晋温峤率军平叛，经采石矶之时见水中多怪物，大军畏不能前，温峤遂命将犀牛角点燃，须臾见水族覆灭。然，同“燃”。⑨周与谢：三国周瑜赤壁之战与东晋谢玄淝水之战的主要将领。⑩香囊未解：谢玄少时好佩香囊。此句是说，谢玄当时正值壮年，少年时佩带的香囊尚未解下。⑪肥水：淝水。在安徽省境内，是东晋谢玄击败前秦苻坚大军的地方。

【解读】

听到采石矶胜利的捷报，激动万分，此次一战，打败金军，适逢天将瑞雪，洗净虏寇战尘，使国家趋于安定，可惜大风将我阻住，滞留楚地，没能亲自参加战斗，实为憾事。不知是何人为了宣泄悲壮，在古城楼上吹响号角，于是我便决定为将士们的壮烈事迹写下颂歌。我向来就有陈登那种廓清天下的豪情壮怀，面对关河要塞的战云未竟的风景，禁不住剪亮烛光，将宝剑拿出来看了又看，希望能够有机会用它到疆场杀敌，为国立功。虽未能如愿，但十分喜欢，当年燃犀采石矶，惊涛骇浪与天一同沉浮。

回忆历史，三国时的周瑜逢小乔初嫁，雄姿英发，东晋时的谢玄恰青春年少，香囊未解，他们都从容不迫地建立了不朽的功勋。当年周郎大破曹军的赤壁矶头落日残照，谢玄杀敌的淝水桥边一片衰草，悠远缥缈地唤起我的无限愁思。然而心中始终充满着爱国情怀，我要乘长风高翔而去，像祖逖那样击楫中流，恢复中原。

水调歌头·金山观月

江山自雄丽，风露与高寒。寄声月姊，借我玉鉴①此中看。幽壑鱼龙悲啸，倒影星辰摇动，海气夜漫漫。涌起白银阙，危驻紫金山。

表独立②，飞霞佩，切云冠③。漱冰濯雪，眇视万里一毫端。回首三山④何处，闻道群仙笑我，要我欲俱还。挥手从此去，翳凤⑤更骖鸾⑥。

【注释】

①玉鉴：指玉镜。②表独立：此处化用屈原《九歌·山鬼》中“表独立兮山之上”的语意，指的是词人独自屹立在金山之巅潇洒出尘的神态。③切云冠：古时的一种高帽子。④三山：传说中的蓬莱、方丈、瀛洲三座仙山。⑤翳凤：本谓以凤羽为车盖，后用为乘凤之意。⑥骖鸾：谓仙人驾驭鸾鸟云游。骖，驾驭，乘。

【解读】

江山雄伟壮丽，春夜登临金山寺观月，迎面袭来风露与春寒。寄声月中嫦娥，请你把那明亮澄澈的珍贵玉镜借给我，用来瞭望这美妙的景色。透过这神奇的玉镜，窥视到深水沟壑中鱼龙正在张口悲啸，天上星辰的倒影在浩渺的江面上随着水波摇曳，山下的水气弥漫，一派迷蒙。金山在江水中凸起，在银色月光的照射下，金山上的金山寺，如同江面上涌起的仙山上的银阙晶宫。

屹然萧然独立在金山之巅，身着飞霞佩，头戴切云冠。在如同冰雪一样的月光里，感到整个世界是那么洁净幽远，似乎千里之外渺小如毫末的景物也都看得十分清楚。回首蓬莱、方丈、瀛洲，三山的一群神仙，个个笑容满面地邀请我与他们一起遨游仙境。于是，挥手从此告别尘世，乘着鸾鸟驾的车仙游去了。

西江月·题溧阳三塔寺

问讯湖[1]边春色，重来又是三年。东风吹我过湖船，杨柳丝丝拂面。

世路如今已惯，此心到处悠然。寒光亭[2]下水如天，飞起沙鸥一片。

【注释】

①湖：此指三塔湖，在今江苏省溧阳市西。②寒光亭：在三塔湖中的三塔寺内。

【解读】

三塔湖里的丝丝绿柳、湖中春水、岸上春花、堤边春草、林间春鸟，我来问候你们。此次故地重游，距前次已有三年。我驾舟荡漾在广阔的湖面上，迎面吹来一阵和暖的春风。湖边轻柔如丝的杨柳枝条，随风飘舞、不时轻拂人面。东风似解人意，杨柳饱含深情，怎不让人陶醉在这三塔湖春色中。

经历多年宦海沉浮，深谙世情凶险，深感官道坎坷，荆棘丛生，而到了三塔湖以后则心境悠然。寒光亭外，碧波万顷，一望无际，水天相连，辽阔深远。霎时，从湖面飞起一片沙鸥，让我尘念顿消。

赵长卿（生卒年不详），南宋著名词人。字师有，号仙源居士。南丰（今江西省南丰县）人。宋宗室子弟，活动于南宋初期。从作品中可知他少时孤洁，厌恶王族豪奢的生活，后辞帝京，纵游山水，遁世隐居江南，过着清贫的生活。他同情百姓，友善乡邻，常作词呈乡人。《四库提要》云："长卿恬于仕进，觞咏自娱，随意成吟，多得淡远萧疏之致。"有词集《惜香乐府》十卷。

探春令

笙歌①间错华筵②启。喜新春新岁。菜传纤手青丝细。和气入、东风里。

幡儿③胜儿④都姑媂⑤。戴得更忔戏⑥。愿新春已后，吉吉利利，百事都如意。

【注释】

①笙歌：泛指奏乐和唱歌。②华筵：丰盛的筵席。③幡儿：春幡，迎春之物。至立春之日，从皇宫到民屋，由居室到树木，皆挂春幡，作春至的象征，而以妇女的插戴为最胜。④胜儿：是用纸或金银箔、丝帛剪刻而成的花样。剪成套方几何形者，称为"方胜"；剪成花草形者，称为"华胜"；剪成人形者，称为"人胜"。⑤姑媂：

整齐、清楚之意。⑥戏：可爱、美满。

【解读】

立春节到了，人们沿袭着久远的习俗，食用和互赠葱、蒜、韭、蓼蒿、芥辛之嫩菜，以迎新春。在音乐和歌声中丰盛的筵席摆上来了，姑娘们纤纤素手端来了春菜盘子，盘子里的菜又青又细。家庭里一片和气景象，反映出新年东风所带来的、天地间的融和气候。

幡儿胜儿这些迎春之物准备齐全，制作精美。有的挂在树上，有的插在窗前、屋角，有的送给亲友。姑娘们兴高采烈地把它整齐地插在发髻上，十分可爱。一家人互道祝福，希望在新的一年里，吉吉利利，百事如意。

李好古（生卒年不详），南宋作者，字敏求。江阴（今江苏省江阴市）人。宋高宗绍兴二十七年（1157）进士，宋孝宗淳熙九年（1182）为台州教授。其词或感慨时事，或呼吁北伐。情绪激昂，感情真挚。有《碎锦词》。

江城子

平沙浅草接天长。路茫茫，几兴亡！昨夜波声，洗岸骨如霜①。千古英雄成底事，徒感慨，谩悲凉。

少年有意伏中行②。馘③名王，扫沙场。击楫中流，曾记泪沾裳。欲上治安④双阙远，空怅望，过维扬⑤。

【注释】

①骨如霜：形容岸边岩石被江水冲刷，白似秋霜。②伏中行：降服中行。伏，使屈服。中行：汉文帝时宦官中行说，降于匈奴，为汉患。③馘：古代战争割取所杀敌人左耳用以计功。④治安：指汉贾谊的《治安策》，内容是评议时政。⑤维扬：扬州的别称。

【解读】

平沙上的浅草，一直延伸到遥远的天际，前路茫茫，回想昔日扬州繁华鼎盛，而今衰败至极，心中有不尽的历史兴亡之慨。昨夜惊涛拍岸，岸边的岩石被流水日夜冲刷，白如秋霜。古往今来的英雄都想建功立业，而今我只能空自感叹，有诉不尽的悲凉。

我少年时就有降服投降匈奴的汉朝贼臣中行说的志向，有杀敌立功、横扫沙场的雄心。我也曾想像祖逖那样，中流击水，立下誓死报国的誓言，也曾为国难泪满衣衫。我想向朝廷献上治国安邦的大计，然而奸臣当道，离皇宫遥远，又能如何呢？我只能空自怅然远望，匆匆走过这破败的扬州城。

辛弃疾（1140—1207），南宋伟大的爱国词人。原字坦夫，改字幼安，别号稼轩。历城（今山东省济南市历城区）人。宋高宗绍兴三十年（1160）进士。1161 年组织二千多人的义军抗金，不久率军参加抗金义军领袖耿京的队伍，任掌书记。1162 年，张安国杀耿京降金，他生擒张安国缚之以归，授承务郎、天平节度掌书记的官职，被差遣签判江阴。1165 年向朝廷上奏《美芹十论》与《九议》，条陈抗金战守之策，可惜没被采纳。1168 年辛弃疾通判建康府，1170 年出知滁州。此后辛弃疾先后担任过江东安抚司参议官、提点江西刑狱、京西转运判官、江陵府兼湖北安抚使、湖北转运副使、潭州知州兼湖南安抚使。1181年，辛弃疾调任隆兴知府兼江西安抚使，次年被诬告而罢官。闲居江西上饶带湖之滨，长达十年之久。1191年，他被起用为福建提典刑狱，知福州兼福建安抚使。1195年，辛弃疾第二次被罢官，迁居上饶铅山近十年。1203年，被起用为绍兴知府兼浙东安抚使，次年改命为镇江知府，两年后去世。

辛弃疾是南宋伟大的爱国词人，作为一代词宗，留传于世的六百多首词，成了中国文学史上的瑰宝。辛词继承了苏词的豪放之风而又有所发展，显得更加横放杰出。其词抒发了力图恢复国家统一的爱国热情，倾诉了壮志难酬的悲愤，对南宋王朝的屈辱投降进行了揭露和谴责，表达了奋发激越的抗战热忱和战斗意志，成了当时民众的喉舌，喊出了那一时代的最强音。辛词以扫空万古的豪放词为主，亦有清丽柔婉的婉约词。其描写乡居生活、田园风光的作品，格调恬静清新；描写爱情的作品，格调深婉雅丽。有《稼轩词》，又名《稼轩长短句》。

青玉案·元夕①

东风夜放花千树②，更吹落、星如雨③。宝马雕车香满路，凤箫④声动，玉壶光转，一夜鱼龙舞。

蛾儿雪柳黄金缕⑤，笑语盈盈暗香去。众里寻他千百度⑥，蓦然⑦回首，那人却在，灯火阑珊⑧处。

【注释】

①元夕：农历正月十五晚上，也称元宵。②花千树：形容花灯之多如千树花开。③星如雨：形容焰火飘洒时像满天繁星之雨洒落。

④凤箫：指排箫。用长短不同的竹管制成，形如凤翼，故名。⑤蛾儿、雪柳、黄金缕：古代元宵节妇女头上的三种饰物。⑥千百度：千百遍。⑦蓦然：不经意的、猛然。⑧阑珊：零落稀疏。

【解读】

元宵夜，一城花灯好像是东风吹开了千树繁花，从天而降的满天烟花飘落，犹如星雨。富家美女乘坐的华丽香车络绎不绝，经过的街道散发出阵阵幽香。凤箫声韵悠扬，明月清光流转，彻夜鱼灯、龙灯劲舞，欢愉的人群载歌载舞，通宵达旦，令人目不暇接，繁华热闹非凡。

游女们一个个雾鬓云鬟，头上戴满了只有元宵节才能佩戴的娥儿、雪柳、黄金缕，她们欢声笑语，体态袅娜轻盈，带着一缕淡淡的幽香随人群走过。在熙熙攘攘、车水马龙的人群里，我千百次地寻觅意中佳人，却一遍又一遍地失望，正当我怅然若失的时候，不经意间回头一瞥，我苦苦寻觅的意中佳人却在那灯火零落稀疏的僻静之处伫立着。

南乡子·登京口①北固亭有怀

何处望神州？ 满眼风光北固楼②。 千古兴亡多少事？ 悠悠。 不尽长江滚滚流。

年少万兜鍪③， 坐断④东南战未休。 天下英雄谁敌手？ 曹刘⑤。 生子当如孙仲谋⑥。

【注释】

①京口：镇江，古名京口。②北固楼：指北固亭。③兜鍪：古

代士兵的头盔，此处借指士兵。④坐断：占据。⑤曹刘：指曹操、刘备。⑥孙仲谋：指孙权。

【解读】

从哪里可以眺望美丽富饶的中原故土呢？在北固楼上，看到的是周围的一片壮丽风光。千百年来在这块土地上曾经上演了多少次朝代的兴亡更替？往事悠悠，就像这不尽的长江之水，日日夜夜永不停息地滚滚东流。

想当年，年少的孙权统率千军万马，独据东南，征战不休，谋取霸业，从未向敌人低头和屈服过。试问天下英雄有谁可以成为他的敌手呢？那就只有曹操和刘备了。难怪雄霸天下的曹操说：生个儿子就当如孙权一样。

破阵子·为陈同甫赋壮词以寄之

醉里挑灯看剑，梦回吹角连营。八百里[①]分麾下炙，五十弦[②]翻塞外声，沙场秋点兵。

马作的卢[③]飞快，弓如霹雳弦惊。了却君王天下事，赢得生前身后名，可怜白发生！

【注释】

①八百里：牛名。《世说新语·汰侈》载，晋代王恺有一头珍贵的牛，名八百里驳。②五十弦：一种名锦瑟的乐器，其弦五十。③的卢：良马名。一种烈性快马。三国时刘备在荆州遇险，所骑的卢一跃三丈，助其脱险。

【解读】

醉眼蒙眬，把灯花挑了又挑，把心爱的宝剑从剑鞘抽出仔细观看，梦中仿佛回到了当年号角响成一片的军营。把烤牛肉分给将士享用美餐，让军乐队奏起雄壮的军乐鼓舞士气。将军正在战场上检阅军队。

战马像的卢一样跑得飞快，弓箭像惊雷一样震耳离弦。我一心想替君王收复中原失地，完成统一祖国大业，赢得世代相传的美名，可是壮志未酬，揽镜自照，头发却已经花白了。

永遇乐·京口北固亭怀古

千古江山，英雄无觅孙仲谋[①]处。舞榭歌台，风流总被雨打风吹去。斜阳草树，寻常巷陌，人道寄奴[②]曾住。想当年，金戈铁马，气吞万里如虎。

元嘉[③]草草，封狼居胥[④]，赢得仓皇北顾。四十三年，望中犹记，烽火扬州路。可堪回首，佛狸祠下，一片神鸦社鼓。凭谁问：廉颇老矣，尚能饭否？

【注释】

①孙仲谋：孙权，字仲谋，三国时吴国君主。②寄奴：南朝宋武帝刘裕的小名，随先祖移住京口，在京口起兵平定桓玄的叛乱，后推翻东晋称帝。③元嘉：南北朝宋文帝刘义隆年号。④封狼居胥：指汉代霍去病战胜匈奴，追击至狼居胥（山名，在今内蒙古境内），登山祭天，纪念胜利。

【解读】

千古江山依旧，却再也难找到像孙权那样的英雄。当年繁华的舞榭歌台经过长期的风吹雨打早已荡然无存，英雄的业绩也随着时光的流逝而无影无踪。斜阳映照着草树，那住着平凡百姓的街巷，人们说那是当年刘裕曾经住过的地方。遥想当年，刘裕指挥铁骑雄师，北伐中原的雄姿，简直就是气吞万里山河势如猛虎。

元嘉年间，宋文帝刘义隆草率出兵北伐中原，欲想如霍去病那样在狼居胥山筑坛祭天，庆祝胜利，却不料落得个败北，每每登楼北望，悔恨不已。还记得四十三年前，我在扬州以北地区参加抗金战斗，现在遥望中原，昔日扬州路上烽火杀敌的情景历历在目。当年掳掠中原的后魏太武帝拓跋焘建的祠庙，汉人却纷纷前去参拜，祭祀丰厚，乌鸦争食祭品，社鼓喧天，完全忘记亡国之痛。在这种情形下，谁还会前来问上一声，廉颇老了，饭量还好吗？

水龙吟·登建康赏心亭[①]

楚天[②]千里清秋，水随天去秋无际。遥岑[③]远目，献愁供恨，玉簪螺髻[④]。落日楼头，断鸿声里，江南游子。把吴钩[⑤]看了，栏杆拍遍，无人会，登临意。

休说鲈鱼[⑥]堪脍，尽西风，季鹰归未？求田问舍[⑦]，怕应羞见，刘郎才气。可惜流年，忧愁风雨，树犹如此[⑧]！倩[⑨]何人唤取，红巾翠袖，揾[⑩]英雄泪！

【注释】

①赏心亭：北宋丁谓营建，位于建康下水门城上，下临秦淮河，是游览观光的胜地。②楚天：建康古属楚地，故称。③遥岑：指远山。④玉簪螺髻：形容青山有的像女人头上的碧玉簪，有的像海螺形状的发髻。⑤吴钩：指吴国制造的弯形宝刀。⑥休说鲈鱼：反用

张翰思乡的典故。表示尽管秋风已起，乡思难禁，但自己不愿学张季鹰因思故乡鲈鱼味美而弃官。⑦求田问舍：买地置屋之意。⑧树犹如此：晋朝桓温北征，见到当年手植的树木粗已十围，叹息道“木犹如此，人何以堪!”这里借树比人，慨叹岁月匆逝而事业未成。⑨倩：请、央求。⑩揾：擦拭。

【解读】

站在赏心亭上，极目楚天千里，满目清秋景色，万里长江向天际流去，两岸秋色无际。眺望远山，有的像美人头上的碧玉簪，有的像丽人头上海螺形状的发髻，江山虽美，却都像是在对人们呈现愁恨。夕阳斜挂楼头，孤雁声声哀鸣，我这个江南游子满怀悲愤，将吴钩宝剑看了又看，把九曲栏杆拍遍，却没有人能够领会，我此时登临的心意。

别提家乡鲈鱼味美，尽管西风又起，家乡鲈鱼正肥，但我不会像张季鹰那样，因贪恋家乡鲈鱼美味而弃官归乡，更不会像许汜那样不顾国家安危，只顾自己置田买房私利，若那样见到襟怀气魄高远的刘备时，会感到何等羞耻惭愧。可叹大好岁月空自流逝，国势如风雨飘摇，这一切是多么令人忧伤啊！当年桓温北伐时；看到自己亲手种植的树粗已十围，慨叹“木犹如此，人何以堪!”我又何尝不是如此。有谁能唤来红巾翠袖的美人，为我擦干英雄脸上悲愤的泪水呢？

菩萨蛮·书江西造口①壁

郁孤台②下清江水，中间多少行人泪。西北望长安③，可怜无数山。

青山遮不住，毕竟东流去。江晚正愁余[4]，山深闻鹧鸪[5]。

【注释】

①造口：在今江西省万安县西南六十里处。②郁孤台：在今江西省赣州市西南的贺兰山上，因“隆阜郁然，孤起平地数丈”而得名。③长安：今陕西省西安市，为汉唐故都。这里借指宋朝的都城汴京。④愁余：令我忧愁。⑤鹧鸪：鸟名。因其鸣叫声谐音为“行不得也哥哥”，容易触动人的羁愁。

【解读】

郁孤台下奔腾不息的清江水，中间流淌着多少逃亡难民的血泪！我举头遥望西北的故都长安，可惜只见到无数青山。

但青山毕竟挡不住磅礴奔流的江水，它正浩浩荡荡东流入海。夜色茫茫，当我正在江边为国事担忧的时候，恰在这时，耳边传来乱山深处阵阵鹧鸪啼叫，更添凄迷之感，愁情也更加深沉。

西江月·夜行黄沙[1]道中

明月别枝惊鹊，清风半夜鸣蝉。稻花香里说丰年，听取蛙声一片。

七八个星天外，两三点雨山前。旧时茅店社[2]林边，路转溪桥忽见。

【注释】

①黄沙：黄沙岭，在今江西省上饶市西四十里。②社：土地

神庙。

【解读】

月亮的清辉，惊起了鸟儿飞离斜枝。半夜里吹来了凉爽的清风，蝉儿也随着歌唱起来。空气中洋溢着稻花的清香，沁人心脾，四野蛙声一片，好像在告诉人们丰收在望。

天边有七八颗星星在眨着眼睛，转眼间两三点雨滴落在山前。那旧时可以避雨的茅店，就在那土地神庙的树林旁边，转过溪流上的小桥就忽然出现在眼前。

贺新郎·同父[①]见和，再用前韵答之

老大[②]那堪说。似而今、元龙臭味[③]，孟公瓜葛[④]。我病君来高歌饮，惊散楼头飞雪。笑富贵、千钧如发。硬语盘空[⑤]谁来听？记当时、只有西窗月。重进酒，换鸣瑟。

事无两样人心别。问渠侬[⑥]：神州毕竟，几番离合？汗血[⑦]盐车无人顾，千里空收骏骨。正目断、关河路绝。我最怜君中宵舞[⑧]，道“男儿到死心如铁”。看试手，补天裂[⑨]。

【注释】

①“同父”句：同父即陈亮。宋孝宗淳熙十五年冬，陈亮从浙江东阳到信州（今江西省上饶市）与辛弃疾相会，两人纵论世事，共商大业，深相契合。别后辛意犹未尽，赋词相和。十六年（1189）春，在陈亮寄来和作之后，此词就是辛弃疾再次用韵相答之作。②老大：年纪大了。③元龙臭味：元龙，三国时的名士陈登，字元

龙，为人豪爽，以天下为己任。臭味，即气味、志趣。④孟公瓜葛：孟公，即西汉陈遵，字孟公，为人豪爽，喜饮酒。曾出使匈奴，匈奴的单于胁迫陈遵投降匈奴，陈遵向他陈明利害，说清曲直，单于很佩服他，让他回到了汉朝。瓜葛，指关系、交情。⑤硬语盘空：意谓用语生新瘦硬。这里指议论时政言辞激烈，耿直而不合时宜。⑥渠侬：吴语自称我为“侬”，称他人为“渠侬”。⑦“汗血”句：汗血，指大宛产的名马，汗出如血，能日行千里。借喻人才被埋没和受到屈辱。⑧中宵舞：据《晋书·祖逖传》载，东晋主战名将祖逖与刘琨共被同寝，闻中夜鸡鸣，即唤醒刘琨同去舞剑，苦练杀敌本领。⑨补天裂：引用古代传说中女娲炼石补天的故事。

【解读】

我已经老大无成，本来不该再说什么了。然而，如今遇到了你这个像陈登、陈遵般胸怀大志、为人豪爽，志趣相投的人，就忍不住要说几句。我病了你来看望我，让我的衰病之气一扫而空。对你的到来，我衷心欢迎，盛情款待。我高兴得与你高歌痛饮，声震云霄，以致震落了楼头的积雪。我们一同慷慨言志，笑看人间功名富贵，将它们视为轻如毛发。我们发表了对时政耿直，言辞激烈的言论，却因不合时宜，谁肯来听呢？记得当时，陪伴我们的只有西窗的那轮明月。我们畅谈到深夜，一次次斟满美酒，更换着瑟曲。

国事一如往昔，但人心却今非昔比了。我要问你，现在的中原，究竟还要被金人割裂主宰多久呢？放眼朝廷，庸懦之辈当道，有才能之人得不到重用，人才被屈辱或被埋没，犹如千里马被人用来拉盐车，以至于受尽折磨而死，却要沽名钓誉地用重金收买千里马的骸骨。我举目遥望，关塞河防道路阻塞，大雪将通往中原的道路隔绝。我最尊敬你如晋代祖逖与刘琨“闻鸡起舞”的壮烈情怀，你说大丈夫抗金救国的决心就要像钢铁那样坚硬，到死也不会动摇。我等待着你大显身手，如女娲补天一样，将裂开了的天补好（即收复中原，统一山河）。

丑奴儿·书博山[①]道中壁

少年不识愁滋味，爱上层楼。爱上层楼，为赋新词强说愁。

而今识尽愁滋味，欲说还休。欲说还休，却道天凉好个秋！

【注释】

①博山：在今江西省上饶市广丰区西南三十余里处，南临溪流，远望如庐山之香炉峰。辛弃疾闲居信州（今江西省上饶市）时，经常往来博山道中。

【解读】

年少时天真单纯，涉世未深，没有经历人世艰辛，对愁缺少切身感受，不知道忧愁的滋味，常喜欢登楼赏玩。后来，为了效仿前代词人赋一首新词，像前代词人一样抒发一点所谓“愁情”，爱上层楼，无愁找愁，没有愁苦却在新词里强硬说愁。

如今历经沧桑，尝尽了人世愁苦滋味，一生积极抗金，献谋献策，力主恢复中原，不仅未被朝廷重视，反而遭到了投降派的打击，心中的愁苦太多，说也说不尽，还是算了吧。又想找人倾诉一番，求得别人的理解和支持，但一想到投降派把持朝政，也只好作罢，只能说句应时的话：好个凉爽的秋天啊！

清平乐·检校山园①，书所见

连云松竹，万事从今足。拄杖东家分社②肉，白酒床头初熟。

西风梨枣山园，儿童偷把长竿。莫遣旁人惊去，老夫静处闲看。

【注释】

①山园：指带湖居第。因建于信州附郭灵山之隈，故自称山园。②社：指祭祀土地神的活动。《史记·陈丞相世家》：“里中社，平为宰，分肉甚均。”可知逢到“社”日，就要分肉，所以有“分社肉”之说。

【解读】

山园里的松竹高大，好像和天上的白云相连。隐居在这里，感觉很好，万事知足了。遇上了秋社的日子，我拄着拐杖到东家去分社肉，床头白酒刚好酿熟，散发出淡淡酒香，正好可以痛快淋漓地喝一场。

西风吹拂，山园里熟透了的梨子、枣子挂满枝头，一群顽皮的孩童正手握长长的竹竿，偷偷地扑打着树上的梨和枣。不要让人惊跑了他们，让我悠闲安静地坐在隐蔽处，看他们获取果子也是一种乐趣。

清平乐·村居

茅檐①低小，溪上青青草。醉里吴音②相媚好③，白发

谁家翁媪?

大儿锄豆[5]溪东，中儿正织鸡笼。最喜小儿无赖[6]，溪头卧剥莲蓬。

【注释】

①茅檐：茅屋的屋檐。②吴音：作者当时住在江西东部的上饶，这一带古时是吴国的领土，所以称这一带的方言为吴音。③相媚好：相互用绵软好听的吴侬软语聊天。④翁媪：翁，老头；媪，古代对老年妇女的尊称。⑤锄豆：锄掉豆苗里的草。⑥无赖：这里的意思是指顽皮、淘气。

【解读】

茅屋的屋檐又低又小，清澈见底的小溪两旁长满了郁郁葱葱的青草。一对白发夫妻长日无事，低斟浅酌，趁着酒兴说着吴侬软语互相取悦逗乐。

大儿子在溪东的豆田里锄草，二儿子坐在门前编织鸡笼。最招人喜爱的是顽皮淘气的小儿子，趴在溪头草丛中，贪吃刚刚采来的莲蓬。

摸鱼儿

淳熙己亥，自湖北漕移湖南，同官王正之置酒小山亭，为赋。

更能消、几番风雨，匆匆春又归去。惜春长怕花开早，何况落红无数。春且住！见说道、天涯芳草无归路。

怨春不语。算只有殷勤，画檐蛛网，尽日惹飞絮。

长门[①]事，准拟佳期又误。蛾眉[②]曾有人妒。千金纵买相如赋，脉脉此情谁诉？君莫舞，君不见、玉环飞燕[③]皆尘土！闲愁最苦！休去倚危栏，斜阳正在，烟柳断肠处。

【注释】

①长门：指汉代长门宫。武帝时陈皇后失宠后就幽居于长门宫。②蛾眉：代指美女。③玉环飞燕：指杨玉环、赵飞燕，二人皆风华绝代。

【解读】

宋孝宗淳熙六年（1179）辛弃疾由湖北（荆湖北路）转运副使（掌管钱粮）调任湖南（荆湖南路）转运副使。接替辛弃疾职务的王正之在湖北转运副使官署内的小山亭置酒替辛弃疾饯行，在宴会上辛弃疾赋了这首词。

还能经得起几番风吹雨打？春天匆匆而来，又匆匆归去。因怜惜那短暂而明媚的春光，常常怕花儿开得过早，何况此时已是落花遍地，让人如何经受得起。春光啊，请为我暂且留步。听说芳草已经长满到天涯海角，阻断了你的归去之路。然而春天对我的劝说默默不语，依旧悄悄地溜走了。我好怨恨惆怅啊！我无计留春，看来殷勤多情的，只有雕梁画栋间的蜘蛛，它们勤勤恳恳地，一天到晚不停地抽丝结网，以此网住那象征春景的杨柳飞花，挽留住春光。

那位被冷落在长门宫中的陈皇后，与君王约好的佳期被一拖再拖，都是因为太美丽遭人谗毁嫉妒。纵然花费千金买得司马相如的名赋，这一份脉脉深情又能向谁倾诉？奉劝你们不要得意忘形，难道你们没有看见当年杨玉环、赵飞燕那样得宠最终还是都化作了尘土。闲愁折磨人最苦。请不要用登楼凭栏远眺的方法去排遣闲愁，因为那快要沉落的斜阳，正照着暮霭笼罩的杨柳，远远望去，一片凄迷的景象，最令人伤心断肠。

贺新郎

邑中[①]园亭，仆皆为赋此词。一日，独坐停云[②]，水声山色，竞来相娱。意溪山欲援例者，遂作数语，庶几仿佛渊明思亲友之意云。

甚矣吾衰矣。怅平生、交游零落，只今余几！白发空垂三千丈，一笑人间万事。问何物、能令公喜？我见青山多妩媚，料青山见我应如是。情与貌，略相似。

一尊搔首东窗里。想渊明、《停云》诗就，此时风味。江左[③]沉酣[④]求名者，岂识浊醪[⑤]妙理。回首叫、云飞风起。不恨古人吾不见，恨古人不见吾狂耳。知我者，二三子。

【注释】

①邑中：指铅山（今属江西）境内。②停云：停云堂，为词人晚年住在铅山时所建。③江左：今长江下游一带。④沉酣：沉醉。⑤浊醪：浊酒。

【解读】

我老了、衰了，一腔惆怅！平生交游的人七零八落，眼下还剩几人？白发空自垂落三千丈，对人间万般忧愁、纷扰都一笑带过。自问，这世间还有什么能够让我高兴的呢？我见到青山，感觉它很妩媚动人，料想青山看我也应如此。我认为，青山与我不论情怀还是外貌，都非常相似。

对酒思友，窗前搔首赋词想必就是当年陶渊明写《停云》诗时的情味吧。江南那些醉生梦死、一味追求功名利禄的俗物，哪里能体味到一杯浊酒中蕴含的妙理呢？回想当年汉高祖刘邦高唱《大风歌》时，是怎样叱咤风云，豪气冲天！我不遗憾没见到先贤（陶渊明），只遗憾先贤没见到我这个豪放疏狂之人。举目当世，真正了解我性情的，不过两三人而已。

石孝友（生卒年不详），字次仲。南昌（今江西省南昌市）人。宋孝宗乾道二年（1166）进士。以词闻名于世。填词常用俚俗之语，状写男女爱情。词风近似柳永、黄庭坚。其词长调多投献地方官之作，以端庄为主；小令多写男欢女悦、恨离伤别之情，以轻倩为工。清人李调元称其为“词中白描高手”。有词集《金谷遗音》。

眼儿媚

愁云淡淡雨潇潇，暮暮复朝朝。别来应是，眉峰翠减，腕玉香销。

小轩独坐相思处，情绪好无聊。一丛萱草①，几竿修竹，数叶芭蕉。

【注释】

①萱草：又名“谖草”，多年生宿根草本，古人以为此草可以使

人忘忧，故又称忘忧草。

【解读】

愁云淡淡，春雨潇潇，从日暮下到清晨，日复一日，让人愁绪满怀。自分别之后，想必你懒于梳妆，像春山一样弯曲的眉黛的颜色已经变浅；白如玉香如兰的手腕日见瘦损。

独坐小轩中，孤独寂寞，相思难遣，满怀愁思，神情凄然。院中有一丛忘忧草，几竿修长的竹子，以及数叶芭蕉。本欲忘忧，但是睹物思人，看见眼前的景物，更加思念远方的心上人，更增添了无尽的离愁别恨。

卜算子

见也如何暮①。别也如何遽②。别也③应难见也难，后会难凭据④。

去也如何去。住⑤也如何住。住也应难去也难，此际⑥难分付⑦。

【注释】

①暮：晚、迟。②遽：仓促、匆忙。③“别也”句：化用唐李商隐《无题》：“相见时难别亦难。”④凭：依据、靠着。⑤住：停留。⑥此际：谓当下离别之际。⑦分付：安排、发落。难分付：犹言不好办。

【解读】

相见啊，相见恨晚！相别啊，为什么这样仓促？彼此有千言万语要说，有讲不尽的句句叮嘱，相会的时间如此短促，知心的话怎么说得完？分别啊，多么让人不舍！多么让人倍感伤情！相见也难啊，世事的变化，人事的坎坷际遇，岂是个人左右得了的！以后再次相见又有什么凭据？

离去，万种柔情，千般情意，去而不甘，恋恋不舍，又怎能决绝地离去？留下，客观情势不允许长相厮守，留下亦是无望的可能。留下也难，离去也难，此刻真不知道该怎么办才好？

好事近

微雨洒芳尘①，酝造可人②春色。闻道梦云楼③外，正小桃花发。

殷勤④留取⑤最繁枝，樽前待闲折。准拟乱红深处，化一双⑥蝴蝶。

【注释】

①芳尘：染香的尘土。②可人：使人满意，惹人喜爱。③梦云楼：化用宋玉《高唐赋》所写楚王梦见巫山神女的故事。此指女子所居之楼。④殷勤：本意指热情而周到，此处则是指情意恳切。⑤留取：留着。⑥“化一双”句：《庄子·齐物论》写庄周梦见自己化为蝴蝶，醒来复是庄周，因疑是庄周梦中化蝶，还是蝶梦化为庄周。这里借用此意义为愿与思念之人同化为蝶、相偕并飞。

【解读】

迷蒙细雨中的春色更加迷人，淅淅沥沥的小雨轻轻地洒落在染满花香的尘土上，酝酿出了惹人喜爱的满城春色。听说女子所住的高楼外，一株株桃花正在迎春怒放。

女子情意深切地留着那最繁茂的花枝，等待着情人的到来，两人共同把盏，共同攀折。女子愿意与所思念的情郎同化为蝴蝶，翩翩飞舞在这深深的芳草香花之中，一起飞到花开最香处。

赵师侠（生卒年不详），南宋词人。一名师使，字介之，号坦庵。新淦（今江西省新干县）人。淳熙二年（1175）进士。曾为江华郡丞。工词，其词以写景、状物之作为多，写花有芙蓉、丹桂、海棠、牡丹、茉莉、双头莲、荼蘼、月季、山樊、聚八仙、菊、梅、桃花等，写景之作则随处可见，出语浅淡，似不经意，而实则形神兼备。其词亦多富贵气，多呈萧疏淡远之格。词集名《坦庵长短句》。

行香子

春日迟迟。春景熙熙。渐郊原、芳草萋萋。天桃灼灼①，杨柳依依②。见燕喃喃③，蜂簇簇，蝶飞飞。

闲庭寂寂，曲沼④漪漪⑤。更秋千、红索垂垂⑥。游人队队，乐意嬉嬉⑦。尽醉醺醺⑧，歌缓缓，语低低。

【注释】

①天桃灼灼：化用《诗经·周南·桃天》："桃之天天，灼灼其华。"灼，鲜明貌。②杨柳依依：出自《诗经·小雅·采薇》："昔我往矣，杨柳依依。今我来思，雨雪霏霏。"③喃喃：象声词，鸟鸣声。④曲沼：曲池，曲折迂回的池塘。⑤漪漪：水波荡漾貌。⑥垂垂：低垂貌。⑦嬉嬉：喜笑貌。⑧醺醺：酣醉貌。

【解读】

春回大地，白天变得越来越长，天气渐渐地变暖了，到处呈现出一片生机蓬勃的景象。原野上，芳草萋萋，桃花盛开，灼灼其华。微风吹过，杨柳依依。燕子在枝间穿梭，喃喃细语，勤劳的小蜜蜂聚集在花朵上尽情地采蜜，美丽的蝴蝶在花丛中流连飞舞。

庭院宽敞，恬静祥和，风儿经过曲折迂回的池塘，吹皱一池春水，漂亮的秋千在院中悬挂着，想来它的主人该是多么曼妙的一位佳人。人们成群结队地去野外春游，路上嬉笑打闹，有的悠闲地哼着歌儿，有的低声私语，春风和煦，吹得游人都醉了。

陈　亮（1143—1194），南宋思想家、文学家。字同甫，学者称龙川先生。婺州永康（今浙江省永康市）人。绍熙进士。光宗时授签建康府判官，未上任而卒。他为人豪迈，有才气，喜谈兵。孝宗时作《中兴五论》，反对“和议”，力主抗金，遭当权者嫉恨，屡次被捕入狱。出狱后，志气益励，尝以“推倒一世之智勇，开拓万古之心胸”自许。提倡“事功之学”，认为“功到成处，便是有德，事到济处，便是有理”。所作政论，气势纵横，笔锋犀利。词作慷慨激昂，风格豪放，反映了当时重大政治事件，表达出他抗金救国的政治抱负。有《龙川文集》《龙川词》。

水调歌头·送章德茂大卿使虏

不见南师①久，漫说②北群空③。当场只手④，毕竟还我万夫雄⑤。自笑堂堂汉使，得似洋洋河水，依旧只流东？

且复穹庐[6]拜，会向藁街[7]逢！

尧之都，舜之壤，禹之封。于中应有，一个半个耻臣戎[8]！万里腥膻[9]如许，千古英灵安在，磅礴几时通？胡运[10]何须问，赫日自当中！

【注释】

①南师：指南宋的军队。②漫说：妄说。③北群空：语出韩愈《送温处士赴河阳军序》："伯乐一过，冀北之野，而马群遂空。"指没有良马，借喻没有良才。④当场只手：只手擎天。⑤毕竟还我万夫雄：毕竟章德茂是万夫之雄。我，指章德茂。⑥穹庐：毡帐。⑦藁街：汉时街名，在长安城南门内，外国使臣居住的地方。⑧耻臣戎：意谓耻于向金人称臣。戎：中国古代对我国西部少数民族的称谓。⑨腥膻：牛羊腥臊气。这里代指入侵的金兵。⑩胡运：金国的命运。

【解读】

不要以为很久未见南宋的军队北伐，就妄说宋朝没人才了。你这次使金，定当只手擎天，毕竟你是万夫之雄。我们堂堂汉使，怎能像河水永远东流那样，年年去朝见金廷！暂且去圆顶毡房向金主贺一次生辰吧，有朝一日定将斩敌酋之首藁街。

在这个唐尧建立的都城，虞舜开辟的土壤，夏禹分封的疆域里，总该有一个半个耻于向金人称臣的志士吧！万里河山充斥着（金人游牧的）腥膻之气，千百年来先烈们的英魂何在，磅礴的抗金正气什么时候才能畅通？金人的气数已尽，用不着多问，我朝国运必将如日中天！

念奴娇·登多景楼

危楼还望，叹此意、今古几人曾会？鬼设神施，浑认作、天限南疆北界。一水横陈，连岗三面，做出争雄势。六朝何事，只成门户私计！

因笑王谢诸人①，登高怀远，也学英雄涕。凭却长江，管不到、河洛腥膻无际。正好长驱，不须反顾，寻取中流誓。小儿破贼②，势成宁问强对③！

【注释】

①王谢诸人：泛指当时有声望地位的士大夫。②小儿破贼：淝水之战时，谢安得译书知道已破前秦大军，当时他正与客人下棋，就顺手把驿书放在床上继续下棋。客人问是什么译书，谢安慢悠悠地回答："小儿辈遂已破贼。"当时率军作战的是其弟侄，故称"小儿辈"。③强对：强大的对手。

【解读】

登上高耸的多景楼极目四望，不觉百感交集，可叹自己的这番心意，又有几人能够领会呢？但见镇江一带山川险要，可谓是鬼斧神工，非人力所能。然而如此险要的地理形势不被当作进取的凭借，只被当成天设的南疆北界。凭此以求苟安自保。镇江北面横贯着波涛汹涌的长江，东、西、南三面都连接着起伏的山岗，形成与强敌争雄，进取中原之势。这样的地理形势，正是进可以攻，退可以守，一定可以和金国形成抗衡之势，从而进一步力图恢复。然而统治者却划江自守，成了他们各自私人门户的算计。

可笑当朝统治者，在国难当头之际，不敢抵抗入侵之敌，他们登高怀远，装模作样地学爱国英雄洒泪挥涕。他们依仗长江之险，只图偏安自保，却不去收复被腥膻之气笼罩的黄河洛水等中原大地。像这样有利的地形，正应当长驱北伐，不必再回头反顾，应当像当年祖逖那样，中流击水，收复中原。就如谢安叔侄那样镇定自若，一旦有利之势已成，何须再问对手有多强大！

水龙吟·春恨

闹花[1]深处层楼，画帘半卷东风软。春归翠陌[2]，平莎茸嫩[3]，垂杨金浅。迟日[4]催花，淡云阁雨，轻寒轻暖。恨芳菲世界，游人未赏，都付与、莺和燕。

寂寞凭高念远，向南楼、一声归雁。金钗斗草[5]，青丝[6]勒马，风流云散。罗绶分香[7]，翠绡[8]封泪，几多幽怨！正销魂，又是疏烟淡月，子规声断。

【注释】

①闹花：指繁花。②陌：道路。③平莎茸嫩：平原上的青草十分柔嫩。④迟日：指日落晚，即昼长。⑤金钗斗草：古代女子玩的一种游戏。⑥青丝：青丝绳。⑦罗绶分香：解下自己的香罗带相赠。⑧绡：丝帕。

【解读】

繁花盛开的花丛深处，耸立着高楼，东风从半卷的画帘吹入，令人觉得分外柔软。春回大地，田间小路一片青翠，平野上那碧绿的青草十分柔嫩，袅娜的杨柳柔枝披拂，一片嫩黄。春日迟迟，充足的阳光催动百花竞放。一阵微雨后又倏忽转晴，天空飘着淡淡的云彩。这种天气让人感觉时而有一丝微寒，时而又有一丝微暖。面对着如许柳绿桃红花团锦簇的早春美景，我却和许多游人一样无心欣赏，心怀万千惆怅，把如此美好芬芳的春景都让给了黄莺和飞燕。

寂寞难耐，登上高楼独自凭栏远眺，但见远方一片苍茫，在转向南楼时听到了一声归燕的哀鸣。想起我那沦陷的故国山川，心中顿觉凄凉惆怅。想当年，在故国的春天，女子们争相寻觅奇花异草，愉快地玩着“斗草”的游戏；小伙子们则勒着青丝缰绳在平野上策马驰骋。而今国破家亡，美好的往事如同风吹云散，消失得无影无踪。当初分手时她所赠的罗带，如今依然存有余香，那翠绿的丝巾上还凝结着当日的泪痕。悠悠岁月天各一方，怎能不激起我心中的离愁别恨呢？我沉浸在伤心欲绝的回忆之中，又见那当年分别时的情景，天际暮霭渐浓，微云徐卷，一弯淡月凄清地挂在天空中。耳际传来杜鹃时断时续“不如归去”的叫声，听了令人断肠。

点绛唇·咏梅月

一夜相思，水边①清浅横枝瘦。小窗如昼，情共香俱透。

清入梦魂②，千里③人长久。君知否？雨僝④云僽，格调⑤还依旧。

【注释】

①“水边”句：化用林逋《山园小梅》诗意。其一云：“疏影横斜水清浅，暗香浮动月黄昏。”其二云：“雪后园林才半树，水边篱

落忽横枝。”②清入梦魂：魂入清梦之倒装。③“千里”句：化用苏轼《水调歌头》“但愿人长久，千里共婵娟”词意。④雨僝：被云雨折磨。黄庭坚《宴桃源》：“天气把人僝僽，落絮游丝时候。”⑤格调：风格情调。这里指品格。

【解读】

一夜相思难以入眠，梅花影子映照在静静的水面上，清香流动。皓月当空，小窗被照得如同白昼，如水的月色里词人的幽情和梅香一样深浓。

在明月的清辉和梅花的清香的伴随下，词人进入了梦境，祝愿千里之外的友人能和他一起分享这份美丽的心情。并且告诉他：梅花尽管被风雨摧残，但依然保持着自己的品格。

杨炎正（1145—?），南宋官吏。字济翁。庐陵（今江西省吉安市）人。杨万里族弟。宋宁宗庆元二年（1196）进士，任宁远主簿。庆元五年（1199）主管吏部架阁，不久罢官。宋宁宗嘉定三年（1210）任大理司直，以臣僚论劾，谪知藤州。七年后因事改知琼州，官至安抚使。其早年跟随辛弃疾，二人结下了深厚的友谊，常相唱和，人品、气节、词风也与辛弃疾类似。有《西樵语业》。

水调歌头

把酒对斜日，无语问西风。胭脂何事，都做颜色染芙蓉。放眼暮江千顷，中有离愁万斛，无处落征鸿。天在阑干角，人倚醉醒中。

千万里，江南北，浙[1]西东。吾生如寄，尚想[2]三径菊花丛。谁是中州豪杰，借我五湖舟楫[3]，去作钓鱼翁。故国且回首，此意莫匆匆。

【注释】

①浙：水名，即浙江。②“尚想”句：晋陶渊明《归去来兮辞》：“三径就荒，松菊犹存。”③五湖舟楫：越灭吴后，越大夫范蠡功成身退，泛舟五湖而去。

【解读】

我手持酒杯面对斜阳，欲问西风，却终为无语。心里想，为什么把胭脂都做了颜料，把荷花染得这么红。放眼暮色中的千顷大江，绵延千里，自己的愁思恰如这无尽的江水，万斛不绝，它蔓延开去，弥散在天地间，使征鸿连落脚的地方都找不到。唯有阑干的一角可见一线天光，我倚着阑干，在半醉半醒中，愁怀难遣。

平生走过了千万里坎坷的道路，行尽大江南北，踏遍了浙西浙东。人生如寄，心灵一直找不到可以依托的家园。我想像陶渊明那样归隐，结束漂泊的生活。但是，我还是渴望为国立功，谁是中州豪杰，非我莫属吧！然而为境况所限，只能像范蠡那样，借舟楫浮五湖，当一个钓鱼翁，过自由自在的隐居生活。然而，回望这沦陷的故国，还是难以割舍，还是想为国效力，归隐的决定不要下得太匆忙。

章良能（？—1214），南宋大臣。字达之。丽水（今浙江省丽水市）人。宋孝宗淳熙五年（1178）进士。宋宁宗庆元六年（1200），任著作佐郎。嘉泰元年（1201），任起居舍人。开禧三年（1207）权兵部侍郎，同年十二月迁礼部侍郎。嘉定元年（1208），为吏部侍郎，不久擢升御史中丞兼侍读。二年由御史中丞迁同知枢密院事。六年，任参知政事。有《嘉林集》。

小重山

柳暗花明春事深，小阑红芍药，已抽簪①。雨余风软碎鸣禽，迟迟日，犹带一分阴。

往事莫沉吟，身闲时序好，且登临。旧游无处不堪寻，无寻处，惟有少年心。

【注释】

①抽簪：抽出尖尖的花苞，其状如古代妇女绾髻的簪。

【解读】

柳叶由鹅黄转为深绿，百花竞相开放，争奇斗艳，春意深浓，小巧阑干边红芍药抽出了尖尖的花芽，宛如美人头上的发簪。雨后春风和软，树荫里鸟儿在细碎啼鸣。白昼一天比一天长，天空呈现出雨后初晴的淡淡春阴，但也掩盖不了春日的美好，反而更增添了春的妩媚。

以往的事情，不必再去留恋叹惋沉吟，趁着了无牵挂悠闲一身，且春光和煦，权将水榭亭台登临。往日游赏的足迹，如今处处可寻，唯一无法寻找到的就是那颗少年时代纯真而又无忧无虑的心。

姜　夔（约1155—1209），南宋著名词人、音乐家。字尧章，号白石道人。鄱阳（今江西省鄱阳县）人。幼年随父在任职地生活，父亲早逝，由姐姐抚养成人。后来寓居武康（今浙江省德清县）。因住地与白石洞天为邻，故号白石道人。一生未仕。漫游鄂、赣、皖、苏、浙间，往来名公巨卿之门，与当时诗人词客交游频繁，与杨万里、范成大、辛弃疾都有交往，过着游士的生活。

姜夔在文学艺术上具有多种才能，工诗、善书法、精通音律，更长于词，是南宋格律词派的主要代表。他最大的成功之处，在于开创了一种新型的风格，在柳永、周邦炎的婉约妙曼和苏轼、辛弃疾的刚健雄奇之间走出一条清空、峭拔的路子，使宋词在晚期再度表现出刚健的后劲，展示出新的姿彩。他的词的最大特点是重格律，音节谐美，啄句精工，格调高旷，寄意幽邃。词集《白石道人歌曲》中，其自度曲旁记俗字谱和律吕字谱。琴曲《古怨》旁记减字谱，是现存的一部词和乐谱的合集。其他著作有《白石道人诗集》《诗说》《绛帖平》《续书谱》等。

暗　香

辛亥①之冬，余载雪诣石湖②。止既月③，授简索句④，且征新声⑤，作此两曲，石湖把玩不已，使工妓隶习⑥之，音节谐婉，乃名之曰《暗香》《疏影》。

旧时月色，算几番照我，梅边吹笛？唤起玉人⑦，不管清寒与攀摘。何逊⑧而今渐老，都忘却春风词笔。但怪得竹外疏花，香冷入瑶席⑨。

江国⑩，正寂寂。叹寄与路遥⑪，夜雪初积。翠尊⑫易

泣，红萼[13]无言耿相忆[14]。长记曾携手处，千树[15]压、西湖寒碧。又片片、吹尽也，几时见得？

【注释】

①辛亥：宋光宗绍熙二年（1191）。②诣石湖：诣，拜访。石湖，南宋诗人范成大，号石湖。③止既月：停留月余。④“授简索句”句：指将纸笺授予姜夔，要他写词。⑤征新声：请创新词。⑥隶习：研习，指练唱。⑦“唤起玉人”两句：贺铸《浣溪沙》：“玉人和月摘梅花。”玉人，美人。⑧“何逊”两句：南朝梁诗人何逊，字仲言，酷爱梅花，写过《咏早梅》诗。作者这里把自己比作何逊，说年事新增，昔日的文采却慢慢减退。⑨瑶席：指精美的座席。⑩江国：江南水乡。⑪寄予路遥：指赠梅花路途遥远。暗用南朝宋陆凯折梅赠长安友人范晔的典故。其《赠范晔》诗云：“折花逢驿使，寄与陇头人。江南无所有，聊赠一枝春。”⑫翠尊：绿色酒杯。⑬红萼：红花。此处指红梅。⑭耿相忆：怀念故旧，耿耿不忘。⑮“千树”句：宋时杭州西湖孤山多植梅树。

【解读】

辛亥年冬天，我冒雪去拜访石湖居士。居士要求我创作新曲，于是我创作了这两首词曲。石湖居士吟赏不已，教乐工歌伎练习演唱，音调节律悦耳婉转。于是将其命名为《暗香》《疏影》。

昔日皎洁的月色，曾经多少次映照着我，对着梅花吹得玉笛声韵谐和。笛声唤起了美丽的佳人，不顾清寒，与我一道攀折梅花。而今我像何逊一样渐渐衰老了，往日如春风般绚丽的词采和文笔都忘却了。但令我惊异的是，竹林外几株稀疏的梅花，竟将清冷的幽香散入了华丽而又丰盛的筵席。

江南水乡，正是一片静寂。想折枝梅花寄给她，可叹路途遥远，积雪阻隔，音书难通，无法表达我的心意。面对着翠绿的酒杯，我禁不住流下了相思之泪，红梅也默默无言，我深深把她思念。还记得曾经和她携手游赏之地，千株梅树上满是绽放的红梅，西湖上泛着寒波一片澄碧。梅花又将在春风中片片吹尽，不知何时才能再见它的清幽芳姿。

疏　影

苔枝[①]缀玉，有翠禽[②]小小，枝上同宿。客里相逢，篱角黄昏，无言[③]自倚修竹。昭君[④]不惯胡沙远，但暗忆、江南江北。想佩环[⑤]、月夜归来，化作此花幽独。

犹记深宫旧事[⑥]，那人正睡里，飞近蛾绿[⑦]。莫似春风，不管盈盈，早与安排金屋[⑧]。还教一片随波去，又却怨、玉龙哀曲[⑨]。等恁时、重觅幽香，已入小窗横幅[⑩]。

【注释】

①苔枝：长满苔藓的枝条，苔梅是梅花中比较名贵的品种。②“有翠禽”两句：《类说》引《异人录》(一说《龙城录》)：隋开皇年间，赵师雄行经罗浮山，日暮时分在树林中遇一美人，同到酒店对饮，又有一绿衣童子来歌舞助兴。酒醉醒后，发现自己躺在一株大梅树下，上有翠鸟欢鸣，才醒悟所遇女子是梅花女神，绿衣童子即翠鸟。作者以“翠鸟”点出此典，以苔枝缀玉状写罗浮女神。③“无言”句：暗用杜甫《佳人》“天寒翠袖薄，日暮倚修竹”诗意。④昭君：名王嫱，汉代宫女。汉元帝把她远嫁匈奴，居留北方边塞沙漠之地。⑤“想佩环”两句：意谓梅花乃千古佳人昭君灵魂

所化。出自唐杜甫《咏怀古迹》："环佩空归月夜魂。"⑥"深宫旧事"三句：相传南朝宋武帝的女儿寿阳公主，卧于含章殿檐下，有梅花飘落在她的额上，拂之不去。宫中女子觉得甚是好看，竞相仿效，称为"梅花妆"。⑦蛾绿：指眉黛。⑧安排金屋：《汉武故事》载，汉武帝刘彻年少的时候，长公主指着自己的女儿阿娇问他，娶这样的媳妇如何？刘彻答：好！若得阿娇作妇，当作金屋贮之也。⑨玉龙哀曲：指笛曲《梅花落》。玉龙，笛名。唐李白《与史郎中钦听黄鹤楼上吹笛》诗有"黄鹤楼中吹玉笛，江城五月落梅花"之句。⑩横幅：画幅。此谓画里梅花。

【解读】

长满苔藓的梅枝上梅花点点，宛如晶莹美玉，枝上有一对小小的翠鸟依偎同宿。我羁旅在外做客，见到如此高洁的梅树，可谓有幸。黄昏时分，它在竹篱边独倚着修长的翠竹。默默无语地伫立着，犹如品性清高的绝代佳人。想必是当年远嫁匈奴的王昭君，因为过不惯胡地的沙漠生活，心中思念江南江北的故土，她的灵魂在月光皎洁的夜晚戴着环佩悄然归来，化作了这幽独的梅花。

我还记得寿阳宫中有关梅花的往事，那年美丽的寿阳公主卧于含章殿下，忽有梅花落在她的额上，以致宫中流行起"梅花妆"来。不要像春风那样，不知怜惜娇嫩轻盈的梅花，依旧将它雨打风吹去，应该像汉武帝爱惜美人那样爱惜梅花，及早为它准备好金屋，以遮风避雨。终究是护花无力，眼看梅花凋落的花瓣，一片片随波飘去，无法挽留，那时便只能埋怨玉笛声中的《梅花落》太幽柔哀怨。等到梅花落尽时，再去寻觅它的幽香，那就为时已晚，它已进入小窗上的画幅里，只见疏影，难觅幽香。

扬州慢

淳熙丙申至日[1]，余过维扬[2]。夜雪初霁[3]，荠麦弥望[4]。入其城则四顾萧条，寒水自碧，暮色渐起，戍角悲吟。余怀怆然，感慨今昔，因自度此曲。千岩老人[5]以为有《黍离》[6]之悲也。

淮左[7]名都，竹西佳处[8]，解鞍少驻初程。过春风十里[9]，尽荠麦青青。自胡马窥江去后，废池乔木，犹厌言兵。渐黄昏，清角吹寒，都在空城。

杜郎[10]俊赏，算而今、重到须惊。纵豆蔻词工[11]，青楼梦好[12]，难赋深情。二十四桥[13]仍在，波心荡，冷月无声。念桥边红药，年年知为谁生？

【注释】

①淳熙丙申至日：宋孝宗淳熙三年（1176）冬至。至日，指冬至。②维扬：扬州的别名。③初霁：雨止雪停，云开雾散。④弥望：满眼。⑤千岩老人：南宋诗人萧德藻，字东夫，因居湖州弁山之千岩，因以为号。⑥黍离之悲：指故国之思。⑦淮左：淮扬一带，宋置淮南东路，亦称淮左。⑧竹西佳处：杜牧《题扬州禅智寺》诗“谁知竹西路，吹歌是扬州。”竹西，亭名，在禅智寺前，是扬州著名的风景名胜。⑨春风十里：杜牧《赠别二首》诗“春风十里扬州路，卷上珠帘总不如”。⑩杜郎：指诗人杜牧。⑪豆蔻词工：杜牧《赠别二首》诗：“娉娉袅袅十三余，豆蔻梢头二月初。”⑫青楼好

梦：杜牧《遣怀》诗：“十年一觉扬州梦，留得青楼薄幸名。”⑬二十四桥：杜牧《寄扬州韩绰判官》诗：“二十四桥明月夜，玉人何处教吹箫。”

【解读】

丙申年冬至这天，我经过扬州。夜雪初晴，放眼望去，全是荠菜和野麦。进入扬州，一片萧条，河水碧绿凄冷，天色渐晚，城中响起凄凉的号角。我内心悲凉，感慨于扬州城今昔的变化，于是自创了这支曲子。千岩老人认为这首词有《黍离》的悲凉意蕴。

扬州是淮南东路的著名都市，竹西亭则是扬州著名的风景名胜。我初次来到扬州，在这里解鞍下马，稍作停歇。走过昔日垂柳夹道，繁华热闹的扬州路，如今看到的却是青色的荠菜和野麦，一片荒凉。自从金兵的铁蹄南侵，洗劫扬州退去之后，只剩下荒芜的池苑，断残的古树。而劫后幸存的人们至今感到愤恨，不愿再提起这场残酷的战争。时近黄昏，凄清的号角声响起，回荡在这座凄凉残破的空城，使人感到阵阵寒意。

风流俊逸的诗人杜牧曾游赏过扬州的胜景，写过不少赞美扬州的诗句，如果现在他能故地重游，也会因眼前的荒败景象而大吃一惊。纵有赞美“豆蔻”芳华的精工词采，纵有歌咏青楼一梦的绝妙才华，也难以表达此刻深沉悲怆之情。那著名的二十四桥依然保持着原来的风貌，桥下江水水波荡漾，映照着冷月的光影，寂静无声。想那桥边的红芍药年年花叶繁荣，可它们是为谁生长为谁开放呢？

鹧鸪天·元夕有所梦

肥水①东流无尽期，当初不合种相思。梦中未比丹青②

见，暗里忽惊山鸟啼。

春未绿，鬓先丝，人间别久不成悲。谁教岁岁红莲夜[3]，两处沉吟各自知。

【注释】

①肥水：源出安徽省合肥市紫蓬山，东南流经将军岭，至施口入巢湖。②丹青：泛指绘画。③红莲夜：指元夕之夜。红莲：指灯。

【解读】

肥水悠悠向东流去，永无尽期。当初不该种下这相思，惹出如今不尽的思念。今夜在梦里见到的你，虽比不上画像那般神貌清晰，却也给了我很大的慰藉，没想到又很快被山鸟的啼鸣声惊醒。

绿满大地的芳春尚未到来，我的鬓发却已如银丝。人世间的离别，随着岁月的流逝就会渐渐淡化，而你却让我不能释怀。每年元夕之夜花灯满城，人间普天同庆，而我们却在两地痛苦地相思沉吟，这种两地相思的况味，只有彼此心知。

踏莎行

自沔东来，丁未元日至金陵，江上感梦而作。

燕燕轻盈，莺莺娇软，分明又向华胥[1]见。夜长争得薄情知？春初早被相思染。

别后书辞[2]，别时针线[3]，离魂暗逐郎行远。淮南皓月冷千山，冥冥归去无人管。

【注释】

①华胥：《列子》载黄帝昼寝而梦，游于华胥氏之国，华胥是传说中的国名，此代指梦境。②别后书辞：分别后情人写来的书信。③别时针线：分别时情人赠送的衣服。

【解读】

像燕子般轻盈的体态，像黄莺般娇柔的声音，分明在梦中与你相见。你含情脉脉地说，在这漫长的春夜里，薄情郎啊，你又怎知我相思的深重呢？你怎知道，春天刚到，我就被相思所感染，充满了伤感和哀愁。

深情的情人啊，离别后，你寄给我的情书，检阅犹新，你为我缝制的衣衫，尚着在身，仍留有遗香。你的魂魄，也暗暗地追逐我来到远方。一轮冷月映照淮南千山，在清冷的月光下，你的魂魄飘然归去，无人照管，这叫我如何承受得起。

俞国宝（生卒年不详），南宋著名诗人。号醒庵。临川（今江西省抚州市）人。宋孝宗淳熙年间太学生。江西诗派著名诗人之一。性豪放，嗜诗酒，曾游览全国名山大川，饮酒赋诗，留下不少脍炙人口的锦词佳篇。他的词虽不多见，却写得旖旎多姿，极有情致。著有《醒庵遗珠集》10卷。

风入松·题酒肆①

一春长费买花钱，日日醉湖边。玉骢②惯识西湖路，骄嘶过、沽酒楼前。红杏香中箫鼓，绿杨影里秋千。

暖风十里丽人天，花压鬓云③偏。画船载取春归去，余情寄、湖水湖烟。明日重扶残醉，来寻陌上花钿④。

【注释】

①题酒肆：这首词据南宋周密《武林旧事》记载，是题写在西湖桥边一家酒店的屏风上的。②玉骢：白马。③鬓云：鬓发。④花钿：用金银珠宝等制作的花朵形首饰。

【解读】

入春以来不知花费多少钱买花，一天天沉醉在西湖湖边。我的玉骢宝马也已熟识游览西湖的路径，每天经过沽酒楼前，它都要为主人的惬意而嘶鸣。在红杏幽淡的芳香中，传来阵阵悠扬的箫鼓歌吹，绿杨婆娑树影里，丽人欢快地荡着秋千。

十里长堤上春风拂面，处处丽人翩翩，这正是踏青春游的好时节。她们头插金银珠宝制作的花朵把云鬓压扁。夕阳西下，画船载着春光归去，画船上的游人将游野未尽的情致交给了湖水湖烟。明天我还要带着残存的醉意，到湖边小路上寻找遗落的花钿。

史达祖（约1163—约1220），南宋词人。字邦卿，号梅溪。汴京（今河南省开封市）人。宋宁宗庆元中曾做过宰相韩侂胄的堂吏，很受宰相赏识，掌文书，颇有权势。开禧年间韩北伐失败被诛，史亦受牵连而受黥刑流放。史词多写个人闲情逸致，尤擅长咏物，刻画精工，形神兼备，多显轻盈、柔媚之美，间有慷慨沉郁之气，且声韵圆转，字琢句炼，在当时极负盛名，姜夔、纪昀亦评价甚高。有《梅溪词》流传于世。

喜迁莺

月波疑滴，望玉壶[①]天近，了无尘隔。翠眼圈花[②]，冰丝织练[③]，黄道宝光相直。自怜诗酒瘦，难应接、许多春色。最无赖，是随香趁烛，曾伴狂客。

踪迹，漫记忆，老了杜郎[④]，忍听东风笛。柳院灯疏，梅厅雪在，谁与细倾春碧？旧情拘未定，犹自学、当年游历。怕万一，误玉人夜寒帘隙。

【注释】

①玉壶：指月亮。②翠眼圈花：指罗帛灯转动之状。③冰丝织炼：指冰丝灯的光柱如练。④杜郎：指唐代诗人杜牧，这里作者用以自比。

【解读】

融融月光似水欲滴，仰望天空，玉壶般的明月与银河似乎近在眼前，澄澈如镜，没有纤尘阻隔。各式彩灯五光十色，旋转的罗帛灯像翠眼圈花，冰丝灯光如柱如练。月光与灯光交相映射，令人眼花缭乱。可怜我因沉湎于饮酒作诗而日渐瘦损，难以应接这许多绚丽的春色。最值得回忆的是当年伴随几个狂傲的朋友追赏元宵香烛彩灯，与那些文人骚客狂欢的情景。

昔日漫游的踪迹，依稀还能记起。如今我已老矣，怎忍听东风中传来的呜咽的曲笛。垂柳依依的庭院灯火渐渐稀疏，寒梅俏立的厅堂残雪犹存，可又有谁能为我缓缓斟满新酒春碧，旧日豪情激荡难以克制，犹自学当年游历，只怕辜负了寒夜里的玉人，独自斜倚窗边，殷切地把我渴盼。

洪咨夔（1176—1236），南宋大臣。字舜俞，号平斋。於潜（今浙江省杭州市临安区）人。宋宁宗嘉泰二年（1202）进士，官至刑部尚书、翰林学士、知制诰。洪咨夔为人刚正，文风亦耿直、典雅。作诗主江西诗派，同时受杨万里影响，多清新之语。词风多样，既有淋漓激壮之作，也有工致婉约之笔，但其要则归于淡雅，前人认为“颇有似稼轩、龙洲者”。

眼儿媚

平沙芳草渡头村，绿遍去年痕。游丝下上，流莺来往，无限销魂。

绮窗深静人归晚，金鸭①水沉②温。海棠影下，子规③声里，立尽黄昏。

【注释】

①金鸭：一种鸭形的珍贵香炉。②水沉：水沉香，古代一种名贵的香料。③子规：杜鹃。

【解读】

平坦的沙滩侧，小河的渡口旁，有一座鲜美芳草环绕的村庄，春天的绿色早已覆盖了冬天曾经带来的荒凉。游丝在微风中上下飘拂，流莺在天上飞来飞去、一派大好风光。然而，有位思妇触景伤情，感到无限惆怅。

雕花窗外已是深深的夜晚，可心上人儿还不见归家。鸭形铜铸香炉上青烟袅袅，炉中的沉香已快燃完，你可知道，在斜阳拉长的海棠树的影子里，耳听着杜鹃声声悲啼，整个黄昏我都站在那里等你。

刘克庄（1187—1269），南宋文学家。初名灼，字潜夫，号后村居士。莆田（今福建省莆田市）人。以荫入仕，宋理宗淳祐六年（1246）赐同进士出身。历知建阳、通判吉州、江西提举、将作监。累官至枢密院编修、工部尚书兼侍读，以龙图阁学士致仕。其诗初学晚唐，后推崇陆游。诗词颇有感慨时事之作，渴望收复失地，振兴国力，反对妥协苟安。其为江湖派重要作家，词风豪迈奔放，雄健疏宕。有《后村先生大全集》。其词专集《后村长短句》，又名《后村别调》。

贺新郎·送陈子华赴真州①

北望神州路，试平章、这场公事②，怎生分付？记得太行山百万，曾入宗爷驾驭。今把作、握蛇骑虎。君去京东豪杰喜，想投戈、下拜真吾父。谈笑里，定齐鲁。

两河③萧瑟惟狐兔。问当年、祖生④去后，有人来否？多少新亭挥泪客，谁梦中原块土。算事业、须由人做。应笑书生心胆怯，向车中、闭置如新妇。空目送，塞鸿去。

【注释】

①这首词作于宋理宗宝庆三年（1227），当时词人担任建阳县知县，陈子华奉命前往真州赴任时，曾路经建阳和词人会面话别，这首词便是送别之作。②公事：指为国抗金的大事。③两河：指河南河北，黄河两岸。④祖生：祖逖。

【解读】

向北眺望通往中原的路，试着评论抗金大事，如何安排收复被金人侵占的失地。昔日集结在太行山的百万农民起义军，曾经被名将宗泽统率。今天却被南宋统治者看作手上握着蛇、胯下骑着虎的刁民。你此番去京东，定会令各方豪杰欣喜，投戈拜在你门下。谈笑间，就能平定齐鲁（即收复山东等失地）。

河南河北沦陷，黄河两岸一片萧瑟，狐兔出没。问当年北伐名将祖逖去后，是否还有人来过？那些贵族王侯只会在新亭挥泪惺惺作态，感慨哀伤，实际上他们连北伐的梦都没做一个。想来这抗金复兴大业，应当由你等豪杰来做。我这样的书生心中胆怯，如藏在车中害羞的新媳妇。我只能目送你到边塞，却不能与你同行。

满江红

夜雨凉甚，忽动从戎之兴。

金甲雕戈，记当日、辕门[1]初立。磨盾鼻、一挥千纸，龙蛇犹湿。铁马晓嘶营壁冷，楼船夜渡风涛急。有谁怜、猿臂故将军，无功级。

平戎策，从军什。零落尽，慵收拾。把茶经[2]香传[3]，

时时温习。生怕客谈榆塞[④]事，且教儿诵花间集[⑤]。叹臣之壮也不如人，今何及。

【注释】

①辕门：军门，指李珏帅府。②茶经：指《茶经》，唐代陆羽著，专门研究各种茶叶、泉水、茶具和煮茶、品茶的方法。③香传：指《香传》，一名《天香传》，宋代丁谓著，专门记载各类香料、香具以及如何烧香、熏香。④榆塞：边界的代名词。⑤花间集：指《花间集》，五代时后蜀赵崇祚编辑的一部词集，所收均为唐五代人的作品，题材多为花间月下，风格柔媚香艳，内容很少反映社会生活。

【解读】

身披“金甲”，手执武器，在辕门口站立，精神抖擞，气宇轩昂。我在盾鼻上磨墨，神思敏捷地起草军事文书，运笔如飞，那些笔走龙蛇的字墨还没有干，就已经挥就千纸了。披着铁甲的战马拂晓嘶鸣，载着士兵奔赴战场，战船连夜抢渡不顾风急浪高。然而在击退金兵后，我却像汉代飞将军李广一样，非但没有受到封赏，反遭诽谤，被迫去职，又有谁同情我的这种遭遇呢？

当年那些平敌的良策，从军的诗歌如今已经零落散失，我也懒得收拾。只把《茶经》《香传》时时温习。我害怕来客再度谈论边塞旧事，趁着闲暇，且让我教儿子专心诵读绮丽柔美的《花间集》。感叹壮年时尚且不能和别人相比，如今垂垂老矣，就更不及别人了。

沁园春·梦孚若[①]

何处相逢？登宝钗楼[②]，访铜雀台[③]。唤厨人斫就，东

溟[4]鲸脍[5]，圉人[6]呈罢，西极[7]龙媒[8]。天下英雄，使君与操，余子谁堪共酒杯。车千乘，载燕南赵北[9]，剑客奇才。

饮酣画鼓如雷，谁信被晨鸡轻唤回。叹年光过尽，功名未立，书生老去，机会方来。使李将军，遇高皇帝[10]，万户侯何足道哉。披衣起，但凄凉感旧，慷慨生哀。

【注释】

①孚若：方信儒，字孚若。以使金不屈著名。②宝钗楼：汉武帝时建造，故址在今陕西咸阳，宋时这里是著名的酒楼。③铜雀台：三国时曹操建造，故址在今河北省临漳县西南。④东溟：指东海。⑤鲸脍：把鲸鱼切成片。⑥圉人：掌管养马之事的官。⑦西极：西域。⑧龙媒：骏马名。⑨燕南赵北：韩愈《送董邵南游河北序》："燕赵古称多感慨悲歌之士"，指荆轲、高渐离等人。⑩高皇帝：汉高祖。《汉书》记载，汉帝谓李广曰："惜乎，子不遇时，如令子当高皇帝时，万户侯岂足道哉！"

【解读】

你我在何处相逢？一同游览咸阳的宝钗楼，又登上了曹操建的铜雀台。把厨师唤来，让他把东海鲸鱼切成片，"鲸脍"给我们吃，把马夫叫来，让他牵来西域的宝马，给我们骑。放眼四海之内，天下的英雄，除了你我二人，还有谁配与我们饮酒抒情。我们准备千辆马车，广集天下英才、四方剑客，纵情驰骋。

在梦中我们一同放情豪饮，酣然大醉，听到了北伐的战鼓如春雷一般地响起。谁料想，美梦被雄鸡的轻啼声惊醒。感慨自己的一生就要过去，但还没有建立功名。难道非要等到书生老后，建立功名的机会才会到来。如果威名赫赫的李广将军，可以遇到珍惜人才的高祖皇帝刘邦，区区一个万户侯又算什么！我如果遇到圣明的君主，建立功名也不在话下。于是再难入睡，披衣而起，想起英年早逝的方浮若，不禁凄凉生哀。

玉楼春 · 戏呈林节推乡兄

年年跃马长安市，客舍似家家似寄。青钱换酒日无何，红烛呼卢宵不寐。

易挑锦妇机中字，难得玉人心下事。男儿西北有神州，莫滴水西桥畔泪。

【解读】

一个七尺男儿，年年跃马扬鞭在长安游乐场所，竟然把客舍当成了家，家反而成了客舍。白天青钱换酒在酒楼上常常喝得烂醉，整日吊儿郎当，无所事事一天混到晚，夜里红烛灯下豪赌，通宵达旦。

我劝你思虑呀，妻子的爱情是真挚的，容易理解得到，而青楼女子的心意却难以捉摸。应该珍惜夫妻感情，不要再流连于青楼狎玩妓女。好男儿应该有收复西北沦陷的国土的豪情壮志，千万不要再为了青楼女子轻易地洒下无谓的泪水。

一剪梅

余赴广东①实之②夜饯于风亭。

束缊③宵行十里强，挑得诗囊，抛了衣囊。天寒路滑马蹄僵，元是王郎，来送刘郎。

酒酣耳热说文章，惊倒邻墙，推倒胡床④。旁观拍手笑疏狂，疏又何妨，狂又何妨！

【注释】

①余赴广东：指刘克庄赴任潮州通判。②实之：指王迈。王迈字实之，作者的朋友。③束缊：把乱麻捆绑起来，做成火把以照明。④胡床：与躺椅类似，坐卧皆可，能折叠。

【解读】

把乱麻捆起来，做成照明的火把，挑起了装满诗书典籍的行囊，不堪负重远行，抛弃了衣囊，连夜赶路来到十里长亭。天气寒冷，路面打滑，马蹄冻得僵硬，在这个寒冷的深夜，王郎特地赶来，在风亭为我饯行。

喝到酒酣耳热之际，共同探讨文章，语惊四座，热烈的气氛惊倒邻墙，推倒胡床。旁观的人拍手大笑我们疏狂，我们回答说疏又何妨，狂又何妨！

贺新郎

湛湛①长空黑，更那堪、斜风细雨，乱愁如织。老眼平生空四海，赖有高楼百尺。看浩荡、千崖秋色。白发书生神州泪，尽凄凉、不向牛山②滴。追往事，去无迹。

少年自负凌云笔，到而今、春华落尽，满怀萧瑟。常恨世人新意少，爱说南朝狂客③。把破帽、年年拈出。若对黄花孤负④酒，怕黄花、也笑人岑寂。鸿北去，日西匿⑤。

【注释】

①湛湛：厚重的样子，这里用来形容黑云满天的景象。②牛山：在现在的山东省临淄区南。《晏子春秋·内篇谏上》：景公游于牛山，北临其国城而流涕，曰："若何滂滂去此而死乎？"叹息自己会死去。③南朝狂客：指孟嘉。《晋书·孟嘉传》载：孟嘉于九月九日随桓温游龙山，风吹帽落，他未觉察。桓温命人写文章嘲笑他，他亦取笔作答，文辞甚美，四座皆叹服。④孤负：辜负。⑤匿：此指日西沉。

【解读】

寥廓的长空一片昏暗，又哪能忍受，斜风细雨交织，我心乱如麻，万缕愁思如织。我平生最喜欢登高临远眺望四海，幸有百尺高楼，任我登临。放眼望处，眼前千山万崖，秋色浩荡无边。我这一介白发书生，常因中原未复而伤心流泪，但不管怎样悲伤凄凉，也绝不会像那齐景公因贪生惧死而垂泪牛山。追忆以往的盛衰兴废，一切都已杳无踪迹。

少年时我风华正茂，才思敏捷，自负有凌云手笔。到而今当年的才华如春花凋谢殆尽，只剩下满怀萧索寂寞的心绪。常常怨恨世人的诗文新意太少，只爱说南朝文人的疏狂旧事，每当重阳吟咏诗句，总把孟嘉落帽的故事提起，令人生厌。假若对着菊花而不饮酒，只怕菊花也会嘲笑我太孤寂。暮色中鸿雁北去，斜阳西沉。

卜算子

片片蝶衣轻，点点猩红小。道是天公不惜花，百种千般巧。

朝见树头繁，暮见枝头少。道是天公果惜花，雨洗风吹了。

【解读】

片片花瓣像蝴蝶的翅膀一样轻盈美丽，点点花朵猩红如染，美艳娇小。你说天公不爱惜花，那么花儿为什么开得那么美妙，风情万种，千姿百态，这不都是天公作美而成的吗？

清晨还看见树头枝繁叶茂、繁花似锦，然而到了傍晚的时候，树头繁花便凋零了，一派萧条。若是天公果真爱惜花，就应该百般呵护它，不应该让花被雨打风吹了。

宋自逊（生卒年不详），居士。字谦父，号壶山。金华（今浙江省金华市）人。居江西省南昌市。文笔高绝，当世名流皆敬爱之。与戴复古尤有交谊。有词集《渔樵笛谱》《花庵词选》。

蓦山溪·自述

壶山居士，未老心先懒。爱学道人家，办竹几、蒲团茗碗[①]。青山可买，小结屋三间，开一径，俯清溪，修竹栽教满。

客来便请，随分家常饭。若肯小留连，更薄酒，三杯两盏。吟诗度曲，风月任招呼。身外事，不关心，自有天公管。

【注释】

①蒲团茗碗：蒲团，用蒲草编扎成的圆形坐垫，修持者坐以修心养性。茗碗：茶碗。

【解读】

壶山居士，人还没有老就心灰意懒。喜欢学道之人，家中置办了读写用的竹几、憩坐用的蒲团、煮茗用的茶碗。在青山一角盖三间草屋，开一条小径，曲径通幽，可以俯瞰清澈的溪水，栽遍修竹，绿竹绕宅。

有客来访，随分吃一点家常饭。如果客人愿意小住几天，再置薄酒，喝它三杯两盏。吟咏诗歌、自制曲子，风和月任人招呼。身外之事，从不关心，自会有天公去管。

赵以夫（1189—1256），南宋大臣。字用父，号虚斋，又号芝山老人。郓城（今山东省济南市）人，居长乐（今福建省福州市）。宋宁宗嘉定十年（1217）进士。历知邵武军、漳州，皆有治绩。嘉熙初，为枢密都承旨。嘉熙二年（1238）拜同知枢密院事。后任刑部尚书、吏部尚书兼侍读，以资政殿学士致仕。其词善长调，多为唱和咏物之作，情致娴雅，亦能寓人生世路之感喟。有《虚斋乐府》。

扬州慢

琼花唯扬州后土殿前一本，比聚八仙大率相类，而不同者有三：琼花大而瓣厚，其色淡黄，聚八仙花小而瓣薄，其色微青，不同者一也。琼花叶柔而莹泽，聚八仙叶粗而有芒，不同者二也。琼花蕊与花平，不结子而香，聚八仙蕊低于花，结子而不香，不同者三也。友人折赠数枝，云移根自潘阳之洪氏。赋而感之，其调曰《扬州慢》。

十里春风，二分明月，蕊仙[1]飞下琼楼。看冰花翦翦[2]，拥碎玉成毬。想长日、云阶伫立，太真[3]肌骨，飞燕风流。敛群芳、清丽精神，都付扬州。

雨窗数朵，梦惊回、天际香浮。似阆苑[4]花神，怜人冷落，骑鹤来游。为问竹西[5]风景，长空淡、烟水悠悠。又黄昏，羌管孤城，吹起新愁。

【注释】

①蕊仙：指琼花。②翦翦：意为寒气逼人。③太真：杨贵妃的道号。④阆苑：传说中神仙的居处。⑤竹西：此指扬州。

【解读】

春风十里，琼花似天上的仙女，离开了琼楼玉宇，在皎洁的月光下，飘然降临至人间。花瓣如冰，散发出寒意，如碎玉般抱成花球。整日伫立在石阶上的树树琼花，有杨贵妃匀称丰满的体态，也有赵飞燕绰约轻盈的风姿。琼花将世间万物的清丽气质融于一身，将自己交给了这美丽的扬州。

一阵雨打窗棂的声音，把我从睡梦中惊醒，满屋飘溢着琼花的芳香。琼花好似阆苑花神，可怜人间清冷，便骑了仙鹤来游。若问竹西佳亭的风光，天空惨淡，烟水悠悠。黄昏时分有羌管横笛，在孤城里吹起了新愁。

吴　潜（1196—1262），南宋大臣、词人。字毅夫，号履斋。宣州宁国（今安徽省宁国市）人，一说德清（今浙江省德清县）人。宋宁宗嘉定十年（1217）高中进士第一，成为宁国1300年科举考试中唯一的状元。初受承事郎、签镇东军节度，后历任太府卿表权沿江制置、知建康府、江东安抚留守、知庆元府兼沿海制置使等。理宗淳祐十一年（1251），入为参知政事，拜右丞相兼枢密使，开庆元年（1259）元兵南侵鄂州，拜左丞相兼枢密使。主张加强战守之备以抗御元兵，对南宋朝廷苟且偷安深表忧虑。后被贾似道等人排挤，罢相。谪建昌军，徙潮州、循州。与辛弃疾、姜夔、吴文英等诗词唱和。其词激昂凄劲，颇有感怀时事之作。有《履斋遗集》，另有词集《履斋诗余》。

水调歌头·焦山①

铁瓮②古形势，相对立金焦③。长江万里东注，晓吹卷惊涛。天际孤云来去，水际孤帆上下，天共水相邀。远岫④忽明晦，好景画难描。

混隋陈⑤，分宋魏⑥，战孙曹⑦。回头千载陈迹，痴绝⑧倚亭皋⑨。惟有汀边鸥鹭，不管人间兴废，一抹度青霄⑩。安得身飞去，举手谢尘嚣⑪。

【注释】

①焦山：在江苏省镇江市东北，屹立于长江之中，因东汉末年处士焦先隐居于此而得名。②铁瓮：镇江古城十分坚固，号称铁瓮城。③金焦：指金山、焦山，二山对峙江中，高镇潮头，挺立中流。④远岫：远方的峰峦。⑤混隋陈：指隋朝灭掉陈朝，统一南北。混，统一。⑥宋魏：指南朝的刘宋和北朝的北魏两个朝代。⑦孙曹：指三国时的孙权和曹操。⑧痴绝：形容沉思出神的样子。⑨亭皋：水边的平而高之地。亭，平；皋，水边高地。⑩青霄：指天空。⑪尘

嚣：扰攘的尘世。

【解读】

镇江古城屹立于长江之畔，形势险固，自古便有铁瓮城之称。江中金焦二山对峙，挺立中流，既壮观又险要。万里长江浩浩西来，风卷惊涛，滚滚东去。天边有几片孤云悠游来去，水上有点点孤帆在浪涛中上下出没，水天相连，浑然一色。遥望远方的峰峦，忽明忽暗，变化多姿。面对此壮丽美景，即使铺宣纸，润丹青，也很难将其美丽完全描画出来。

我想起了当年隋灭陈，终于结束了370年的南北分裂而统一了天下；想起了南北朝时期南朝的刘宋与北魏南北对峙的局面；也想起了三国时孙吴与曹魏的争战不休。回首千年往事，凝视历历陈迹，独立水边高地，不觉陷入沉思之中。只有江边沙洲上的鸥鹭，浑不管人间兴废，在江天间翩翩飞舞，转瞬间便飞上了青天九霄，只留下一抹似有似无的淡淡痕迹。我什么时候也能像它们那样飞升而去，举手与这个喧嚣扰攘的尘世告别呢？

满江红·金陵乌衣园

柳带[1]榆钱[2]，又还过、清明[3]寒食[4]。天一笑[5]、满园罗绮[6]，满城箫笛。花树得晴红欲染，远山过雨青如滴。问江南池馆有谁来？江南客。

乌衣巷，今犹昔。乌衣事，今难觅。但年年燕子，晚烟斜日。抖擞[7]一春尘土债，悲凉万古英雄迹。且芳尊[8]随分趁芳时[9]，休虚掷。

【注释】

①柳带：嫩柔如带的柳条。②榆钱：榆荚。形状小而圆，像小铜钱，故名。③清明：节气名。在每年公历 4 月 5 日前后。民间习俗在这时举行扫墓活动。④寒食：节名。在清明前一天。古人从这天起，三天不生火做饭，故名。⑤天一笑：指天放晴。⑥罗绮：原指有花纹的丝绸，这里指代穿着艳丽服装的女子。⑦抖擞：振作；奋发。⑧芳尊：对酒杯的美称。尊，酒杯。⑨芳时：花时，花开之时。

【解读】

又是一个清明寒食时节，柳条似带，榆荚似钱，一派融融春意。清明时节往往阴雨绵绵，每逢天放晴，整个乌衣园内到处都是身着丽服的游春仕女，整个金陵城到处都回荡着箫笛歌吹之声。花树在晴空下绽开了红艳似染的花朵，远山则因被雨水滋润冲洗过，而更显得青翠欲滴。问讯江南：谁会到乌衣园内池馆来探寻？是我这个江南的游客。

乌衣巷还是往昔那条乌衣巷，可乌衣巷内往昔聚居的王、谢等豪门贵族，早已不复存在，只有经历人世沧桑巨变的燕子，依然悠然自得地在此筑巢居住，出没于晚烟斜日间。我来这里游赏本想除去为官经历上的烦意，眼前所见，从古至今多少英雄的业绩俱已成为过眼烟云，又不禁心生悲凉。姑且拿起芳尊，在这花开之时随意畅饮，切莫虚度了这天气晴朗和花红柳绿的光阴。

黄孝迈（生卒年不详），南宋词人。字德夫，号雪舟。闽清（今福建省闽清县）人。词风清丽绵密，意境深远，韵味浓郁。有词集《雪舟长短句》。

湘春夜月

近清明，翠禽[1]枝上消魂。可惜一片清歌，都付与黄昏。欲共柳花低诉，怕柳花轻薄，不解伤春。念楚乡[2]旅宿，柔情别绪，谁与温存。

空樽[3]夜泣，青山不语，残月当门。翠玉楼[4]前，惟是有、一波湘水，摇荡湘云。天长梦短，问甚时、重见桃根[5]。这次第[6]，算人间没个并刀[7]，剪断心上愁痕。

【注释】

①翠禽：翠鸟，泛指羽毛美丽的小鸟。②楚乡：指古时的楚国。③樽：酒杯。④翠玉楼：指装饰着绿色玉石的楼阁。⑤桃根：晋王献之妾桃叶之妹。⑥这次第：情况、境况、情境。⑦并刀：一种刀，锋利无比，因产于山西并州，故名之。

【解读】

清明将至时分，枝头上羽毛美丽的小鸟在欢快地啼鸣，这悦耳的鸟鸣声却勾起了词人更为浓烈的伤感与思念。可惜小鸟这深情清丽婉转的歌声无人欣赏，都赋予了寥落幽暗的黄昏。看到漫天飞舞的柳絮，本想对柳花低声倾诉我对佳人的相思，但又恐柳花轻薄，不懂我的一片伤春怀人之情。想到我孤独地漂泊在这楚国，独宿旅舍，满怀柔情别恨，有谁能给我一点儿体贴温存呢？

夜幕降临，酒杯空空，泪水流尽，青山也好像在默默伤怀，一弯残月斜照院门。在华丽的旅舍楼前，只有那悠悠的湘水，倒映着朵朵浮云，阵阵微风吹来，水天摇荡，月色下的湘江水上一片迷蒙。

无聊的白日是那样漫长，美好的梦境却如此短暂。试问苍天，到底什么时候我才能和她重见？这情景真令人心酸无奈，但算起来，人间即使有并州那锋利无比的剪刀，又怎能剪断我心中的万千愁绪呢？

周　晋（生卒年不详），字明叔，号啸斋。祖籍济南（今山东省济南市）人，徙居吴兴（今浙江省湖州市）。绍定四年（1231）为富阳县令。淳祐五年（1245）通判衢州，宝祐三年（1255）知汀州。博览群书，工诗词书画，善雅谈，藏书甚丰，有金石之刻1500余种。

清平乐

图书一室，香暖垂帘密。花满翠壶熏研席①，睡觉②满窗晴日。

手寒③不了残棋，篝④香细勘⑤唐碑⑥。无酒无诗情绪，欲梅欲雪天时。

【注释】

①研席：亦作“砚席”，砚台和坐席。②睡觉：睡醒。③手寒：手冷。④篝：熏笼。⑤勘：校对、核实。⑥唐碑：唐代的刻石和碑帖。

【解读】

室内堆满了各种各样的书籍，弥漫着浓浓的书香。帘幕低垂，温暖如春。窗台上碧绿色的水壶中插满了芳香四溢的时令鲜花，熏染着砚台和坐席。我一觉醒来，拉开窗帘，已是旭日临窗。

桌上那盘残局因昨夜手冷还未来得及收拾，匆匆洗漱后，我又燃起炉香，开始校勘起唐人的碑帖来。心中情绪平静，既无酒兴，亦无诗意，屋外，梅花正欲开放，大雪即将来临。

方　岳（1199—1262），南宋词人。字巨山，自号秋崖。祁门（今安徽省祁门县）人。绍定五年（1232）进士。累官至吏部侍郎，历知饶、抚、袁三州，加朝散大夫。秋崖以诗名，才锋凌厉，出入江西、诚斋、石湖诸家。词多为咏物、唱酬、祝寿之作，亦于觞咏流连吊古伤今之中，吐露人生遭际。有《秋崖先生词稿》。

水调歌头·平山堂用东坡韵

秋雨一何碧，山色倚晴空。江南江北愁思，分付酒螺红①。芦叶蓬舟千重，菰菜莼羹一梦，无语寄归鸿。醉眼渺河洛②，遗恨夕阳中。

蘋洲外，山欲暝，敛眉峰。人间俯仰陈迹，叹息两仙翁③。不见当时杨柳④，只是从前烟雨⑤，磨灭几英雄。天地一孤啸，匹马⑥又西风。

【注释】

①螺红：美酒名。②河洛：黄河与洛水之间的地区。此处泛指沦陷区。③两仙翁：指欧阳修与苏轼。④当时杨柳：欧阳修《朝中措》词说："手种堂前杨柳，别来几度春风。"人称此柳为"欧公

柳”。⑤从前烟雨：苏轼《水调歌头·黄州快哉亭》：“长记平山堂上，欹枕江南烟雨，杳杳没孤鸿。认得醉翁语，山色有无中。”⑥马：一匹马，后常指孤身一人，有作者自喻意。

【解读】

伫立在平山堂上，见一场秋雨过后，身边植物洗去尘埃，何其碧绿，远山倚靠阳光的照耀显得更加青碧。我孤身漂泊于大江南北，积下许多愁思，都付之红螺美酒之一醉，暂且忘却吧！乘一叶小舟穿过芦苇岸边，漂泊在千里江湖，张翰那种思念菰菜莼羹就辞官归家的作为，于我只能是一场梦了，我唯有默默无语把思念寄托给南飞鸿雁。醉眼蒙眬中回望邈远的黄河洛水，中原沦陷区未能收复，我站在夕阳下空有满腔遗恨。

蘋洲之外，暮霭沉沉，远山在暮色里收敛了它的眉峰。俯仰凭吊平山堂的人间遗迹，欧、苏两位让人景仰的仙翁已逝，让人扼腕叹息。眼前没有了欧阳修的杨柳，而苏诗所赋烟雨一如从前，悠悠岁月淘尽多少英雄。满腔抑郁顿时化作一声长啸宣泄而出，响彻天地，骑着马在西风中踏上征程。

吴文英（约1212—约1272），南宋著名词人。字君特，号梦窗，晚年又号觉翁。四明（今浙江省宁波市鄞州区）人。本姓翁而入继为吴氏子。早年曾入仕苏州仓幕，曾为浙东安抚使吴潜幕僚及荣王府赵与芮门客。以清客身份游幕公卿显贵之间，于苏、杭、越三地居留最久。游踪所至，每有题咏。其词上承温庭筠，近师周邦彦，在辛弃疾的豪放与姜夔的清空之外，于南宋词坛卓然成家，自成一格，与辛、姜三足鼎立。其词作数量丰沃，风格雅致，守律精严，长于炼字炼句，能自度曲。他的词多酬谢赠、伤哀时世、忆旧悼亡之作，号“词中李商隐”。有《梦窗词》。

夜合花·自鹤江[1]入京泊葑门[2]外有感

柳暝河桥[3]，莺晴台苑[4]，短策[5]频惹春香。当时夜泊，温柔便入深乡。词韵窄，酒杯长。剪蜡花、壶箭[6]催忙。共追游处，凌波翠陌[7]，连棹横塘[8]。

十年一梦凄凉，似西湖燕去，吴馆巢荒[9]。重来万感，依前唤酒银罂[10]。溪雨急，岸花狂，趁残鸦飞过苍茫。故人楼上，凭谁指与，芳草斜阳。

【注释】

①鹤江：松江之别派。②葑门：唐苏州吴县城东门。③柳暝河桥：日暮时停舟于杨柳掩映的河桥之下。暝，日落黄昏之时。河桥，苏州河上的小桥。④莺晴台苑：晴日登上莺声婉转的苏州台苑。台苑：指苏州姑苏台苑囿。⑤策：马鞭。⑥壶箭：古代的计时仪器。铜壶装水滴漏，壶中有箭标识时辰。⑦凌波翠陌：与美人在道路上遨游。凌波，女子步履轻盈貌。翠陌，长着青草的道路。⑧连棹横塘：与美人在水上遨游。棹，船桨，指船。横塘，一个连一个的池塘。⑨似西湖燕去，吴馆巢荒：形容人去楼空如燕去巢荒。西湖吴馆，作者经常住宿的地方。此处指佳人离去。⑩银罂：银制的酒器。

【解读】

河岸上密柳浓荫把桥栏遮掩，亭苑中黄莺的啼鸣格外清脆嘹亮。出游路上，短短的马鞭不时地牵惹春花的清香。当时和那位美人也曾在葑门夜泊，我们相依相伴，柔情蜜意无尽无边。我贫乏的语言难以表达深情的爱恋，只有把定情酒一杯杯喝干。频剪蜡花，全没半点困倦，恨更漏不解人意，一声声催促，春宵苦短。我难以忘怀每日相随游冶，你就像洛水的神仙，漫步在翠柳飘拂的田野，我们时常荡舟横塘，欢乐无限。

转眼间已过去十年，往事似梦，我感到无限凄凉。你如西湖的旅燕倏忽间飞远，吴国馆娃宫里的旧巢也空空荡荡。重游故地，我感慨万千，和往常一样，叫人赶紧把美酒斟上。山雨迅急而来，打击着溪面，岸上的落花随风狂舞，几只归巢的乌鸦，趁夜幕尚未降临，飞向苍茫的树林。如果再次来到与故人一起登临过的楼上，还有谁能与我共同凭栏，指点评说这芳草与斜阳呢？

风入松·春晚感怀

听风听雨过清明。愁草瘗①花铭②。楼前绿暗分携③路，一丝柳、一寸柔情。料峭春寒中酒④，交加⑤晓梦啼莺。

西园日日扫林亭。依旧赏新晴。黄蜂频扑秋千索，有当时、纤手香凝。惆怅双鸳⑥不到，幽阶一夜苔生。

【注释】

①瘗：埋葬。②铭：古代的一种文体。③分携：分手，别离。④中酒：病酒，因酒醉而身体不适。⑤交加：聚集错杂。⑥双鸳：指女人的绣鞋，此代指情人的足迹。

【解读】

凄凄的风雨中，我独自寂寞地过着清明。风雨中落红满地，扫花成堆，然后葬之。随即满怀忧愁地起草葬花辞，以寄托哀思。楼前依依惜别的地方，如今已是绿柳成荫。每一缕柳丝，都寄托着一份柔情。料峭的春寒中，唯有以酒解愁，以酒来抵御这份凄冷，哪怕酒醉伤身也顾不得了。醉后昏然入睡，正欲与伊人梦中相会，不料又被杂乱交错的莺啼声惊醒。

你我曾携手同游过的西园里的亭台和树林，我每天都派人打扫得干干净净，盼你归来和我共赏雨后初晴的美景。黄蜂频频扑向你荡过的秋千，那是因为绳索上还凝留着你纤纤玉手的香泽。我是多么惆怅，总也望不到你的身影，幽寂的台阶，一夜之间苔藓丛生。

八声甘州·灵岩①陪庾幕②诸公游

渺③空烟四远，是何年、青天坠长星④？幻苍崖云树⑤，名娃⑥金屋，残霸⑦宫城。箭径⑧酸风射眼，腻水染花腥。时靸双鸳响，廊⑨叶秋声。

宫里吴王沉醉，倩五湖倦客⑩，独钓醒醒⑪。问苍天无语，华发奈山青。水涵空、阑干高处，送乱鸦、斜日落渔汀。连呼酒、上琴台⑫去，秋与云平。

【注释】

①灵岩：山名，在今江苏省苏州市西南，上有春秋时吴国的遗迹，山顶有灵岩寺，相传为吴王夫差所建馆娃宫遗址。②庾幕：幕府僚属的美称。此处指苏州仓台幕府。③渺：辽阔、邈远。④青天坠长星：谓灵岩山是天上的星辰坠落幻化而成。⑤苍崖云树：苍翠的高崖，繁茂入云的古树。⑥名娃：美女。此处指西施。⑦残霸：指吴王夫差。夫差先后破越败齐，国势强大，曾一度与晋国争霸中

原，后为越国所败，霸业有始无终，故云。⑧箭径：吴王夫差开凿的采香径，因其直如箭，故名箭径，在灵岩山下。⑨廊：此处指响屟廊。据《吴越春秋》和《越绝书》载，吴王夫差在灵岩山为西施修建了“馆娃宫”，宫内有一条别致长廊，凿空廊下岩石，放一排陶甏，上铺有弹性的楩梓木板。西施与宫女漫舞其上，发出木琴般的乐音，故名“响屟廊”。⑩五湖倦客：指范蠡。赵晔《吴越春秋》载，越国大夫范蠡辅佐勾践灭吴后，“乘扁舟，出入三江五湖，人莫知其所适”。⑪醒醒：极其清醒。⑫琴台：在灵岩山上，相传为西施弹琴处。

【解读】

极目远眺四方，长空万里，云烟渺茫。不知是何年何月，苍天坠落下一颗硕大的长星，幻化出灵岩山苍翠的高崖和繁茂入云的高大古树，幻化出绝代佳人西施居住的金屋，幻化出霸业未成的吴王宫殿。灵岩山前的采香径笔直如箭，凄冷的秋风刺人眼目，让人眼睛流泪发酸。吴王宫中漂出的被宫女脂粉污腻了的溪水经过花丛，又将花儿染腥。当年美女西施和宫女们穿着时靸，步履轻盈走过响屟廊，发出妙响，而今这响屟廊中却只有飒飒秋风吹动落叶回旋的声响。

当年，深宫吴王夫差沉迷于酒色，导致亡国。只有厌倦虚名的范蠡，助越王成就霸业，弃官归隐，垂钓于太湖之上，才是真正的头脑清醒。究竟是谁在主宰历史的盛衰兴亡？我问苍天，苍天无语。我满头白发，面对苍翠的群山，顿觉人生易老而山色常青，怎能不满心惆怅。我登上高亭凭栏远望，只见汪洋万顷的太湖之水包含着无垠的长空，乌鸦纷纷择树而栖，斜阳渐渐沉落在渔汀。我连声呼唤把酒取来，和友人登上琴台饮酒，在这绝顶高处，观赏这秋光与云霄齐平的壮观美景。

唐多令·惜别

何处合成愁？离人心上秋①。纵芭蕉、不雨也飕飕②。都道晚凉天气好，有明月、怕登楼。

年事③梦中休，花空烟水流。燕辞归④、客尚淹留⑤。垂柳不萦裙带住，漫⑥长是、系行舟。

【注释】

①心上秋："心"上加"秋"字，即合成"愁"字。②飕飕：形容风雨的声音。这里指风吹蕉叶之声。③年事：指岁月、年华。④"燕辞归"句：曹丕《燕歌行》有"群燕辞归鹄南翔，念君客游思断肠。慊慊思归恋故乡，君何淹留寄他方"句，此用其意。⑤淹留：滞留。⑥漫：空、徒然。

【解读】

何处能凝合成愁？那就是本已伤感的离别人之心再加上凄凉萧瑟的寒秋。纵然是秋雨停歇之后，没有了雨打芭蕉那种凄凉之声，但疾厉的秋风吹着芭蕉叶发出飕飕声响，也会让人感到凄然。别人都说雨后的秋夜天气最好，凉爽宜人，可是我却害怕在那时登楼，因为圆月象征团圆，见到圆月会勾起月圆人未圆的遗憾，勾起离恨，更加愁上加愁。

往昔的种种情事好像梦境一样悠悠远去，年华如在梦中消逝，又像花落烟散水流一样逝去，燕子已经辞别旧巢飞回南方的故乡，而我这客居的游子却还在异地他乡滞留。丝丝垂柳不能系住她的裙带，却空自牢牢地拴住我的行舟。

莺啼序·春晚感怀

残寒正欺病酒[①]，掩沉香绣户。燕来晚、飞入西城，似说春事迟暮。画船载、清明过却，晴烟冉冉吴宫[②]树。念羁情、游荡随风，化为轻絮。

十载西湖，傍柳系马，趁娇尘软雾[③]。溯红渐、招入仙溪[④]，锦儿[⑤]偷寄幽素。倚银屏、春宽梦窄，断红湿[⑥]、歌纨金缕。暝堤空，轻把斜阳，总还鸥鹭。

幽兰旋老，杜若[⑦]还生，水乡尚寄旅。别后访、六桥[⑧]无信，事往花委[⑨]，瘗[⑩]玉埋香，几番风雨。长波妒盼，遥山羞黛[⑪]，渔灯分影春江宿，记当时、短楫桃根渡[⑫]。青楼仿佛[⑬]。临分败壁题诗，泪墨惨淡尘土。

危亭望极，草色天涯，叹鬓侵半苎[⑭]。暗点检，离痕欢唾，尚染鲛绡[⑮]，亸凤[⑯]迷归，破鸾慵舞。殷勤待写，书中长恨，蓝霞辽海沈过雁[⑰]，漫相思、弹入哀筝柱。伤心[⑱]千里江南，怨曲重招，断魂在否?

【注释】

①病酒：因常醉酒而患病。②吴宫：在杭州（旧属吴地）的南宋宫苑。③娇尘软雾：形容西湖杨柳如烟，暖风飘尘。④溯红渐，招入仙溪：据南朝刘义庆《幽明录》记载，东汉时刘晨、阮肇一起去天台采药，去溪边取水时遇见两位姿容绝代的仙女，双双结为夫妻。词人借用这个典故来叙说自己的爱情故事。⑤锦儿：婢女代称。

⑥断红湿：意谓别泪沾湿了歌扇和金线绣成的舞衣。⑦杜若：香草名。⑧六桥：西湖名胜。⑨委：同“萎”。⑩瘗：埋葬。⑪“长波妒盼，遥山羞黛”两句：意谓水波妒忌她美丽的眼眸，青山也自惭秀色不能与其黛眉相比。⑫短楫桃根渡：船桨，短为楫，长为棹。桃根渡：指桃叶渡，在今江苏南京秦淮河与青溪合流处。东晋王献之曾于此送小妾桃叶渡江。⑬青楼仿佛：意谓恋人曾经住过的梳妆楼阁依然如故。⑭苎：白色的苎麻，比喻白发。⑮鲛绡：丝帕。⑯亸凤：因悲伤而垂下双翅之凤。⑰蓝霞辽海沈过雁：意谓海阔天远，音信杳杳。⑱“伤心”三句：《楚辞·招魂》：“湛湛江水兮上有枫，目极千里兮伤春心，魂兮归来哀江南。”

【解读】

酒醉之身，病恹恹的，哪里禁得起残留的春寒，我紧紧关上沉香木雕绘的华丽门窗。迟来的燕子飞进西城相对细语，呢喃不停，仿佛在叹惜春天将要过去。一艘画船载着我游览西湖，清明时节，只见南宋宫苑中亭、台、池、榭间的树林缭绕着袅袅烟霭。我心中的万千缕羁旅愁情，好似随春风游荡，化为柳絮飘散。

我在西湖边度过了十个春秋，每天在湖滨柳树上系马，追随着芳尘香雾，尽情游赏秀美的西湖。傍着红花烂漫的堤岸，我渐渐进入了仙境般的去处。像刘晨、阮肇入天台一般遇见了仙女一样的美人儿，她还曾托侍女锦儿暗地传送情书互送衷肠。在银屏后面，有过多少快乐和欢娱，可惜春长梦短，欢乐的时光何其短促，离别的泪水，打湿了歌扇和舞衣。西湖的湖堤昏暗空寂，轻易地将那斜阳好景都还给了水面的鸥鹭。

幽兰不久就凋谢了，新生的杜若散发着香气，而我还滞留在江南水乡。我曾去名胜六桥寻觅你的芳踪，始终杳无音信，往事已矣，香艳珍奇的花朵已经凋谢，美人已经香消玉殒，长埋地下，不知经历多少风雨？水波曾妒忌过你顾盼时的眼波，青山也自惭秀色不能与你的黛眉相比。在一个渔船灯火摇影于江面的夜晚，我俩共宿春江之滨，当年在渡口送别的情景，仍然历历在目，记忆犹新。你住过的妆楼一如往昔，分手时我曾在败壁题写诗句，和着泪水的墨痕已经蒙上了尘埃，字迹暗淡依稀。

我登上高亭极目远眺，只见草色青青，无涯无际，感叹我的鬓发有一半如白色的苎麻。我暗自检点你赠给我的信物，丝帕上依然沾着你离别时的泪痕，调笑时的香唾。我就像垂下羽翼的孤凤，迷失了归路，受了伤的孤鸾，难以振翅起飞。我待要殷勤地将心中那无尽离恨写成长长的情书，可是蓝天高远，碧海辽阔，不见传书鸿雁飞过，只能将相思哀愁付与筝柱，千里江南处处触景伤心，你的倩魂是否就在身边呢，是否听到我哀怨的心曲？

宴清都·连理海棠

绣幄鸳鸯柱①，红情密、腻云低护秦树。芳根兼倚，花梢钿合②，锦屏人妒。东风睡足交枝，正梦枕瑶钗燕股。障滟蜡③、满照欢丛，嫠蟾冷落羞度。

人间万感幽单，华清惯浴④，春盎风露。连鬟并暖⑤，同心共结，向承恩处。凭谁为歌长恨⑥？暗殿锁、秋灯夜语⑦。叙旧期⑧、不负春盟，红朝翠暮。

【注释】

①“绣幄鸳鸯柱”三句：写海棠花及其所处的环境。绣幄，锦绣的帷帐，富贵人家用以护花。鸳鸯柱，成双的立柱，用以支撑帷

帐，也比喻连理海棠的树干成双成对。腻云，形容叶子的茂密像女子的鬓云。秦树，指连理海棠，据《阅耕录》载，秦中有双株海棠，高数十丈。②钿合：钿合有上下两扇，两扇相合叫钿合。③“障滟蜡”两句：写人们连夜秉烛赏花的情景。化用苏轼《海棠》诗中“只恐夜深花睡去，故烧高烛照红妆”句意。障，障烛以避风。滟蜡，形容蜡烛之大、烛泪之多。④华清惯浴：唐玄宗妃杨玉环常在华清池洗浴。⑤“连鬟并暖”三句：写杨贵妃与唐明皇形影不离，备受恩宠。连鬟，古代女子出嫁后，将双鬟合为一髻，以示有所归，还要绾结罗带同心，以示夫妻恩爱。⑥《长恨》：指白居易所写的《长恨歌》。⑦暗殿锁、秋灯夜语：隐括《长恨歌》中“夕殿萤飞思悄然，孤灯挑尽未成眠。迟迟钟鼓初长夜，耿耿星河欲曙天”句意。⑧“叙旧期”两句：化用《长恨歌》中“临别殷勤重寄词，词中有誓两心知。七月七日长生殿，夜半无人私语时。在天愿作比翼鸟，在地愿为连理枝”等句诗意。旧期，指七月七日。春盟，指生生世世为夫妻的愿望。红朝翠暮，指朝朝暮暮，倚红偎翠，永不分离。

【解读】

锦绣的帷帐护卫着连理海棠，那支撑帷帐的立柱也像鸳鸯似的成双成对。红色的海棠花团锦簇，似含柔情。翠叶茂密低垂，护卫着红花，犹如美女的鬓云衬托着红红的香腮。连理海棠双根相倚，柔嫩的花梢如精美的钿合互交互傍，这种亲密的情景使得独处深闺的女子为之感伤妒忌。在和煦春风的沐浴下，海棠花像美人熟睡，倚卧在相交的花枝上，如同情人进入甜蜜的梦乡，形似燕尾的玉钗遗落枕旁。多情的人高举红蜡烛，以手挡风，照遍美丽的海棠，尽情游玩观赏，月宫中孤居的嫦娥见此情景，更感幽怨哀伤。

人世间不知有多少不成连理的夫妇，他们百感交集，自怜孤独。有几人能像杨贵妃那样赐浴华清池，占尽风情雨露。温泉蒸腾，池水荡漾，仿佛置身于春风雨露之中。那贵妃双鬟连为一髻，独承圣上恩泽。他们在温暖的芙蓉帐中，共结同心，形影不离，何其恩爱。又是谁创作了《长恨歌》，把绵绵此恨永久传唱呢？贵妃去后，幽暗的宫殿大门紧锁，秋夜独栖何其漫长，孤君只能独对青灯，伴着夜雨，黯然神伤。盼望着佳人早日归来，不负旧日盟誓，犹如这连理海棠，朝朝暮暮，红花绿叶相依相傍，永不分离。

李彭老（生卒年不详），南宋词人。字商隐，号筼房，又号漫翁。湖州德清（今浙江省德清县）人。其弟李莱老（字周隐），与其同负盛名，二人并称“龟溪二隐”。曾任沿江制置司属官、知盐官县。常与吴文英、周密作词酬唱。是西湖吟社社友之一。宋亡后，曾活跃于《乐府补题》的咏物聚会。其词风沉郁，充满感慨，被周密赞为“妙笔一世”。有与其弟的合著《龟溪二隐词》遗世。

浣溪沙·题草窗①词

玉雪庭心夜色空，移花小槛斗春红。轻衫短帽醉歌重。

彩扇旧题烟雨外，玉箫新谱燕莺中。阑干到处是春风。

【注释】

①草窗：草窗是作者好友周密的号。

【解读】

洁白的雪花落满庭院，草窗立于中庭，四周犹如琼妆玉砌，一片空明，几乎没有了夜色。草窗种植在花圃中的小花竞相开放，争奇斗艳。他穿着薄衫，戴着小帽，与友人喝酒吟诗，乐此不疲，兴致高浓。

草窗为彩扇题诗，上面的墨迹与空中如烟的秋雨相映成趣。他精通音乐，每创新词就付诸管弦，极为动听。草窗所到之处，无不使人感到如沐春风。

陈人杰（1218—1243），南宋词人。一名经国，字伯夫，又字刚夫，号龟峰。长乐（今福建省福州市）人。少时曾因应考寓居临安，后又在建康参加举子考试。应试不第，以幕客身份漫游两淮荆湘。宝祐四年进士及第，才思敏捷，胸怀大志，一生仕途坎坷。词作近于辛弃疾，气势恢宏，豪放不羁，内容多为悲国之叹。今有《龟峰词》一卷遗世。

沁园春

诗不穷人，人道得诗，胜如得官。有山川草木，纵横纸上；虫鱼鸟兽，飞动毫端。水到渠成，风来帆速，廿四中书考[①]不难。惟诗也，是乾坤清气，造物须悭。

金张许史[②]浑闲，未必有功名久后看。算南朝将相，到今几姓；西湖名胜，只说孤山。象笏[③]堆床，蝉冠[④]满座，无此新诗传世间。杜陵老，向年时也自，井冻衣寒。

【注释】

①考：此指每年对官员的政绩考核。②金张许史：是指四大权

门贵族，“金张”分别是指金日磾和张安世，他们都是汉时的显宦。“许”指许广汉，他是宣帝皇后之父。“史”指史恭及其长子史高，史恭是宣帝祖母史娣之兄。③笏：古代大臣上朝时手上所执之物，常用玉、象牙、竹片等制成，可用于记事。④蝉冠：汉代时，皇帝的侍从官员所戴之冠均有貂尾蝉纹为饰，随后蝉冠便成为身份显贵的象征。

【解读】

诗并不会使人变穷，人们常说如果能写好优美的诗，胜过得到一个好官职。诗人能把山川草木栩栩如生地纵情潇洒地展现在纸上；还可以让一切虫鱼鸟兽飞动在自己的笔端。时机成熟则水到渠成，风吹来船速就会加快，想做大官得二十四考并不难。唯独诗是乾坤清气，是天地灵气之所在，因此，造物主总是十分吝惜，不肯轻易赐人。

金、张、许、史那些高官贵戚也都很平凡，他们并没有经得起时间考验的功名。南朝的将相大臣，到如今已不知更换了多少姓氏；而人们谈到西湖的名胜，只提北宋寒士诗人林逋隐居过的孤山。就算高官的象笏堆满一床，头戴蝉冠的权贵满座皆是，但他们不会有新鲜诗句流传世间。杜甫晚年也曾晨炊无米，难御夜寒，但他却被世人奉为诗圣，他的不朽史诗永留人间。

刘辰翁（1232—1297），南宋文学家、词人。字会孟，号须溪。吉州庐陵（今江西省吉安市）人。幼年丧父，家贫力学。景定元年（1260）至临安，补太学生。景定三年进士，廷试对策触犯权相贾似道，置进士丙等，未任官职。后任濂溪书院山长、临安府学教授。元兵迫近临安，入文天祥江西幕府，参与抗元。宋亡不仕，隐居著述，以终其身。其词家国之情，跃然纸上，为苏辛一派后继者。又能诗文，曾评点杜甫、王维、李贺、王安石、陆游诸家之作，开后代评点风气。明人辑有《须溪记钞》，清人辑有《须溪集》，又有《须溪词》。

西江月·新秋写兴

天上低昂似旧[①]，人间儿女成狂[②]。夜来处处试新妆[③]，却是人间天上。

不觉新凉似水，相思两鬓如霜。梦从海底跨枯桑，阅尽银河风浪。

【注释】

①低昂似旧：指天空中的星月还似旧时一样。②成狂：狂欢。③试新妆：古时妇女儿童有在七夕着新衣的习俗。妆：同“装”。

【解读】

天上日落月升，景象跟往年一样，人间儿女依然如醉如狂，陶醉在节日的狂欢中。七夕夜，处处试新装的欢腾景象，让人认为这里是人间天堂了。

不经意间感觉新秋凉意似水，因为思念故国，两鬓已斑白如霜。我梦见自己在海底跨越枯桑，又梦见自己在天上看尽银河风浪。

宝鼎现·春月[①]

红妆春骑[②]，踏月影、竿旗穿市。望不尽、楼台歌

舞，习习香尘[3]莲步[4]底。箫声断、约彩鸾归去，未怕金吾呵醉。甚辇路[5]、喧阗[6]且止，听得念奴[7]歌起。

父老犹记宣和事，抱铜仙、清泪如水。还转盼、沙河[8]多丽。滉漾明光连邸第，帘影冻、散红光成绮。月浸葡萄[9]十里，看往来、神仙才子[10]，肯把菱花扑碎。

肠断竹马儿童，空见说、三千乐指[11]。等多时、春不归来，到春时欲睡。又说向、灯前拥髻，暗滴鲛珠[12]坠。便当日、亲见霓裳，天上人间梦里。

【注释】

①春月：元宵节。写的即是对往昔元宵节的感怀。②春骑：指游春的车马。③习习香尘：指美女莲步带起了脂香弥漫的微尘。④莲步：《南史·齐废帝东昏侯本纪》："凿金为莲花以贴地，令潘飞行其上曰：'此步步生莲花也。'"⑤辇路：皇室车骑行经的道路。⑥喧阗：人声嘈杂。⑦念奴：天宝时著名的歌伎。⑧沙河：指沙河塘，在钱塘（杭州）南五里。⑨葡萄：形容水的深碧色。⑩神仙才子；神仙般的美女和才子。⑪三千乐指：指三百人的大乐队。⑫鲛珠：指眼泪。《博物志》载："南海中有鲛人，水居如鱼，不废织绩，其眼能泣珠。"

【解读】

元夕佳节，穿着红艳盛装的佳丽纷纷出游，到处是香车宝马，踏着婆娑的月影，去观赏热闹繁华的灯市，街上彩旗遍布，迎风招展。望不尽楼台歌舞，听不尽笙歌乐曲。更有美人轻移莲步，带起的微尘都有脂粉香气。当鼓乐笙歌稍稍沉寂，便有少年去追寻美丽的意中人，并不介意负责治安巡逻的执金吾的存在。街上的喧嚣戛然而止，原来是皇上出来与民同乐，红极一时的歌女登台演唱，歌声美妙动听。那年的元夕，灯火辉煌，歌舞喧阗，繁华热闹，是一个欢乐的世界。

年老的人都还记得南宋宣和年间的事情，他们都难以忘记那深重的亡国之痛，那时连宫外的铜人都留下了悲伤的泪水。南宋元夕时的情景虽不能与北宋盛时相比，但江南富庶，临安城沙河塘元夕亦是繁华美丽。河面上灯烛倒映，宅邸连绵不断明光闪烁。帘影浮动，烟花漫天，映得周围一片红光。迷人的月光下，十里西子湖水深碧。往来游春的神仙般的美女和才子荡舟摇桨，谁还肯将菱花镜打破，亲人分离？

如今，往事如烟，江山已经不存在了。最让人断肠的是那些骑着竹马嬉戏的小儿女，他们只空自听说前朝皇家曾经有三千乐指演奏时的空前盛况，可惜无缘得见了。然而，人们依旧等待着春天，等待着观赏元宵节的盛景，可是等到昏昏欲睡也没有等到。今日之年轻人，已不在乎“今日之域中，竟是谁家之天下”了，只有前朝遗民在灯前捧着发髻诉说往日的哀凄，暗暗坠下珍珠般的泪滴。即便当时亲眼看见《霓裳》乐舞的盛况，而今也是天上人间，犹如在梦里。

周　密（1232—1298），南宋文学家。字公谨，号草窗。祖籍济南（今山东省济南市），流寓吴兴（今浙江省湖州市）。置业于弁山之阳，遂号弁阳老人，弁阳啸翁。居临四水，又号四水潜夫。宋宝祐（1253—1258）间为义乌县令，景定二年（1261）任浙西帅司幕官，咸淳初为两浙运司掾属。咸淳十年（1274）监丰储仓，景炎初知义乌县，宋亡不仕。隐居弁山，后移居杭州。周密一生著述较丰，著有《齐东野语》《武林旧事》《癸辛杂识》《志雅堂杂钞》等杂著数十种。诗词皆工，尤以词见称当时。其词格律谨严，结构缜密，风格秀雅，深受清代浙西派推崇。又以选词知名，编有《绝妙好词》七卷，流传至今。有词集《蘋洲渔笛谱》《草窗词》。

瑶花慢

后土①之花，天下无二本。方其初开，帅臣以金瓶飞骑，进之天上，间亦分致贵邸。余客辇下，有以一枝……（以下共缺十八行）

朱钿宝玦②，天上飞琼③，比人间春别。江南江北④曾未见，漫拟梨云梅雪⑤。淮山⑥春晚，问谁识、芳心高洁？消几番、花落花开，老了玉关⑦豪杰！

金壶剪送琼枝，看一骑红尘⑧，香度瑶阙⑨。韶华正好，应自喜、初识长安蜂蝶。杜郎老矣⑩，想旧事、花须能说。记少年，一梦扬州⑪，二十四桥明月⑫。

【注释】

①后土，指扬州后土祠。后土之花即琼花。②钿：指用金银等镶制而成的花形首饰。③飞琼：传说中有仙女名许飞琼。④江南江北：泛指普天之下。⑤梨云梅雪：以梨、云、梅、雪四种事物来比拟琼花。⑥淮山：指扬州，当时扬州属淮南东路。⑦玉关：指玉门关。⑧一骑红尘：化用唐杜牧《过华清宫》："一骑红尘妃子笑，无人知是荔枝来。"⑨瑶阙：瑶宫，华美的宫殿，此处指皇宫。⑩杜郎：词人以晚唐诗人杜牧自比。⑪一梦扬州：化用唐杜牧《遣怀》：

"十年一觉扬州梦，赢得青楼薄幸名。"⑫二十四桥明月：语出唐杜牧《寄扬州韩绰判官》："二十四桥明月夜，玉人何处教吹箫。"

【解读】

琼花像朱钿宝块般高贵和晶莹剔透，又像天宫仙女许飞琼般美丽，比人间春花特别。大江南北的人们，从未见过她的芳姿，便凭空比作梨花、白云、寒梅、雪花。当此杭州春暮，试问有谁理解她芳心的高洁？经过了几度花开花落，守卫在边疆上的英雄将士们，也都已渐渐衰老了。

剪下一枝琼花插进金壶传送，看一路快马加鞭扬起红尘，直送京城皇宫，供皇上和嫔妃、公卿贵戚们欣赏。此时琼花正芳华吐艳，幽雅的花香，顿时飘荡在整座皇宫里。花儿也应该自喜，能够初次结识追爱她的京城里的可爱的蜜蜂和艳丽的蝴蝶。当年写下流传千古诗篇的杜牧早已作古，扬州繁荣衰败的旧事，只有琼花这个历史的见证者能够一一细说。记得少年时代曾游扬州，那时扬州风光繁盛奇绝，而今恍若一梦，但我记得那美丽多姿的二十四桥，被沉浸在一片宁静的明月光影之中。

花犯·赋水仙

楚江湄①，湘娥②乍见，无言洒清泪。淡然春意。空独倚东风，芳思谁寄？凌波路冷秋无际，香云随步起。谩记得、汉宫仙掌，亭亭明月底。

冰弦写怨更多情，骚人恨，枉赋芳兰幽芷。春思远，谁叹赏、国香风味？相将共、岁寒伴侣，小窗净、沉烟熏翠袂。幽梦觉，涓涓清露，一枝灯影里。

【注释】

①湄：岸边。②湘娥：湘妃。喻水仙花。

【解读】

我初次见到清秀的高洁无比的水仙花，是在楚江岸边，见到她时犹如见到满含幽怨的湘妃。她茎叶初生，上面带有颗颗晶莹的水珠，默默无言，像是为谁悲伤而漫洒的清泪。清艳含娇的水仙生于冬春之交，透出春意清新淡然。她独个儿在东风里摇曳，满腔的芳思寄托给谁呢？她步履轻盈如湘妃凌波微步走来，带着萧瑟冷寂的茫茫无际的秋意。随着她那轻盈的步履，升腾起香云香气。我还依稀记得，她正像捧着承露盘的金铜仙女，在明月下亭亭玉立。

我仿佛听到她弹奏起琴瑟冰弦，多情地抒发着心中的哀怨。屈原抒发牢骚怨恨，只赞美芳香的兰草、幽洁的白芷，竟忽略了多情的水仙。水仙含有悠远的春思芳意，有谁来赞赏她的国香风味？我将把水仙作为岁寒之友结成友伴。小窗儿明净，沉水香的缕缕轻烟将她的翠袖熏染。每当幽梦醒来，只见水仙带着点点清露，娉娉婷婷在灯影里。那情味，更令人意远神迷。

玉京秋

长安独客，又见西风。素月丹枫，凄然其为秋也。因调夹钟羽一解[①]。

烟水阔，高林弄残照，晚蜩[②]凄切。碧砧度韵，银床[③]飘叶。衣湿桐阴露冷，采凉花[④]、时赋秋雪。叹轻别，一襟幽事，砌蛩能说。

客思吟商[5]还怯。怨歌长、琼壶暗缺[6]。翠扇恩疏，红衣[7]香褪，翻成消歇。玉骨西风，恨最恨、闲却新凉时节。楚箫咽，谁倚西楼淡月。

【注释】

①夹钟羽一解：夹钟羽，一种律调。一解，一阕。②蜩：蝉。③银床：古代的井栏。④凉花：指菊花、芦花等秋日开的花，此处指芦花。⑤吟商：吟咏秋天。商，五音之一，《礼记·月令》："孟秋之月……其音商。"⑥琼壶暗缺：敲玉壶为节拍，把玉壶敲缺了。⑦红衣：指红荷花。

【解读】

轻烟笼罩，湖天寥廓，一缕夕阳的余晖还留恋在林梢处，成林的高树招来秋风，舞弄着夕阳的残影，晚蝉的鸣叫悲凉凄切。碧绿的水中，捣衣砧上传出阵阵有节奏的捣衣声，洁白的石井栏边飘下惊秋的梧桐叶。我站在梧桐树下，任凭凉露沾湿衣鞋，采来一枝芦花，不时吟咏这似雪的芦花。我感叹不该与她轻易离别，满腔的幽怨和哀痛，台阶下的蟋蟀仿佛在替我低声诉说。

客居中用商调吟咏着秋天，只觉得心情寒怯。我长歌当哭，敲玉壶为节拍，竟把玉壶敲缺。如同夏日的团扇已被捐弃，如同鲜艳的荷花枯萎凋谢，一切芳景都已消歇。我在萧瑟的秋风中傲然独立，心中无比怨恨，白白虚度了这清凉的时节。远处传来悲切的箫声，是谁在凭倚西楼侧耳倾听，身上披着一层淡月。

曲游春

禁烟湖上薄游[1]，施中山[2]赋词甚佳，余因次其韵。盖平时游舫，至午后则尽入里湖[3]，抵暮始出断桥，小驻而归，非习于游者不知也。故中山亟击节[4]余“闲却半湖春色”之句。谓能道人之所未云。

禁苑[5]东风外，飏暖丝晴絮，春思如织。燕约莺期，恼芳情偏在，翠深红隙。漠漠香尘隔，沸十里、乱弦丛笛。看画船、尽入西泠[6]，闲却半湖春色。

柳陌，新烟凝碧，映帘底宫眉[7]，堤上游勒。轻暝笼寒，怕梨云梦冷，杏香愁幂[8]。歌管酬寒食，奈蝶怨、良宵岑寂。正满湖、碎月摇花，怎生去得?

【注释】

①禁烟湖上薄游：禁烟，指寒食节禁烟火寒食。湖上，指西湖。薄游，即游历，薄为句首语气词，无意义。②施中山：施岳，字仲山，苏州人，精于音律，是周密的词友。③里湖：白堤将西湖分为外西湖、里西湖。④击节：原指以手或拍板调节音乐，此指赞赏之意。⑤禁苑：皇家宫苑，这里指西湖一带。⑥西泠：西湖桥名，在白堤上，西泠桥内即称作里西湖。⑦帘底宫眉，堤上游勒：帘底宫眉，指楼中丽人。堤上游勒，指堤上骑马的游人。⑧幂：笼罩。

【解读】

寒食节在西湖上泛舟游玩，施中山写下一首妙词，于是我和了一首。平时的游船，到午后便全进入里湖。黄昏时才缓缓划出断桥，稍微停一会儿就各自返回。不是熟习游湖的人不知道这种情形。所以施中山屡次击节盛赞我“闲却半湖春色”的词句，说是能道出他人所未说到的景色。

皇宫外的西湖上春风和煦，暖日下飘扬着无数的游丝柳絮，湖堤上游人如织，满眼的春光美景，惹起人们难以言说的春日情思。特别是树底花间，莺燕密约、呢喃软语，更容易撩拨起人们的春情。游春的仕女往来如云，西湖上，烟尘漠漠，香雾迷离，似成隔障。丝竹歌管杂乱交响，到处是欢歌笑语，沸沸扬扬飘荡在十里之外。更看那一艘艘画舫，中午以后全都穿过西泠桥，进入里西湖。外西湖顿显冷清静寂，被仕女们闲却的这半湖美景，正好容我闲心纵赏。

垂柳湖堤，被刚刚升起的烟雾凝成翠色，映衬着帷帘下的丽人和堤上骑马的游客。时已黄昏，淡淡的暮色挟着早春时节的微微寒意弥漫西湖，在春寒之夜的湖上，那如白云的梨花在梦中是否感到清冷？那吐香的杏花是否为愁思所笼罩？湖面游舫上歌声管乐齐鸣，酬答这一年一度的寒食节，怎奈蝴蝶还埋怨如此良宵还嫌静寂。整个西湖，波光粼粼，风摇月碎，花影摇曳，这样的美景我怎舍得离去。

高阳台·送陈君衡[①]被召

照野旌旗，朝天车马，平沙万里天低。宝带金章，尊前茸帽[②]风欹。秦关汴水经行地，想登临、都付新诗。纵英游，叠鼓清笳，骏马名姬。

酒酣应对燕山雪，正冰河月冻，晓陇云飞。投老残年，江南谁念方回[③]。东风渐绿西湖柳，雁已还、人未南归。最关情，折尽梅花，难寄相思。

【注释】

①陈君衡：作者挚友。名允平，号西麓。②茸帽：皮帽。③方

回：指贺铸，字方回。其为人不附权贵，喜论天下事，能诗文，尤工于词。

【解读】

猎猎旌旗映照旷野，朝觐天子的车马浩浩荡荡，平沙万里，云天低旷，在饯别的宴席上，你佩官带，携金印，风吹蒙古式皮帽倾斜而神采飞扬。故乡的函谷关和汴河，都是你此行要经过的地方。我猜想你定会登临观览，定会有新的诗词以抒壮怀。在蒙古草原，你骑着骏马威风凛凛，听着叠鼓胡笳高亢雄壮的乐声，带着著名美姬尽情纵赏北国。

当你酒酣耳热之时，眼前是燕山茫茫白雪，一轮明月照在凝冻了的冰河之上，拂晓时白云在陇头飘飞。如今我已是韶华远逝，就像当年贺方回一样，身困江南而无限感伤，可又有谁像挂记方回一样挂记我呢？春风将西湖岸边的垂柳渐渐吹绿，大雁已经飞回南方，而未见故人南归。最令人伤感的是，即使折尽梅花，也难以寄托我对你的深情思念！

文天祥（1236—1283），南宋大臣、文学家。字履善，一字宋瑞，号文山。吉州庐陵（今江西省吉安市）人。宋理宗宝祐四年（1256）进士第一。历任瑞州、赣州知县。宋度宗咸淳九年（1273）任湖南提刑，后改任赣州知县。宋恭帝德祐元年（1275），元兵南下，他在赣州组织义军，入卫临安。次年，任右丞相。赴元军议和，因坚决抗争被扣留。解送北方，至镇江逃脱，回温州拥立端宗，转战东南，收复多个州县。后因降元将领率兵偷袭被俘。元世祖以高官厚禄劝降，他不被利诱，拒绝投降，宁死不屈，从容就义。所作《正气歌》《过零丁洋》广为后世传诵。词作直抒胸臆，慷慨激昂，风骨甚高，充满气节。有《文山先生全集》。

酹江月·和友《驿中言别》

乾坤能①大，算蛟龙②、元不是池中物。风雨牢愁无著处，那更寒蛩③四壁。横槊题诗，登楼作赋④，万事空中雪。江流如此，方来还有英杰。

堪笑一叶漂零，重来淮水，正凉风新发。镜里朱颜都变尽，只有丹心难灭。去去龙沙，江山回首，一线青如发。故人应念，杜鹃枝上残月。

【注释】

①能：同“恁”，如许、这样。②蛟龙：喻豪杰。《三国志·周瑜传》：“刘备以枭雄之姿，而有关羽、张飞熊虎之将，恐蛟龙得云雨，终非池中物也。”③寒蛩：蟋蟀。④登楼作赋：汉末中原大乱，王粲南下依附刘表，登当阳城楼，作《登楼赋》怀乡。

【解读】

天地如此之大，你我都是胸怀大志的英雄豪杰，现在虽然如同蛟龙被困禁在池中，但是蛟龙终当脱离小池，飞腾于广阔天空。秋风秋雨愁煞人，抑郁的愁绪无处寄托，更何况身处寒虫哀鸣，四壁拱立的囹圄之中。当年曹孟德横槊题诗，王粲登楼作赋的盛事如今像空中一边下一边融化了的雪一样飘然无形，寂灭不闻了。然而抗敌复国的大业就像那奔腾的江流一样永不止息，将来肯定还有英雄豪杰起来完成此未竟的大业。

想我当年乘一叶小舟在淮水间飘零，如今重来淮水，此刻正是秋风乍起，凉意顿生。明镜里面，原本红润的容颜已面目全非，只有我这颗为国为民的耿耿赤子之心依旧。如今我往塞外而去，回望江山，只见远远一片青色，虽然我人正在渐渐北去，心却始终向南。希望老朋友以后怀念我的时候，就听听树枝上杜鹃的悲啼吧，那是我的灵魂归来看望我的故国家园。

沁园春·题潮阳张许二公庙

为子死孝，为臣死忠，死又何妨。自光岳气分[①]，士无全节；君臣义缺，谁负[②]刚肠。骂贼张巡，爱君许远，留取声名万古香。后来者，无二公之操，百炼之钢。

人生翕欻[③]云亡。好烈烈轰轰做一场。使当时卖国，甘心降虏，受人唾骂，安得流芳。古庙幽沉，仪容俨雅，枯木寒鸦几夕阳。邮亭下，有奸雄过此，仔细思量。

【注释】

①光岳气分：指国土分裂，即亡国。光指日月星，岳指五岳，气为天地正气。②负：具有。③翕欻：倏忽，如火光一现。

【解读】

子死于孝，臣死于忠，死又有何惧！自从国土分裂，士大夫节操全无，君臣间缺少大义，都背离了刚正不阿的气节。张巡骂贼而死，许远忠君而亡，他们的精神长存，万古流芳。之后的士大夫，没有了他二人那样的节操，也没能修养人格，没有了坚强如钢的性格。

人生匆匆，转瞬即逝，更应当轰轰烈烈地干一番为国为民的大事业。假如当时张许二人卖国投虏，定会遭人唾骂，遗臭万年，岂会百世流芳？古庙幽静深沉，张许二人的塑像庄严典雅。夕阳西下，几只寒鸦在枯树间哀啼，若有奸臣路过，面对张许二公，应愧然自省，细细思量！

王沂孙（？—约1290），南宋词人。字圣与，号碧山，又号中仙、玉笥山人。会稽（今浙江省绍兴市）人。工文词，好交游。宋亡时，与周密、李彭老、仇远、唐珏等结社赋词，以抒亡国之慨。入元后，迫于无奈，曾任庆元路学正，不久归隐。晚年常交游于杭州、绍兴间。词属姜夔一派，工于咏物词，运典绵密，寄托遥深，为人称道。著有《花外集》，又名《碧山乐府》。

眉妩·新月

渐新痕①悬柳，淡彩②穿花，依约破初暝。便有团圆意，深深拜③，相逢谁在香径。画眉未稳，料素娥、犹带离恨。最堪爱、一曲银钩小，宝帘挂秋冷。

千古盈亏休问，叹慢磨玉斧，难补金镜④。太液池犹在，凄凉处、何人重赋清景。故山⑤夜永⑥。试待他、窥户端正⑦。看云外山河，还老尽、桂花影⑧。

【注释】

①新痕：如钩的新月。②淡彩：淡淡的月光。③深深拜：古代妇女有拜新月之风俗，以祈求团圆。④金镜：指月亮。⑤故山：故

国。⑥夜永：夜长。⑦端正：形容月已正圆。⑧桂花影：指月影，传说月中有桂树。此处指旧日故国山河。

【解读】

一钩新月冉冉升起，挂上柳梢，仿佛眉痕。淡淡的月光穿过花丛，朦胧的光华将初降的暮霭划破。新月明艳更使人生出团圆的意愿，闺中佳人便开始虔诚地礼拜新月，祈祷能与心上人相逢在那花香迷人的小径。一弯新月就像两道美人的秀眉没有画完，一定是嫦娥还带着离恨别情。最令人喜爱的是，那弯新月犹如小小的银钩，冷清地挂在高远的天幕上。

不要问千古以来月亮为什么会有圆缺的变化，可叹的是玉斧磨得太慢，难以将残月补圆。长安故都的太液池依然还在，只是一片萧条冷清，谁还会来这儿重新描述盛世清景呢？在这故乡漫漫长夜里，我期待月亮圆满澄明，端端正正地照耀我的门庭。再看那云外辽阔的山河已残破，我却徒自老去，那月光照耀的早已不是故国山河。

蒋　捷（约1245—1305），南宋词人。字胜欲，号竹山，学者称竹山先生。阳羡（今江苏省宜兴市）人。宋度宗咸淳十年（1274）进士。宋亡后隐居竹山不仕，抱节以终，其气节为时人所推重。与周密、王沂孙、张炎并称“宋末四大家”。词作题材多样，既有抒发亡国之痛与身世之感之作，也有描述日常情趣之作，构思新颖，色彩明快，音节嘹亮。词风兼有婉约豪放之特点，自由奔放，有如稼轩，清空骚雅，又似白石。有《竹山词》。

一剪梅·舟过吴江

一片春愁待酒浇，江上舟摇，楼上帘招[1]。秋娘渡与泰娘桥[2]，风又飘飘，雨又萧萧。

何日归家洗客袍？银字笙调，心字香烧。流光容易把人抛，红了[3]樱桃，绿了芭蕉。

【注释】

①帘招：指酒旗招子。②秋娘渡与泰娘桥：吴江的两个地名，均以唐代著名歌伎命名。③“红了”两句：谓时光流逝，春去夏来。

【解读】

江天苍茫，一叶扁舟在吴江上飘摇，江边酒楼酒旗飘摇，我那满怀羁旅的绵绵伤春之愁，只能用美酒来浇灭了。船只经过令文人骚客遐想不尽的胜景秋娘渡与泰娘桥时，恰逢春风飘飘，春雨潇潇。

何日回到家中清洗旅途中穿的客袍，何时才能回到梦中温馨宁静的家园，结束客游劳顿的生活，和家人团聚，在家调弄镶有银字的笙，点燃熏炉里心字形的盘香？春光容易流逝，使人追赶不上，樱桃才红熟，芭蕉又绿了，春去夏又到。

听　　雨

少年听雨歌楼上，红烛昏[1]罗帐。壮年听雨客舟中，江阔云低、断雁[2]叫西风。

而今听雨僧庐③下，鬓已星星④也。悲欢离合总无情，一任阶前、点滴到天明。

【注释】

①昏：幽深朦胧状。②断雁：失群的孤雁。③僧庐：寺院的僧房。④星星：形容鬓发斑白。

【解读】

少年时不谙世事，在歌楼上听雨，红烛映照，幽深朦胧的灯光下罗帐轻盈，尽情欢乐，青春年少不知道愁的滋味。人到中年，在异国他乡的客舟中听雨，广阔的江面望不到头，乌云密布，低低地压在行客人的头上。一只离群的孤雁在西风中发出凄厉的叫声，引发词人一腔旅恨、万种离愁和无边的悲凉。

而今人已至暮年，两鬓斑白，独自在僧庐下倾听着细雨点点，处境萧索，心境凄凉。江山已易主，壮年的愁和少年的欢乐，都已如雨打风吹去。人生的悲欢离合总觉无情，入眼一切都成空。此时此地再听到点点滴滴的雨声，自己却已木然无动于衷了，任凭那台阶前的小雨滴落到天明。

张　炎（1248—1314），南宋词人、词论家。字淑夏，号玉田，又号乐笑翁。祖籍成纪（今甘肃省天水市），世居临安（今浙江省杭州市）。南宋初年大将张俊六世孙。宋恭帝德祐二年（1276），元兵攻破临安，浪游于江南一带。其词用字工巧，追求典雅，早年多反映优游生活，宋亡后则多追怀往昔，抒写哀怨之作，尤长于咏物词。又曾从事词学研究，著有《词源》，对词的音律、技巧、风格皆有论述。有词集《山中白云词》。

南浦·春水

波暖绿粼粼，燕飞来，好是苏堤[①]才晓。鱼没浪痕圆，流红[②]去，翻笑东风难扫。荒桥断浦，柳荫撑出扁舟小。回首池塘青欲遍[③]，绝似梦中芳草[④]。

和云流出空山，甚年年净洗，花香不了？新绿乍生时，孤村路、犹忆那回曾到。余情渺渺，茂林觞咏如今悄。前度刘郎归去后，溪上碧桃多少。

【注释】

①苏堤：在杭州西湖中，是苏轼知杭州时所筑堤坝，苏堤春晓是西湖十景之一。②流红：水中落花。③青欲遍：指池塘四周长满了青草。④梦中芳草：南朝宋谢灵运《登池上楼》："池塘生春草，园柳变鸣禽。"据《南史·谢惠连传》，这两句诗是他梦见弟弟谢惠连时所得。

【解读】

湖水转暖，春水碧绿，波光粼粼。燕子归来，正好是苏堤春晓。鱼儿潜入湖水，在水面上留下圆圆的波纹；流水带走了缤纷的落花，还嘲笑东风没能把落花清扫干净。在荒僻的小桥下，有小船从柳荫深处翩翩而出。回首池塘长满青草，一片凄迷，绝似当年谢灵运在诗中表达的梦境。

溪水和白云一起流出空山，流水年年冲洗落花，却为何花香不尽？看到路上新绿乍生，回想起在这孤村路上我曾和友人一起游玩，结伴畅游，吟诗作乐。可惜当日的欢愉已成过去，只剩满怀余情未了。上次此时溪边游玩长满了碧桃，不知今年碧桃比去年是增加了还是减少了？

黄公绍（生卒年不详），南宋末学者，专研小学。字直翁，又字在轩。邵武（今福建省邵武市）人。咸淳元年（1265）中进士，授职架阁官。宋亡，他弃官返籍，筑室于今邵武市西樵岚溪畔，把书室命名为“在轩”，以表明他专心致志于治学的志向。他精通“六书”（象形、指事、会意、形声、转注、假借六种造字方法），约在元至元二十九年（1292）前，以《说文解字》为本，参考宋、元以前的字书、韵书，撰《古今韵会》，成为字书训诂集大成之作。另与熊忠合编《古今韵会举要》。邵武人李南叔收录严羽的诗和评辑为《沧浪吟》，黄公绍为这本书撰写序言，极力推荐，使这部名著特别是《沧浪诗话》得以广泛流传，蜚声中外。有著作《在轩集》《在轩词》。

青玉案

年年社日①停针线②，怎忍见、双飞燕。今日江城春已半。一身犹在，乱山深处，寂寞溪桥畔。

春衫著破③谁针线④？点点行行泪痕满。落日解鞍⑤芳草岸，花无人戴，酒无人劝，醉也无人管。

【注释】

①社日：古代祭祀土地神的日子。②停针线：古代每逢社日，妇女们有停下手中针线活计，结伴出外游玩的习俗。③著破：穿破。

④谁针线。谁来为我缝补春衫。⑤落日解鞍：指黄昏后下马歇宿。

【解读】

每逢社日，家乡妇女有停下手中针线活计结伴出外游玩的习俗，我客居异乡，形单影只，怎忍心看那成双成对呢喃着飞回旧巢栖息的春燕？每逢佳节倍思亲，让我随即遥想起故园今日应该是春日过半了。家乡春风吹碧，春云映绿，晓梦入芳烟，风光旖旎的美丽季节，而自己依然孤身一人，独宿在乱山深处，寂寞地徘徊在溪桥畔。

长期旅居他乡，身上的春衫早已穿破，谁来为我缝补？想到这，不由得泪流满面，泪洒春衫。红日西沉，我解鞍下马，在芳草岸边的旅店宿息。这里虽有繁花似锦可赏，可惜无人摘一朵给我佩戴；虽有美酒，可惜无人劝，只能独饮，然而更令人沉痛的是，喝醉了酒也无人照管。

无名氏

九张机

一张机， 采桑陌上试春衣。 风晴日暖慵无力。 桃花枝上， 啼莺言语， 不肯放人归。

两张机， 行人立马意迟迟[①]。 深心未忍轻分付， 回头一笑， 花间归去， 只恐被花知。

三张机， 吴蚕已老燕雏飞。 东风宴罢长洲苑[②]， 轻绡[③]催趁， 馆娃宫女[④]， 要换舞时衣。

四张机， 咿哑[⑤]声里暗颦眉。 回梭织朵垂莲子[⑥]。 盘花易绾，愁心难整，脉脉乱如丝。

五张机，横纹织就沈郎诗⑦。中心一句无人会。不言愁恨，不言憔悴，只恁⑧寄相思。

六张机，行行都是耍花儿⑨。花间更有双蝴蝶。停梭一晌⑩，闲窗影里，独自看多时。

七张机，鸳鸯织就又迟疑。只恐被人轻裁剪，分飞两处，一场离恨，何计再相随？

八张机，回文⑪知是阿谁诗？织成一片凄凉意。行行读遍，厌厌⑫无语，不忍更寻思。

九张机，双花双叶又双枝。薄情自古多离别。从头到底，将心萦系，穿过一条丝。

【注释】

①迟迟：缓慢的样子。②长洲苑：春秋时吴国国君游猎的苑囿。故址在今苏州市西南。③轻绡：生丝织成的薄绸。④馆娃宫：吴王夫差为西施而建的宫殿。故址在今苏州市西南的灵岩上。⑤伊哑：织布声。⑥垂莲子：双关语。既指织成的低垂莲蓬，也指“垂怜子”，即“爱你”的意思。沿用六朝民间乐府的常用手法。⑦沈郎诗：南朝诗人沈约有诗句写相思情深：“梦中不识路，何以慰相思。”⑧恁：如此、这般。⑨耍花儿：宋时方言，指可爱的花朵。⑩一晌：一段时间。⑪回纹：用窦滔妻苏惠回文诗的典故。《晋书·列女传》载，窦滔被徙流沙，苏氏思之，因而“织锦为回文旋图诗以赠滔。宛转循环以读之，词甚凄婉”。相传其锦纵横八寸，题诗二百余首，计八百余言，纵横反复，皆成章句。⑫厌厌：精神不振的样子。

【解读】

一张机，是春情。穿着春衣去田头路旁采桑，郊野风晴日暖，春光骀荡，春情萌动，让人浑身慵懒无力。红艳的桃花枝上，黄莺鸣声婉转美妙，让人心旷神怡，如醉如痴，春色不肯让人归去。

两张机，是相遇。是一个骑马的少年和一个陌上采桑女的相遇，少年望见美貌的少女，让马缓慢下来，真挚灼热的目光，追随着羞涩慌张的少女，想要诉说心中深厚的情意又觉得难为情。少年回头向少女一笑，少女心如小鹿乱闯，内心无比欢喜与中意。少年从花丛中离开了，只怕被花看出自己难以诉述的心事。

三张机，是风物。吴地的蚕就要吐丝作茧了，乳燕也已离巢试飞。长洲苑春风吹拂，歌舞升平，宫女如云，宴会洋溢着欢喜热闹的气氛，宴罢即派人催索绫罗绸缎，只因馆娃宫中女子，要换歌舞时的衣裳。

四张机，是心乱。伊哑的织布声，伴着少女对少年无比喜爱之情，可是少女犯难了，她向谁说去呢？只好把自己的爱意织在“垂莲子”里，含蓄中说出了爱情的谜语。布上织成盘绕的花朵容易，而心里要理清烦乱的愁绪却很难，心乱得像一团丝。

五张机，是相思。在锦上横式花纹里织进南朝诗人沈约的爱情诗句。她知道没有人能读出这花纹中藏着的诗句，没有人能读懂她内心的秘密。在这份爱情中，不说自己有多少愁苦，也不说离别让自己有多憔悴，只愿意就这样暗中寄予相思。

六张机，是痴情。锦上织出的行行都是各种色彩绚丽的花朵。并在花间织出一对翩翩起舞的蝴蝶。看着象征爱情的蝴蝶，不禁触动了她的双眸，她想到那暌隔不见的郎君，于是停下飞梭，在闲窗影里，独自观赏多时。

七张机，是隐忧。绣娘鸳鸯戏水的图案就要完成，却又迟疑着不肯放下手中的丝线。她轻轻抚摸着这一双锦上的神仙眷侣，心里却无端起了隐忧。她担心这锦缎会被人随意地裁剪，到时恐怕鸳鸯会“分飞两处”，离恨难遣，无计相随，这是最担忧的。

八张机，是深情。锦上织成的是谁的回文诗句？这回文诗里满含着一片凄凉之意。诗中所言，正是女子心中所想。一行行读这诗句，一字字都是相思。读遍千回与万回，直到心思疲倦，默默无语，不忍更寻思。

九张机，是誓言。锦上花并蒂，叶成双，枝连理，而自己却是独行独坐，独唱独酌还独卧。自古以来薄情郎的妻子大多是独守空闺，但我要用一根丝线，将花、叶、枝从头到底紧紧系在一起，要用一种真情真意，将郎君与自己紧紧系在一起，永世不分离。

眼儿媚

萧萧江上荻花[①]秋，做弄[②]许多愁。半竿落日[③]，两行新雁，一叶扁舟。

惜分长怕君先去，直待醉时休。今宵眼底，明朝心上，后日眉头。

【注释】

①荻花：芦苇花。②做弄：犹酝酿。谢懋《石州引》词：“飞云特地凝愁，做弄晚来微雨。”③半竿落日：太阳下落，距西山半竿之高。言时间将晚。

【解读】

饯行的宴席设在江畔，只见江边芦苇都已开满了白花，在萧瑟的秋风中摇曳，那无可奈何、随风摇曳的姿态，萧萧瑟瑟的凄切声响，好像是有意做弄出许多忧愁的样子，给已经愁肠百结的离人平添了许多愁思。抬眼望去，那西沉的太阳，恹恹地落下去，只剩半根竹竿那么高了；那从天际飞来的两行新雁，飞往南方的老家去了；眼前停靠着的这一只船，就要载着我的心上人别我而去了。

我们之间的离别一直是我担心的事情，我常常怕她离我而去。眼下别离无情地来临了，在这即将分手的时刻，只有拼一醉才能暂时解除心中的烦忧。今天晚上，我的眼前还是一个活泼的她；到了明天，她的模样就只能留在我的心里；到了后天啊，想她而又看不见她、喊不应她，我只能紧蹙双眉，忍受无休止的离愁的煎熬了，这怎能不叫人心酸断肠呢！

刘　著（生卒年不详），金文学家。字鹏南。舒州皖城（今安徽省潜山市）人。北宋宣政年间进士。入金后，始入翰林，充修撰。后出守武遂，终于忻州刺史。皖城有玉照乡，晚年自号玉照老人，以示不忘故国之意。工诗能文，书画超绝，尤其精通乐府，与吴激常相酬答。

鹧鸪天

雪照山城玉指寒，一声羌管①怨楼间。江南几度梅花发，人在天涯鬓已斑。

星点点，月团团。倒流②河汉入杯盘。翰林③风月三千首，寄与吴姬④忍泪看。

【注释】

①羌管：羌笛，因出自西北羌地而得名。②“倒流”句：夸张地写月下畅饮，酒如银河倒流入杯。③“翰林”句：用欧阳修《赠王安石》诗句，诗曰：“翰林风月三千首，吏部文章二百年。”原系称赞王安石的诗文，可与李白之诗、韩愈之文媲美。这里是说自己作诗之多，有如翰林李白。④吴姬：吴地（即江南）一带的美女。

【解读】

洋洋洒洒的雪花铺满大地，耀眼的白雪映照着山城，你的玉指此时恐怕已是冰凉如水了吧！小楼间突然奏起一曲《梅花落》，那一声声羌笛音里，饱含着别离的哀怨。一曲《梅花落》，不禁让人想起江南梅花的花开花落，几度春秋。如今我仍在天涯漂泊，两鬓已斑白。

仰望天上点点闪亮的星星，朗朗普照的圆月，我独自一人痛饮不休，仿佛酒如银河倒流入杯。我思乡念归写了三千首诗词，想寄给你这位江南的恋人，让你强忍着眼泪慢慢细读吧！

赵秉文（1159—1232），金代文学家、书法家。字周臣，号闲闲老人。磁州滏阳（今河北省磁县）人。世宗大定二十五年（1185）进士，任调安塞主簿。金宣宗兴定元年（1217）拜礼部尚书，兼侍读学士，同修国史、知集贤院士。哀宗即位，改翰林学士。所谓任五朝，官六卿。曾知贡举。诗文书画无所不精，其文长于辨析，以周程理学为主。诗歌豪放清新，不拘一格。内容多写自然景物，间有反映现实之作。词学东坡，格调清丽，颇具境界。善草书。与同时代的党怀英、王庭筠等齐名。著述颇丰，有《闲闲老人滏水文集》。

水调歌头

四明有狂客，呼我谪仙人①。俗缘千劫②不尽，回首落红尘。我欲骑鲸归去，只恐神仙官府，嫌我醉时真。笑拍群仙手，几度梦中身。

倚长松，聊拂石，坐看云。忽然黑霓落手，醉舞紫毫[3]春。寄语沧浪流水，曾识闲闲居士[4]，好为濯冠巾。却返天台[5]去，华发散麒麟[6]。

【注释】

①谪仙人：唐朝自称“四明狂客”的贺知章称赞李白为“谪仙人”。②千劫：劫为佛教用语，世界经历若干万年毁灭一次，称一劫。③紫毫：笔的一种，用紫黑色的兽毛制成。④闲闲居士：作者自号。⑤天台：山名，在今浙江省天台县境内，是仙霞岭的余脉。⑥麒麟：传说中的神兽。

【解读】

像当年贺知章称李白为“谪仙人”一样，友人也称我为“谪仙人”。我历尽千劫依然尘缘未了，就落在了红尘中（做了一个谪仙人）。我原本想骑着大鲸返回仙界，又担心神仙官府中的规矩会约束我，嫌我太过于率真。在梦中我几度和群仙畅谈，言笑畅意。

倚着长松，拂去石上尘埃，坐看云起云落，乐哉优哉。不时以紫毫之笔，蘸天上的黑霓作墨，醉酒当书，狂放恣肆。告诉那沧浪之水，可识得我闲闲居士，我要用你去洗净尘世间的肮脏，把清白还给人间，然后我再返回天台，在那里披着头发，骑着麒麟遨游于仙界。

元德明（1159—1206），平民书生。号东岩。太原秀容（今山西省忻州市）人。元好问之父。幼嗜书。布衣蔬食，处之自若。累举不第，放浪山水间，饮酒赋诗以自娱。有《东岩集》。

好事近·次蔡丞相韵①

梦破打门声，有客袖携团月②。唤起玉川③高兴，煮松檐晴雪。蓬莱千古一清风，人境两超绝。觉我胸中黄卷④，被春云香彻。

【注释】

①次蔡丞相韵：本词为作者次金朝蔡松年韵之作。蔡曾作《好事近》词，抒发对功名的厌倦。②团月：卢仝诗“月团三百片”的月团茶。③玉川：玉川子，卢仝之号。唐代诗人。年轻时隐居少室山，刻苦攻读，不愿仕进。善饮茶，作有《茶歌》。④黄卷：指书籍。古人用黄檗染纸以防蠹，纸色黄，故称。

【解读】

正在熟睡，好梦被打门之声惊破。客人袖携月团名茶来访，见出客人殷勤之意，主人品位之高。在睡梦中被惊醒的“玉川子”见到如此高雅的名茶，心里自是十分高兴，于是主客兴趣盎然，撷取松檐晴雪，煮茶共饮。高标出世的劲松，冰清玉洁的纯雪，品质上乘的名茶，真乃雅士高人也。

二位高士情趣之高雅，犹如蓬莱的千古清风，无论人的情趣还是景色都是超绝的。两位情趣高雅人士在绝美景色之中品茶，顿时有超然世外、飘飘欲仙之感，被书卷填满的心胸，又被月团茶的清香浸润，顿感神清气爽，妙彻心扉，超旷绝俗。

元好问（1190—1257），金杰出文学家、历史学家。字裕之，号遗山。太原秀容（今山西省忻州市）人。金宣宗兴定五年（1221）进士。曾任行尚书左司员外郎等职，金亡不仕。筑亭于家，著述其上。他是宋金对峙时期北方文学的主要代表。文坛盟主，又是金元之际在文学上承前启后的桥梁，被尊为“北方文雄”“一代文宗”。他擅作诗、文、词、曲。其中以诗作成就最高。诗多伤时感事之作，也长于描摹山水。其诗风格沉郁，又见激愤之气。其《论诗》绝句三十首，崇尚天然，反对柔靡、雕琢，在诗歌批评史上颇有地位。其词为金代一朝之冠，可与两宋名家媲美。其散曲虽传世不多，但当时影响很大，有倡导之功。著作有《遗山集》，又编选金一代诗歌为《中州集》。

摸鱼儿

问世间，情是何物①？直教生死相许！天南地北双飞客②，老翅几回寒暑③。欢乐趣，离别苦，就中④更有痴儿女。君⑤应有语：渺万里层云，千山暮雪，只影向谁去？

横汾路⑥，寂寞当年箫鼓，荒烟依旧平楚⑦。招魂楚些何嗟及，山鬼⑧暗啼风雨。天也妒，未信与，莺儿燕子俱黄土。千秋万古，为留待骚人，狂歌痛饮，来访雁丘处。

【注释】

①问世间，情是何物：作者在去并州的路上遇到一件事——一只大雁因为伴侣被捕杀而投地自尽。他深受感动，购买了这两只大雁的尸首同葬于汾水之上，并写下了这首词以示纪念。②双飞客：

此处指的是双飞的大雁。③几回寒暑：指多少岁月。④就中：在这里面。此处用来形容大雁的痴情。⑤君：指殉情的大雁。⑥横汾路：汾水一带。⑦平楚：意为平野上的树林。⑧山鬼：此处指的是山神。

【解读】

试问那人世间的爱情究竟是什么？竟会令两只相爱的大雁生死不渝！南去北归，无论多远的路程都比翼双飞，任它多少冬寒夏暑，依然恩爱相依为命。比翼双飞虽然快乐，但离别才是真正的痛苦难受。到此刻，方知这痴情的双雁竟比人间痴情儿女更加痴情！相依相伴，形影不离的情侣已逝，真情的雁儿心里知道，失去一生至爱的陪伴，自己形孤影单，前程渺渺路漫漫，每年寒暑，飞越万水千山，晨风暮雪，还有什么意义呢？因此不必苟活了。

这汾水一带，当年本是汉武帝巡幸游乐的地方，每当武帝出巡，总是箫鼓喧天，棹歌四起，何等热闹，而今只剩平林漠漠，冷烟衰草。逝者已去，招魂也无济于事。女山神在风雨中枉自日夜啼哭，而死者依旧不会再归来了。这对大雁生死相许的深情连上天也嫉妒，但殉情的大雁决不会和莺儿燕子一般，死后只化为一抔黄土。其动人的故事即使在千秋万古后也会被人们传诵。那时会有许多骚人墨客来寻访这小小的雁丘坟，在纵情高歌和痛饮浊酒中祭奠这对爱侣的亡灵。

水龙吟

从商帅国器[①]猎于南阳[②]，同仲泽[③]、鼎玉赋此。

少年射虎名豪[④]，等闲赤羽千夫膳[⑤]。金铃锦领，平原

千骑，星流电转。路断飞潜，雾随腾沸，长围高卷。看川空谷静，旌旗动色，得意似，平生战。

城月迢迢鼓角，夜如何？军中高宴。江淮草木，中原狐兔，先声自远。盖世韩彭[⑥]，可能只办，寻常鹰犬[⑦]。问元戎，早晚鸣鞭径去，解天山箭[⑧]。

【注释】

①商帅国器：人名。曾任元帅，镇商州，故称商帅。②南阳：疑是南山之误。③仲泽：王渥字，金人，工诗善赋，词亦闻名。④名豪：英豪，指商帅。⑤赤羽千夫膳：赤羽，即旗帜；千夫膳，即千夫之膳食。两者合起来是指军队人数众多，阵容盛壮。⑥韩彭：指韩信和彭越。两人都是西汉初著名武将，辅佐刘邦建国后，皆获罪被杀。⑦鹰犬：指为人所驱使利用。⑧天山箭：唐薛仁贵曾率军战胜九姓突厥于天山，军中有“将军三箭定天山”之称。

【解读】

商帅是少年射虎的英豪，将统领赤羽千夫视为等闲之事。商帅射猎时，千骑相随，奔腾在广袤的平原上，所乘的每一匹骏马都是头悬金铃，锦绣围脖，纵横驰骋，快如流星闪电。商帅射猎技艺精湛高超，将天上飞禽和水中游鱼的去路统统阻断，将它们猎获；马蹄在浓雾中奔腾，声势浩荡，他们合围起来将那些鸟兽统统困住，最后一网打尽。猎后山谷间一片寂静（鸟兽都被猎获了），山谷旌旗飘扬，收获满满，好似平生打下的一场胜战。

到了夜晚，城台上明月高悬，鼓角声从远方隐隐传来，打猎满载而归的将军在军中高堂上设宴，回想围猎时的情形，豪气万千，商帅不但在猎场上声威显赫，在战场上的军威更是让人胆寒，那些敌人听到他的威名便闻风丧胆。那功劳卓绝的韩信、彭越，也不过是平常的被人驱使利用的工具罢了。商帅的才略志向，是要效法薛仁贵，三箭定天山，一举荡清边患，以显真正的英雄本色。

清平乐·泰山上作

江山残照，落落舒清眺。涧壑风来号万窍[①]，尽入长松悲啸。

井蛙瀚海云涛，醯鸡日远天高。醉眼千峰顶上，世间多少秋毫！

【注释】

①风来号万窍：典出《庄子·齐物论》，意谓大风一起，树木的大小窟窿都发出号叫。

【解读】

夕阳的余晖照遍了眼前的山峦河流，在泰山上极目远望，四周景物历历在目。随着山涧山壑风起，一切树木的大小窟窿都发出声响，而这些声响都汇入松涛的悲啸中去，巨大的悲啸铺天盖地而来，使人的整个情感也融于其中。

站在万山之首的泰山峰巅，极目云山，俯仰古今，在这天地悠悠的大千世界里，人是多么渺小！就像井蛙之于瀚之涛，醯鸡之于遥远的太阳和辽阔的天空。那些烜赫一时的英雄，风流千古的将相，随着时间的推移，也被风吹雨打随水而去，烟消云散，不见踪迹。那么如同沧海一粟的自己的身世浮沉、喜怒哀乐就微不足道了。

水调歌头·赋三门津①

黄河九天上，人鬼瞰重关。长风怒卷高浪，飞洒日光寒。峻似吕梁千仞，壮似钱塘八月②，直下洗尘寰。万象入横溃，依旧一峰闲。

仰危巢，双鹄过，杳难攀。人间此险何用，万古祕神奸。不用燃犀下照，未必佽飞③强射，有力障狂澜。唤取骑鲸客，挝鼓过银山。

【注释】

①三门津：指三门峡，在今河南省三门峡市东北黄河中，因峡中有三门山而得名。据《陕州志》记载：“三门，中神门，南鬼门，北人门，惟人门修广可行舟。鬼门尤险，舟筏入者罕得脱。三门之广，约三十丈。”②钱塘八月：指钱塘江八月十八日最盛大的潮水。③佽飞：汉武帝时射士官名。春秋时楚国勇士佽飞曾仗剑飞入江中刺杀两蛟，故以此勇力之人命名西汉时的射士。

【解读】

黄河之水似乎是从九天之上飞泻而下，黄河之险让人鬼俯瞰欲过而胆寒。大风起时，怒浪滔天，飞溅的浪花在阳光照耀下寒光凛凛。黄河之水掀起的浪涛高过那千仞的吕梁山，水浪声势之状可比那八月的钱塘潮，横空之下，一洗尘寰。黄河水浪冲斥万象，但是中流的砥柱山面对滔天巨浪，却依旧气定神闲。

砥柱山之高峻，除了鸟儿在上面筑巢，鸿鹄从那里飞过外，没听说有人攀援过。人间有这险处有何用呢？原来是为了测辨忠奸。

无须“燃犀下照”，洞察水下妖物，也不必像那个楚国勇士仗剑飞入江中刺杀两蛟，便可力挽狂澜。呼唤那个骑鲸客，击着鼓飞过银山。

江月晃重山·初到嵩山①时作

塞上秋风鼓角，城头落日旌旗。少年鞍马适相宜。从军乐，莫问所从谁。

候骑②才通蓟北，先声已动辽西③。归期犹及④柳依依。春闺月，红袖不须啼。

【注释】

①嵩山：古称“中岳”，在河南省登封市北。金宣宗兴定二年(1218)元好问因避战乱从三乡（河南省宜阳县）移家登封嵩山。②候骑：侦察的骑兵。③辽西：今辽宁省辽河以西地区。④犹及：还赶得上。

【解读】

边塞之上，秋风萧瑟，送来鼓角的悲鸣，夕阳照耀着城头的旌旗。一位潇洒的少年，身跨战马，驰骋边关，这热血少年的飒爽英姿和这粗犷壮美的边塞相辉相映，少年点缀了边塞的雄阔，边塞衬托了少年的英武。他充满了报国热情，洋溢着青春的浪漫气息，只要能够从军驰骋就十分快乐，并不想知道由谁来带兵。

侦察的骑兵才通过蓟北，而大军的威名已震动辽西。打败了敌人凯旋，既赶得上杨柳依依的春天，还可欣赏春天的美景。在春暖花开之时，那守在闺中的红袖佳人盼回了心上人，也就不必因思归念远而悲啼了。

刘秉忠（1216—1274），元初大臣、杰出政治家、文学家。字仲晦，初名侃，法号子聪，自号藏春散人。邢州（今河北省邢台市）人。博学多才，通天文术数。因为学识渊博，为忽必烈信重。召入王府，参与机密。建议定百官爵禄，减赋税差役、劝农桑、兴学校等。中统元年（1260）忽必烈称帝，受命制定各项制度。他是元初政坛一位很有特色的政治人物，对元代政治体制、典章制度的奠定发挥了重大作用。同时，他又是一位诗文词曲兼擅的文学家。有《藏春集》。

木兰花慢·混一后赋

望乾坤浩荡①，曾际会，好风云。想汉鼎②初成，唐基始建，生物如春。东风吹遍原野，但无言、红绿自纷纷。花月留连醉客，江山憔悴醒人③。

龙蛇④一屈一还伸，未信丧斯文。复上古淳风，先王大典，不贵经纶。天君几时挥手，倒银河，直下洗嚣尘。鼓舞五华鸑鷟⑤，讴歌一角麒麟。

【注释】

①乾坤浩荡：天地广大。②“想汉鼎”两句：指元朝建国开基，统一天下。汉鼎，封建时代大庙内放有九鼎，鼎代表宗庙社稷。③醒人：由屈原《渔父》“众人皆醉，唯我独醒”化用而来。④“龙

蛇”句：是说国家兴亡如龙蛇有屈有伸。⑤鸑鷟：水鸟名，相传为瑞鸟。

【解读】

望着这浩荡乾坤，曾经有多少君臣风云际会。想当年汉唐帝业初成的时候，万物欣欣向荣大地温暖如春。当东风吹遍原野新朝建立的时候，即便你不邀请东君，那些红花绿树也会自然纷纷旺盛生长。流连于花间月下的成了醉客，江山衰危时，憔悴了忧国忧民的清醒人。

龙和蛇蛰居而起，屈而复伸，料想新王朝不会轻视礼教丧斯文。应当恢复上古时代淳朴的社会风俗，继承古代的典章制度，任用那些经纶之士，大力施行革新。老天爷何时挥手下令倾倒银河之水，洗净人间的喧扰、战争和灰尘。到那时，华丽的鸑鷟鸟将出来跳舞，吉祥的麒麟也会出来讴歌人世间的太平。

王　恽（1227—1304），元文学家。字仲谋，号秋涧。卫州汲县（在今河南省卫辉市）人。幼时好学，中统初左丞姚枢宣抚东平，任详议官，后任中书省都事。至元中拜监察御史。官终翰林学士、知制诰。文章自谓学元好问，其波澜意度，皆不失前人矩矱，与东鲁王博文、渤海王旭齐名。诗篇笔力坚浑，亦能嗣响遗山。兼作词曲。有《秋涧先生大全集》。

鹧鸪天·赠驭说[1]高秀英[2]

短短罗衫[3]淡淡妆，拂开红袖便当场。掩翻歌扇珠成

串④，吹落谈霏⑤玉有香。

由汉魏，到隋唐，谁教若辈⑥管兴亡。百年总是逢场戏⑦，拍板门⑧锤未易当。

【注释】

①驭说：说书。②高秀英：说书女艺人。③罗衫：罗衣。罗制长衣。衫，妇女长褂。④珠成串：形容歌喉清和圆转，犹如贯珠。⑤谈霏：形容言谈隽美如玉屑飞散。⑥若辈：你们这些人。此指说书艺人。⑦逢场戏：佛家语，指悟道在心，不拘时地。后引申为随事应景，逢场作戏。⑧拍板：乐器，木制成，说唱时用来按拍调节音律。

【解读】

说书人高秀英短短的罗衫淡淡的妆饰，她容色天成，不需要浓妆艳抹，淡淡的装束显得她分外高雅。说书时，艺人要借助手势表情达意，她轻轻地挽起红袖，罗扇轻掩面容，便登上场。说到有诗、词、曲的地方，她就唱起来，歌声圆润，如串串珍珠。她口齿生香、吐词轻快流利，演说隽美如玉屑飞散。她演说的故事，沁人心脾。

高秀英讲的是从汉代到唐代一千一百一十三年的历史，中间有多少朝代更替，被她演说得有声有色，历历如绘，好像历史的兴亡尽在她的掌握中，千年万代的故事，在说书人的说唱词里都不过是逢场作戏，成为说书艺人拍板演唱的笑谈。艺人高秀英在梁武帝面前展示了超凡的演唱天赋和才艺。

王予可（？—1232），字南云。吉州（今江西省吉安市）人。南渡后居上蔡、遂平、郾城间。早年隶军籍，三十岁左右时大病后忽发狂，愈后能作诗写文，作品中多避宋讳，遂以诗文名，佯狂玩世。其长于诗词，亦善书法，然语词怪异，令人难晓。事见《中州集》卷九，《金史》卷一二七有传。

生查子

夜色明河[1]静，好风来千里。水殿谪仙人，皓齿清歌起。

前声金斝[2]中，后声银河底。一夜岭头云，绕遍楼前水。

【注释】

①明河：银河。②金斝：盛酒的器具。

【解读】

眼前出现了天上的银河，好风从千里之外徐徐吹来，夜深人静，万籁俱寂。这时从临水的殿堂里传来如天仙般美丽女子的歌声，皓齿轻启，珠圆玉润，响遏行云，美妙绝伦。

那歌声在夜空中如此轻柔，如此动听，流转婉丽，前声融化在金樽美酒之中，后声沉落于银河之底，一夜之间，如岭头之云，一直缭绕在楼前流水的上空，使人有如仙乐入耳，绕梁三日不绝之感。

张　野（生卒年不详），字野夫，号古山。邯郸（今河北省邯郸市）人。官翰林学士。工词，风格雄健。著有《古山乐府》传世。

水龙吟·酹辛稼轩墓在分水岭[1]下

岭头一片青山，可能埋得凌云气[2]。遐方异域[3]，当年滴尽，英雄清泪。星斗撑肠[4]，云烟盈纸，纵横游戏。漫人间留得，阳春白雪[5]，千载下，无人继。

不见戟门华第[6]。见萧萧竹枯松悴。问谁料理，带湖[7]烟景，瓢泉[8]风味。万里中原，不堪回首，人生如寄。且临风高唱，逍遥旧曲，为先生酹。

【注释】

①分水岭：在江西铅山南一公里许，为辛弃疾之墓所在地。②凌云气：用来称赞辛弃疾文辞之美。③“遐方异域”三句：是说辛弃疾带兵渡淮归南宋后，其抵抗金兵收复中原的大志受到主和派的阻挠，不能实现。④“星斗撑肠”赞扬辛词笔力纵横，挥毫满纸。⑤阳春白雪：古代楚国的歌曲名。此处用以比喻辛词的高深。⑥戟门华第：写辛弃疾当时府第的气派。⑦带湖：在江西灵山下，为辛弃疾曾居之地。⑧瓢泉：在江西铅山，辛弃疾名之。

【解读】

岭头（辛弃疾墓）在一片郁郁葱葱的青山下面，那里面埋的应是相如赋仙那般的凌云之气吧。想当年，辛弃疾带兵渡淮归南宋后，其抵抗金兵、收复中原的大志却受到主和派的阻挠不能实现，让英雄无用武之地，徒流尽悲愤慷慨的泪水。作为一个大词人，他才华出众，笔力纵横，笔走龙蛇，给人间留下阳春白雪一样的佳作。千载而下，再也没有人能够比得上他。

时过境迁，当年辛弃疾戟门华第的居住处，如今只有萧萧的枯竹在风中瑟瑟而立。昔人已去，那带湖上的烟波景色，瓢泉处的万种风情，还有谁来料理呢？中原万里，早已物是人非，几度易主，不堪回想了，人生飘忽，就如同是寄居在天地间的过客。暂且再高歌一首旧日的乐曲，临风洒酒，祭奠您的英灵。

刘　基（1311—1375），明初大臣、政治家、文学家。字伯温，号犁眉公。处州青田（今浙江省青田县）人。元末进士。曾任江西省高安县丞、浙江儒学副提举、处州总管府判，旋弃官隐居。后出任浙东行省都事，因反对招抚方国珍而被革职，仍回乡组织地方武装，与方氏对抗。元至正二十年（1360）至应天（治今江苏省南京市）劝朱元璋脱离韩林儿，独树一帜，并为策划用兵次第，参与机要。为明王朝的建立和发展立下汗马功劳。朱元璋尊其为“吾子房（张良）也”。民间有“上有诸葛孔明，下有刘基伯温”的称道。朱元璋称帝，他为明朝开国功臣，官至御史中丞兼太史令，封诚意伯。洪武四年（1371）为左丞相胡惟庸所谮，忧愤而死。一说被胡惟庸毒死。他通晓天文，后人出版的某些神秘文化书籍，也多假托其名。他诗文兼长，学识渊博，远见卓识。《郁离子》揭露元末暴政。《卖柑者言》揭露封建官僚“金玉其外，败絮其中”的腐朽本质，文笔犀利生动。《松风阁记》，笔墨精练，绘声绘形。他的诗以古朴雄放见长。《二鬼》是具有神话色彩的长诗，想象丰富，离奇变幻，具有浪漫主义情调。《筑城词》《买马词》《北上感怀》极具现实意义。有《诚意伯刘先生文集》。

渔歌子

钓得鳊鱼不卖钱，瓷瓯引满看青天。芳树下，夕阳边，睡觉芦花雪满船。

【解读】

渔翁在江面上钓着鳊鱼，不是为了卖钱，而是为他自己的晚餐准备下酒菜。瓷瓯里盛满了美酒，他开始开怀畅饮，吃着新鲜的鱼，举着香醇的酒，仰望着浩瀚的天空，举止清高绝俗。醉后，渔翁就在夕阳芳树下的小小渔船中睡着了，满船的芦花像雪一样洁白，如同渔翁那清幽绝尘的高蹈情怀。渔翁疏放兀傲之态可掬，这也是词人自己心态的写照。

杨　慎（1488—1559），明文学家、学者。字用修，号升庵。四川新都（今四川省成都市新都区）人。正德六年（1511）状元及第，授翰林修撰。世宗时，为经筵讲官，以议大礼事获罪，谪戍云南永昌。投荒三十余年，死于戍所。他学识广博，工诗文，善词曲。诗宗六朝初唐，推崇含蓄蕴藉的风格，于明代独立门户。著述多达百余种，后人辑其要者为《升庵集》，又有词曲《升庵长短句》《陶情乐府》《廿一史弹词》等。

临江仙

滚滚长江东逝水，浪花淘尽英雄。是非成败转头空。青山依旧在，几度夕阳红。

白发渔樵江渚上，惯看秋月春风。一壶浊酒喜相逢。古今多少事，都付笑谈中。

【解读】

长江之水滚滚东流，无休无止，千古英雄人物像浪花随着这东去的江水消失在历史的长河中。不管是与非，还是成与败，转眼之间，烟消云散一切成空。只有巍巍青山依旧屹立眼前，看着一次又一次又红又圆的夕阳西下。

白发苍苍的渔父、樵夫（亦包括隐士）生活在江渚之上，看惯了秋月春风，世事变迁。与老朋友惊喜相逢，共饮一壶浊酒，把酒言欢。古往今来发生的多少兴亡之事，都付之于他们茶余饭后的谈笑之中。

陈子龙（1608—1647），南明抗清将领、文学家。字卧子，号大樽。松江华亭（今上海市松江区）人。崇祯进士。曾与夏允彝等组织几社。南明弘光帝时任兵科给事中，见朝政腐败，辞职归乡。清军破南京后，在松江起兵，称监军。事败，避匿山中，结太湖兵抗清。组织松江第二次起义失败，在苏州被捕，乘隙投水死。善诗赋古文，尤精骈体，诗与吴梅村齐名，词以妙丽著称，为明词大家。

其文学主张继承“后七子”传统，有复古倾向。后期所作诗歌，感时伤事，悲愤苍凉。著有《陈忠裕公全集》，另编有《皇明经世文编》。

诉衷情·春游

小桃枝下试罗裳，蝶粉斗遗香。玉轮①碾平芳草，半面恼红妆②。

风乍暖，日初长，袅垂杨。一双舞燕，万点飞花，满地斜阳。

【注释】

①玉轮：华贵的游车。②半面恼红妆：“恼半面红妆”之倒装句。指因花瓣凋零而心生懊憾。半面，指凋残。红妆，指花瓣。

【解读】

妙龄女子在开得正艳的小桃树下试穿丝衣，她衣衫和玉体散发出阵阵清香。蝴蝶有爱美攀比之心，它们闻到这清香的气味纷纷从远处飞来，在桃花蕊粉间徜徉一片刻，沾满花香，想与少女发出的清香比拼一下高低。春天的景色真是怡人，春风和暖，花香草碧，一片大好的景象。在这美好的日子，俊男靓女纷纷乘兴出来游玩。华贵的游车碾压了青青的芳草，他们看到花瓣开始凋零而心生懊恼。

春神降临人间，春风开始变暖，白日变长，杨柳的枝条柔美细长。一双燕子在空中轻轻飞舞，地上铺满了落日的余晖，俊男靓女纵情游赏，被这美丽的春景所陶醉。

纳兰性德（1655—1685），清初著名词人。原名成德，字容若，号楞伽山人，满洲正黄旗人。大学士明珠长子。康熙进士，官至一等侍卫。善骑射，好读书，爱才喜客，结交名士极多。曾从徐乾学受经学，并广泛搜集整理诸家经解文献，刻为《通志堂经解》一千八百余卷。精鉴藏，善书能诗。他主张诗须有才学，词须有比兴。反对模拟，强调独出心裁，自有面目。一生以词名世，长于小令，抒情真挚，风格清新婉丽，也有苍茫雄浑之作。王国维《人间词话》称其“北宋以来，一人而已”。有《通志堂集》《饮水词》等。

点绛唇·咏风兰①

别样②幽芬，更无浓艳催开处。凌波③欲去，且为东风住。

忒煞萧疏④，争奈秋如许。还留取，冷香⑤半缕，第一湘江雨。

【注释】

①风兰：一种寄生兰，因喜欢在通风、阴湿的地方生长而得名。②别样：特别、不寻常。③凌波：形容在水上行走的轻盈柔美的姿态。此处是说风兰在秋风中摇曳的姿态，好像是凌波仙子，轻柔飘逸。④忒煞萧疏：意为过分稀疏。⑤冷香：指花之清香气。多喻梅菊之香气。

【解读】

风兰散发出不寻常的香气，素雅恬淡没有一丝浓艳浮华。它在秋风中摇曳的姿态犹如凌波仙子轻灵飘逸、柔美无限。

它的叶子如此稀疏，怎么耐得住那寒冷的清秋呢？于是留取那半缕清香入得画中，好友张见阳这幅风兰画堪称画中第一了。

遐方怨

攲角枕①，掩红窗。梦到江南，伊家博山②，沉水香。浣裙③归晚坐思量。轻烟笼浅黛④，月茫茫。

【注释】

①攲角枕：斜靠着枕头。攲，通“倚”，斜靠着。角枕，角制或用角装饰的枕头。②博山：指博山炉，一种香炉。③浣裙：洗衣。④浅黛：用黛螺描画出的浅浅的眉毛，此处代指美丽的女子。

【解读】

斜靠着枕头，掩住红窗，梦中我去了江南，去了她的家中，她家中的香炉中袅袅升起了沉香燃起的烟。她到河边去洗衣，回来时天色已晚。她闲坐在窗前，心事满腹，若有所思。她渐渐被沉香烟雾所笼罩，室外淡淡的月光从玻璃窗户照射到她的身上，极为动人，犹如词人对她的情感，悠远而绵长。

长相思

山一程，水一程，身向榆关①那畔行，夜深千帐灯。
风一更，雪一更，聒碎乡心梦不成，故园无此声。

【注释】

①榆关：指山海关。

【解读】

将士们不辞辛苦翻过了一座座山，蹚过了一道道水，马不停蹄地向着山海关进发。夜已经深了，千万个帐篷里都点起了灯。

帐篷外正刮着风，下着雪，惊醒了睡梦中的将士们，勾起了他们对故乡的思念，故乡的夜晚是多么的温馨宁静呀！哪有这般狂风呼啸、雪花乱舞的聒噪之声。

水调歌头·题西山秋爽图

空山梵呗[①]静，水月影俱沉。悠然一境人外，都不许尘侵。岁晚忆曾游处，犹记半竿斜照，一抹界疏林。绝顶茅庵里，老衲正孤吟。

云中锡[②]，溪头钓，涧边琴。此生著几两屐，谁识卧游[③]心？准拟乘风归去，错向槐安回首，何日得投簪[④]？布袜青鞋[⑤]约，但向画图寻。

【注释】

①梵呗：僧人作法事时念诵经文的声音。②锡：指锡杖，谓僧人出行。③卧游：指欣赏山水画、游记、图片等代替游览。④投簪：丢下固冠用的簪子，比喻弃官。⑤布袜青鞋：多指隐者或平民装束，此处借指弃官隐居。

【解读】

空山梵呗，水月洞天，这世外幽静的山林，不惹一丝俗世的尘埃。还记得那夕阳西下时，疏林上一抹微云的情景。在悬崖绝顶之上的茅草屋中，一位老和尚正在沉吟。

行走在云山之中，垂钓于溪头之上，弹琴于涧水边，真是快活无比。隐居山中，四处云游，一生又能穿破几双鞋子，而我赏画神游的心情又有谁能理解？往日误入仕途，贪图富贵，如今悔恨，想要归隐山林，但是这一愿望要到何日才能实现呢？只希冀从这画中寻找。

采桑子

拨灯书尽红笺①也，依旧无聊。玉漏②迢迢，梦里寒花③隔玉箫。

几竿修竹三更雨，叶叶萧萧。分付秋潮④，莫误双鱼⑤到谢桥⑥。

【注释】

①红笺：一种制作精美的小幅红纸，常作为题写诗词、请柬等用。②玉漏：玉制的计时器，即漏壶。③寒花：寒冷时所开的花，一般多指梅花、菊花。④分付秋潮：谓将这孤独寂寞的苦情都付与此时的秋声秋雨中。⑤双鱼：代指书信。⑥谢桥：谢娘桥。此处借指情人所居之处。

【解读】

深夜把油灯拔亮，在红笺上写满思念，却依然感到空虚无聊。长夜漫漫，时钟滴答作响，即使在梦中与所爱的人相会，也总感觉有所阻隔。

三更了，窗外的雨打在修竹上，一片萧瑟之声。将我的思念交付给秋潮，千万不要误了双鱼到谢桥之期。

浣溪沙

谁①念西风独自凉，萧萧黄叶闭疏窗②。沉思往事立残阳。

被酒③莫惊春睡重，赌书④消得泼茶香。当时只道是寻常。

【注释】

①谁：特指词人的亡妻卢氏。②疏窗：雕有装饰花纹的窗户。③被酒：中酒、酒醉。④“赌书”句：李清照《金石录后序》谓自己常与丈夫赵明诚比赛看谁的记性好，能记住某事载于某书某卷某页某行。经查检原书，胜者可以饮茶以示庆贺。有时举杯大笑，不慎让茶水泼湿衣裳。此句以此典为喻说明往日与亡妻有着像李清照与赵明诚一样美满的婚姻。

【解读】

秋天来了，凉意袭人，独自冷落，有谁念起词人呢？西风下，落叶萧萧，词人不忍见黄叶飘零的凄凉景象而闭上轩窗。独立屋中，任夕阳斜照，沉浸在往事的回忆中。

过去词人喝酒以后，他的夫人卢氏对他关爱备至，体贴入微，不掠扰他的睡眠，睡得很香，露出满脸春色。醒后和卢氏学李清照与赵明诚那样，赌书泼茶，过着情趣盎然的生活，当时只当是寻常不过的事，现在却变成了求之不得的梦想，早已物是人非。

浣溪沙

谁道飘零不可怜，旧游时节好花天。断肠人[①]去自经年。

一片晕红[②]才著雨，几丝柔绿[③]乍和烟。倩魂[④]销尽夕阳前。

【注释】

①断肠人：形容伤心悲痛到极点的人。②晕红：形容海棠花的色泽。③柔绿：柔嫩的绿柳。④倩魂：指少女美好的心魂。

【解读】

谁说人不会因为繁花凋谢而心生怜悯呢？昔日与友人同游之时，正值群芳争奇斗妍的大好时光。而今友人已去，空余自己独身一人。

一片美艳动人的红花刚刚被春雨打湿了花瓣，丝丝柔嫩的柳条在轻烟中随风摇曳。夕阳西下的景象使得闺中少女梦断魂销。

青玉案·宿乌龙江[①]

东风卷地飘榆荚[②]，才过了，连天雪。料得香闺香正彻。那知此夜，乌龙江畔，独对初三月。

多情不是偏多别，别离只为多情设。蝶梦[③]百花花梦蝶。几时相见，西窗剪烛[④]，细把而今说。

【注释】

①乌龙江：指黑龙江。②榆荚：榆树之荚，榆树结的果实。③蝶梦：典出《庄子·齐物论》庄周化蝶。后以“蝶梦”喻迷离恍惚的梦境。④西窗剪烛：典出李商隐《夜语寄北》：“何当共剪西窗烛，却话巴山夜语时。”

【解读】

连天的大雪刚刚停止，东风刮过，带着寒冷，将飘落在地面的榆荚卷起，飞舞空中。想到你的闺房里应该是温暖如春，花香四溢，而黑龙江气候特别，虽然到了阳春三月，可是今夜我却忍受着刺骨的寒风。

不是多情的人才有更多的伤心离别，而是离别只能伤害多情的人。我们就像蝴蝶梦见百花，百花梦见蝴蝶一般，出现在彼此的梦中，不知道我们什么时候才能相见，等到见面的时候，一定要彻夜长谈，把今天的思念细细诉说。

采桑子

那能寂寞芳菲节[①]，欲话生平。夜已三更，一阕[②]悲歌泪暗零。

须知秋叶春花促[③]，点鬓星星[④]。遇酒须倾[⑤]，莫问千秋万岁名。

【注释】

①芳菲节：指春天。②一阕：一曲。③秋叶春花促：岁月催人

老之意。④点鬓星星：鬓边白发星星点点地生出。⑤倾：这里是一饮而尽的意思。

【解读】

花草香美的美丽时节，人怎能在寂寞中度过呢？因而与友人话起了生平。谈至半夜三更，禁不住弹唱一曲，悲歌低吟浅唱，竟引得清泪暗流。

春日繁花秋日落叶年复一年的季节更替，时光流转，恍惚间鬓边已生出星星点点的白发，人生几何，遇到美酒就应该一醉方休，不要处心积虑去追求千秋万岁的俗世虚名。

浣溪沙

一半残阳下小楼，朱帘斜控①软金钩。倚阑无绪不能愁②。

有个盈盈③骑马过，薄妆浅黛亦风流。见人羞涩却回头。

【注释】

①斜控：斜斜地垂挂。控，下垂弯曲貌。②不能愁：不能控制心中的忧愁。③盈盈：谓仪态美好。此处代指仪态美好之人。

【解读】

黄昏时分，夕阳依依，残阳斜照小楼，朱帘斜斜地挂在软金钩上。深闺女子倚靠着栏杆，看那残阳斜晖，心中却难掩愁绪。

那位仪态袅娜的深闺女子，下得楼来骑马而过，她略施薄妆，浅描眉黛，却也别有一番妩媚风流。她见到词人就脸生红晕，神情羞涩却又回头顾盼。

浣溪沙

残雪[1]凝辉冷画屏[2]，落梅[3]横笛已三更。更无人处月胧明[4]。

我是人间惆怅[5]客[6]，知君何事泪纵横。断肠声里忆平生。

【注释】

①残雪：尚未化尽的雪。②画屏：绘有彩画的屏风。③落梅：古代羌族乐曲名，又名《梅花落》，以横笛吹奏。④月胧明：指月色朦胧，不甚分明。⑤惆怅：伤感，愁闷，失意。⑥客：过客。

【解读】

院子里残雪凝聚的余晖照射在绘有山水画的屏风上，透着阵阵寒意。已到三更时分，远处却传来《梅花落》的笛声。夜深人静突然忆起往事，月色于无人处也好像朦胧起来。

我是人世间一个惆怅的过客，我知道你为何事而泪流满面。怕是在断肠的笛声里，你回忆起了平生的点点滴滴。

菩萨蛮

新寒中酒[1]敲窗雨，残香细袅秋情绪。才道莫伤神，青衫[2]湿一痕。

无聊成独卧，弹指[3]韶光[4]过。记得别伊时，桃花柳万丝。

【注释】

①中酒：醉酒。②青衫：古代学子或官位卑微者所穿的衣服。③弹指：这里指极短的时间。④韶光：美好的时光。

【解读】

刚刚入秋，下了一场秋雨，词人在屋内喝着小酒，看着秋雨敲窗，不觉醉了。词人看室内伊人不在，室外黄叶飘零，悲秋情绪油然而生。词人暗暗告诫自己不要悲秋，但一想到与恋人分别时，恋人的叮咛嘱咐，关心体贴，多情之泪忍不住如泉涌出，泪湿青衫。

相思之情不胜愁苦，词人一个人孤枕而眠，追忆往事，叹息弹指间美好的时光一去不复返。还记得当初和恋人分别时，桃花千树，杨柳依依的画面，多么令人怀念，眼下只有秋风秋雨作陪，多么令人惆怅啊。

郑　燮（1693—1765），清杰出书画家、文学家。字克柔，号板桥。兴化（今江苏省兴化市）人。康熙秀才，雍正举人，乾隆进士。曾任山东范县、潍县知县。因遭荒年为民赈灾，得罪豪绅去职。居扬州卖画为生，为著名的“扬州八怪”之一，并以诗、书、画“三绝”著称于世。郑板桥作画，师古而不泥古，善画兰竹。传世作品有《竹石图》《芝兰全性图》《兰石图》《丛竹图》等。兼工书法，用隶体参入行楷，非隶非楷，自成一格。工诗词，许多诗词同情人民疾苦，憎恨贪官污吏，愤世嫉俗。所写《家书》《道情》自然率真，为世称道。有《板桥全集》。

满江红·思家[1]

我梦扬州，便想到扬州梦我。第一是隋堤绿柳，不堪烟锁。潮打三更瓜步月，雨荒十里红桥火。更红鲜冷淡不成圆，樱桃颗。

何日向，江村躲；何日上，江楼卧。有诗人某某，酒人个个。花径不无新点缀，沙鸥颇有闲功课。将白头供作折腰人，将毋左[2]。

【注释】

①家：这里指扬州。②左：违背，不合。

【解读】

我思念故乡扬州，就觉得扬州也在呼唤着我。首先入梦的是隋堤上杨柳，娇嫩得经不起雨蒙雾锁。那瓜步山下，夜半江潮拍打着江岸，似乎也拍打着倒映在江中的月亮。细雨洒满十里扬州路，灯光璀璨，映衬着如虹跨涧的红桥胜似火。更有那尚待成熟的樱桃晶莹红润，都无不令人魂系梦牵。

什么时候才能回到故乡扬州，以归隐江村，频卧江楼？与诗朋吟和，同酒友对酌。在自家花园里时时点缀新鲜花草。如同沙鸥一样能自由自在生活。白头老人还为五斗米屈身弯腰？岂不违背了自己的志趣！

张惠言（1761—1802），清代文学家、学者。初名一鸣，字皋文，号茗柯。武进（今江苏省常州市）人。嘉庆进士，改庶吉士，充实录馆纂修官，后改翰林院编修。通经学，尤精《周易》与《仪礼》。又工文与词，与恽敬共创“阳湖派”。词重比兴寄托，曾与弟琦合编《词选》，开创常州词派。兼善篆书。著有《周易虞氏义》《茗柯文稿》《茗柯词》等。另编有《七十家赋钞》。

相见欢

年年负却花期①！过春时，只合安排愁绪送春归。
梅花雪②，梨花月③，总相思。自是春来不觉去偏知。

【注释】

①负却花期：错过了春花盛开的季节。②梅花雪：指初春时梅花雪中傲然挺立。③梨花月：指梨花在月光的照射下更加楚楚动人。

【解读】

年复一年，总是错过了春花盛开的季节，年年都辜负了这大好春光，词人因而感到自责。春天即将离去之时，无留春之策，只能任凭愁绪漫满心头，只能满怀愁绪送走春天。

初春的美景最是让人喜爱，梅花在雪中傲然挺立，梨花在月光的照射下更加楚楚动人。这样动人的美景总是惹人怀恋，惹人相思。但美景总是稍纵即逝，春来时不觉得它有多美好，待到春去时才知道春景迷人，倍觉珍贵，才为失去它而感到惋惜。

项鸿祚（1798—1835），清词人。一名廷纪，字莲生。浙江钱塘（今浙江省杭州市）人。家世业盐。道光举人。少孤力学。其词泛学五代两宋诸家，而自具特色。风格幽深颖秀，多表现抑郁、感伤情致，间有豪放之作。他是浙派词的后劲，但能自出机杼而不为姜（夔）、张（炎）所束缚，对以后词人如蒋春霖等影响颇大。有《忆云词甲乙丙丁稿》。

减字木兰花·春夜闻隔墙歌吹声

阑珊心绪，醉倚绿琴①相伴住。一枕新愁，残夜花香月满楼。

繁笙脆管，吹得锦屏②春梦远。只有垂杨，不放秋千影过墙。

【注释】

①绿琴：指绿绮琴。《古琴疏》："司马相如作玉如意赋，梁王悦之，赐以绿绮之琴。"后用以指琴。②锦屏：鲜艳华美的屏风。此处代指华贵的卧室。

【解读】

心情惆怅，情绪低落，醉后倚靠着绿绮之琴独自愁苦。满枕新愁无处倾诉，长夜将尽花香袭人，月光照遍小楼。

不知是谁吹奏出繁密的笙曲清脆的笛曲，把我这锦屏相思美梦之情吹走。只有这绿荫匝地的垂杨啊，不放秋千的影子越过墙头。

蒋春霖（1818—1868），清词人。字鹿潭。江阴（今江苏省江阴市）人。咸丰时任两淮盐官。少年蒋春霖颖悟聪敏，资性过人，从小随任湖北荆门直隶知州的父亲在任所生活，酷爱诗词。所作诗词曾压倒词坛前辈强手，所以有“乳虎”之称。中年以后，时值太平军与清军交战，战乱频繁，蒋春霖忧心如焚。其间，他的词对国家的飘摇、人民的流离失所都有极为深沉的描绘。历代词家评说蒋的词婉约多姿，抑郁悲凉，多寓身世之感，有“词史”之称。诗也有名，其《东淘杂诗》二十首尤其著名。有《水云楼词》《水云楼剩稿》。

柳梢青

芳草闲门，清明过了，酒滞[①]香尘。白楝[②]花开，海棠[③]花落，容易黄昏[④]。

东风阵阵斜曛[⑤]，任倚遍、红阑未温。一片春愁，渐吹渐起，恰似春云。

【注释】

①酒滞：耽于饮酒而沉醉不醒。②白楝：落叶乔木，春夏之际开花。③海棠：落叶乔木，春季开花，花未放时深红色，开后淡红色。④容易黄昏：时光易逝，人生易老。黄昏，常借喻人生晚年。⑤曛：日落时的余光。

【解读】

低矮的栅门之外，茵茵芳草向远方蔓延，消失在与天相接之处。清明过了，已到暮春时节，大好春光转瞬即逝，词人黯然神伤。词人唯有衔杯独饮，醒复醉，醉复醒，自然也就不能和别人一样共踏落花的香尘，不能享受一下残春的温馨。暮春了，白楝花开，海棠花落，时光易逝，人生易老，词人转眼已到了人生的暮年，黄昏时分，人更容易有垂暮之年的悲凉之感。

东风送暖，夕阳斜照，词人却倍感冷清。心底深处袭来阵阵凉意，任倚遍栏杆，冰凉的栏杆仍未温。此时，天空飘起了片片浮云，天上的浮云勾起了词人的联想，词人心中的一片春愁不正像这春云一样吗，随风渐起，绵绵不绝。

秋　瑾（1875—1907），清末民主革命家、诗人。字璿卿，号竞雄，别号鉴湖女侠。祖籍浙江山阴（今浙江省绍兴市）人。出生于福建厦门。蔑视封建礼法，提倡男女平等。每以花木兰、秦良玉自况。性豪侠，习文练武，喜男装。家居北京时，看到八国联军入侵，国家面临瓜分危机，为了寻求救国途径，于 1904 年去日本留学，在东京先后参加反清革命团体光复会、同盟会，并任同盟会浙江主盟人，被孙中山称为“巾帼英雄”。1907 年 1 月，在上海创办《中国女报》，提倡女权，宣传革命。后回绍兴主持大通学堂，暗中联络会党，组织光复军，与徐锡麟相约皖浙两省同时起义，直取南京。不幸事泄被捕，于同年 7 月 15 日在绍兴轩亭口英勇就义。工诗词，作品多抒发憎恶清廷，忧时爱国之情，表达拯救危亡，献身革命之志。笔调激昂慷慨，雄健奔放。有《秋瑾集》。

满江红

小住京华①，早又是、中秋佳节。为篱下②、黄花开遍，秋容如拭。四面歌残终破楚③，八年风味徒思浙④。

苦将侬⑤、强派作蛾眉⑥，殊未屑！

身不得，男儿列，心却比，男儿烈。算平生肝胆，因人常热⑦。俗子胸襟谁识我？英雄末路当磨折。莽红尘，何处觅知音？青衫湿！

【注释】

①京华：京城的美称，因京城是文物、人才汇集之地，故称京华。此指北京。②“为篱下”两句：化用陶渊明“采菊东篱下”和李清照“人比黄花瘦”的诗句。③四面歌残终破楚：用《史记·项羽本纪》中汉军破楚的故事，来说明自己终于冲破家庭牢笼。④八年风味徒思浙：八年来空想着故乡浙江的风味。作者于光绪二十二年（1896）结婚后即到北京居住，到作这首词时，已过八年。⑤苦将侬：苦苦地让我。⑥蛾眉：美女。指作者当时的贵妇人身份。⑦因人常热：为别人而屡屡激动。指好打抱不平、乐于助人等等。

【解读】

我在北京小住了一段时间，转眼间就又到了中秋佳节。篱笆下面的菊花都已盛开，秋色明净，天空就像刚刚被擦洗过一般。在家庭的牢笼中，虽然四面楚歌，但我终能冲出来，八年来徒然思念故乡浙江的风味。他们苦苦强迫我做一个所谓的贵妇人，我对此很是不屑。

我虽然身不在男儿的行列，但是我的心比男儿的心还要刚烈。我平生对人肝胆相照，我的一颗心，常为别人而热，好打抱不平、乐于助人，那些俗人心胸狭窄怎么能懂我呢？英雄在无路可走的时候，难免要经受磨难挫折。在这莽莽红尘之中，何处才能觅得到知音呢？想到这，热泪打湿了我的衣襟。

鹧鸪天

祖国沉沦感不禁，闲来海外[①]觅知音。金瓯[②]已缺总须补，为国牺牲敢惜身！

嗟险阻，叹飘零。关山万里作雄行[③]。休言女子非英物，夜夜龙泉壁上鸣。

【注释】

①海外：指日本。秋瑾 1904 年留学日本。②金瓯：指疆土。③作雄行：指着男装出行。

【解读】

祖国沉沦危亡忍不住感叹，东渡日本寻找知音。国土被列强瓜分需要收复，为了祖国我敢于献身，为国牺牲。

可叹路途之艰难险阻，感叹独自飘零无依。虽然远隔万里也要着男装赴日留学。不要说女子不能成为英杰人物，墙壁上我的龙泉宝剑每夜都在鞘中作龙吟。